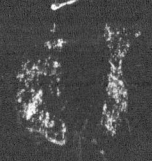

Newton Compton Editores

Título original: *The Last Garden in England*

© 2021, Julia Kelly. Publicado según acuerdo con Gallery Books,
    un sello de Simon & Schuster, LLC.
© 2024, de la traducción por Tatiana Marco Marín
© 2024, de esta edición por Antonio Vallardi Editore S.u.r.l., Milán

Todos los derechos reservados

Primera edición: septiembre de 2024

Newton Compton Editores es un sello de Antonio Vallardi Editore S.u.r.l.
Pl. Urquinaona, 11, 3.º 1.ª izq. Barcelona, 08010 (España)
www.newtoncomptoneditores.com

Gruppo editoriale Mauri Spagnol S.p.A.
www.maurispagnol.it

ISBN: 978-84-10080-71-3
Código IBIC: FA
DL: B 8.163-2024

Composición:
Sergi Godia

Diseño de interiores:
David Pablo

Impreso en septiembre de 2024 en Puntoweb s.r.l., Ariccia (Roma), en Italia.

Julia Kelly

El jardín suspendido en el tiempo

Traducción de Tatiana Marco Marín

Newton Compton Editores

Barcelona, 2024

Para mi padre, que me transmitió su amor por los jardines

Por eso todas las estaciones serán dulces para ti.
SAMUEL TAYLOR COLERIDGE

Prólogo

Enero de 1908

*C*alzada con unas botas robustas, sus pasos son firmes sobre el camino de piedra a pesar del hielo que cruje bajo sus pies. A su alrededor, las ramas cubiertas de nieve se doblan, se arquean y amenazan con romperse. Todo está en calma.

Se adentra todavía más en el jardín de invierno. Es austero y hermoso, con sus grupos de abedules plateados intercalados con cornejos y tallos de un vívido color rojo sangre que resaltan sobre las gramíneas lastimeras. Unos eléboros del blanco más puro, también conocidos como «rosas de Navidad», salpican los bordes. Le duele pensar que, en un mes, las primeras campanillas de invierno brotarán entre la nieve con sus elegantes flores blancas antes de que les sigan las flores del azafrán, violetas y con el estambre de un tono amarillo vibrante. Ella no presenciará esos heraldos de la primavera. Serán otros los que tendrán que leer las señales que indicarán que el jardín está listo para ceder su corona.

Se detiene al borde del camino de piedra mientras la asalta la pena como si fuese una bestia desesperada por liberarse. Se enjuga una lágrima medio congelada. No debería estar allí. Sin embargo, no podía marcharse sin contemplar una vez más aquel lugar de amor y pérdida.

No; no se quedará mucho tiempo. Tan solo lo que dura una despedida.

Invierno

Emma

Febrero de 2021

Aunque Emma no hubiese estado buscando el desvío, le habría resultado difícil pasar por delante del acceso a Highbury House sin darse cuenta. Dos pilares de ladrillo coronados por un par de leones de piedra se alzaban en un hueco del seto, evocando los tiempos de los carruajes, las cazas del zorro, los bailes de cacería y las elaboradas fiestas celebradas en casa.

Giró hacia el camino de gravilla mientras se preparaba mentalmente para conocer a sus clientes. Por norma general, no aceptaba un trabajo sin haber visitado antes el lugar, pero había estado demasiado ocupada con el proyecto de restauración de Mallow Glen como para viajar desde Escocia para una inspección. En su lugar, había sido Charlie, su mejor amigo y el jefe de equipo de Turning Back Thyme,[1] el que se había adelantado para tomar las medidas. Por su parte, Sydney Wilcox, la propietaria de Highbury House, había organizado una serie de videoconferencias para explicarle el proyecto: devolver su antigua gloria a aquellos jardines que, en el pasado, habían sido espectaculares.

El camino terminaba en un patio en torno al que se había construido la casa en forma de «U». Sin embargo, su elegancia se veía empañada por montones de escombros.

---

[1] «Turning Back Thyme» es la empresa de jardinería de Emma, especializada en restaurar jardines históricos. El nombre («Volver atrás en el tiempo») emplea un juego de palabras entre «time» («tiempo») y «thyme» («tomillo»), que se pronuncian igual en inglés. Así, hace referencia tanto al aspecto histórico de la empresa como al vegetal *(N. de la T.)*

Emma aparcó detrás de un Range Rover gris acero y se bajó del automóvil con una pesada bolsa de lona de trabajo colgada de un hombro. El zumbido agudo de las herramientas eléctricas inundó el aire, seguido de un montón de ladridos. Por el rabillo del ojo captó un destello rojo. Entonces, un par de *setters* irlandeses salieron por la puerta principal y fueron directos hacia ella.

Levantó las manos para protegerse del más pequeño de los animales que, aun así, consiguió erguirse sobre las patas traseras, apoyarle las delanteras en los hombros y lamerle la cara. El otro perro daba vueltas en torno a sus pies, ladrando para darle ánimos.

Cuando estaba intentando apartar a los animales, Sydney apareció por la puerta y atravesó el patio medio corriendo.

–¡Bonnie, abajo! ¡Clyde, deja pasar a Emma!

–No pasa nada –contestó ella con la esperanza de sonar al menos un poco convincente mientras Bonnie conseguía darle otro lametazo–. Te sorprendería la cantidad de trabajos que empiezan así, especialmente cuando son en el campo. Todo el mundo tiene perros.

–Lo siento mucho, de verdad. Hemos gastado mucho tiempo y dinero en entrenarlos y, aun así, hemos acabado con dos de los perros peor educados de todo Warwickshire. –Sydney agarró a Bonnie del collar y tiró de ella para apartarla mientras Clyde se sentaba con obediencia a los pies de su dueña–. No finjas que no eres igual de malo que ella –lo regañó la mujer, cuya voz estaba cargada de recuerdos de buenos colegios, clases en el club de equitación local y partidos de críquet los sábados en el parque del pueblo. Mientras se erguía, Sydney volvió a recogerse la melena rizada y pelirroja–. Lo siento. Estos dos se pasan el día siguiendo a los albañiles. Alguien ha debido dejarse la puerta abierta. ¿Has tenido algún problema para llegar hasta aquí? ¿Había tráfico en la M40? A veces es una pesadilla. ¿Has encontrado el desvío sin problemas?

Emma pestañeó mientras se preguntaba a qué debía contestar primero. Un alegre caos parecía arremolinarse en torno a la propietaria de Highbury House. Emma ya lo había notado durante las videoconferencias, pero, en persona, rodeada por un par de perros y a la sombra de una casa en obras, resultaba una experiencia totalmente distinta.

—No he tenido ningún problema para encontrar la casa —dijo al fin.

—Me alegro mucho de que hayas llegado ahora. Esta mañana ha estado lloviendo y le he dicho a Andrew que no me podía creer que la primera vez que fueras a ver el jardín de verdad fuese en medio de una tormenta. Pero, después, ha despejado y, ahora, ¡aquí estás! —Sydney se dio la vuelta hacia la casa y, con un gesto, le indicó que la siguiera—. Vas a tener que disculpar todo el ruido.

—¿Estáis viviendo aquí durante la obra? —Emma alzó la voz para hacer la pregunta mientras se asomaba al recibidor, que estaba cubierto con lonas protectoras.

Junto a la gran escalinata, que estaba bordeada por una barandilla tallada a mano, había una escalera de mano. Del aire pendía el olor a pintura fresca a pesar de que parecía que acabaran de quitar el papel pintado de las paredes.

—Así es —dijo la voz de un hombre a espaldas de Emma—. Soy Andrew. Un placer conocerte en persona.

Emma estrechó la mano de Andrew mientras pasaba la mirada entre él y su esposa. Él era más alto que la vivaracha Sydney. Tenía las gafas estilo Clark Kent apoyadas en el puente de la nariz y el cabello corto y castaño peinado con esmero hacia un lateral. Rodeó con un brazo la cintura de su mujer como si fuese la cosa más natural del mundo y la miró con una sana mezcla de diversión y adoración.

Incluso entre el polvo de una casa a medio terminar, los Wilcox exudaban elegancia, educación y clase. Eran una pareja de oro, lo que, según su experiencia, hacía que fuese más probable que acabasen siendo una molestia tremenda. Sin embargo, eran clientes que le iban a pagar y que querían un proyecto de restauración en lugar de un jardín totalmente nuevo. De hecho, ni siquiera se habían inmutado cuando les había entregado el presupuesto.

–Andrew me dejó convencerlo de que debíamos estar presentes durante la reforma. –Sydney se mordió el carnoso labio inferior–. Está siendo un proyecto más largo de lo que incluso nosotros habíamos esperado.

El hombre sacudió la cabeza.

–Nos habían dicho que tardarían seis meses…

–¿Y cuánto tiempo lleváis ahora? –preguntó Emma.

–Dieciocho meses. Y tan solo hemos acabado una de las alas de la casa. Todavía queda mucho trabajo –respondió Sydney–. Cariño, estaba a punto de enseñarle a Emma el jardín.

–No quiero ser una molestia –dijo ella rápidamente–. He estado trabajando con las especificaciones de Charlie, así que estoy segura de que puedo hacerlo sola.

–Insisto –replicó la propietaria–. Me encantaría escuchar tus primeras impresiones y, además, tengo un par de ideas.

Ideas. Todos sus clientes tenían ideas, pero muy pocas eran buenas. Como aquel hombre de las afueras de Glasgow que había insistido en que quería un jardín tropical en medio de Escocia a pesar de que ella le había advertido de que mantenerlo requeriría mucho trabajo. Seis meses después de que Turning Back Thyme hubiese terminado y hubiese comenzado con un nuevo proyecto, la había llamado para quejarse de que todos y cada uno de sus plataneros habían muerto durante el invierno y pedirle que se los sustituyera de forma gratuita. De manera muy educada, le había remitido al contrato, en el que se especificaba que no se hacía responsable de las negligencias por parte de los propietarios.

Al menos, Highbury House iba a ser diferente en ese sentido: un descanso de todos los proyectos de diseño contemporáneo que aceptaba para mantener el negocio a flote. Sin embargo, aquel era un jardín histórico de cierta importancia que llevaba años prácticamente abandonado y que los Wilcox querían ver florecer de nuevo tal como lo había hecho cuando se creó en 1907.

Aunque requerían mucho más tiempo e investigación que los proyectos modernos, no había nada que a Emma le gustase más que las restauraciones. Le había tocado luchar contra patios de hormigón y praderas terribles de césped que los propietarios anteriores habían plantado porque era más «fácil» que tener que dedicar tiempo a la auténtica jardinería. En un caso especialmente flagrante, había arrancado dos hectáreas de césped artificial que se había instalado en los años setenta para recrear un jardín de nudos francés del siglo XVIII por el que habían paseado damas con pelucas empolvadas en el pasado. Podía hacer que de pastos y prados florecieran jardines olvidados tiempo atrás. Podía hacer que el reloj retrocediera y que las cosas volvieran a estar bien.

Sin embargo, no podía vivir solo a base de retos y, dado que Sydney iba a pagar sus facturas durante casi un año, haría caso a sus ideas dentro de lo razonable.

—Me gustaría mucho tener compañía —dijo, intentando teñir su voz de todo el entusiasmo posible.

—¿Vienes, cariño? —le preguntó la mujer a Andrew.

—Me encantaría, pero Greg me ha dicho antes algo sobre los travesaños del suelo —contestó él.

—¿Qué les ocurre?

Andrew soltó una carcajada y se subió las gafas.

—Al parecer, no queda ninguno en la salita de música. Están podridos por completo.

Emma arqueó las cejas mientras Sydney dibujaba una «O» con los labios. Andrew se despidió con un gesto de la mano, rodeó la escalera de mano y desapareció por una de las puertas que comunicaban con el recibidor.

—Me temo que, últimamente, estas cosas pasan muy a menudo. —La mujer señaló unas puertas francesas a las que les habían quitado la pintura y que parecían estar a la espera de un buen lijado—. El acceso más fácil al jardín es por aquí.

Emma siguió a su clienta y salieron a una amplia veranda. Algunas de las enormes losas de pizarra que tenía bajo los pies estaban agrietadas y las malas hierbas se colaban entre los huecos, pero no se podía negar que las vistas eran preciosas. Una larga pradera de césped descendía por una colina suave hasta llegar a unos árboles que bordeaban un lago en calma. Entrecerró los ojos, evocando la fotografía antigua que había encontrado en los Archivos Warwick y en la que se veía el jardín durante una fiesta celebrada en 1920. En el pasado, había habido un pequeño tramo de escaleras que conducían a un estanque reflectante rodeado por bojes que dibujaban dos cuartos de círculo, así como un arriate alargado que recorría el extremo oriental de la propiedad. Ahora, no quedaba más que una pradera ininterrumpida de césped que no poseía nada del encanto que, sin duda, habría impregnado el diseño original de Venetia Smith.

Sintió una punzada de emoción en la nuca. Iba a restaurar un jardín de Venetia Smith. Mucho antes de haberse vuelto famosa en Estados Unidos, la diseñadora eduardiana de jardines había trabajado en un puñado de proyectos en Gran Bretaña. Emma le debía su carrera a un programa de la BBC sobre la restauración del jardín de Venetia en Longmarsh House. A los diecisiete años, había insistido en que sus padres la llevaran allí de vacaciones. Mientras la mayoría de sus amigos se planteaban en qué universidades podrían estudiar, ella se había plantado en aquel jardín restaurado y se había dado cuenta de qué era lo que quería hacer con su vida.

Mientras bajaban los escalones de la veranda, Sydney señaló el límite occidental del jardín.

—No queda demasiado del arriate sombrío.

Emma se acercó hasta uno de los troncos nudosos que custodiaban el camino que recorría toda la largura de la pradera de césped. La corteza fría y áspera le resultó reconfortante y familiar bajo la palma de la mano.

—Los árboles que bordean el paseo de los tilos parecen estar bien cuidados.

—Es cosa del servicio de jardinería. Papá mantuvo a la misma empresa que había contratado el abuelo. Hacen lo que pueden para mantener las cosas en orden —dijo Sydney.

En orden, pero nada más.

—Toda esta zona debía de ser mucho más vívida cuando la crearon —comentó ella.

–¿Incluso aunque quede a la sombra?

Emma sonrió.

–Es un error común pensar que los jardines umbríos son aburridos. No he encontrado ninguna fotografía en los archivos del aspecto que tenía cuando Venetia lo creó, pero le encantaba el color, así que podemos suponer que le dio uso.

–Tras nuestra última videoconferencia, compré varias colecciones de sus libros y diarios –dijo Sydney–. Escribió tantísimo que casi no sabía por dónde empezar.

–Mis favoritos son sus diarios. Publicó unos cuantos en la época de entreguerras pero, hace unos veinte años, alguien compró su antigua casa de Wimbledon y encontró dos de sus primerísimos proyectos –comentó ella.

–Pero nada de Highbury.

Emma negó con la cabeza.

–Si fuera así, tendríamos un plan integral para el proyecto. ¿El jardín del té está por ahí? –preguntó mientras señalaba con un gesto de la cabeza un pasadizo cerrado que había entre los tilos.

–Sí –contestó la propietaria.

La pulcritud del paseo de los tilos se desvaneció en cuanto accedieron al jardín del té. Se trataba de una zona delimitada por muros de ladrillo y tejos que habría sido creada como un santuario para que las damas pudieran cotillear entre los tonos pastel de flores caprichosas. Ahora, era un caos.

–Los jardineros no se pasan demasiado por los diferentes jardines temáticos –dijo Sydney con un deje de disculpa en la voz–. Papá decía que ya era bastante caro mantener el césped y las partes que pueden verse desde la casa.

Era evidente. Había gaura muerta entrelazada con unas flores de zanahoria salvaje que estaban completamente secas y doblándose sobre sí mismas, así como varios macizos de rosas repletos de escaramujos, tristes y desaliñados tras haber pasado demasiados inviernos sin una buena poda y que Emma dudaba que dieran más de una docena de flores en junio. Todo lo demás era una mezcla indiscriminada de flores muertas tiempo atrás y hierbajos.

—Cuando haya terminado, puedo ayudarte a encontrar un equipo que se encargue del mantenimiento de los jardines —dijo.

—¿Tan mal está la cosa? —preguntó Sydney con una carcajada.

—Si yo fuera tu padre, pediría que me devolvieran el dinero. En toda esa zona, parece que solo hay maleza —dijo mientras señalaba un extraño hueco de tierra batida en el que reposaba un banco de teca olvidado y cubierto de enredaderas—. Lo más probable es que, en el pasado, ahí hubiese un cenador o una pérgola de algún tipo.

—Fue una de las víctimas de la Gran Tormenta del 87. Sé que perdimos algunos árboles en el borde del lago y el paseo. Encontré facturas de los podadores de árboles entre los registros del abuelo —contestó Sydney.

—¿Has tenido la suerte de encontrar algo del año en el que se creó el jardín? —preguntó ella.

—Todavía no, pero no te preocupes: el abuelo nunca tiraba nada. Todavía estoy sacando cajas de documentos del estudio y ni siquiera he abordado todavía el ático. Si hay algo, lo encontraré.

Emma siguió a Sydney a través de un seto de tejos para salir al jardín de los enamorados, en el que había zonas de tierra desnuda y plantas tropicales con varios problemas a las que estaba segura de que Venetia no habría tenido acceso en su tiempo. Más allá, el jardín infantil era poco más que una colección de flores silvestres y cuatro cerezos que necesitaban una poda con urgencia. El paseo de las lavandas estaba repleto de maleza, pero crecía bien. Ahora, el jardín de las esculturas estaba compuesto principalmente por césped y unas pocas estatuas rotas y agrietadas por el tiempo. A continuación, había un jardín dispar cuyo propósito todavía no había conseguido adivinar a pesar de sus investigaciones y lo que se suponía que era un jardín blanco que se había autosembrado hasta convertirse en lo que estaba segura de que serían una multitud de colores en cuanto llegara la primavera. Siguieron caminando hasta lo que Emma supuso que era un jardín acuático desaparecido mucho tiempo atrás y en el que el canal bajo que corría por el centro estaba atascado por hierbas no acuáticas. Todo aquello le resultó… triste; un desastre indistinto y extensivo de negligencia.

–Y, por aquí –dijo Sydney mientras recorrían un camino que se encontraba entre el jardín acuático y el jardín blanco–, se llega a este lugar.

Al principio, lo único que vio Emma por encima del muro elevado de ladrillo fueron las altas copas de los árboles y las ramas alargadas de un rosal trepador que luchaban entre sí por la supremacía y por recibir más luz del sol. Sin embargo, cuando rodearon el muro ligeramente curvado que formaba un círculo de ladrillo, llegaron hasta una verja de hierro que se había vuelto marrón y anaranjada a causa del óxido. Había unas enredaderas enroscadas en los barrotes y entre ellos asomaban de forma tosca los tallos de algunas plantas. En aquel jardín, todo parecía desesperado por escapar.

–Este debe de ser el jardín del que me advirtió Charlie –dijo.

–El jardín de invierno. Cuando era pequeña, solo veníamos a esta casa dos veces al año: para el cumpleaños del abuelo y el día después de Navidad. Sin embargo, recuerdo que mi padre siempre me traía a pasear por los jardines. En pleno diciembre, esta era la única parte que parecía estar viva –señaló Sydney.

–¿Has estado dentro? –preguntó Emma mientras rodeaba los barrotes de hierro con las manos e intentaba en vano ver algo más allá del espeso follaje.

–No; ha estado cerrado desde que tengo uso de razón.

Emma pasó un dedo por el enorme ojo de la cerradura que había tallado en el hierro.

–Entonces, entiendo que no hay ninguna llave para la verja.

Sydney sacudió la cabeza.

–Es otra de las cosas que estoy buscando. Andrew sugirió que trajéramos a un cerrajero, pero he hablado con dos y ambos me han dicho que, teniendo en cuenta el estado y la antigüedad de la verja, lo más posible es que tuvieran que cortarla y separarla de las bisagras para poder abrirla. Hacer eso no me parece… bien.

–¿No te parece bien? –preguntó Emma mientras se apartaba.

–Mi conciencia no me permitiría destruir parte de la historia del jardín cuando me estoy esforzando tanto por restaurar la casa. Además… –Sydney hizo una pausa–. El jardín de invierno tiene algo… Transmite una sensación de tanto abandono…

Todo el jardín era un claro ejemplo de desidia, pero comprendía lo que quería decir. Suponía que Sydney tendría más o menos su edad y la idea de que alguien pudiera dejar aquel lugar intacto y desatendido durante treinta y cinco años le hacía estremecerse. Era tan… ¿siniestro? ¿Solemne?

Reservado.

No había nada en aquel trabajo que fuese a resultarle fácil. No había planos y había poco material de archivo y gran parte de la estructura original del jardín se había perdido con el tiempo. Pero, si bien eso podría haber ahuyentado a algunos de sus competidores, que preferían la tranquilidad de diseñar jardines contemporáneos siguiendo las especificaciones exactas de sus clientes, Emma no pudo evitar el cosquilleo de emoción que la invadió al contemplar aquel desastre sin remedio. Aquello era lo que hacía que mereciera la pena esforzarse tanto con las nóminas, los pedidos y las citas con su gestor. Highbury House era el tipo de proyecto que le encantaba.

–Bueno, podríamos conseguir una escalera de mano e intentar escalar el muro –sugirió.

–Andrew lo intentó –replicó Sydney–. Se subió ahí arriba y se dio cuenta de que, al otro lado, no había dónde apoyar la escalera de forma segura.

–¿Cuándo fue eso?

–Justo después de que vendiéramos la empresa. Nos ofrecimos a comprarles la casa a mis padres. El abuelo les había dejado algo de dinero, pero la mayor parte se destinó a arreglar las goteras del tejado y a intentar caldear el edificio para que no salieran humedades. Con los años, se había convertido en una carga, pero mi padre nunca se vio capaz de venderla.

Emma le dedicó una sonrisa.

–Y, ahora, tú has decidido recomponerla de nuevo.

–Así es. Somos Sydney y Andrew Wilcox, salvadores de casas antiguas.

–Y de sus jardines –añadió Emma.

–Espero que la inmensidad del proyecto no te haya asustado –dijo la propietaria.

Aunque el tamaño del proyecto de Highbury House hubiera sido intimidante, Emma lo habría aceptado. Mallow Glen se había retrasado un mes por tres problemas diferentes con los proveedores, lo que la había obligado a sacrificar un trabajo menor para arreglar el jardín de una casita de campo en Leicestershire mientras llevaba a cabo los preparativos para Highbury House. Haber perdido esa inyección adicional de dinero para el negocio dolía, pero Highbury iba a ser un premio mucho más grande.

–Es complicado –admitió–. No tenemos mucha documentación o fotografías originales en las que basarnos, así que he dibujado unos planos basándome en otros diseños de Venetia de la misma época.

–Te prometo que me pondré manos a la obra con las cajas –dijo Sydney–. Y, bueno, ¿qué ocurrirá a continuación?

–Que llegará mi equipo. Ya has conocido a Charlie, pero también están Jessa, Zack y Vishal. Empezarán por deshacerse de toda la maleza para que podamos ver de verdad con lo que vamos a trabajar. Debería poder enseñarte los planos finales esta semana.

Sydney juntó las manos frente a ella. Parecía como si estuviera a punto de ponerse a cantar como si fuera la heroína de un musical.

–¡Qué ganas tengo! –dijo en su lugar.

«Yo también», pensó Emma.

Emma se pasó la compra de un brazo a otro y se sacó las llaves del bolsillo. El agente inmobiliario se había ofrecido a acompañarla hasta Bow Cottage, pero ella había rechazado la oferta amablemente. Después de haberse pasado todo el día siguiendo a Sydney, ansiaba la paz y la tranquilidad de su casa de alquiler.

Tras solo dos intentos, consiguió abrir la puerta delantera, que era roja, y encender las luces de la entrada. Dejó que la puerta se cerrara sola a sus espaldas y soltó un suspiro de alivio antes de emprender la búsqueda de la cocina en el que iba a ser su hogar durante los siguientes nueve meses. Ya se ocuparía más tarde del equipaje que estaba embutido en el maletero de su automóvil. Primero, necesitaba una taza de té y poner a cargar el teléfono móvil.

Encontró una salita de buen tamaño junto al recibidor y un estudio pequeño justo al lado. En la otra parte del pasillo había un comedor con una mesa grande con la parte superior construida a base de tablones de madera que iba a utilizar para dibujar planos más que para recibir invitados. La siguiente puerta era la de la cocina, que era bastante básica pero bonita. Unas cortinas de muselina colgaban sobre las ventanas amplias que daban a un patio de ladrillo y una zona de césped con raigrás y una *magnolia grandiflora* madura al fondo. Dejó las bolsas de la compra en la encimera; puso a cargar el móvil apagado; llenó la tetera eléctrica que había a su disposición y comenzó a rellenar su frigorífico temporal.

Acababa de colocar los yogures y la leche cuando recibió una notificación. Hizo una mueca al darse cuenta de la cantidad de mensajes que había recibido, entre los que se incluían varios de Charlie en los que le preguntaba si quería que llevara algo a la mañana siguiente, cuando se reunieran *in situ*, y, después, se burlaba de ella por haber vuelto a dejar que se le agotara la batería.

Mientras revisaba todo, vio que tenía una llamada perdida de su padre. Marcó su número y puso el altavoz del teléfono para poder seguir descargando todas sus provisiones.

–¿Estás bien, Emma? –dijo la voz de su padre con un marcado acento del sur de Londres.

–Pareces animado –contestó ella con una sonrisa.

–Llevo todo el día esperando junto al teléfono para que me cuentes cómo te ha ido el primer día.

–¡Hola, cariño! –exclamó su madre desde el fondo–. Me alegra ver que no descuidas a tus amorosos padres.

—Tu madre te manda saludos —dijo su padre, suavizando el saludo de su esposa.

Emma soltó un suspiro.

—Siento no haberos llamado antes, pero me había quedado sin batería en el teléfono.

El hombre se rio.

—Siempre te estás quedando sin batería en el móvil. ¿Qué tal el jardín?

Dejó el pan sobre la encimera.

—Triste. Los propietarios actuales, Sydney y Andrew, se lo compraron a los padres de ella, que lo habían heredado de su abuelo. Parece que sus padres hicieron lo que pudieron para que el lugar siguiera en pie, pero todo lo demás quedaba fuera de su alcance. Ya puedes imaginarte el estado en el que se encuentra el jardín.

—¿Tan mal está? —preguntó él.

—Algunas zonas las han excavado por completo, pero otras están llenas de maleza. Hay cuatro cerezos de Morello que parece que no han recibido los cuidados adecuados en treinta años. Y luego, está el fondo del jardín. Es todo un desastre… Hay un jardín cuya temática ni siquiera soy capaz de adivinar.

—Parece que tienes mucho trabajo por delante —comentó su padre.

—Así es. El lugar debía de ser precioso incluso cinco años después de que Venetia lo terminara.

Solo que dudaba que Venetia Smith hubiera llegado a ver terminado su trabajo alguna vez. Por lo que sabía, tras haberse marchado de Gran Bretaña, jamás había regresado.

—Seguro que sí. —La línea se quedó en silencio y Emma se dio cuenta de que su padre se había esforzado al máximo por cubrir el micrófono del móvil. Se preparó para el momento en el que regresó y dijo—: Tu madre quiere hablar contigo.

Antes de que pudiera poner ninguna excusa (que estaba cansada, que tenía que preparar la cena, etc.), oyó cómo el teléfono pasaba de una mano a otra y, después, la voz de su madre.

—¿Has sabido algo de la fundación?

–Hola, mamá. Estoy bien, gracias por preguntar.

–Nos tienes en ascuas, Emma. Necesitas ese trabajo de jefa de conservación –insistió su madre sin hacerle caso.

Ella no lo habría descrito como una necesidad, pero intentó dejar a un lado su enojo. Su madre quería lo mejor para ella y, en su mente, un trabajo estable en la prestigiosa Real Sociedad del Patrimonio Botánico era lo mejor a lo que podía aspirar una chica de Croydon sin un título universitario.

–Todavía no lo sé. Me dijeron que me llamarían en caso de que pasara a la siguiente ronda de entrevistas –replicó.

–Claro que querrán hablar contigo de nuevo. No podrían encontrar a nadie mejor para dirigir sus trabajos de conservación. Y, por una vez en la vida, tú podrías tener un sueldo fijo.

–Tengo un sueldo fijo –contestó ella. «La mayor parte del tiempo».

–¿No te pasaste el verano pasado persiguiendo a esa horrible pareja que se negaba a pagarte? –le preguntó su madre.

Habría sido más exacto decir que su abogado había perseguido a la pareja que se había negado a pagar la segunda mitad de sus honorarios y que había intentado endosarle una factura de diez mil libras por unas plantas raras y el paisajismo de elementos no vegetales que ellos mismos habían insistido en incluir en el diseño de su jardín.

–Al final, pagaron –dijo con un suspiro al recordar los gastos legales que habían mermado el dinero que había recuperado.

–Después de que los amenazaras con tomar acciones legales.

–Eso no ocurre muy a menudo –replicó ella.

–Admítelo, cariño: Turning Back Thyme está bien como pequeño negocio, pero no es que te esté cubriendo de oro precisamente.

–Mamá…

–Si consiguieras el trabajo de la fundación, por fin podrías comprarte una casa. Los precios no están tan mal si te vas lo bastante lejos al sur del Támesis. Podrías tener tu propio jardín y estarías mucho más cerca de nosotros en lugar de estar vagando por ahí –dijo su madre.

–Me gusta ir de aquí para allá.

–Tu padre y yo no gastamos tanto en colegios para que ahora seas una sintecho –insistió su madre.

–¡Mamá! No soy una sintecho. Vivo donde trabajo. Además, en caso de que la fundación me ofreciera el trabajo, para el que ni siquiera han hecho las segundas entrevistas todavía, seguiría teniendo que decidir qué hacer con mi empresa. Esa no es una decisión fácil.

–Podrías venderla.

–Mamá…

–¿Tan malo sería?

La negativa no le salió con tanta rapidez como debería haberlo hecho. Le encantaba Turning Back Thyme, pero ser la única a cargo de un negocio era duro. Vivía con el estrés casi continuo de preguntarse si aquel iba a ser el año en el que todo iba a venirse abajo. Un par de malos encargos o una temporada sin trabajos y no solo estaría en juego su sustento, sino el de todo su equipo.

Si tan solo tuviera que dedicarse a diseñar, sería el paraíso, pero era mucho más que eso. También se encargaba de la contabilidad, los recursos humanos, las nóminas, el *marketing* y las ventas, todo a la vez. Había días en los que pasaba de trabajar en un jardín a pasar la noche pegada al portátil para procesar los montones de papeleo digital que conllevaba dirigir una pequeña empresa. Después, se derrumbaba en la cama solo para despertarse ahogando un grito tras haber tenido una pesadilla recurrente en la que se conectaba a la cuenta bancaria del negocio y se encontraba con un descubierto de setenta y cinco mil libras.

Eran días como esos y conversaciones como aquella los que hacían que se preguntara si se estaba engañando al creer que podía seguir así el resto de su vida.

Se aclaró la garganta y dijo:

–Tengo que hacer la cena y prepararme para mañana.

–Tienes mucho potencial, Emma.

«No te crie para que te pasaras el día excavando en la tierra».

«Se suponía que ibas a ser mejor que esto».

«Lo tiraste todo por la borda, Emma».

«Menuda decepción».

Emma no podía dejar de oír aquellas palabras que le había dedicado durante todas y cada una de las peleas que habían tenido cuando le había dado la espalda a la universidad y había escogido aquella vida. Una vida que su madre, que había conseguido superar sus raíces en la clase obrera, no había querido para ella.

—Tengo que colgar, mamá —dijo débilmente.

—Mándanos fotos de la casa en la que vas a pasar estos meses —replicó la mujer. Ahora que ya había lanzado sus dardos, su voz adquirió un tono más alegre.

—¡Y del jardín también! —gritó su padre desde el fondo.

—Lo haré —prometió ella.

Colgó y volvió a centrarse en la compra mientras intentaba deshacerse de la duda acechante de si, tal vez, su madre estaba en lo cierto.

Venetia

Highbury House
Martes, 5 de febrero de 1907
Soleado; vientos del este

Cada nuevo jardín es como un libro sin leer en el que las páginas están llenas de posibilidades. Esta mañana, de pie en las escaleras de Highbury House, casi estaba temblando de la emoción. Cada jardín, cada encargo por el que he luchado duro, me parece un triunfo, y estoy decidida a que Highbury House sea mi mayor logro hasta la fecha.

Pero me estoy apresurando al contar esta historia.

He llamado al timbre –lo que ha hecho que, en algún lugar de la casa, un perro comenzase a ladrar– y he esperado mientras tironeaba de las solapas de mi abrigo de lana azul marino, que quedaba muy elegante sobre la camisa blanca. Adam le había dado el visto bueno a mi aspecto antes de subirme al tren con la promesa de que cuidará la casa y el jardín mientras yo esté en Warwickshire.

He echado un vistazo a mi alrededor, asombrada por el aspecto tan austero que tiene Highbury House ahora que se ha visto despojada de las coronas y guirnaldas que colgaban alegremente de puertas y ventanas cuando vine de visita en diciembre. La señora Melcourt, la dama de la casa, estaba fuera aquel día, pero el señor Melcourt habló largo y tendido conmigo antes de dejarme recorrer la larga pradera de césped y los cansados parterres de un jardín tan poco imaginativo que me entristeció. Compró la casa hace tres años y, ahora que ha reformado todas las habitaciones, ha centrado su atención en el exterior. Me hizo el encargo por recomendación de varios de mis antiguos clientes a los que, sin duda, desea impresionar. Quiere un jardín dotado de elegancia y ambición, uno que parezca que lleva años en la familia en lugar de ser una nueva adquisición financiada por la reciente herencia de una fortuna asociada al negocio del jabón.

La enorme puerta principal se ha abierto con un crujido, dejando ver a un ama de llaves vestida con un uniforme de cuello alto serio, negro y almidonado y con una cadena de llaves colgada como si fuese una *châtelaine* medieval.

–Buenos días –me ha dicho. Su voz comedida estaba teñida de un acento de Birmingham.

He estrechado el tubo de cartón lleno de papeles que he traído desde Londres con un poco más de fuerza.

–Buenos días. Soy la señorita Venetia Smith. Tengo una cita con el señor Melcourt.

El ama de llaves me ha mirado de arriba abajo, desde el ala del sombrero hasta la punta de las botas. Sus labios se han torcido en un gesto afilado como un junco cuando se ha fijado en el barro con el que me he manchado esta mañana al comprobar por última vez cómo estaban mis rosales.

–Puedo quitármelas si así lo desea –le he dicho con ironía.

La espalda de la mujer se ha tensado como si le hubiera clavado una horquilla de pelo.

–No será necesario, señorita Smith.

Me ha conducido hasta un salón doble y me ha indicado con un gesto que esperara al otro lado de la puerta. Me he percatado de que la estancia era, sin duda, grandiosa. Tenía un juego de puertas correderas que estaban a medio abrir y que podían dividir las paredes de paneles de madera colocados a mano. En uno de los extremos, una chimenea de mármol tallado custodiaba un fuego crepitante. Del techo colgaba una gran lámpara de araña que resplandecía gracias a las luces eléctricas que había dentro de una docena de bolas de cristal y que en ese momento iluminaban varios tapices y cuadros. Aun así, el mayor ornamento de todos estaba sentado en el centro de la estancia: una mujer rubia y menuda, ataviada con un vestido de lana blanca y un cinturón negro. Frente a ella, había tres niños sentados en fila. La niñera estaba vigilando a la niña más mayor, que estaba leyendo en voz alta.

—«Y el gatito le dijo al búho: 'Oh, ave elegante, cuán dulce y encantadora es tu canción'».

—Querida… —ha dicho la mujer de blanco, que he supuesto que era la señora Melcourt.

La niña ha parado de inmediato. El corpulento señor Melcourt, vestido con un traje negro como la tinta, se ha levantado de uno de los sillones.

—La señorita Smith —ha anunciado el ama de llaves.

—Gracias, señora Creasley. Por favor, hágala pasar —ha dicho la señora Melcourt. Entonces, el ama de llaves se ha apartado para que yo pudiera ocupar su lugar.

—Señorita Smith, espero que el viaje no le haya resultado demasiado difícil —me ha dicho el señor Melcourt con un gesto brusco de la cabeza.

Fascinada, he observado cómo la nuez le rebotaba contra el cuello rígido de la camisa. ¿Acaso en esta casa son todos prisioneros del almidón?

—Ha sido muy agradable, gracias —he contestado.

—Mi esposa, la señora Melcourt —me ha indicado él. He hecho una pequeña reverencia a la que la señora de la casa ha respondido con un leve gesto de la cabeza, aunque no se ha puesto en pie—. ¿Son eso los planos? —ha preguntado el hombre con entusiasmo.

He levantado el tubo de cartón.

—Así es.

—Espero que cartearse con el señor Hillock le haya sido de ayuda —me ha dicho el señor Melcourt.

—Es un hombre muy entendido.

Un buen jardinero jefe puede ser un gran activo a la hora de ejecutar un nuevo diseño. Mucho después de que me haya marchado de Highbury, el señor Hillock será el encargado de mantener el espíritu de mi creación.

—¿Les gustaría ver los últimos dibujos? —les he preguntado.

El señor Melcourt ha asentido y su esposa tan solo ha esbozado una pequeña sonrisa, ha despachado a los niños y se ha puesto en pie para colocarse junto a su marido.

Mientras desenrollaba los planos sobre una mesa de madera de palisandro, he estudiado a mis clientes por encima de las gafas de montura de acero. En un sentido estricto, no es que las necesite para otra cosa que no sea hacer los bocetos detallados, pero he descubierto que la gente subestima enormemente a una mujer con gafas. Aunque, la mayoría de las veces, es en mi propio beneficio.

—Comenzaremos con la idea general para los terrenos. Me dijeron que querían combinar estilos formales y naturales para crear una sensación de elegancia y sorpresa. La gran pradera de césped es la formalidad. —He señalado la forma rectangular que representa la paradera de césped que ya existe en Highbury House—. Las vistas que hay del lago desde la veranda son preciosas, pero les falta algo que llame la atención; un toque dramático. Tallaremos escalones en la ladera y crearemos un muro pequeño rodeado de plantas. Las escaleras conducirán a un estanque reflectante ancho y poco profundo y, después, a la pradera ininterrumpida de césped que acaba en el lago.

—¿Quitará los árboles que están al borde del agua? —ha preguntado el hombre.

Yo he negado con la cabeza.

—Tienen hayas, abedules y espinos maduros que le otorgarán a la propiedad una sensación histórica. Como verán, las zonas más formales del jardín son también las más cercanas a la casa, que es donde es más probable que reciban visitas. —He alzado la vista hacia la señora Melcourt—. Tal vez sus invitados hagan un pícnic o jueguen al croquet en el césped y, después, paseen por el arriate largo que recorrerá el borde oriental o el paseo de los tilos y el arriate umbrío que estarán en el lado contrario. Conforme se acerque al lago, el jardín cambiará de forma natural hacia un estilo más libre y salvaje.

El señor Melcourt ha torcido los labios.

—¿«Salvaje»?

—Tanto el señor Cunningham como el señor McCray dudaron cuando les sugerí hacer algo así, pero puedo asegurarle que acabaron complacidos con el resultado —he contestado, haciendo mención a dos empresarios industriales ricos que son miembros del mismo club de Londres que el señor Melcourt.

He contenido la respiración porque aquel era el momento de la verdad. ¿Iban a ser los Melcourt el tipo de clientes que creen que quieren algo nuevo, hermoso e innovador pero que, en realidad, buscan la familiaridad reconfortante de los espacios formales y cuidados de forma estricta propios de los jardines de los siglos anteriores? ¿O iban a permitirme darles algo mucho mejor: una obra de arte exuberante y con vida mucho más vibrante que cualquier cuadro?

—McCray mencionó que tiene usted algunas ideas radicales —ha comentado el señor Melcourt—. Sin embargo, también me dijo que el efecto no le ha valido más que elogios.

Cuando su esposa no ha puesto ninguna objeción, he sonreído.

—Me alegra oírlo.

A continuación, he sacado rápidamente un dibujo detallado del arriate largo para mostrarle cómo unas altas columnas de clemátides se alzarían sobre rosales, cardos yesqueros, campánulas, diferentes tipos de *allium* y delfinios en suaves tonos rosas, blancos, plateados y morados. Les he mostrado cómo a través del uso de muros de setos y ladrillos podemos crear zonas con diferentes temáticas justo al oeste del arriate umbrío. Les he avisado de que algunos de los elementos del jardín necesitarían su tiempo: los tilos tendrán que ser entrelazados con cuidado cada año, atando las ramas más jóvenes y flexibles para crear la impresión de estar caminando entre dos muros vivientes. Hemos hablado sobre qué piezas de la colección creciente de los Melcourt quedarían mejor en el jardín de esculturas y dónde podrían jugar los niños.

En ese momento, en la distancia de la casa, ha sonado un timbre, pero los Melcourt apenas han levantado la vista.

—He mantenido los huertos en el lateral del edificio. No es necesario cambiarlos de sitio y, además, el vergel ya está maduro y produciendo fruta –les he dicho.

–Pero están tan cerca de la casa… –ha murmurado la señora Melcourt.

He comprendido las objeciones de la dama de inmediato.

–Ahora tan solo hay un seto de tejo separando los huertos del resto de la propiedad. Recomendaría construir un muro entre ellos y los diferentes jardines temáticos para que haya una mayor separación entre los jardines de trabajo y aquellos destinados al placer. Puedo mostrárselo, si quieren.

Los pasos pesados de un hombre han hecho que todos levantáramos la cabeza y un recién llegado se ha unido a nosotros. A diferencia del señor Melcourt, ese hombre llevaba la corbata un poco torcida e, incluso desde mi posición, he podido ver las manchas de barro que llevaba en el dobladillo de los pantalones.

–¡Matthew! –ha exclamado la señora Melcourt mientras su frialdad se transformaba en auténtico afecto.

–Hola, Helen. Hoy estás encantadora –ha comentado el caballero antes de darle un beso en la mejilla y de estrechar la mano del señor Melcourt.

–Señorita Smith, le presento a mi hermano, el señor Matthew Goddard –ha dicho la señora Melcourt.

–Es un placer, señorita Smith –ha replicado el hombre mientras me tomaba la mano. La suya era cálida a pesar de las temperaturas gélidas e inesperadamente áspera para ser un caballero–. He de confesar, señorita Smith –ha continuado él–, que he venido hoy a Highbury House con la esperanza de conocerla. Soy un gran admirador de su trabajo.

He retrocedido un poco, interrumpiendo nuestra conexión.

–¿De verdad?

–Visité Longmarsh House el año pasado y los jardines son exquisitos.

Me he relajado un poco al recordar con afecto Longmarsh y a *lady* Mallory, una viuda apasionada por la naturaleza y con una propiedad difícil situada en lo alto de una colina. Fue mi primera mecenas importante tras la muerte de mi padre. El proyecto era muy ambicioso, pues había que construir terrazas en las colinas y crear siete niveles de plantación. Cometí errores por el camino, tal como le ocurriría a cualquier diseñador novato, pero, cuando terminé, *lady* Mallory lo declaró su propio Jardín Colgante de Babilonia.

–Es muy amable, señor –he contestado.

La señora Melcourt ha pasado la mirada entre nosotros, como si estuviera buscando algo.

–Desde luego, es un gran cumplido, señorita Smith –ha dicho al fin–. Matthew es un botánico de talento y tiene buen ojo para estas cosas.

El estómago me ha dado un vuelco. Nada me complace menos que encontrar a un aficionado inmiscuyéndose en mis encargos. A menudo se trata del caballero de la casa que, al haber nacido en la abundancia, decide que debería cultivar alguna afición. Lee mucho sobre plantas e incluso intenta cavar algún agujero de vez en cuando, pero la mayor parte del trabajo se lo deja a su jardinero, que a menudo se ve abrumado. La poda de invierno, cuando el viento te deja la piel de la cara en carne viva. Cavar zanjas de drenaje bajo el sol abrasador. Plantar a mano y de rodillas un centenar de bulbos para crear praderas que se llenarán de jacintos silvestres en abril. El caballero jardinero no quiere saber nada de todo esto, así que no tiene ningún conocimiento práctico de jardinería por mucho que insista en que sus opiniones deberían ser tenidas en cuenta.

–La señorita Smith nos está enseñando lo que ha planeado para Highbury, Matthew. Deberías unirte a nosotros –ha dicho el señor Melcourt.

El otro hombre ha hecho una pequeña reverencia.

–No quisiera molestar.

Yo he conseguido mantener la sonrisa.

–No es ninguna molestia.

La señora de la casa ha llamado a una de las doncellas para que trajera todas nuestras cosas. A pesar del sol, este día de febrero ha sido muy frío, así que nos hemos abrigado bien.

Desde la veranda, he señalado rápidamente dónde se situarían el estanque reflectante, el paseo de los tilos y los arriates. El señor Goddard ha escuchado con atención y con las manos enguantadas entrelazadas tras la espalda. Ha hecho alguna pregunta de vez en cuando, pero nada más.

Después, nos hemos dirigido hasta el borde en el que la casa se encuentra con el césped.

—Aquí habrá una verja —he dicho, señalando más allá de los huertos, donde ahora solo hay un camino de gravilla—. Si la cruzamos, nos encontraremos con el primero de los jardines temáticos.

—¿Y cuál sería el tema de este? —ha preguntado el señor Melcourt.

—El jardín del té. Un cenador les proporcionará a usted y a sus invitados algo de cobijo para protegerse del sol o de los cambios repentinos del tiempo.

Por primera vez desde el momento en el que había comenzado a describir el jardín, los labios de la señora Melcourt se han curvado en una sonrisa.

—Qué considerado. —Entonces, me ha mirado—. ¿Habrá rosas en este jardín?

—Había pensado en que crecieran en torno a los pilares del cenador —le he contestado mientras señalaba los planos que había llevado con nosotros.

—Entonces, serán las rosas de Matthew, por supuesto —ha dicho la mujer.

—Helen, estoy seguro de que la señorita Smith tiene sus propios proveedores. —El señor Goddard me ha dedicado una sonrisa pesarosa—. Tan solo cultivo rosas de vez en cuando. Por favor, no se sienta obligada a cambiar sus planes.

—Es demasiado modesto. Me complacería mucho que usara las rosas de Matthew.

A pesar de la aparente cortesía, me ha quedado claro que era más una orden que una petición.

Me he molestado. Las rosas en las que había pensado para el jardín del té son de una variedad propia de mayo en un tono rosa pálido llamada «madame Louis Lévêque» que se cultivó por primera vez apenas hace una década. No será difícil reemplazarlas por algo similar, pero no me ha gustado la intromisión de la señora Melcourt.

«Debes recordar que un jardín es una colaboración. —El viejo consejo de mi padre me ha resonado en la cabeza—. Debería aunar lo mejor de ti y de tus clientes, pero nunca olvides que a quien debes remitirte en todo momento es a la naturaleza».

Así que, reprimiendo un suspiro, he dicho:

—Estoy segura de que podemos llegar a un acuerdo sobre las rosas adecuadas para el jardín del té.

—¿Y las de los otros jardines? —ha preguntado la señora Melcourt.

—Tal vez podría proporcionarme un inventario de sus existencias —he dicho mientras me esforzaba por no hacer rechinar los dientes.

El señor Goddard me ha lanzado una mirada de disculpa.

—Sería mejor que viniera a verlas usted misma. Wilmcote está a tan solo diez kilómetros de aquí.

—Ahora que eso está resuelto, ¿qué hay de los otros jardines temáticos? —ha preguntado el propietario de la casa.

He respirado hondo, decidida a recuperar el control de mis propios planes.

—A continuación del jardín del té, encontraremos el jardín de los enamorados, repleto de colores vibrantes y con su estatua de Eros en el centro. Después, pasaremos al jardín infantil en tonos pastel y con cerezos, seguido del jardín nupcial que será completamente blanco. Junto a este, hallaremos un jardín acuático que anime a la contemplación. Señor Melcourt, tengo entendido que es usted algo así como un poeta.

El hombre ha sonreído, radiante.

—Me publicaron un libro el año pasado.

Adam investiga a fondo a nuestros clientes, así que ya lo sabía. Aun así, he fingido sorpresa y he dicho:

—Entonces, tal vez le complazca saber que he planeado crear un jardín de la poesía con guiños a muchos de los grandes poetas. Desde ese jardín se accederá a un jardín de esculturas en el que se exponga su colección, un jardín de invierno y un paseo de lavandas. Al fondo, un camino de grava bordeado por árboles en el lado sur y, más allá de esos árboles, antes de llegar al lago, estará la zona boscosa. Construiré senderos y plantaré bulbos de floración primaveral que se irán mezclando con los árboles hasta el borde del lago y que darán paso a los campos de Highbury House Farm.

He visto cómo pasaban la vista entre los planos y el césped y los cuadros repetidos y poco imaginativos de lecho vegetal que componen ahora el jardín. Lo que quería era que lo vieran como yo y que comprendieran lo que podría llegar a ser.

—Será sorprendente e inesperado. —He echado un vistazo a los anillos que llevaba la señora Melcourt en los dedos y las perlas del alfiler de corbata que adornaba el centro del cuello de su esposo—. E impresionante. El jardín contará una historia que sus invitados podrán disfrutar una y otra vez.

Marido y mujer han intercambiado una mirada. Al final, el señor Melcourt ha dicho:

—Creo que tiene una gran tarea por delante, señorita Smith. Estamos deseando ver cómo cobra vida.

Beth

21 de febrero de 1944

Queridísima Beth:

Todavía me resulta extraño referirme a ti como 'queridísima', pero creo que llegará a gustarme. Llevamos en marcha los últimos dos días y, por eso, esta carta te llegará un par de días tarde. Espero que no creas que ya te estoy descuidando.

Incluso en pleno febrero, el sol está más alto en el cielo de lo que lo está en casa y me descubro echando de menos las nieblas de los inviernos de Inglaterra. Es muy extraño pensar que, apenas hace unas semanas, los hombres de mi pelotón y yo estábamos quejándonos del barro que se nos pegaba a las botas durante los entrenamientos. La guerra es más real de lo que nunca podría describir en papel (aunque los censores tampoco lo permitirían).

Todos los días pienso en la última vez que hablamos. Tal vez debería sentirme culpable por haberte pedido de manera tan abrupta que fueras 'mi chica', tal como dirían los soldados de Estados Unidos. No había pensado hacerlo por teléfono, pero quería oír tu voz.

Saber que estás en casa, esperándome, me da la fuerza que necesito para afrontar lo que pueda esperarme en la batalla.

Con todo mi cariño,

Colin

El tren se detuvo con una sacudida en la estación de Royal Leamington Spa y la gente de todo el vagón comenzó a salir al andén. Beth se agarró al pasamanos, haciendo todo lo posible por mantener en equilibrio la bolsa de lona que llevaba colgada del hombro y evitar caerse al bajar. Cuando sus zapatos prácticos y de tacón bajo rozaron el suelo, exhaló un suspiro.

«Al fin».

El viaje en tren desde Londres había durado el doble del tiempo que debería haber durado, ya que el servicio irregular era una de las características de los viajes en tiempos de guerra. Y eso sin contar con el tramo que había tenido que recorrer temprano por la mañana desde la escuela de agricultura en la que se había formado. Pero, ahora, ya casi había llegado a Temple Fosse Farm, que iba a ser su hogar en el futuro próximo.

Mientras se recolocaba la bolsa, comenzó a abrirse paso por el andén en busca del señor Penworthy. No tenía ni idea de qué aspecto tenía o de si él sería capaz de identificarla entre el resto de viajeros. Tendría que haberse puesto el uniforme en el baño de la estación de Marylebone, tal como recomendaba su manual para las llamadas «chicas del campo», pero había sido consciente de que aquel viaje en tren iba a ser la última vez que usaría su propia ropa en... Bueno, no sabía en cuánto tiempo.

Su vida estaba a punto de convertirse en tierra, cultivos, climatología y cosechas. Durante su formación, había oído que el aislamiento de la vida rural podía resultarle difícil a las chicas de ciudad como ella, pero había pasado su infancia en una granja. Estaba segura de que iba a ser como volver a casa. Además, en algunos condados, las chicas del campo organizaban bailes en las aldeas y pueblos cercanos de vez en cuando. Tenía la esperanza de que en Warwickshire estuvieran igual de bien organizadas.

La multitud del andén comenzó a dispersarse conforme la gente accedía al vestíbulo de la estación. El viento le sacudió los rizos rubios que se había cepillado y estaba volviendo a colocárselos en su sitio cuando divisó a un hombre mayor junto a la puerta de la sala de espera con una gorra de lana entre las manos y una chaqueta de algodón encerado de color verde oliva colgándole de los hombros. Bajó la mano hasta el asa de su bolsa y, tras tragarse el nudo de miedo en la garganta, se dirigió directamente hacia él.

—¿Señor Penworthy? —preguntó. A pesar de su falsa confianza, la voz le tembló un poco.

El hombre la miró de arriba abajo como quien examina a una vaca en venta en el mercado.

—Entonces, ¿es usted la chica del campo?

Ella asintió.

—Me llamo Elizabeth Pedley.

—Es un nombre muy largo para alguien tan pequeñito —comentó él.

—Mis padres me llamaban Beth y, puede que sea pequeña, pero soy fuerte.

El hombre torció los labios.

—¿Ah, sí? La última chica que nos enviaron no era gran cosa.

—¿Qué le ha ocurrido? —preguntó ella.

—Sigue trabajando en la granja. No podemos permitirnos ser demasiado exigentes. Fue idea de la señora Penworthy solicitar una segunda chica. —Se pasó una mano por la cabeza y se puso la gorra—. Es mejor darle la razón cuando algo se le mete en la cabeza. Vamos. Pronto habrá anochecido.

Estiró el brazo para llevarle la bolsa, pero Beth se aferró a ella, decidida. El hombre soltó un gruñido.

—Usted misma. —Beth siguió al granjero por las escaleras hasta que salieron de la estación y se encontraron con una carreta tirada por un caballo que estaba atado a la verja—. ¿Alguna vez ha viajado en carreta?

—Hace mucho tiempo —contestó con sinceridad—. Mis padres tenían una granja.

—¿Y ya no la tienen?

—Murieron. —Durante un instante, tal como ocurría a menudo cuando mencionaba que era huérfana, se hizo el silencio entre ellos—. Viví en el pueblo con mi tía hasta que cumplí los dieciocho años y me uní al Ejército Femenino del Campo.

—Ahora, el combustible se guarda para las labores de la granja, así que tenemos que usar la carreta –le explicó el señor Penworthy.

Ella asintió, agradecida de que no le hiciera ningún comentario manido sobre lo mucho que sentía su pérdida.

Cuando el hombre le abrió la portezuela, Beth lanzó su bolsa en la parte trasera de la carreta.

–¿Quiere sentarse en la parte trasera o en la delantera? –le preguntó él.

–En la delantera, por favor.

–Usted misma –repitió el hombre.

Se subió al vehículo y se acomodó. El señor Penworthy hizo lo mismo y, después, tomó las riendas. Con un chasquido de la lengua, el caballo se puso en marcha.

Si Beth había creído que iban a hablar durante el trayecto hasta la granja, se había equivocado. La carretera estaba llena de baches y el aire de pleno febrero era muy cortante. Se pasó la mitad del tiempo intentando evitar que le castañetearan los dientes y la otra mitad sujetándose la gorra con la mano para que no se le cayera. Para cuando el señor Penworthy se desvió del camino en un cartel que rezaba TEMPLE FOSSE FARM, sentía como si los dedos estuvieran a punto de caérsele.

En cuanto el caballo y la carreta ralentizaron el paso, la puerta lateral de la casa de la granja se abrió de golpe.

–¡Len Penworthy! ¿Cómo se te ocurre dejar que la pobre chica venga todo el camino desde la estación tan solo con ese abrigo tan fino? –preguntó una mujer alta que llevaba un delantal de lona atado a la cintura–. ¡Se va a morir!

–Esa es la señora Penworthy –murmuró el hombre.

Beth lo miró, pero le sorprendió descubrir que en su gesto no había ni rastro de enfado o cansancio, tan solo afecto.

–Bien, usted debe de ser la señorita Pedley –dijo la señora Penworthy mientras se acercaba a ella afanosamente.

–Por favor, llámeme Beth –replicó ella.

–Beth será.

La mujer la tomó de los hombros y la condujo directamente a la cocina. En un rincón, una enorme estufa negra de hierro emanaba calor y, sobre la mesa, había una variedad de verduras y hortalizas a medio cortar. El aroma intenso de un estofado le llegó a la nariz y estuvo a punto de soltar un gemido. Hacía mucho tiempo que no tomaba una buena comida casera.

—Quédate aquí sentada y te prepararé una taza de té —le dijo la señora Penworthy. Su esposo fue a sentarse en el otro extremo de la mesa, pero ella le dijo por encima del hombro—: Ve a decirle a Ruth que venga a conocer a Beth.

El hombre soltó un largo suspiro.

—Iré a ver si quiere venir.

—No le hagas caso —dijo la mujer en cuanto su marido hubo salido de la habitación—. Trabajar en una granja no es para todo el mundo y a Ruth le está costando adaptarse. Aunque tal vez le resultaría más fácil si se diera cuenta de que ya no está en Birmingham.

—Espero que a mí me resulte más fácil. Llevo viviendo en Dorking con mi tía Mildred, que es viuda, desde que tenía diez años.

Si le pareció extraño que hubiese vivido con su tía en lugar de con sus padres, la mujer del granjero no hizo ningún comentario al respecto.

—¿Y no echará en falta tu presencia en Dorking?

Beth dudó.

—Creo que se alegra de saber que estoy aportando mi granito de arena a la guerra.

—¿Alimentando a una Gran Bretaña hambrienta?

La pregunta sonó cortante. Beth alzó la vista justo cuando una joven con la silueta de un reloj de arena y una nube de rizos rojizos perfectos flotándole en torno a los hombros entró en la sala. A pesar de que los cupones para ropa racionaban lo que todo el mundo podía comprar, aquella chica iba bien vestida con un jersey de canalé de cuello alto color crema y una falda de *tweed*. Cualquier otra persona podría haber parecido desaliñada, pero ella parecía como si estuviera a punto de servir a sus invitados una ronda de bebidas tras un largo día de caza.

—Sé amable, Ruth —dijo la señora Penworthy.

La susodicha pasó la vista entre la mujer del granjero y Beth. Después, una sonrisa se apoderó de su rostro.

–Tan solo estoy bromeando, señora P. Soy Ruth Harper-Greene.

Beth frunció el ceño al oír el apellido compuesto de la otra joven. Normalmente, las chicas como aquella acababan siendo secretarias o trabajando en centralitas, donde podían presumir mejor de su acento perfecto.

Estrechó la mano de Ruth.

–Un placer conocerte.

–Tomémonos una taza de té –dijo la señora Penworthy de forma alegre–. Me temo que solo es camomila, pero en la guerra hay que hacer sacrificios.

El señor Penworthy no volvió a unirse a ellas hasta la hora de la cena que, aunque solo consistió en tubérculos comestibles, fue con facilidad la mejor comida que Beth había tomado en meses.

Después, Ruth le enseñó la habitación que iban a compartir. En cuanto se hubo cerrado la puerta, la otra joven se dejó caer sobre la cama.

–Qué aburrimiento más absoluto. Te juro que, si no ocurre algo interesante pronto, gritaré.

–Los Penworthy parecen muy amables. Creo que me gustará este sitio –contestó ella.

Ruth se incorporó sobre un codo y le lanzó una mirada evaluadora.

–Sí, bueno, probablemente nunca hayas pasado un tiempo en Londres. O en Birmingham. Warwickshire es bastante decepcionante, por no decir otra cosa. –Beth frunció los labios y comenzó a deshacer su equipaje–. Oh, te he ofendido –añadió la otra joven mientras se ponía en pie para situarse en su campo visual.

–No me has ofendido –respondió ella–. Tan solo me alegro de poder ser de utilidad.

–Sí, bueno, todos tenemos que ser útiles, ¿no es así? –comentó Ruth con un bufido mientras metía la mano en un cajón y sacaba un paquete arrugado de cigarrillos y una cerilla.

—No fumes aquí dentro, por favor —dijo Beth de una manera un poco más brusca de lo que había pretendido.

La otra chica alzó la vista con el cigarrillo colgando entre los labios.

—Vaya, la ratoncita muerde.

—No soy una ratoncita. Y agradecería que no fumaras en esta habitación.

—¿Y por qué no? —la desafió Ruth.

—Porque mi tía Mildred fuma y nunca lo he soportado. —Beth se dio la vuelta con los brazos cruzados sobre el pecho para mirar cara a cara a su compañera de dormitorio—. No tenemos por qué caernos bien, pero sí es necesario que podamos coexistir. Será más fácil si lo dejamos claro desde el principio.

Se hizo el silencio entre ellas. Dado que no había tenido mucha práctica, a Beth nunca se le había dado bien enfrentarse a ese tipo de interacciones. Tal vez se había pasado. No quería convertir a su compañera de cuarto en una enemiga apenas unas pocas horas después de haberla conocido. Entonces, Ruth se quitó el cigarrillo de entre los labios y volvió a meterlo en el paquete.

—Lo siento. Puedo ser una niñata terrible cuando no me salgo con la mía y, en los últimos meses, nada parece haber salido como yo quería —dijo la joven.

—¿Te refieres a ser una de las chicas del campo? —preguntó Beth.

Ruth se rio.

—No eres solo una cara bonita, ¿eh, Bethy?

—No me llames así; suena horrible.

—Odio este sitio, Beth. Odio el trabajo, odio tener que madrugar y que no haya ni una sola maldita cosa divertida para hacer. También odio odiarlo porque el señor y la señora Penworthy no han sido más que amables y pacientes conmigo, mientras que yo he sido una auténtica bestia.

—¿Por qué no solicitas un traslado? ¿O por qué no te conviertes en una Wren o una de las WAAF? —dijo Beth, más convencida que antes de que a su compañera le iría mucho mejor en la marina o como una de las auxiliares femeninas de la Real Fuerza Aérea.

Ruth volvió a dejarse caer en la cama.

—Las Wrens no me aceptarían porque me expulsaron del Servicio Territorial Auxiliar.

Beth no pudo evitar que los ojos se le desviaran al vientre de la otra chica.

—¿Te expulsaron?

—No porque estuviera embarazada ni nada por el estilo, tonta. —Ruth se rio—. Bebí en la base y robé el automóvil de uno de los oficiales. Pensé que podría conducir y buscar algo de diversión, pero, en su lugar, me estrellé contra la verja. Una idiotez por mi parte, la verdad. Después de eso, ninguna de las ramas auxiliares me quería aceptar. Convertirme en una de las chicas del campo era mi mejor opción entre un montón de mierda. El reclutamiento no espera a ninguna mujer.

—Y, ahora, estás atrapada aquí —dijo Beth.

—Hasta que pueda encontrar a alguien que se case conmigo, aunque ni siquiera eso es suficiente. También tendré que quedarme embarazada antes de que dejen que me marche.

—No parece el más rápido de los planes.

—¿Qué hay de ti? ¿Tienes algún enamorado? —preguntó Ruth.

—De hecho, sí.

Qué raro sonaba.

Ruth se puso bocabajo y sonrió.

—¡Ay! Cuéntame.

Beth tomó aire.

—Se llama Colin. Creció en la granja que había junto a la de mis padres. Cuando me mudé a Dorking, comenzamos a escribirnos. En realidad, era una tontería. Después de todo, tan solo teníamos diez años. Pero, ocho años después, seguimos escribiéndonos.

Seguían escribiéndose y, de algún modo, se habían convertido en… ¿novios? No estaba muy segura de cómo había ocurrido. Un día, justo después de Navidad, cuando estaba esperando a recibir instrucciones del Ejército Femenino del Campo, Colin la había llamado por teléfono a casa de su tía.

—He estado pensando… Nos gustamos, ¿no? —le había preguntado.

–Claro que sí. Hace siglos que somos amigos –había contestado ella con una carcajada.

–¿Querrías ser mi chica?

El auricular del teléfono se le había escapado de las manos y había conseguido atraparlo a duras penas antes de que cayera al suelo.

–¿Qué?

–Piénsalo. Pronto, te marcharás para recibir tu formación. A mí me envían a Italia en unos pocos días. ¿No sería mejor si ambos tuviéramos a alguien esperándonos? –le había preguntado él.

–Pero, Colin, apenas nos vemos.

–Pero nos escribimos. Y, a veces, hablamos por teléfono.

–Pero ¿me quieres en realidad? –había preguntado ella.

–Más que a cualquier otra chica que haya conocido jamás –había respondido él–. Además, ¿quién iba a querer al hijo de un granjero como yo más allá de la chica a la que conozco de toda la vida?

Había sentido una punzada de lástima en la conciencia.

–Eso es ridículo y lo sabes, Colin. Eres un hombre apuesto.

Sin embargo, de algún modo, y a pesar de sus razonamientos, al colgar el teléfono se había encontrado con que tenía un enamorado.

–¿Tienes una fotografía? –preguntó Ruth.

Beth buscó en su bolsa el cuaderno de dibujo que, con cuidado, había dejado encima de la ropa. De él sacó una fotografía de Colin vestido de uniforme, sano y salvo y, aun así, todo un extraño para ella.

Ruth ojeó la foto con tales aires de experta que Beth se sonrojó.

–No está mal –anunció al fin la otra chica–. ¿En qué regimiento está?

–En el Primer Batallón del Regimiento del Este de Surrey.

–¿Y dónde está ahora?

–En algún lugar de Italia. No puede contarme más que eso.

–Debe de ser agradable saber que hay un hombre esperando tus cartas –comentó Ruth con cierta melancolía–. Estoy decidida a conseguir uno entre la base aérea y Highbury House.

–¿Qué es Highbury House? –preguntó ella.

–¿Todavía no te lo han contado?

–No.

Ruth sonrió.

–Entonces, creo que será mejor que lo descubras por ti misma.

A la mañana siguiente, ambas gruñeron cuando el despertador que había en la mesilla de Ruth sonó a las cuatro y media. A las cinco, ya estaban vestidas y terminando de desayunar en la enorme mesa de cocina de la señora Penworthy. A las cinco y media, el señor Penworthy le estaba dando a Beth su primera lección como chica del campo.

Estaban esparciendo estiércol, lo que era un trabajo sucio y maloliente incluso con la ayuda del tractor que conducía el dueño de la granja. A media mañana, Beth llevaba fango por todas las botas de goma que le habían entregado en el Ejército Femenino del Campo y hasta la mitad de los pantalones. Se había quitado los dos jerséis de lana y la chaqueta que se había puesto por la mañana y se había quedado tan solo con una camisa. Entre el pulgar y el índice se le estaba formando una ampolla.

Lo más extraño era que, a pesar de la incomodidad, le encantaba. Estaba al aire libre y cada bocanada de aire que tomaba era fresca y vigorizante, si bien impregnada del olor del estiércol. Los músculos le ardían, pero el señor Penworthy les había dejado parar el tiempo suficiente para admirar cómo salía el sol de entre los árboles desnudos que había al borde del campo. Se sentía necesaria y útil por primera vez en mucho tiempo.

Ruth, por el contrario, se sentía miserable.

–¿No podemos parar para el tentempié de media mañana? –exclamó.

Desde lo alto del tractor, el granjero frunció el ceño.

–¿De media mañana? Son las diez y media.

–No veo el momento de que llegue la hora –refunfuñó Ruth.

–Casi hemos terminado –dijo Beth mientras volvía la vista hacia los tres cuartos de terreno que ya habían rastrillado.

El señor Penworthy se caló la gorra.

–Después de este, tenemos que hacer otro campo.

–¿Otro más? –chilló Ruth.

Beth soltó un largo suspiro.

–Señor Penworthy, ¿no había dicho su esposa que tal vez hoy comenzara a pintar parte del granero?

El granjero la miró durante un buen rato antes de asentir.

–Ve allí entonces, Ruth.

La chica dejó el rastrillo y se dirigió al límite del campo tan rápido como se lo permitieron las botas cubiertas de barro.

Beth continuó rastrillando, pero el señor Penworthy no encendió de nuevo el tractor.

–Entonces, ¿no estás cansada? –le preguntó.

Ella se detuvo y se apoyó en la parte superior de la herramienta.

–Estoy agotada. Creo que nunca había trabajado tanto en un día como en esta mañana.

–¿También vas a querer ir a pintar el granero?

–Solo si eso es lo que necesita que haga. Si necesita que me quede aquí a rastrillar estiércol, me quedaré aquí a rastrillar estiércol.

Por primera vez en el breve periodo de tiempo que había pasado desde que se habían conocido, el hombre sonrió.

–Entonces, súbete.

–¿Que me suba?

Él señaló el tractor con un gesto de la cabeza.

–En algún momento, vas a tener que aprender a conducirlo. Pronto, empezaremos a plantar remolacha y trigo.

¿Iba a aprender a conducir? Colin no iba a creérselo después de todas las cartas en las que se había burlado de ella diciendo que había perdido las costumbres del campo tras haber comenzado a vivir en el pueblo.

Mientras subía al tractor, la invadió la emoción. El señor Penworthy se movió a un lado para hacerle hueco. Estuvo a punto de resbalarse gracias al barro de las botas, pero consiguió llegar hasta el amplio asiento.

–Muy bien –dijo tras colocar las manos sobre el volante.

–¿Qué otros vehículos has conducido antes? –le preguntó él.

—Ninguno —respondió con una sonrisa.

El hombre soltó un largo suspiro.

—¿Qué os enseñan a la gente de ciudad?

Beth se rio, sorprendida.

—Dorking no es exactamente una ciudad.

—Peor me lo pones, jovencita —replicó él.

—Bueno, pero voy a aprender ahora.

El señor Penworthy refunfuñó y empezó por lo básico: arranque, embrague, acelerador, freno y cambio de marchas. Le explicó con paciencia cómo pisar el embrague, cambiar las marchas y poner en funcionamicnto aquella gigantesca máquina. Le hizo recitarlo una y otra vez hasta que la secuencia se le escapaba de los labios con facilidad.

—Muy bien —dijo él mientras se recostaba en el asiento—. Inténtalo.

Beth tomó aire, consciente de que el hombre se estaba aferrando al borde del asiento. Empujó el embrague con firmeza hacia el suelo, giró la llave de contacto, metió la marcha y, poco a poco, levantó el pie del embrague. El tractor emitió un gran rugido y ella dio un brinco hacia atrás, apartando el pie. Aquella bestia de máquina se sacudió con violencia y, después, se quedó en silencio.

—Bueno, lo has calado.

Observó el gesto serio y resignado del señor Penworthy que, de improviso, comenzó a reírse. Se rio sin parar con las manos en los costados. Podía oír las carcajadas graves y secas del granjero, que sonaban como si le estuviera quitando el polvo a su sentido del humor.

—¿Qué es esto? ¿El granjero Penworthy riéndose con una de las chicas del campo? Jamás pensé que llegaría a presenciar este día —dijo un hombre.

Beth alzó la cabeza de golpe y, al borde del campo, vio a un hombre corpulento ataviado con el gabán de los oficiales del ejército.

—Capitán Hastings —vociferó el granjero—, quédese ahí. —Le hizo un gesto con la cabeza a Beth—. Abajo.

Bajó por el lateral y aterrizó con dos pies firmes sobre la tierra suave y el estiércol. El oficial los observó mientras se acercaban al borde del campo. Hasta que no estuvo a unos cinco metros de él no se dio cuenta de por qué parecía tan ancho. Tan solo tenía un brazo metido en las mangas. El otro le colgaba del cuello con un cabestrillo, cubierto por el abrigo.

—Tiene compañía —le dijo el hombre al granjero cuando se detuvieron frente a él.

—Señorita Pedley, este es el capitán Hastings —dijo el señor Penworthy.

—Graeme Hastings, del Segundo Batallón de los Fusileros Reales Escoceses. Un placer conocerla, señorita Pedley.

—Lo mismo digo, señor.

—Debe de ser nueva —comentó el capitán Hastings.

—Sí; llegué ayer. El señor Penworthy me estaba enseñando a conducir el tractor.

—¿Y bien? —preguntó el oficial.

—Se me ha calado en el primer intento —admitió.

Él se rio.

—Nos pasa a todos. No crea a nadie que le diga lo contrario. Ya lo conseguirá.

—Sí, creo que lo hará —dijo el señor Penworthy.

Una sensación ardiente se le apoderó del pecho ante el elogio. Podía hacer aquello. Iba a hacerlo.

—¿Puedo preguntarle qué le ha ocurrido en el brazo? —preguntó ella.

—¿Esto? —dijo él mientras miraba las vendas como si las estuviera viendo por primera vez—. Me puse en el camino de una bala alemana. Fui muy torpe, la verdad.

Beth no pudo evitar sonreír.

—Supongo que los médicos le han recomendado que no vuelva a hacerlo.

El capitán Hastings soltó una carcajada.

—Sí, las enfermeras me regañaron como si no hubiera un mañana. No puedo decir que quiera repetir la experiencia. Me ha dejado el hombro bastante destrozado.

—Lamento oír eso —replicó ella en un tono más serio.

—Oh, no es necesario. Me valió una convalecencia muy agradable y la buena compañía de mi amigo el señor Penworthy.

—Al capitán Hastings le interesa la agricultura —señaló el granjero.

—¿Ah, sí? —preguntó Beth.

—En realidad, no tengo conocimientos al respecto, pero me gusta caminar por los campos. No hay nada como estar encerrado para que te sientas como un inválido y, además, los médicos parecen aprobar que haga ejercicio siempre y cuando tenga cuidado. —El oficial se giró hacia el señor Penworthy—. ¿Se encargará la señorita Pedley de los pedidos de la casa grande?

Beth miró al granjero, que volvió a torcer los labios.

—Tal vez —fue lo único que dijo.

—¿Qué casa grande? —preguntó ella.

—Highbury House. Ha sido requisada como hospital de convalecencia. Se especializan en huesos. Por eso acabé aquí. Bueno, tengo que seguir. —El capitán se caló la gorra con visera a modo de despedida—. Las ovejas se molestan bastante cuando no paso a verlas a tiempo. Granjero Penworthy. Señorita Pedley.

Se alejó como si no tuviera ninguna preocupación en el mundo, tuviera el brazo vendado o no.

—Parece un hombre bastante agradable —dijo Beth.

—El capitán Hastings es mejor que la mayoría. No quiero hablar mal de los hombres que están en Highbury House; todos han hecho su parte por defender Gran Bretaña. Aun así, algunos pueden ser…

—¿Unos patanes? —dijo ella, servicial.

El hombre soltó una carcajada.

—«Patanes» es una buena manera de describirlos, señorita Pedley.

—Me doy por enterada.

El señor Penworthy volvió a sonreír. La tía Mildred no era una mujer cruel, pero tampoco era demasiado cariñosa. Beth había disfrutado de tener un techo sobre la cabeza y comida en la mesa, pero poco más. Ni amabilidad, ni aprobación, ni cari-

ño. Durante mucho tiempo, Colin había sido su único salvavidas, pero ahora estaba en la guerra, por lo que podría haberse
quedado sentada bajo el resplandor de la sonrisa del granjero
durante horas.

–Entonces, de vuelta al tractor –dijo el hombre–. Vas a volver
a intentarlo hasta que lo hagas bien.

Así que Beth volvió a subirse al tractor, no sin antes lanzar
una última mirada a la figura cada vez más pequeña del capitán Graeme Hastings.

Venetia

Highbury House
Lunes, 18 de febrero de 1907
Frío y humedad

Papá solía decirme que, cuanto más duro fuera el día de la plantación, más vigorosas brotarían las plantas. Si el tiempo de hoy nos sirve de indicio, desde luego, el jardín de Highbury House crecerá muy sano.

Llegué ayer a la casa y ya me he acomodado en la vieja casita del jardinero que hay en el lado sur de la propiedad. La señora Melcourt me ofreció una de las habitaciones de invitados del ala este pero, al descubrir que el jardinero, el señor Hillock, vive encima de la tienda que su esposa regenta en el pueblo, insistí en ocupar la casita.

Dije que tenía que vigilar de cerca las muchas plantas que voy a propagar en Highbury a partir de esquejes y semillas. Lo cierto es que estoy acostumbrada a disfrutar de mi libertad. Vivo con Adam, pero él me deja en paz cuando estoy trabajando.

Esta mañana, en el primer día de trabajo real en Highbury House, me he abrigado bien para enfrentarme al tiempo y me he aventurado al aire libre. Durante mi última visita, hace dos semanas, le dejé instrucciones al señor Hillock para que despejara los terrenos en los que construiremos los diferentes jardines temáticos. Sus hombres también han cortado el césped para crear los arriates y ya se han entregado las cajas de tierra para mejorar la calidad del suelo.

El señor Hillock se ha reunido conmigo en la verja que da acceso al jardín del té. Estábamos hablando sobre los tilos que van a entregarnos a lo largo de la semana cuando he oído que alguien decía «hola» desde la veranda. Al alzar la vista bajo el ala ancha de mi sombrero de jardinería, he visto cómo el señor Goddard nos saludaba con la mano antes de bajar las escaleras con grandes zancadas.

—Entonces, ya ha conocido al hermano —me ha dicho el señor Hillock mientras se calaba la gorra de fieltro con el pulgar sobre la cabeza.

—Sí, cuando vine desde Londres a visitar la propiedad a principios de mes.

—Tiene talento para las rosas. Me trajo unas cuantas variedades cuando el señor y la señora Melcourt compraron Highbury House. Me dijo que quería que le hiciera saber cómo les iba.

—¿Y?

El señor Hillock se ha frotado el vello de la barbilla con una mano y, justo antes de que el señor Goddard se parara frente a nosotros, me ha dicho:

—Crecen como las malas hierbas.

—Señorita Smith. Señor Hillock. Me alegro de verlos a ambos. Iba de camino a Warwick para unos negocios y he parado para ver a mi hermana, pero no está en casa. —Entonces, ha mirado a su alrededor—. Están avanzando bastante rápido.

—Cuanto antes estén en su sitio los elementos arquitectónicos del jardín, antes podré comenzar a dirigir la plantación —he contestado.

—Parece que ya ha comenzado —ha dicho él mientras, con un gesto de la cabeza, señalaba los pesados guantes de cuero que llevaba metidos en el bolsillo del delantal que me cubría la falda marrón. Estaban manchados de barro, igual que mis pesadas botas de jardín.

—Cerca de los invernaderos, están creciendo un par de buddleias en muy buenas condiciones. He estado podándolas para que, más adelante, resulte más fácil moverlas.

—¿Cuándo empezará con la plantación?

–En abril. Tal vez un poco antes si el tiempo es favorable –he contestado.

El señor Goddard se ha aclarado la garganta.

–Quería disculparme por el comportamiento de Helen. La mitad de las veces me dice que estoy perdiendo el tiempo al cultivar rosas. El resto, se explaya sobre mis talentos para la horticultura.

–La relación entre hermanos y hermanas puede ser complicada. Estoy segura de que mi hermano Adam estaría de acuerdo. Me complacerá hacer todo lo posible para incorporar algunas de sus rosas al diseño.

Él se ha llevado una mano al corazón.

–Sería un gran honor tener un pequeño papel en cualquiera de sus diseños, señorita Smith.

Después, se ha despedido con un gesto de la cabeza y se ha marchado.

Horas después, cuando tenía los doloridos pies a remojo en un baño de sales y lavanda seca, he vuelto a tener motivos para pensar de nuevo en el señor Goddard cuando he oído cómo llamaban con fuerza a la puerta.

Me he secado los pies a toda prisa y los he metido en un par de zapatillas viejas. He abierto la puerta una rendija para echar un vistazo. En el umbral había una doncella, que ha hecho una reverencia.

–Buenas noches, señorita.

–Hola. ¿Cómo se llama?

La muchacha ha agachado la barbilla.

–Me llamo Clara, señorita Smith.

–Bueno, Clara, ¿en qué puedo ayudarla?

–La señora Melcourt la invita a cenar si así lo desea.

«Si así lo desea». ¿Era una petición o una orden? Y ¿se trataba de una invitación ofrecida de forma voluntaria o a instancias del señor Melcourt, que parece mucho más interesado en mi trabajo en Highbury House que su esposa? Después de todo, aunque es cierto que soy la hija de un caballero, sé que la dama no está acostumbrada a invitar a mujeres profesionales a su mesa.

–Por favor, dígale a la señora Melcourt que será un placer ir a cenar –le he respondido.

Estaba a punto de cerrar la puerta cuando Clara se ha sacado una carta del bolsillo de su delantal planchado a la perfección.

–Además, ha llegado esto con el correo de la tarde, señorita.

Le he dado las gracias y he tomado la carta. Ella me ha dedicado otra reverencia y ha salido prácticamente en desbandada por el camino. Me he preguntado si iría corriendo a hablarles a las otras doncellas de la excéntrica mujer cubierta del polvo de todo un día que aquella noche iba a cenar con el señor y la señora.

He pasado el dedo por el sello de la carta. El mensaje estaba escrito directamente en la parte trasera del papel que habían doblado para formar el sobre.

Querida señorita Smith:

Espero que no le parezca una insolencia por mi parte invitarla a que visite mi vivero este viernes por la mañana a las once en punto. En muy pocas ocasiones conozco a gente que comparta mi pasión por las plantas y agradecería la oportunidad de mostrarle mi colección.

Suyo,

Matthew Goddard
Wisteria Farm, Wilmcote

Me he quedado un momento contemplando la carta. ¿Insolente? ¿Qué podría ser menos insolente que una invitación para ver rosas?

He sacudido la cabeza y he dejado la carta en la mesa para ir en busca de mi tercer mejor vestido y un par de zapatos que pudieran ser vistos en público.

Emma

Emma estaba de pie con las manos en las caderas, contemplando lo que, en el pasado, probablemente habría sido un precioso canal de agua salpicado de nenúfares.

–Tendremos que excavarlo por completo, revestirlo y volver a llenarlo –dijo.

–No parece que hubiese una fuente de agua –dijo Charlie mientras tomaba una nota en su teléfono.

Emma frunció el ceño.

–Nunca he oído que Venetia usara bombas de agua en sus jardines, pero sin unos planos…

–Es imposible saberlo –asintió su amigo–. ¿Has hecho que Sydney se ponga a rebuscar en los archivos familiares?

Soltó una carcajada.

–Me conoces bien.

–Me parece que nunca he presenciado que dejaras que un propietario se fuera de rositas durante una restauración.

–A fin de cuentas, es su jardín. Ellos también tienen que preocuparse. Ven, quiero enseñarte algo.

–Estaría bien que Sydney encontrara un diario desaparecido hace tiempo y un alijo de cartas de Venetia –dijo Charlie mientras avanzaban por el sendero bordeado de tejos que conformaba el borde superior del jardín acuático y el jardín misterioso que había al lado.

–Con una descripción clara de dónde se plantó cada cosa y por qué. Podemos soñar.

–¿Sabes? Sin duda, hemos hecho jardines que estaban en condiciones mucho peores –insistió él.

–Puede que no pienses lo mismo cuando veas esto –dijo Emma cuando atravesaron un hueco entre los tejos y divisaron el revoltijo salvaje de zarzas y ramas que asomaban por encima del muro de ladrillo del jardín de invierno.

Charlie soltó un silbido.

–Si tiene tan mal aspecto desde aquí fuera…

–No puedo ni imaginarme lo que hay dentro –concluyó ella.

–¿Qué sabes de él?

–Sydney dice que es un jardín de invierno.

–Entonces, ¿por qué hay una buddleia de seis metros creciendo en el centro? No es una planta invernal –señaló Charlie.

–Porque es una planta que se esparce por donde puede. Y la cosa se pone todavía mejor –dijo mientras lo conducía por la curva del muro hasta llegar a la verja–. Según Sydney, esto no se ha abierto jamás en toda su vida.

–Qué siniestro –replicó él mientras sacudía la verja. El óxido parecía de un naranja brillante en contraste con su oscura piel morena–. Es de buena confección, pero es imposible que la hayan tratado así durante más de cien años.

Emma entrecerró los ojos, intentando ver algo más allá de la maraña de ramas. Incluso a finales de febrero, una vegetación espesa ocultaba las vistas. Era fácil distinguir la maraña de rosales trepadores y la corteza de un color rojo brillante de los cornejos. Y ¿era aquello un eléboro intentando asomar por debajo de una camelia sin podar? Era difícil saberlo.

–Parece que hay al menos veinte o treinta años de maleza. Probablemente, alguien usó una escalera de mano para deshacerse de la peor parte cuando comenzó a invadir el resto del jardín. Mira los cortes que le han hecho a ese cornejo –añadió Charlie mientras señalaba un árbol que estaba inclinado de una manera extraña.

–Sydney me dijo que los jardineros hacían una poda una vez al año. Haré que contrate a un equipo nuevo antes de que nos vayamos –añadió después de que su amigo le lanzara una mirada–. Así que, ¿cómo entramos en el jardín de invierno? Y ¿qué encontraremos cuando entremos dentro?

«¿Y por qué ha estado cerrado tantísimo tiempo?».

Charlie se echó para atrás la gorra desteñida de los Mets que había comprado años atrás en un viaje y se rascó la frente.

—¿De lo más a lo menos destructivo?

—Claro —contestó ella.

—Nos armamos con un soplete y la cortamos.

—Me gusta jugar con un soplete tanto como a ti, pero eso está descartado. Los propietarios son más partidarios de restaurar la historia que de destruirla.

—Nos hacemos con una plataforma elevadora y abrimos un camino para poder bajar una escalera de mano. Machetes al amanecer —dijo él, marcando todavía más su acento escocés para causar más impresión.

Ella miró por encima del hombro hacia el hueco de la verja.

—Tal vez, pero las plantas podrían ser valiosas.

—Tiene que haber alguna otra manera de hacerlo.

—Sí, una llave. Pero, hasta que no aparezca, tendremos que pensar en algo —replicó ella.

—Oye, ¿te has enterado del puesto de trabajo que ofrece la Real Sociedad del Patrimonio Botánico? —preguntó Charlie.

Emma se quedó petrificada.

—¿Qué?

—Están buscando un jefe de conservación.

—Ya veo —contestó con lentitud.

—Se te daría bien.

—¿Por qué necesitaría un trabajo? Tengo Turning Back Thyme —contestó de forma cortante.

Él alzó las manos.

—Oye, oye, tan solo he pensado que sería perfecto para ti.

—Me he pasado seis años levantando este negocio.

—Venga ya, no finjas que no ha habido ningún día en el que no hayas querido dejarlo todo. Sé que te estresas y que, de normal, no te gusta la parte del negocio en la que tienes que tratar con los clientes —insistió él.

O la parte logística, o la de personal, o los impuestos… La lista era interminable.

–Me encantan nuestros clientes –contestó ella con firmeza

Justo en ese momento, empezó a sonarle el teléfono móvil. Se lo sacó del bolsillo trasero e hizo una mueca.

–Will Frayn.

–¿El marido de la *influencer*? –preguntó Charlie–. ¿No te llamó la semana pasada?

Con un suspiro, deslizó el dedo por la pantalla para contestar.

–Turning Back Thyme, soy Emma.

–Emma –resonó la voz de Will–. Gillian está aquí también. Voy a poner el altavoz.

–Emma –dijo Gillian al teléfono con un arrullo–, te echamos de menos.

–¿En qué puedo ayudarte, Gillian?

–Tenemos un problema con el jardín –contestó la *influencer*.

El jardín consistía en una serie de arriates ingleses tradicionales sembrados de tal manera que crearan un efecto degradado que iba de un tono morado oscuro a uno lila y, al final, uno blanco pálido. Todo ello conectado por un camino en zigzag que terminaba en una plataforma de madera de secuoya rodeada de cerezos. Quedaría bien aquella primavera pero, en unos pocos años, cuando todo hubiera tenido la oportunidad de crecer, resultaría verdaderamente espectacular.

–¿Han tenido los jardineros algún problema con las notas que les dejé? –preguntó.

–Ay, no, no es eso –contestó Gillian.

–Entonces, ¿cuál es el problema?

–¡No está floreciendo nada!

–Es un auténtico problema –intervino Will–. Gilly tiene una sesión de fotos mañana y no hay ni una sola flor.

Emma se presionó la frente con las yemas de los dedos.

–Es febrero. Ninguna de las plantas de ese jardín va a florecer hasta, como mínimo, abril. Aunque los árboles empezarán a tener capullos pronto.

–Pero, Emma, ¿qué sentido tiene tener un jardín sin flores? –preguntó Gillian.

–Los jardines tienen ciclos. Hay que trabajar con las estaciones. Por eso os sugerí la plantación sucesiva. En ese caso, habríais tenido algo interesante que ver durante todo el año.

Un metro más allá, Charlie ahogó una carcajada.

–¿Y qué es lo que tenemos? –preguntó Will.

–Muchas plantas que florecen a finales de primavera y principios de verano. Tendrá un aspecto increíble en junio.

Había advertido a los Frayn precisamente de aquello. Aun así, cuando se habían enterado de que la plantación sucesiva supondría escalonar la floración a lo largo de toda la temporada, lo que reduciría un poco el impacto de tener parterres repletos de flores todos a la vez, se habían echado atrás y, dado que eran ellos los que pagaban las facturas, Emma se había visto obligada a consentir.

–Necesito que esté increíble ahora. Hemos vendido una campaña que gira en torno a esto –dijo Gillian, cuya voz estaba empezando a teñirse de pánico.

–¿Con qué empresa? –preguntó Emma.

–Es una caja por suscripción de comida orgánica –contestó la *influencer*.

–Puedes hablar de que los jardines, al igual que las verduras y las hortalizas, tienen diferentes temporadas. Si comes productos de temporada, reduces tu huella de carbono. Si trabajan con productos orgánicos, les encantará esa idea de los alimentos de temporada y sostenibles.

Al otro lado de la línea, oyó susurros.

–Podemos hacer eso –dijo Gillian al fin.

–Buena suerte con la sesión –replicó Emma. Cuando volvió a darse la vuelta, Charlie estalló en carcajadas–. Un día de estos, me voy a hacer un tatuaje que diga «Los jardines no son solo flores» –masculló.

–Me apuesto algo a que en la Real Sociedad del Patrimonio Botánico no tienen que lidiar con Gillian Frayn. –Cuando le lanzó una mirada de odio, él se encogió de hombros–. Solo lo comento…

Emma no pudo evitar sonreír.

–Venga, vamos a señalar los límites del arriate largo.

–A la orden, jefa.

Stella

Febrero de 1944

S tella dio tal portazo con la puerta de la despensa que el reloj de la pared se sacudió y amenazó con caerse al suelo.

–Señora George –le dijo de malos modos a la cocinera jefe del hospital de Highbury House–, es la segunda vez en dos semanas que me quita la leche.

–Señorita Adderton, por favor –dijo con un grito ahogado la señora Dibble, que era el ama de llaves de la casa y que, al igual que la propia Stella, formaba parte del personal habitual.

La señora George, aquella bribona ataviada con sarga azul y lino blanco, se limpió las manos lentamente en el delantal mientras las dos ayudantes de cocina que respondían ante ella observaban la escena fascinadas, con los ojos muy abiertos y una patata y un cuchillo congelados en las manos de cada una de ellas.

–Señorita Adderton, piense en lo que está diciendo. ¿De verdad me está acusando de robar? –preguntó la mujer.

–Estoy segura de que la señorita Adderton no pretendía…

–No la estoy acusando –replicó Stella, interrumpiendo a la señora Dibble–. Le estoy diciendo que sé que ha vuelto a robar la leche de la despensa. Y huevos. Esta mañana, había seis en el cuenco verde. Ahora solo hay cuatro.

Las cuatro gallinas que la señora Symonds le había permitido conservar en un rincón del huerto ya no ponían tanto como apenas seis meses atrás, por lo que los huevos eran cada vez más valiosos. Por otro lado, la leche auténtica que no fuese polvo procedente de una lata era prácticamente oro líquido. Stella ni siquiera quería pensar en los crímenes que cometería a cambio de poder saborear un poco de nata de verdad en un café de verdad.

–El hospital no necesita sus huevos y su leche; tenemos nuestras propias raciones –contestó la señora George.

–¿Y qué me dice de la vez que la pillé con las manos en la masa, quitándome mi harina?

La mujer bajó la vista al montón de zanahorias que tenía frente a ella.

–Aquello fue una emergencia en el proceso de hacer galletas. Tenía toda la intención de reponer la harina que había usado.

–Y voy yo y me lo creo –masculló Stella.

–Discúlpeme, señorita Adderton –dijo una voz tímida desde el otro extremo de la habitación.

Stella giró sobre sus talones y se encontró con la señorita Grant, la diminuta ayudante de cocina que no podía tener más de diecinueve años.

–¿Qué? –preguntó. La muchacha abrió y cerró la boca como si fuera un pez fuera del agua–. ¿Qué ocurre, señorita Grant? –repitió, intentando suavizar el tono de su voz.

–He sido yo la que ha roto los huevos esta mañana. Me he chocado con la encimera y he debido golpearla de mala manera, porque el cuenco se ha volcado y, entonces, dos huevos han salido rodando y han caído al suelo. Lo siento mucho, señorita. –La verdad se derramó de los labios de la joven como si fuera una cascada hasta que, finalmente, acabó agotada y con los hombros hundidos.

La señora George le lanzó una mirada mordaz.

«Ay, ¿por qué no se me traga la maldita tierra ahora mismo?».

La mujer decía que Stella asustaba a sus ayudantes de cocina más que los alemanes a los soldados heridos de arriba. Y, ahora, la señorita Grant huiría de ella todavía más aprisa. Por mucho que odiara que su cocina estuviera invadida por cocineras del Destacamento de Ayuda Voluntaria, odiaba todavía más cuando dichas cocineras no hablaban con ella.

Se llevó una mano al pañuelo de seda sintética con el que se recogía el pelo para que no le molestara y enderezó los hombros, preparándose para solucionar el asunto lo mejor que pudiera.

—A veces ocurren accidentes, señorita Grant.

—Le repondré los huevos. Eh… Encontraré la manera de hacerlo —le prometió la muchacha.

Sin embargo, no podría hacerlo antes de aquella noche, que era cuando los necesitaba. Tenía que preparar unas natillas y servírselas a la señora Symonds, el padre Bilson, que era el pastor de Highbury, y a su esposa, la señora Bilson. El señor Hyssop, un abogado de un pueblo cercano, completaría el grupo. A aquellas alturas de la guerra, poca gente se hacía ilusiones de que cualquier velada fuese a asemejarse a las que habían organizado antes de 1939, pero la señora Symonds era una de las pocas personas que sí lo hacían. No servir un pudín, incluso en tiempos de guerra, era impensable.

—Me las arreglaré sin problema con cuatro huevos, señorita Grant —dijo Stella.

La muchacha asintió a toda velocidad varias veces seguidas y desapareció por el pasillo.

—Pero, señorita Adderton, la señora Symonds ha pedido específicamente natillas porque es el postre favorito del pastor —dijo la señora Dibble mientras se retorcía las manos.

—Me temo que el padre Bilson va a tener que conformarse con algún dulce diferente —replicó Stella mientras repasaba su lista mental de recetas para intentar adivinar qué podía preparar con cuatro huevos, algo de leche y poco más.

—Iré a decírselo a la señora Symonds —anunció la señora Dibble.

—Hágalo —dijo ella, dirigiéndose a la espalda del ama de llaves, que ya se estaba alejando.

Sabía que aquella noticia le valdría la desaprobación de su patrona. Aunque tampoco es que en los últimos tiempos recibiera mucho más por parte de la señora Symonds.

La señora George le hizo un gesto a su otra ayudante.

—Señorita Parker, vaya a ver cómo se encuentra la señorita Grant. —La joven, que era más alta, dejó el cuchillo y casi salió corriendo de la habitación. Cuando estuvieron a solas, la cocinera comenzó a hablar–. Señorita Adderton…

Ella levantó una mano.

–Siento haber asustado a la señorita Grant. Le pediré disculpas.

–Debemos compartir estas instalaciones, por muy pequeñas que sean las habitaciones –dijo la señora George.

–No nos parecerían tan pequeñas si mantuviera un espacio de trabajo más limpio y ordenado –replicó Stella mientras pasaba la vista por la encimera, que estaba cubierta de peladuras de zanahoria.

Antes de que pudiera continuar con su ataque, la interrumpió alguien llamando a la puerta de la cocina. Se acercó hasta allí, la abrió de un tirón y se quedó helada. Frente a ella se encontraba su hermana, Joan, que llevaba a cuestas a su sobrino, Bobby.

–Hola, Estrella –dijo Joan, utilizando el apelativo cariñoso que siempre usaba cuando quería algo.

–¿Qué haces aquí, Joanie? –le preguntó mientras observaba el abrigo de lana azul oscuro con una solapa ancha de fieltro negro que llevaba su hermana. La prenda resaltaba en todo su esplendor su piel blanca y su melena castaña rojiza. Sobre la coronilla de la cabeza, colocado en un ángulo elegante, llevaba un sombrerito negro muy refinado que le había visto por última vez durante el funeral de su esposo. El carmín que se había aplicado en los labios era de un color bermellón, aunque una tonalidad más brillante de lo que resultaba respetable.

–¿No vas a pedirnos que pasemos? Aquí fuera está helando.
–Cuando ella no se movió, Joan puso la mano sobre la cabeza de Bobby–. No querrás que tu sobrino se muera de frío, ¿no?
–Stella se apartó de la puerta–. Qué cocina tan grande y encantadora tienes aquí –dijo su hermana mientras miraba a su alrededor. Después, saludo con un gesto de la cabeza a la señora George y a las otras cocineras, que volvieron a escabullirse.

–No es mía. ¿Por qué no estás en Brístol? –Bajó la vista hacia la mano de Joan, con la que sujetaba una pequeña maleta marrón que estaba destrozada–. ¿Por qué llevas equipaje?

Su hermana adoptó de inmediato un gesto de arrepentimiento.

—Vas a enfadarte conmigo.

—¿Qué has hecho?

—Es que no quería escribirte solo para que me dijeras que no…

—Joan… —dijo con tono de advertencia.

Su hermana tomó aire.

—Necesito que te quedes con Bobby.

Stella pestañeó.

—¿Disculpa?

—Tu sobrino. Necesito que te lo quedes. Los bombardeos han comenzado de nuevo —dijo Joan.

—Pues evacúa, tal como hiciste al comienzo de la guerra.

—Ahora tengo un trabajo en la fábrica de municiones. Soy una trabajadora imprescindible. —Aquello era nuevo para Stella. Su hermana siempre había rehuido del trabajo como si fuera la peste, pero supuso que eso había sido antes de que su esposo hubiese fallecido—. Además, no puedo evacuar con Bobby de nuevo —continuó Joan—. Me volveré loca si me vuelven a enviar al campo, pero tú ya estás aquí. Puedes quedártelo.

Stella bajó la vista hacia su sobrino, que la miró con unos ojos enormes de color avellana. Después, el niño agachó la cabeza.

—No puedo, Joan. Soy cocinera. Trabajo todo el día.

Llevaba la cocina de Highbury ella sola, sin ayuda. Dos veces a la semana, trabajaba como voluntaria en una unidad de prevención de ataques aéreos. Y, además, todas las noches pasaba muchas horas encorvada sobre el escritorio diminuto de su dormitorio, afanándose en sus estudios. Se estaba esforzando por hacer algo con su vida.

Sin embargo, cuando miró a aquel chiquillo delgado ataviado con unos pantalones y el abriguito del colegio junto con una corbata que le quedaba casi cómicamente grande, la inundó un sentimiento de culpabilidad. ¿Cómo podía decirle que no a su sobrino?

—¿Cuánto tiempo? —preguntó.

—Oh, Estrella, ¡gracias! —exclamó su hermana mientras la rodeaba con los brazos.

–Todavía no he dicho que sí. Antes, tendré que preguntarle a la señora Symonds y…

–¿Preguntarme el qué? –Stella se puso rígida y, cuando se dio la vuelta, se encontró con que la señora Symonds, que llevaba la ropa tan bien planchada como siempre, estaba atravesando la puerta–. Vaya, vaya, menuda escena. La señora Dibble me ha dicho que esta noche no habría natillas, pero no imaginaba que el motivo fuera que estaba celebrando una fiesta, señorita Adderton –dijo la mujer.

–Estos son Bobby, mi sobrino, y Joan, mi hermana –contestó.

La señora Symonds pasó la vista entre ellas, como si intentara encontrar la semejanza entre la apocada Stella y la descaradamente glamurosa Joan.

–¿Su hermana?

–Es un placer conocerla, señora Symonds –dijo Joan con la mano extendida.

Stella quiso arrancarse la piel. Que la hermana de una cocinera se acercara a una dama para estrecharle la mano… Joan, que era hija y hermana de empleados domésticos, tendría que haber sabido que no podía hacer eso.

La señora de la casa miró la mano de Joan y pasó la vista por toda la habitación, como si estuviera buscando a quién culpar.

–¿Puede alguien explicarme qué está pasando, por favor?

–Joan vive en Brístol y está intranquila por los ataques aéreos. Le preocupa la seguridad de Bobby, así que lo ha traído aquí. Es una gran sorpresa para todos –contestó Stella con la esperanza de que su patrona fuese capaz de leer entre esas líneas tan increíblemente amplias.

Un destello de algo atravesó los ojos de la señora Symonds, que miró a Joan.

–¿Y dónde esperaba que durmiera Bobby, señora…?

–Reynolds, señora –contestó Joan, parte de cuyo descaro había flaqueado ante la presencia de la dama de la mansión–. Había pensado que tal vez Stella podría hacerle un hueco. Me contó que tenía una habitación para ella sola.

−¿Ah, sí? Bueno, supongo que, entonces, tendremos que encontrar una cama para Bobby, ¿no?

−No será una molestia. Puede ayudarme con algunas de las tareas menores de la cocina −dijo Stella.

−No sea ridícula. Es un niño −replicó su patrona.

−Acaba de empezar el colegio en Brístol este año −comentó Joan.

La señora Symonds dio unos pasos antes de pararse frente a Bobby y doblarse un poco por la cintura.

−¿Cuántos años tienes, Bobby?

El niño se aferró con la manita al faldón del abrigo de su madre mientras observaba con una atención silenciosa y extasiada a aquella nueva dama.

−Vamos, Bobby −dijo Joan mientras le apartaba la mano−. Puede ser un poco tímido al principio pero, cuando se le da cuerda, es un auténtico parlanchín.

Con la mirada fija en el niño, la mujer no hizo caso a la madre.

−Yo también tengo un hijito. Se llama Robin y tiene toda una habitación llena de juguetes maravillosos. ¿Te gustaría verlos?

−Sí −susurró Bobby

«Sí, señora», lo regañó Stella en silencio.

−Bien. Y tal vez podamos arreglar las cosas para que también vayas con Robin a la escuela. ¿Te gusta la escuela? −El niño asintió−. Me alegra mucho oír eso −dijo la mujer mientras se erguía−. Lo llevaré mañana con Robin y me encargaré de que lo matriculen.

Era un gesto generoso. Después de todo, matricular a un niño en mitad del curso podría ser complicado para cualquiera que no fuera una dama con la influencia de la señora Symonds. Aun así, Stella no pudo evitar apretar los dientes. El hecho de que interviniera y tomara las decisiones por ella era tan injusto y prepotente…

−Bien, ¿por qué no vas con la señora Dibble a ver a Robin y a la niñera? Estoy segura de que tu madre y tu tía tienen muchas cosas de las que hablar −añadió la dueña de la casa.

Bobby miró a su madre, que asintió.

–Ve. Nos veremos antes de que me marche.

En cuanto el niño hubo desaparecido, la señora Symonds se giró hacia Stella.

–Bien, señorita Adderton, hablemos del asunto del menú. Acordamos los platos hace horas.

–Sí, señora. Es solo que ha habido un accidente con los huevos y…

–¿Un accidente? No debería tener que recordarle lo valiosa que es la comida hoy en día, señorita Adderton. Debería saberlo mejor que nadie.

–Ha sido culpa mía, señora Symonds –dijo la señora George–. Le pido disculpas. Ya le he dicho a la señorita Adderton que repondré sus existencias con mi propio dinero.

Stella entrecerró los ojos, preguntándose qué pretendía aquella mujer.

–¿Culpa suya, señora George? –preguntó la señora Symonds.

–Sí, estaba cambiando algunas cosas de sitio y se me han caído dos huevos. No me costará nada reemplazarlos, se lo aseguro –contestó la otra cocinera.

–¿Estaba cambiando cosas de sitio? –preguntó la dama con un tono de voz peligrosamente calmado.

Si la señora George hubiese sido una aliada, tal vez Stella le habría advertido de que, en aquel momento, su patrona se encontraba en su estado más peligroso. Las damas nunca levantaban la voz, pero el fuego que había en la mirada asesina de la señora Symonds habría acobardado a un general.

Al final, la señora George tuvo el sentido común de llevarse las manos a la espalda y parecer arrepentida.

–Una vez más, le pido disculpas.

–Señora George, quiero recordarle que usted y el hospital para el que trabaja son invitados en esta casa. Espero que mis posesiones se traten con respeto. Eso incluye los contenidos de mi cocina. No hay ningún motivo para que usted o cualquiera de sus ayudantes toquen la comida de Highbury House, que está destinada a alimentarnos a mí, a mi hijo y a nuestro personal. ¿Queda claro?

El gesto de la cocinera se endureció como una piedra.

–Perfectamente, señora Symonds.

–Bien. Espero que la comandante también lo entienda –añadió la dama mientras salía de la habitación.

Detrás de Stella, Joan tomó aire.

–No es una mujer fácil de tratar, ¿eh?

–Diría que se volvió más dura tras la muerte de su esposo –comenzó a decir Stella.

–¿Pero...?

–Ha sido así desde que llegó a Highbury House. Ven; vamos a subir las cosas de Bobby a mi dormitorio.

Diana

Con los puños cerrados, Diana Symonds subía las escaleras desde la cocina del sótano hasta el pasillo de la servidumbre del primer piso. Salió por la puerta que estaba oculta tras los paneles de las paredes que había junto a la escalinata y fue directa hasta su salita privada. Mantuvo la barbilla levantada mientras la puerta se cerraba a sus espaldas y, después, se movió metódicamente de ventana en ventana para cerrar las cortinas bordadas con oro rosa. Solo cuando la estancia quedó sumida en semioscuridad se dejó caer en el sofá y enterró la cabeza entre las manos.

Odiaba tener que mediar en las peleas entre su cocinera y el personal del hospital de convalecencia que se había apoderado de su casa. Por otro lado, muy pocas de las cosas que formaban parte del sueño que Murray le había prometido coincidían con la realidad.

Justo habían terminado de redecorar Highbury House cuando Alemania había atacado Polonia y el primer ministro Chamberlain había declarado la guerra. Menos de un mes después, Murray había regresado a casa en tren desde Londres y le había dicho que se había presentado voluntario como médico del ejército. Ella había estrechado a su hijo Robin y había llorado, pero Murray la había convencido de que estaba obligado a servir por partida doble: en primer lugar como médico y en segundo lugar como caballero. Después, le había prometido que se mantendría a salvo.

–¿De qué me serviría vivir en una obra durante tres años si no pudiera volver para disfrutar del hogar que he construido con mi preciosa esposa? —le había preguntado con una carcajada antes de darle un beso.

Y, dado que la vida parecía plegarse a la afable voluntad de Murray, ella le había creído.

Qué ingenua había sido…

Diana se apartó el pelo de la cara y se puso en pie. Con la misma diligencia de antes, abrió las cortinas y tan solo se detuvo para mirarse la cara en el espejo y para colocarse bien el elegante jersey de cachemir color ciruela que tanto había aprendido a apreciar desde que el Gobierno había emitido los cupones para la ropa. Había aprendido muchas cosas desde aquel terrible día en el que dos oficiales vestidos de color caqui habían aparcado en el patio para decirle que Murray había muerto de camino a un hospital de campaña.

Salió del santuario de aquella habitación y se abrió paso hasta el recibidor que unía las dos alas de la casa. Al fondo del pasillo, dos enfermeras con uniforme blanco y cruces rojas estampadas en el pecho se reían con las cabezas muy juntas. Sin embargo, en cuanto la vieron, se alejaron corriendo.

No les hizo caso. Cuando el Gobierno había anunciado que iba a requisar Highbury House apenas unas semanas después del funeral de Murray, al Destacamento de Ayuda Voluntaria tan solo le había costado un par de semanas ocupar la mayor parte de la casa principal y sus edificios adyacentes, dejando tan solo un pequeño grupo de habitaciones en el ala oeste para uso de la familia. Sumida todavía en el luto, Diana se había levantado un día y había descubierto que el hogar que había restaurado con tanto amor se había transformado en varias salas con hileras perfectas de camas de hospital, un quirófano y dormitorios para las enfermeras y los médicos.

Todo había ocurrido sin ella ya que Cynthia, la hermana de Murray, había viajado desde Londres para convertirse en la comandante del nuevo hospital de Highbury House. Todavía sensible por la conmoción que había supuesto la muerte de su esposo, Diana se había tomado como un acto de generosidad el hecho de que su cuñada se hiciera cargo. Sin embargo, pronto se había dado cuenta de lo que era en realidad: la manera de Cynthia de forzar su regreso a la casa de su infancia, que había pasado a manos de Murray cuando su madre había vuelto a casarse. Aun así, si su cuñada había esperado que permaneciera en su habitación, envuelta en crespón negro y tristeza, se había equivocado terriblemente.

Recorrió el primer piso y atravesó la salita de estar oriental, la galería y el salón de baile. Cada una de aquellas estancias se había convertido en una sala hospitalaria distinta y estaba flanqueada por dos hileras de camas blancas esmaltadas.

Al principio, la enfermera jefe McPherson, que regentaba la parte médica del hospital, había intentado mantenerla alejada de aquellas habitaciones con un agudo «¡Señora Symonds!» cada vez que aparecía.

Al final, Diana se había cansado.

—Esta sigue siendo mi casa, así que iré donde me plazca —le había dicho en medio del salón de baile mientras ocho hombres heridos la observaban desde sus camas con cierto respeto.

—No puedo permitir que la gente vague por mis salas hospitalarias —había replicado la enfermera jefe.

—Eso no importa. No es apropiado, Diana —le había dicho Cynthia en un raro gesto de consenso con la enfermera jefe—. Los hombres no están acostumbrados a la compañía femenina.

—Están rodeados de mujeres —había dicho Diana.

—De enfermeras —le había corregido la enfermera jefe.

—Usted es una mujer —había señalado ella—. Y tú también, Cynthia.

—Soy la comandante de este hospital —había dicho su cuñada, como si eso la despojara de su sexo.

—Deambularé con libertad por mi propia casa —había insistido ella con firmeza, negándose a cambiar de parecer hasta que la enfermera jefe y Cynthia cedieran.

Puede que el mundo estuviera en guerra, pero se negaba a que le dieran órdenes como si fuera un soldado de infantería en su propio hogar.

Cuando entró en la Sala B, la hermana Wharton, que era la

enfermera jefe de turno, apartó la vista de una enfermera novata que estaba administrando una inyección al soldado Beaton, que, a su vez, estaba profundamente dormido.

–Señora Symonds –dijo la hermana con un gesto de la cabeza.

Diana ralentizó el paso.

–Hermana Wharton, ¿cómo se encuentran hoy sus pacientes?

–Algunos mejor que otros. Me ha pedido que le dé las gracias de nuevo por ayudarle a escribir a su madre –dijo la mujer mientras señalaba al soldado.

La metralla había destrozado la mano del hombre. Todavía no había dominado el uso de la mano izquierda y no quería alarmar a su madre al escribirle una carta con una letra diferente. Diana había llevado hasta allí la vieja máquina de escribir de Murray y la había colocado en una mesita junto a la cama del soldado Beaton. Su dictado había sido la primera de tres cartas que había tecleado aquel día.

–Espero que la cirugía que le espera sea un éxito –comentó ella–. Me preguntaba si sabría usted dónde se encuentra la señorita Symonds.

–Creo que la encontrará en su oficina –contestó la mujer.

Diana no señaló que la oficina de Cynthia debería ser llamada «sala del billar». Aquella era una batalla perdida. En su lugar, le dio las gracias a la hermana Wharton.

Cuando llegó ante la puerta de la sala del billar, tomó aire antes de llamar, intentando ignorar el sabor amargo que le dejaba en la boca tener que llamar a puertas que eran suyas.

–¿Sí? –dijo una voz suave al otro lado.

Diana giró el pomo de latón y entró dentro. La parte trasera de la cabeza de Cynthia le dio la bienvenida. Con el cabello rubio que comenzaba a mostrar vetas plateadas, habría sido fácil pensar que aquella mujer que vestía con recatados tonos pastel y cuellos altos de encaje podía ser indulgente y compasiva. Sin embargo, cinco minutos en su compañía le despojaban a cualquiera de aquella idea. Cynthia estaba hecha de pedernal y dogmas.

La mujer se dio la vuelta sobre la vieja silla de escritorio de

Murray. Tenía los rasgos afilados, similares a los de un pájaro, torcidos en un gesto de molestia mal disimulada.

—Mi querida cuñada, qué amable por tu parte venir a visitarme. ¿Acaso no tienes nada que hacer?

—Sabes que mantener esta casa con un cuarto de su personal es trabajo más que suficiente, estéis viviendo aquí o no cuarenta y tres pacientes, tres médicos, seis enfermeras, seis miembros del equipo de servicios generales, una enfermera jefe, una intendente y tú misma.

—Eso es lo que me dices a menudo —dijo Cynthia con un suspiro—. ¿Qué problema tienes hoy?

—No sería necesario que habláramos todos los días si tu personal y los pacientes tuvieran un poco de cuidado con la casa y con la familia que vive en ella —contestó Diana mientras se sentaba sin que la hubiera invitado a hacerlo.

—Si se trata de la inundación en la habitación verde...

—Eso ya está reparado. Fue una suerte que el señor Gilligan pudiera cerrar el grifo del lavabo tan rápido como lo hizo. De lo contrario, se habría filtrado por el techo.

Cynthia frunció los labios mientras cambiaba de sitio unos papeles de su escritorio.

—Sí, bueno, fue un accidente desafortunado.

—Fue algo totalmente prevenible —insistió Diana.

—He hablado con las enfermeras de la segunda planta y les he dicho que se aseguren de que los pacientes no se dedican a lanzarse pelotas de críquet en el interior, pero debes comprender que, a veces, los hombres se aburren.

—Tal vez deberías extender el aviso al resto de la casa. La señora Dibble ha descubierto que el papel pintado de seda de la habitación azul está dañado después de que alguien hiciera rebotar en él una pelota de goma —dijo.

Cynthia titubeó pero, después, frunció el ceño, agarró un lapicero y tomó una nota en el librito que siempre llevaba a mano.

—Hablaré con la enfermera jefe.

Diana soltó un suspiro.

—Gracias.

–¿Eso es todo? –preguntó la otra mujer.

–No. Hoy, una de tus ayudantes de cocina ha roto varios huevos que pertenecían a la casa. Como sabes, esta noche, el pastor y otras personas van a venir a cenar.

–Sin duda, el padre Bilson se mostrará comprensivo si hacen sus natillas con huevos deshidratados.

–No puedo servirle natillas hechas con huevos deshidratados al padre Bilson.

–¿Por qué no? Estoy segura de que no es nada que no haya comido en su propia mesa.

–Así no es como se hacen las cosas.

Cynthia hizo un ruido de exasperación, pero, una vez más, tomó el lapicero.

–Me encargaré de que los repongan. ¿Cuántos han sido?

–Dos. –Cuando su cuñada alzó la vista para mirarla, insistió–: Pero eso solo es un síntoma del auténtico problema.

–¿Y cuál es ese problema?

–No es la primera vez que mi cocinera ha tenido que lidiar con el daño o la desaparición de raciones desde que el hospital llegó a Highbury. El Destacamento de Ayuda Voluntaria me prometió de forma explícita que os limitaríais a usar vuestras raciones y dejaríais las nuestras en paz.

–¿Las vuestras? Por si se te ha olvidado, yo también soy un miembro de esta familia –dijo Cynthia.

¿«Por si se te ha olvidado»? ¿Cómo podría olvidarlo cuando su cuñada lo mencionaba tan a menudo? Pero Murray le había dejado la propiedad y todos sus contenidos a ella, no a su hermana.

–Las cocineras del hospital no deben tocar las raciones de la familia –repitió Diana lentamente–. Esa es la comida que come tu sobrino.

«Es la comida que comes tú noche tras noche porque, si bien quieres gobernar a las enfermeras, te niegas a comer con ellas».

–Hablaré con la señora George –dijo Cynthia al fin.

–Gracias –replicó ella.

Su cuñada bajó la vista a su cuaderno.

–Antes de que te marches, quería hablar contigo sobre el dormitorio infantil. ¿Es necesario que Robin duerma allí?

–¿Dónde se supone que debería dormir si no es en el dormitorio infantil?

El hospital ya había requisado el cuarto de los juegos para meter cuatro camas.

Cynthia alzó la vista.

–Bueno, podría dormir contigo.

–No –contestó Diana.

–O podrías mandarlo a un internado –sugirió la otra mujer.

–Todavía no ha cumplido cinco años.

–Me he tomado la libertad de escribirle al señor Keen del colegio privado Charleton. Me ha dicho que, teniendo en cuenta las circunstancias extraordinarias que estamos viviendo, está dispuesto a acoger a niños de hasta siete años.

–Tan solo tiene cuatro.

Cynthia hizo un gesto con la mano.

–Un detalle insignificante. Solo es cuestión de hacer arreglos. Si Robin asistiera a Charleton, acabaría tan bien preparado para Winchester como su padre…

–No voy a mandar a Robin a un internado –dijo ella.

–Diana, sé razonable –insistió su cuñada.

–Estoy siendo razonable.

–Si se trata de su enfermedad…

–Su asma –la corrigió ella–. Y no, no se trata de eso.

–Siempre ha sido un niño enfermizo.

–Ya no es enfermizo –replicó–. Está sano y corre muy poco peligro siempre y cuando lleve encima su inhalador.

–Está tan delgado…

–Adelante, comenta el asunto con el Ministerio de la Comida, que es el que expide su cartilla de racionamiento.

–Robin es un Symonds, Diana. Los chicos Symonds llevan décadas asistiendo a Winchester.

–Robin es mi hijo, y yo decidiré qué hacer con su educación. Se queda en casa –contestó.

–¿Es esa la decisión más sabia teniendo en cuenta la situación? Con todos estos hombres yendo y viniendo… Y algunos de ellos pueden ser bastante rudos. Además, está el asunto del espacio. Tengo a un tercio de mi personal viviendo en habitaciones frías en el ático, a otro tercio en casitas apenas habitables y al último tercio en el pueblo que hay al final de la carretera. El Real Cuerpo Médico del Ejército escribió la semana pasada para decir que debemos esperar que lleguen más hombres a mitad de mes y el cirujano está pidiendo que le encontremos otra habitación para que haga las funciones de quirófano porque el viejo almacén está muy mal iluminado. Si Robin se marchara, podríamos disponer también del dormitorio infantil.

–No –espetó.

–Todos debemos hacer sacrifi…

–No me hables de sacrificios –dijo Diana con fiereza–. No te atrevas.

Su cuñada posó una mano sobre la otra.

–Entiendo que todavía estás llorando la muerte de mi hermano.

Diana se levantó de la silla.

–Por favor, recuérdale a la señora George que ella y sus ayudantes deben dejar en paz a la señorita Adderton.

Diana casi había llegado a la puerta cuando Cynthia volvió a dirigirse a ella.

–He pensado que deberías saber que tenemos a un capellán en la Sala C. He pensado que tal vez te gustaría conocer al padre Devlin. –Cynthia titubeó–. Quizá podrías hablar con él sobre Murray.

Se hizo una larga pausa mientras Diana apretaba los puños. Al final, dijo:

–Cynthia, la petición de que te mantengas al margen de mis raciones también se extiende a los asuntos de mi vida personal.

Por una vez, su cuñada se quedó en silencio y Diana cerró la puerta de la sala del billar tras ella.

Furiosa todavía, se dirigió al vestíbulo que se encontraba junto a la cocina –un espacio demasiado pequeño como para que lo requisara el hospital de convalecencia– y se puso la vieja cha-

queta de algodón encerado de Murray y un par de mocasines
de cuero muy usados. Se envolvió el pelo con un pañuelo viejo que siempre dejaba colgado de un gancho junto a la puerta
y tomó su cesta y unas tijeras de podar.

Abrió la puerta lateral que daba al huerto y atravesó la gravilla que crujía hasta llegar a la verja. No estaba lloviendo, pero
podía oler la humedad en el aire. Los momentos así, con la urgencia de la tormenta inminente haciendo que se apresurara,
eran sus favoritos para estar en el jardín.

No era una gran jardinera, ni mucho menos. De todos modos,
ninguna de las mujeres de la familia de Murray lo había sido.
Su abuelo, Arthur Melcourt, había contratado a una mujer llamada Venetia Smith para que hiciera el diseño. Incluso décadas después, el efecto resultaba impresionante en cualquier mes
del año, por lo que Diana había estado decidida a ser una excelente cuidadora de los terrenos pero, tras cuatro años y medio de guerra, estaba empezando a admitir que hablar de cuidados básicos era más realista.

Mientras Murray había estado vivo, un equipo de seis jardineros había recibido órdenes de un jardinero jefe llamado John
Hillock. Sin embargo, tras la declaración de la guerra, la mitad
de los muchachos jóvenes se habían alistado y los demás habían sido llamados a filas uno por uno. Después, el señor Hillock, que había trabajado en los diseños de Venetia Smith bajo
la supervisión de su padre, había muerto de un infarto mientras
separaba dicentras en el jardín de los enamorados. Ahora, dos
hombres que eran demasiado mayores como para ir a la guerra
iban desde el pueblo cada dos días para encargarse de lo que
podían, pidiendo ayuda a un par de muchachos para que hicieran cualquier trabajo pesado que ellos no pudieran llevar a
cabo. El jardín había adquirido un aspecto descuidado y salvaje.
Había flores marchitas que necesitaban desesperadamente ser
arrancadas. Incluso el tejo, a la espera de una poda muy necesaria, se había convertido en arbusto silvestre más que en muro.

Aun así, a Diana le encantaba el jardín porque era suyo por
completo. Durante una temporada, Murray se había interesa-

do en la redecoración de la casa, pero le había dejado los terrenos a ella, alegando que era una buena afición para una dama. Ahora, cuando todo la sobrepasaba, podía esconderse en los diferentes jardines temáticos y fingir que su casa no estaba invadida, que su esposo no estaba muerto y que la vida no se le estaba escapando entre los dedos.

Aquella tarde se dirigió al jardín acuático. Le gustaba su calma fría incluso en pleno invierno. Debería limpiar el estanque antes de que llegara la primavera, pero aquella era una tarea para otro día, cuando no estuviera esperando compañía. Una guerra no era excusa para rebajar los estándares y, si se ensuciaba, tendría que soportar un baño frío antes de que llegaran sus invitados.

Se dispuso a podar las clemátides de floración tardía, recortando las cepas largas hasta que fueran brotes sanos y arrancando las malas hierbas de la planta. Los restos fueron a parar a su cesta, destinados a acabar en los grandes montones de abono que había cerca de los invernaderos, al fondo de la propiedad.

Diez minutos después, oyó unos pasos irregulares al otro lado del muro del jardín. Se incorporó justo cuando un hombre corpulento vestido de uniforme y que caminaba con la ayuda de unas muletas dobló la esquina del hueco que había en el muro de ladrillo.

—Supongo que es usted la señora Symonds —dijo entre resoplidos.

—Por casualidad, no será usted el padre Devlin, ¿verdad? —preguntó ella mientras se metía las tijeras de podar en el bolsillo de la chaqueta de Murray.

El hombre sonrió.

—La señorita Symonds le ha hablado de mí, ¿verdad?

—Descubrirá que, últimamente, no hay demasiados secretos en Highbury House. —Señaló un banco de teca—. ¿Quiere sentarse?

—Sí, muchas gracias —contestó él.

Diana observó cómo se sentaba poco a poco y cómo colocaba las muletas a un lado.

—¿Le importa que le pregunte qué es lo que le ha ocurrido? —le dijo mientras señalaba las muletas con un gesto de la cabeza.

–La cadera. Me temo que me la he destrozado, lo cual es muy inoportuno.

Ella sonrió un poco.

–Los huesos rotos parecen ser la especialidad de la casa. ¿Cómo se lo hizo?

Parecía avergonzado.

–Me temo que no es ninguna historia de proezas.

–Por aquí ya tenemos bastantes de ese tipo.

–Así es. Lo cierto es que me caí de un tanque. El suelo amortiguó la caída y, después, me rompió la cadera.

–Qué desconsiderado –dijo ella.

–Yo pensé lo mismo. Y bien, ¿qué le ha contado sobre mí nuestra querida comandante, la señorita Symonds?

–Sugirió que tal vez me gustaría hablar con usted.

–Bueno, ahora mismo estamos hablando, así que es evidente que no se opuso a tal idea. –Diana arqueó una ceja–. Ah, ya veo; fue una de esas sugerencias de «Habla con el hombre de Dios»... ¿Cree usted que necesita hablar con un viejo capellán del ejército?

–No, creo que no.

–¿Sabe? He descubierto que, a veces, algunas de las personas que no necesitan hablar, tan solo necesitan un amigo.

Un amigo. ¿Hacía cuánto que no tenía algo así? Nunca había sido la chica más popular. Había estado demasiado centrada en tocar el harpa y había sido un poco tímida incluso con los cantantes y el resto de músicos a los que solía acompañar. Sin embargo, todo eso había cambiado cuando se había prometido con Murray. Él había sido como un torbellino que, cada vez que entraba en una habitación, arrastraba a la gente a su paso. Los primeros años de matrimonio habían estado repletos de fiestas y las esposas de los amigos de su marido se habían convertido en sus amigas. Pero ¿cuánto tiempo hacía que no veía a Gladys, a Jessica o a Charlotte?

Cuando no respondió, el capellán se recostó con las manos entrelazadas frente a él.

–He de admitir que a mí también me vendría bien un poco de

compañía. Lo más inquietante de acabar en un hospital de convalecencia es darse cuenta de que estás rodeado de todo tipo de hombres enfermos.

–Cabría pensar que ser capellán del ejército le habría preparado para eso –dijo ella.

–Oh, y así es. Pero, de vez en cuando, también está bien pasar algún tiempo en el reino de los vivos.

Ella le lanzó una mirada dura, pero, después, se encogió de hombros. Si el hombre quería sentarse en un jardín medio silvestre y observar cómo podaba una planta, estaba en su derecho.

Señaló las clemátides.

–Voy a seguir con mi trabajo.

–Adelante, por favor. No se me ocurriría molestarla –replicó él mientras echaba la cabeza hacia atrás para disfrutar de la débil luz del sol.

Sacudiendo la cabeza, Diana se dispuso de nuevo a dominar la planta, pero, mientras lo hacía, descubrió que un poco de la furia que la había arrastrado a salir al jardín se había desvanecido.

Emma

Marzo de 2021

—¡Este también! —le gritó Emma a Charlie.

Estaba subida en una escalera, contemplando la estructura de un árbol en lo que Sydney llamaba «el bosque». Hacía mucho tiempo que nadie les mostraba a los árboles un poco de amor, así que tenían que talar un par de ellos, ya fuera porque se estaban pudriendo o porque necesitaban abrir huecos de aire y luz para el suelo de aquella zona boscosa.

—Apuntado —respondió él con otro grito.

—¿Cuántos son en total? —preguntó mientras bajaba.

Charlie hizo un recuento de las notas de la mañana.

—Siete si incluimos el olmo que hay junto a la casita.

—Espero que los Wilcox necesiten madera.

Un crujido entre las ramas de tejo que había detrás de ellos hizo que ambos se dieran la vuelta justo a tiempo de ver cómo Bonnie y Clyde se acercaban corriendo. Charlie se puso de rodillas de inmediato para rascar las orejas de Bonnie.

—Hola, perrita preciosa —dijo con un arrullo. Su acento escocés envolvía cada una de las «r».

—¿Cuándo vas a adoptar un perro? —le preguntó Emma.

—Podría preguntarte lo mismo.

—Me muevo demasiado como para tener perro. Tú al menos tienes el barco de canal.

Charlie soltó un gruñido, pero, justo en ese momento, Sydney irrumpió en el claro.

—Ay, qué bien que estéis los dos aquí. Estaba revisando algunas cosas y, bueno, ¡creo que he encontrado algo emocionante! –dijo de forma atropellada.

–¿De qué se trata? –preguntó Emma.

Sydney se limitó a sonreír y comenzó a retroceder.

«Podría ser cualquier cosa», se recordó Emma a sí misma mientras Charlie y ella seguían a la mujer por el jardín hasta llegar a la casa y, después, por las escaleras cubiertas de lonas protectoras hasta el ala terminada del edificio. Siempre les pedía a los propietarios que revisaran cualquier papeleo que viniera con la casa, pero encontrar algo nuevo e importante era bastante raro.

–Tras haber hablado contigo, estaba emocionada, así que el pobre Andrew y yo nos hemos pasado todas las noches en el ático, rebuscando entre las cajas. Puede que el abuelo fuese un acaparador, pero al menos era un poco organizado. Todas las cajas están marcadas como «Casa y jardín» –comentó Sydney mientras abría la puerta de un estudio con un gran escritorio de caoba en el centro y estanterías con libros en ambos lados. En medio de la habitación había varias cajas con las tapas abiertas–. Al principio, me decepcioné un poco. Parecía que no eran más que un montón de facturas de las reparaciones del tejado y de una cocina nueva de la marca Aga en los años setenta. Pero, entonces, encontré esto. –Señaló un tubo de cartón y una carpeta archivadora de aspecto antiguo–. ¿Quieres hacer los honores?

Emma tomó el tubo, le quitó la tapa y sacó un fajo de papeles enrollados. Sydney y Charlie despejaron el escritorio y ella los esparció por encima.

–Parecen los planos de la casa –dijo.

–No son los originales. Creo que son de finales de los años treinta, justo antes de la guerra. Se puede ver cómo un arquitecto movió una pared en este piso para crear un baño más grande –comentó Sydney mientras señalaba la tinta azul.

Emma hojeó las páginas. Estaba la vista de toda la casa y, después, la de cada planta, incluyendo el sótano, que era donde habían estado la cocina, el almacén y una despensa de estilo antiguo. Sin embargo, cuando pasó a la página siguiente, se quedó sin aliento. En aquella hoja de papel alargada y amarillenta había un boceto a lapicero del jardín con las palabras «Highbury House» escritas en la parte superior. Abrió los ojos de par en par.

–Esa es la letra de Venetia Smith.

–¿Estás segura? –preguntó Sydney, esperanzada.

–Está segura –contestó Charlie–. Desde que la conozco, siempre ha estado obsesionada con esa mujer.

–Y desde antes también –murmuró ella–. Debería llevar guantes de algodón.

Aunque tampoco es que eso fuese a impedirle examinar los planos.

–Al principio, cuando los vi, me quedé un poco confusa porque la disposición del jardín no se parece en nada a la que tiene a día de hoy –explicó Sydney.

–Esto es lo que Venetia habría sustituido. Es un jardín formal. –Señaló los parterres simétricos dispuestos en forma de nudo–. Puede que aquí hubiese un arriate bajo con plantas pequeñas. O puede que estuviera rodeado de setos.

–¡Ah! Eso tiene sentido. Pero échale un vistazo a la siguiente hoja –dijo Sydney.

Cuando apartó los planos del jardín, Emma encontró una finísima pieza de papel de calco casi transparente. Con cuidado, la levantó y la colocó sobre los planos originales. Alineó los bocetos de la casa, el huerto y el vergel de ambas versiones y dio un paso atrás.

–Ahí está.

–Eso es –dijo Charlie–. Es el jardín.

–¡Y está etiquetado! –exclamó Sydney.

–El jardín del té, el jardín de los enamorados, el jardín infantil, el jardín nupcial… –leyó Emma.

–Ah, por eso es todo blanco –señaló la propietaria de la casa.

–Mirad, el que está al lado del jardín acuático es un jardín de la poesía –dijo Charlie.

–En la biblioteca hay un libro de poemas escrito por mi tataratatarabuelo, Arthur Melcourt. Él fue el que encargó el diseño del jardín.

–Tal vez Venetia estuviera intentando halagarlo para que aceptara el resto de sus diseños –comentó Emma.

–¿Por qué necesitaría hacer algo así? –preguntó Sydney.

–Era una adelantada a su tiempo. Había muy pocos diseñadores en Inglaterra que crearan los jardines ingleses con arriates a los que estamos acostumbrados hoy en día. Venetia habría sido considerada una artista y un poco revolucionaria –explicó ella.

–¿Qué tal es la poesía de Arthur Melcourt? –preguntó Charlie.

–Bastante horrible, si no recuerdo mal –replicó Sydney.

Emma levantó la página con cuidado y dejó a la vista otro dibujo.

–Este parece como si lo hubieran hecho cuando el proyecto ya estaba un poco más avanzado. Se puede ver que añadió una serie de caminos en el jardín infantil.

–Parecen dibujar la bandera de la Unión –señaló Charlie.

–Tal vez sea un guiño juguetón a los hijos de los Melcourt. También parece que hay algo aquí, en el jardín de invierno –añadió ella, señalando un círculo–. Tal vez sea un estanque o una zona pequeña pavimentada.

–Debe de ser un dibujo en proceso. Se pueden ver las zonas en las que borró parte de los trazos a lapicero –dijo Charlie.

–Un momento. –Emma alzó la hoja para que le diera más luz–. Aquí, encima del jardín de invierno, hay algo escrito. Está muy borroso…

Charlie y Sydney se asomaron por encima de su hombro para echarle un vistazo a esa zona. Tras un instante, la propietaria dijo:

–Creo que dice «jardín de Cecil».

–No. Hay demasiadas letras –replicó Charlie mientras se apartaba la gorra para rascarse la frente.

–Celeste –dijo Emma–. «Jardín de Celeste».

–¿Quién era Celeste? Y ¿por qué está escrito con la letra de otra persona? –preguntó Sydney.

Emma volvió a posar la vista sobre las letras borrosas.

–No sé nada sobre ninguna Celeste. Y tienes razón: eso lo escribió alguien diferente.

–¿Aparece la misma letra en alguna otra parte? –dijo la otra mujer.

Metódicamente, Emma fue pasando las hojas, revelando detalles de todas las partes principales del jardín. Algunos de esos detalles incluso incluían listas de plantación y diagramas de los arriates. En el pasado, el jardín infantil, que ahora estaba invadido por flores silvestres que se autosembraban, había incluido balsaminas, dedaleras, amapolas y gerberas. En el lateral del detalle del jardín de la poesía había una lista de flores con su poeta correspondiente. El detalle del jardín de invierno estaba dibujado en una hoja de papel más pequeña que parecía haber sido arrancada de un cuaderno.

—En esta no dice nada de ninguna Celeste —señaló Sydney—. ¿Tenía una hermana?

—Solo tenía un hermano, Adam —dijo Emma.

—¿Y qué hay de su madre? —preguntó Charlie.

Emma frunció los labios, intentando recordar.

—Creo que se llamaba Julie o Juliet, algo así.

Charlie sacó el teléfono e hizo una búsqueda rápida.

—Su madre se llamaba Juliet. Y su segundo nombre era Caroline.

Bajó la vista a los trazos borrosos de lapicero. «¿Quién era Celeste?».

—Sigue siendo un buen descubrimiento, ¿verdad? —preguntó Sydney, interrumpiendo el hilo de sus pensamientos.

Ella alzó la vista.

—¿Sabes lo raro que es encontrar una colección tan importante de dibujos?

—Ni idea —replicó la otra mujer de manera alegre—. Mi mundo es la tecnología.

—Estos dibujos deberían estar en algún archivo o, al menos, preservados de forma adecuada.

—Si quieres depositarlos en un archivo, ya sea como préstamo o como donación, es cosa tuya, Sydney —dijo Charlie.

—Pero, primero, queremos quedárnoslos aquí, ¿no? —La propietaria de la casa pasó la vista entre ellos—. Podéis usarlos para aseguraros de que estáis restaurando los jardines de Highbury House tal como eran.

Emma asintió a pesar de que su prioridad debería haber sido la preservación adecuada. Ser una de las pocas personas en todo el mundo que conocía un nuevo conjunto de dibujos de Venetia Smith era extraordinario.

—Bueno, tal vez podamos aferrarnos a ellos hasta que llegue el momento propicio. Después, podéis ayudarme a encontrar a las personas adecuadas para que se encarguen de ellos —dijo Sydney con una sonrisa pícara.

—Conozco a un hombre, el profesor Wayland, que probablemente te escribiría baladas si supiera que tienes dibujos originales de Venetia Smith, sobre todo de un jardín del que sabemos tan pocas cosas —replicó Emma.

—Entonces, espera hasta que tu amigo vea esto —dijo Sydney mientras le tendía el archivador.

El corazón de Emma comenzó a latir un poco más rápido mientras abría la carpeta. En lugar de con los escritos de Venetia, se encontró con una carta escrita con otra letra, más gruesa e inclinada. Le dio la vuelta. Estaba firmada por Adam Smith.

—Es del hermano de Venetia. Mientras estuvo trabajando en el Reino Unido, él le hizo las veces de hombre de negocios.

Charlie se asomó por encima de su hombro y comenzó a leer.

—«Estimado señor Melcourt: En esta carta le incluyo la factura por la venta de treinta y seis tilos de cuatro años que irán plantados en torno al paseo de los tilos».

—La siguiente comienza así: «Estimado señor Melcourt: En esta carta le incluyo la factura por la venta de doce peonías de tres variedades diferentes con las raíces desnudas». —Emma alzó la vista hacia Charlie—. En el jardín del té hay peonías.

—Entonces, ¿todas estas cosas son de utilidad? —preguntó Sydney.

—Son increíbles —contestó ella—. Es lo más cerca que podemos estar de saber qué es lo que plantó Venetia sin tener un tratado sobre el tema escrito por ella misma.

Alguien llamó a la puerta y, entonces, Andrew apareció cargado con una bandeja de té.

–Hola. ¿Por qué tengo la sensación de que estáis celebrando una fiesta a la que no he sido invitado?

–¡Ay, Andrew, eres un sol! ¿Puedes dejar la bandeja allí? –dijo Sydney mientras señalaba un aparador. Emma estaba a punto de advertirles sobre los peligros de que hubiera líquidos cerca de los dibujos y las facturas cuando la otra mujer añadió–: Puede que tengamos que tomar el té de pie para mantenerlo lejos de los documentos.

Mientras Andrew tomaba nota de sus preferencias con respecto a la leche y el azúcar, su esposa lo puso al día.

–Deberías preguntarle a Henry si su abuela hizo algún boceto de los jardines –dijo el hombre cuando todos estuvieron servidos y con tazas en las manos.

–Ay, eso es buena idea. Henry Jones es el propietario de Highbury House Farm. Su abuela, Beth, fue una de las chicas del campo que trabajó en otra granja local cerca de aquí. En los años sesenta, acabó siendo una artista de cierto renombre. Pintaba los paisajes de Warwickshire. Deberíamos ver a Henry esta semana en la noche de trivial del *pub*. Seréis bienvenidos si queréis asistir.

–Oh, no, gracias –contestó Emma rápidamente–. Si todavía queréis que recreemos el jardín con precisión histórica, voy a tener que desechar la mayoría de mis planes.

–Sí –dijo Sydney con firmeza–. Vamos a devolver el jardín a su estado original.

–Esto va a retrasar el proyecto –apuntó Emma.

–Esta casa ya es un enorme retraso por sí sola –replicó la propietaria.

–Tiene razón –añadió su marido.

–Muy bien. Entonces, será mejor que me ponga manos a la obra. Voy a dedicar un tiempo a revisar todo esto.

–¿Necesitas ayuda? –preguntó Andrew–. No te prometo saber qué es lo que estoy viendo, pero me gustan los sistemas.

–Claro –replicó Emma.

–Sydney, tal vez podrías ayudarme con un par de cuestiones sobre el acceso a la propiedad. Vamos a necesitar traer mucho abono para mejorar la tierra –dijo Charlie.

–Se puede acceder por el camino de la granja y por la verja trasera, la que está cerca de los invernaderos. Puedo mostrártelo –respondió ella.

Cuando Sydney y Charlie se hubieron marchado, Emma y Andrew se sumieron en un silencio cordial. Conforme empezaba a leer las cartas de Adam Smith, Emma casi se olvidó de que su cliente estaba allí. Entre las cartas y los dibujos era fácil quedarse absorta.

Estaba leyendo una lista de plantas de tres páginas cuando el hombre se aclaró la garganta. Ella alzó la vista.

–¿Has encontrado algo?

–No a menos que te interese el sistema de irrigación que se instaló en el huerto en 1976 –respondió él.

–En realidad, no.

–Eso pensaba. No, tan solo quería decirte que espero que no estés demasiado confundida por la invitación de Sydney para asistir a la noche de trivial del *pub*.

–¿Confundida?

–No solo estaba siendo amable al invitarte. Estaría realmente encantada si vinieras. Si tú quieres.

–No pretendía ser una maleducada –se apresuró a decir.

Él se rio.

–Créeme, no has sido maleducada. Solo quería que supieras que siempre estarás invitada.

Por un instante, se planteó cómo sería entrar en un *pub* de pueblo y encontrarse con rostros amistosos esperándola. A una pequeña parte de ella le gustaba la idea de que alguien pudiera tener una bebida lista para ofrecérsela; de que pudiera formar parte de algo. Sin embargo, ahí residía el problema. No socializaba con sus clientes –ni siquiera con aquellos que le caían bien– porque hacía que deshacerse de su vida temporal y pasar página al finalizar el trabajo resultase más difícil.

–Gracias –dijo al fin–. Lo tendré en cuenta.

Venetia

Highbury House
Viernes, 8 de marzo de 1907
Lluvia durante la noche; nublado

Esta mañana, he tomado prestado un caballo de los establos del señor Melcourt y, tras supervisar el trazado final del paseo de los tilos, he ido hasta Wilmcote. Ayer nos enviaron los árboles y ya le he escrito a Adam para preguntarle cómo es posible que haya encontrado treinta y seis tilos de cuatro años con tan poco tiempo de preaviso. Se burlará de mí y me dirá que él también puede hacer su propia magia con papel y pluma.

Admito que estos clientes me están resultando tan difíciles como muchos de su calaña, pero no tanto como para no soportarlos. Ceno con los Melcourt todas las noches a menos que me ausente con la excusa de que me duele la cabeza. Sin embargo, la señora Melcourt sigue siendo una prepotente. Hace apenas dos días se pasó todo el rato ensalzando las virtudes de su hermano mientras tomábamos la sopa y el pescado.

—En su mayor parte, es un coleccionista, pero, a veces, le vende plantas a un grupo muy selecto de jardineros como, por ejemplo, el señor Johnston —me dijo. Los diamantes que lleva en los dedos resplandecieron bajo la luz de las velas mientras metía la cuchara de plata en el caldo—. ¿Conoce al señor Johnston?

—No tengo ese placer —contesté.

—Es un estadounidense adinerado que acaba de comprar una

casa cerca de Chipping Campden. Aunque los rumores dicen que ha sido su madre la que le ha dado el dinero. No sé cómo llegó Matthew a conocerlo.

–¿Ha pensado el señor Goddard en introducirse en el negocio de la horticultura en algún momento? –pregunté.

La señora Melcourt alzó la vista de forma brusca.

–Mi hermano es un caballero, señorita Smith. No tiene interés en el comercio.

Me di cuenta de que no miraba a su marido, cuya fortuna se había forjado gracias a la perspicacia empresarial de su padre, que era tan astuto que, en mi baño de Wimbledon, tengo una barra de jabón de la marca Melcourt para aclarar la piel.

He pasado casi todo el viaje de esta mañana hasta casa del señor Goddard pensando en cómo el joven señor Melcourt y su esposa parecen decididos a desprenderse del aire a nuevo de todo su dinero. Estaba tan absorta que casi me paso la señal de Wisteria Farm. Sin embargo, cuando he mirado más allá de la verja, no ha habido lugar a dudas: había llegado. Una enorme glicina, también conocida como *wisteria*, estaba a punto de llenarse de hojas y flores, trepando por la parte delantera de una casa de dos pisos.

–¡Señorita Smith! –Me he girado sobre la silla de montar y he visto cómo el señor Goddard aparecía por un hueco que había en el seto a unos cien metros de distancia–. La entrada del vivero está un poco más adelante. ¿Quiere que vayamos caminando?

He dejado que agarrara las riendas del caballo para poder bajarme. Hemos llevado al animal a través de una puerta ancha de madera que conducía hasta un patio bordeado de invernaderos en dos de sus lados y un establo pegado al camino. Mirara donde mirara, había rosas: trepando por el muro que bordeaba el patio con los tallos desnudos esperando la llegada de la primavera; en macetas de terracota lo bastante grandes como para contener tres plantas a la vez; en un arriate que conducía a otro jardín y en los invernaderos, donde había largas hileras de plantas que lucían injertos envueltos a la perfección.

–Bienvenida a mi laboratorio –me ha dicho con una sonrisa–. Es una pena que no estemos en una época más avanzada del año para que hubiera podido ver los rosales en flor.

–Ya solo el patio debe de ser espectacular, en junio.

–Así es, si me permite el atrevimiento. Aun así, creo que hay algo hermoso en los jardines durante el invierno.

–Todo queda expuesto y al descubierto. Se puede ver la estructura del jardín.

–Exacto. Aunque eso también significa que hay pocas cosas que oculten sus defectos.

–¿Cómo ha llegado a cultivar rosas? –le he preguntado mientras entrábamos en uno de los invernaderos y me invadía una oleada de calor seductor.

Él se ha pasado una mano por la nuca y ha mirado las mesas que nos rodeaban y que estaban repletas de filas de plantas en diferentes estados de crecimiento.

–Como muchos muchachos, tuve una juventud bastante ociosa. Mi madre y mi padre siempre tuvieron la esperanza de que llegara a ser alguien, pero yo parecía decidido a demostrar que se equivocaban al tener tales aspiraciones. En Cambridge, más allá de irritar a mis tutores, hice poca cosa de manera totalmente intencionada. Y, una noche, me encontraron en una situación bastante vergonzosa.

–¿Cómo de vergonzosa? –le he preguntado.

–Lo suficiente como para no estar seguro de que mi hermana fuese a aprobar que le hablara de ello a una joven dama.

He arqueado una ceja.

–Señor Goddard, con treinta y cinco años, soy una auténtica solterona.

–Sin duda no puede… Lo que quiero decir es que no aparenta…

He terminado con el sufrimiento del pobre hombre con una sonrisa.

–Gracias, pero estoy bastante contenta con mi edad. Resulta bastante liberadora. Por ejemplo, hoy he podido tomar prestado uno de los caballos de su cuñado, atravesar varios pueblos cabalgando y visitar a un caballero para hablar de rosas. Ninguna debutante tímida podría hacer lo mismo.

Él ha asentido y, después, se ha detenido frente a una hilera de macetas para comprobar el punto donde había injertado un esqueje en un patrón.

—Esta es una *souvenir de la Malmaison*, ¿la conocía? —He negado con la cabeza—. Es un rosal de la variedad «*bourbon*» que produce unas flores exuberantes de un color rosa muy pálido que casi parecen invadir el arbusto en el que crecen. Y el aroma… es más dulce que el de un perfume.

—¿Lo bastante dulce como para ser un acompañamiento apropiado para un grupo de damas tomando el té al aire libre? —le he preguntado.

—Tal vez —me ha contestado con una sonrisa antes de pasar a la mesa que estaba detrás de nosotros—. O, tal vez, prefiera un toque de carmesí para conseguir un efecto dramático. La *madame Isaac Pereire* podría ser justamente lo que está buscando.

He pensado en el jardín de los enamorados que he planificado crear justo al oeste del jardín del té. Quiero sorprender al visitante que pase de las plantaciones calmantes y femeninas de heliotropos de un color morado pálido, equináceas rosas y peonías en tonos cremosos a un jardín temático con tantos colores que casi resulte obsceno. Rosas muy rojas, salvia de un intenso color morado y las espigas con flores rojizas de la persicaria. Plataneros, arces japoneses, dalias, tulipanes… Quiero que la gente se quede boquiabierta.

—Tal vez sería más fácil si empezamos por lo que necesito —le he dicho mientras me sacaba el cuaderno del bolsillo de la falda. Se ha abierto en una página con una vista panorámica de todo el jardín.

—¿Y qué es lo que necesita? —me ha preguntado mientras se giraba hacia el cuaderno para poder verlo mejor. El mismísimo borde de su dedo meñique me ha rozado la mano. Las mejillas se me han encendido y me he aclarado la garganta.

—Necesito los colores de las piedras preciosas para el jardín de los enamorados, rosas muy pálidos para el jardín infantil y el del té y blanco puro para el jardín nupcial.

Él ha dado un golpecito a la página en la que había escrito «jardín de la poesía» y me ha dicho:

—Un homenaje muy inteligente a la afición de mi cuñado. Creo que descubrirá que Arthur es siempre más agradable cuando cree que la persona con la que está hablando aprecia totalmente el lugar que ocupa en el mundo.

—¿Acaso no siente aprecio por el señor Melcourt?

El señor Goddard se ha reído.

—Al contrario. Creo que es la pareja perfecta para mi hermana. Helen puede ser una de las mujeres más testarudas y decididas que he conocido. Tiene ciertas ideas sobre cómo debería ser el mundo y le resulta muy irritante cuando los demás no encajamos en ellas a la perfección.

—Parece esperar grandes cosas de todos los que la rodean –he admitido.

—He de confesar que, a veces, resulta agotador. Tengo unas costumbres de soltero bastante asentadas así que, a veces, me enfado cuando me reclaman en Highbury House para largas cenas. Me atrevo a decir que usted misma lo habrá presenciado: a la mesa de mi hermana, nunca se puede disfrutar de una noche tranquila con fiambres y un vino sencillo.

—Así es –le he dicho–. En comparación, mi vida es bastante tranquila. Mi hermano, Adam, se mudó a Wimbledon hace dos años cuando empecé a viajar de manera más constante por trabajo. A menudo nos contentamos con comer por segunda vez lo que quiera que la cocinera haya preparado para la comida en lugar de tener que aguantar un menú de cinco platos.

—En Highbury no encontrará semejantes concesiones a la economía o el sentido práctico. Dígame, señorita Smith, ¿alguna vez ha hibridado rosales? –me ha preguntado.

—Eh… No puedo decir que lo haya hecho –he contestado, tartamudeando ante el cambio repentino de tema de conversación–. Aunque sí he hibridado otras plantas. Mi padre utilizaba los experimentos de Gregor Mendel con guisantes para enseñarme lo que son los rasgos recesivos y dominantes.

–Las rosas funcionan de manera muy parecida. Los colores, los aromas, el follaje, los patrones de floración... Todos ellos son rasgos que pueden transmitirse de generación en generación. Si me acompaña... –ha dicho mientras señalaba un armario de madera y cristal–. He estado recolectando y secando polen de varias rosas que deseo utilizar como donantes. –Ha usado una llave pequeña que le colgaba del bolsillo del reloj y ha abierto las puertas del armario–. ¿Le importaría escoger una?

Cuando me he asomado por detrás de él, me he encontrado con una docena de rosas a las que les habían quitado los pétalos. Cada una de ellas reposaba sobre un pequeño trozo de cartón con una etiqueta escrita cuidadosamente con lapicero.

–*Souvenir de madame Auguste Charles, Alfred de Dalmas, Shailer's white moss, gloire des mousseux...* –Me he enderezado–. No sé cuál escoger.

–¿Qué necesita para el jardín del té? –me ha preguntado.

He cerrado los ojos y he imaginado cómo sería el jardín dentro de cinco años. O incluso dentro de diez. Densamente plantado con ejemplares exuberantes pero elegantes con sus preciosas flores inclinadas y una suave brisa en el aire que sacude las hojas de los tilos que están a unos metros de distancia.

–Creo que me gustaría el color rosa pálido de la *Alfred de Dalmas* mezclado con el tamaño de las flores de la *gloire des mousseux* –le he dicho.

–Buena elección –me ha dicho mientras acercaba la mano al cartón que rezaba *ALFRED DE DALMAS*–. Usaremos esta porque, normalmente, la planta donante influye en el color de la flor.

–¿Normalmente?

–Uno nunca puede estar seguro. A veces, las rosas son más volubles que un amante aburrido. –Las mejillas se le han sonrojado–. Lo que quiero decir es que la *gloire des mousseux* es de un rosa tan intenso que me preocupa que se pierda la delicadeza de la *Alfred de Dalmas*.

Portando con nosotros el trozo de cartón, me ha conducido

al siguiente invernadero. Si bien el edificio que acabábamos de abandonar estaba lleno de mesas, el siguiente parecía como si hubieran atrapado la primavera bajo un cristal. Los rosales en flor crecían con alegría en macetas de terracota. Muchas de ellas estaban envueltas con papel de estraza atado con un cordel.

—Aquí es —ha anunciado cuando hemos llegado junto a un rosal que no estaba envuelto en papel. Varias flores estaban empezando a abrirse y a revelar sus muchos pétalos de un color rosa brillante—. *Gloire des mousseux*.

—Es una rosa preciosa —he dicho.

—Es una de mis favoritas. Bueno, ¿hace los honores? —Se ha llevado la mano al bolsillo, ha sacado un pincel de punta fina y me lo ha tendido. Me ha enseñado cómo quitar los pétalos y los estambres antes de tomar el polen y aplicarlo con cuidado sobre el pistilo. Entonces, ha rebuscado papel y cordel en sus bolsillos para preservar la integridad del híbrido. Hemos repetido lo mismo cinco veces en cinco flores distintas antes de que haya dado el trabajo por terminado—. Y, ahora, nos toca esperar.

Le he devuelto el pincel.

—El único problema es que yo no puedo esperar mucho tiempo. La señora Melcourt ya me ha estado preguntando si los arriates de cada lado de la pradera de césped estarán listos a tiempo para una fiesta que celebrará la próxima primavera.

—Y nos llevará mucho más tiempo que eso descubrir si nuestro experimento ha funcionado —ha respondido él—. Entonces, es bueno saber que esta rosa no es para ellos.

—Ah, ¿no lo es? —le he preguntado.

—Si puede conformarse con plantar las *Alfred de Dalmas* en el jardín del té, puedo proporcionárselas. Puede pensar en qué necesita para los otros jardines.

—Las *madame Isaac Pereire* serían perfectas para el jardín de los enamorados.

—En tal caso, las tendrá. Y, en cuanto a esta rosa… —Ha señalado la flor que acabábamos de hibridar—. Salga lo que salga, será suya para hacer con ella lo que desee.

Me he sentido extrañamente conmovida por su consideración.

—Nunca nadie había creado una rosa para mí.

—Piense en ello como un regalo; un recuerdo del tiempo que está pasando en Warwickshire.

Una emoción desconocida se me ha alojado en la garganta, por lo que me ha costado tragar saliva.

—Gracias —he conseguido decir.

—Es un placer, señorita Smith. Ahora, ¿nos aventuramos a entrar en la casa a ver qué ha conseguido encontrar para nosotros en la cocina el ama de llaves? No puedo prometerle que no sea más que una comida sencilla.

—Suena maravilloso.

Me ha ofrecido el brazo.

—Si me lo permite, durante el almuerzo me gustaría hablarle sobre un caballero extraordinario que conocí el otro día. Se trata de un tal señor Lawrence Johnston que pretende convertir los campos que rodean su nuevo hogar en un paraíso para los jardineros.

—Su hermana lo ha mencionado. Dijo que usted le había proporcionado algunas rosas.

—Sí. Además, tuve la suerte de que me mostrara sus planos. He pensado que tal vez a usted le resultaría interesante, ya que él también está diseñando una serie de jardines temáticos.

—Me gustaría mucho conocerlo —he dicho.

—Entonces, me encargaré de ello —ha respondido mientras me abría la puerta lateral de la casa.

Dentro, el ama de llaves nos ha hecho pasar a un pequeño comedor caldeado por un fuego envolvente. El señor Goddard y yo nos hemos sentado el uno enfrente del otro —con un poco de pan, queso, fiambres y encurtidos entre nosotros— y enseguida nos hemos sumido en una conversación.

Puedo decir con toda sinceridad que nunca antes había comido mejor.

Emma

El descubrimiento de los planos de Venetia transformó el proyecto de Emma. Se pasó dos semanas rebuscando entre todos los papeles importantes que pudo encontrar, tomando fotografías y notas. La cuestión de quién era Celeste la atormentaba, pero, aun así, se esforzó para ajustar sus propios planos y que encajaran con los de Venetia. Después, llegó la parte difícil: cancelar y hacer nuevos pedidos, abastecerse de una gran cantidad de plantas y encontrar la manera de que Sydney y Andrew pudieran tenerlo todo dentro del presupuesto y a tiempo.

Sus días tampoco eran menos estresantes cuando tenía que dirigir al equipo durante las labores necesarias para limpiar el lío de plantas del jardín y preparar los jardines temáticos para la plantación. Todos los días llegaba a casa exhausta y, más de una noche, se había quedado dormida junto al ordenador sobre la mesa del comedor de Bow Cottage.

Finalmente, una tarde, cuando todos parecían ocupados con sus tareas respectivas, Emma dejó a un lado los guantes de jardinería y recorrió el corto paseo que había desde Highbury House hasta la granja cercana para buscar a su propietario. Sus robustas botas se hundían en el barro con cada paso que daba por el camino que conducía a la casa de la hacienda y los profundos surcos de las ruedas de un tractor estaban medio llenos de agua estancada. Incluso entonces, la humedad se le colaba bajo el cuello de la chaqueta de algodón encerado y del jersey tipo Aran y se le pegaba a los huesos.

Sydney le había contado que Henry Jones descendía de un largo linaje de granjeros que habían trabajado en Highbury

House Farm. En el pasado, la hacienda había sido propiedad de los dueños originales de la casa, los Melcourt, pero se la habían vendido a los Jones en los años veinte. Había resistido a una guerra mundial, a la agricultura industrial y a otros innumerables cambios y, hasta el presente, había permanecido en la familia.

La casa apareció ante ella. Se pasó las manos por las sienes y se dio cuenta de que algunos mechones castaños rebeldes se le habían escapado de la coleta. Se quitó la goma para rehacérsela y se fijó en la suciedad que tenía bajo las uñas a pesar de que se ponía religiosamente los guantes para trabajar. Henry Jones tendría que enfrentarse a la realidad de que una mujer que trabajaba todo el día rodeada de tierra podría estar sucia.

El cielo ya había empezado a oscurecer, así que no le sorprendió ver maquinaria agrícola parada en el patio a unos cien metros o así de la casa. Como no vio a nadie por la zona, se dirigió a un edificio de ladrillo rojo en el que estaban encendidas las luces de las ventanas de la primera planta.

Conforme se acercaba, podía oír música; algo con buen ritmo y algunos metales de fondo. Cuanto más cerca estaba, más alto se oía, así que, cuando llamó a la puerta de color verde pálido, no le sorprendió que no hubiera respuesta.

Mientras la neblina se convertía en una lluvia persistente, golpeó la puerta con fuerza con el lateral del puño. Tras un instante, la música bajó de volumen. Dio un paso atrás. La puerta se abrió de golpe y tras ella apareció un hombre que vestía una camiseta de James Brown en su época de The Dramatics sobre una prenda térmica. Llevaba el pelo oscuro revuelto y apelmazado a un lado, como si lo hubiera llevado todo el día bajo un sombrero.

–Hola –dijo él.

–Hola. Estoy buscando a Henry Jones –contestó ella.

–Pues ya lo has encontrado.

–Soy Emma Lovell. Puede que Sydney Wilcox te haya hablado de mí.

Su rostro se iluminó.

—La jardinera. Sí que te ha mencionado. Querías saber si tenía alguno de los antiguos dibujos de mi abuela, ¿verdad?

—Eso es.

—Mierda, lo siento. No debería dejarte ahí de pie, bajo la lluvia. Entra —dijo Henry mientras se hacía a un lado para que pasara dentro.

—Gracias. ¿Quieres que me quite las botas? —preguntó cuando se dio cuenta de que él solo llevaba calcetines.

Él se pasó la mano por la coronilla de la cabeza, revolviéndose el pelo todavía más.

—¿Te importa? Normalmente, no te lo pediría, pero Sue acaba de estar por aquí y ha hecho la oficina. Me mataría si le llenara los suelos de barro menos de veinticuatro horas después de que haya limpiado.

—¿Quién es Sue? —preguntó ella mientras se quitaba las botas.

—Lleva la contabilidad de la granja. De vez en cuando, se cansa de mi desorden y hace una limpieza. Ven por aquí —le dijo él.

Emma lo siguió por un pasillo corto hasta una oficina con dos escritorios. Uno estaba limpio como una patena. El otro… no tanto.

Henry se sentó detrás el escritorio desordenado tras quitar un montón de catálogos de semillas de una silla y apartar a un lado varias tazas olvidadas de té. Había un portátil sobre la mesa, pero estaba medio enterrado bajo un montón de papeles, que incluían lo que parecía el informe de un análisis químico, una edición antigua del *Telegraph* de los sábados y un libro de tapa blanda abierto y con el lomo doblado.

—Supongo que puedes adivinar qué lado es el de Sue —dijo él por encima de las notas de una canción de *soul* clásica.

—Eso creo. Charlie, mi jefe de personal, y Sue se llevarían bien.

—Así que él es el ordenado, ¿eh?

—En comparación, sí. Aunque yo no soy tan terrible como tú. Henry se rio.

—Nadie es tan terrible como yo. Bien, cuéntame algo más sobre qué es lo que esperas encontrar en los dibujos de mi abuela.

Ella le explicó un poco el proyecto y le habló de lo que esperaba encontrar en los cuadernos de dibujo de Beth.

–A veces, los dibujos pueden rellenar los huecos que hay entre la intención y la realidad.

–¿No serían más útiles las fotografías? –preguntó él.

–Sí, sería lo ideal; pero estamos hablando de 1907. En aquel entonces, todavía era bastante raro que la gente documentara los jardines con mucho detalle a menos que supieran que era un jardín importante. Venetia Smith no fue famosa hasta años después.

–Escribía libros, ¿verdad?

–¿Perdón? –preguntó ella mientras se inclinaba hacia delante para poder oírle por encima de una serie de toques de trompeta de la música.

Henry tomó su teléfono y bajó el volumen de los altavoces que había en una estantería.

–Lo siento.

–¿Qué canción era?

–Una de Jackie Wilson. Se llama *The Who Song*. Mi padre solía ir en automóvil hasta Stroke-on-Trent para bailar *northern soul* en el Golden Torch antes de tomarle el relevo de la granja al abuelo. *Soul, motown, stax...* Escuchaba todo eso mientras se encargaba de la contabilidad y, tras su muerte, yo he seguido haciéndolo también. –Eso explicaba la camiseta de James Brown–. Te preguntaba si Venetia Smith escribía libros. El nombre me resulta familiar –añadió él.

–Así es. Se marchó a Estados Unidos, se casó y vivió allí hasta que murió. Highbury House fue su último encargo en Gran Bretaña.

–Bueno, fue décadas después, pero mi abuela estuvo en Temple Fosse Farm durante la guerra y solía llevar pedidos a la casa grande. Aunque no se tomó en serio el tema artístico hasta los años cincuenta, después de que naciera mi madre.

–Sydney me dijo que era una artista muy respetada.

Henry sonrió.

–No era lo bastante conocida como para que yo pueda dejar la granja y entregarme a una vida de lujos, pero, durante un tiempo, sí que vendió sus obras a algunas galerías de Londres. A principios de los noventa, solía llevarme a visitar sus favoritas. Una amiga suya estaba de viaje a todas horas, así que nos quedábamos en su apartamento de Maida Vale.

—Tengo la esperanza de que alguno de sus bocetos pueda darme algunas pistas.

Él se reclinó sobre la silla.

—Mi hermana Tif y yo limpiamos su casa cuando murió. Tif no se llevó gran cosa, ya que vive en Londres y no tiene espacio, así que yo acabé quedándome con la mayoría de las cosas de la abuela. Estoy seguro de que tengo al menos un par de sus cuadernos de dibujo.

Emma se puso en pie.

—¿Podrías buscarlos? Odio robarte tu tiempo cuando es evidente que estás ocupado, pero…

Henry soltó una carcajada.

—Pero lo vas a hacer de todos modos. No te preocupes. Siempre es un placer poder ayudar a Sydney y Andrew.

—¿Los conoces desde hace mucho tiempo?

—Desde hace un año, más o menos. Solía ver bastante al abuelo de Sydney, Rob. No era un hombre hablador, pero siempre nos saludábamos.

Emma frunció el ceño.

—Pensaba que os conoceríais desde hace más tiempo. Sydney mencionó una noche de trivial en el *pub*.

—¿Ya te han reclutado para «Ataque a la sobriedad»?

—¿Disculpa?

—Es el nombre del equipo. Participo casi todas las semanas, aunque, a menos que el tema sea agricultura, música *soul* clásica o historia militar británica, no soy de mucha ayuda —contestó él.

—En mi caso, los temas serían: jardines, gente que escribe sobre jardines y jardines históricos. Así que tienes una base de conocimientos más diversa que la mía.

—Tenemos que sobornar al organizador para que añada un tema sobre jardinería para que haya más posibilidades de que, cuando vengas, puedas acertar alguna pregunta.

–Oh, no voy a ir –contestó ella con rapidez.

–¿Por qué no?

–No es lo mío realmente.

Henry ladeó la cabeza.

–No tienes por qué beber, si eso es lo que te preocupa. En realidad, tampoco es necesario que ayudes con las preguntas. Todas las semanas gana el mismo equipo. Nunca tenemos ninguna posibilidad.

–Por las noches suelo estar agotada.

Aquella excusa sonaba tan patética como era.

–Lo entiendo. Trabajar en la granja implica madrugar. Pero, si cambias de opinión en algún momento, ya sabes dónde encontrarnos –le dijo él.

En realidad, no lo sabía, pero, dado que por el momento tan solo había visto un *pub* en Highbury –el White Lion–, podía hacerse una idea bastante aproximada. Aunque tampoco es que fuera a ir en algún momento.

En ese instante, le sonó el teléfono. Le echó un vistazo y vio que acababa de recibir un mensaje de Charlie.

> Rosewood nos ha enviado el pedido equivocado. Hay que devolverlo todo.

–Mierda –maldijo en voz baja.

Si había algún otro contratiempo, corría el riesgo de retrasarse tanto con el proyecto que acabara agotando el margen de tiempo que había incluido en el contrato.

–¿Problemas con el trabajo? –le preguntó Henry.

Emma se metió el teléfono en el bolsillo trasero.

–Nada de lo que no pueda ocuparme.

–¿El negocio es solo tuyo?

–Sí. Lo empecé tras cansarme de trabajar para otras personas.

Él soltó un silbido grave.

–Es impresionante que lo hicieras sola.

–Gracias, supongo –contestó ella.

Henry le dedicó una sonrisa.

–Es un cumplido. ¿Me das tu número? Buscaré esos cuadernos de dibujo este fin de semana y te avisaré cuando los encuentre.

Tomó su teléfono, que estaba sobre el escritorio, y se lo tendió. Emma dudó. Hacía siglos que no le daba su número a un hombre, pero no estaban en un bar o utilizando una aplicación de citas. Aquello era un asunto de trabajo.

Tecleó su número y, cuando se lo devolvió, Henry le mandó un mensaje rápido.

–Ahora, puedes escribirme si alguna vez necesitas algo.

–¿De una granja? –replicó ella mientras se le formaba una sonrisa en los labios.

–Nunca se sabe. Puede que un día te levantes y pienses: «Oye, me vendría muy bien la empacadora de heno de Henry».

–Lo tendré en cuenta, gracias –dijo cuando llegó a la puerta principal de la oficina.

–Puede que nos veamos en el White Lion. Es tradición invitar a una copa a los vecinos nuevos.

–¿De verdad?

–Por supuesto.

Se descubrió considerando la oferta. Una simple copa con un hombre agradable y con aire desenfadado era algo que le resultaba atractivo y novedoso. Sin embargo, descartó la idea casi de inmediato. Estrechar lazos con alguien en Highbury tan solo haría que todo resultase más difícil cuando, inevitablemente, se marchara.

–Tal vez algún día –contestó.

Cuando salió a los terrenos lluviosos de la granja, se subió el jersey en torno al cuello. A pesar de que el barro se le pegaba a las botas más que nunca, no pudo evitar sentirse un poco más ligera.

Beth

19 de marzo de 1944

Queridísima Beth:

Leer tus cartas me hace desear estar de nuevo en la granja. Me alegra saber lo mucho que estás disfrutando de tu trabajo. A este granjero se le calienta el corazón al saber que, pronto, estarás tan cómoda en los campos como cualquier otra persona.

Voy a tener cuarenta y ocho horas de permiso y las voy a pasar con Clifton, Macintyre y Bates. Todavía no sé cuándo tendré un permiso lo bastante largo como para hacer el viaje hasta Inglaterra, pero, cuando llegue el momento, iremos donde tú quieras: a tomar el té, a cenar y bailar… Lo que sea. Es extraño pensar que será nuestra primera cita.

Con todo mi cariño,

Colin

—Bueno, ¿estás segura de que conoces el camino? —preguntó la señora Penworthy mientras Beth volvía a comprobar las riendas del caballo y la carreta.

—Recto por Fosse Way, a la izquierda en el puente que cruza el río y, después, tres kilómetros hacia el sur hasta llegar a Highbury Road. Es la casa grande que está a un kilómetro y a la izquierda —respondió Beth.

—Y no olvides que quitaron las puertas grandes…

—Para chatarra —remató ella con una sonrisa.

El señor Penworthy cargó la segunda caja de madera que había que entregar en Highbury House.

—¿Puedes dejarla en paz? Es una chica lista.

Tras algunos aspavientos más de la señora Penworthy, Beth se subió al asiento de la carreta, sacudió las riendas y se giró para despedirse con la mano.

Una vez que estuvo en marcha, no pudo evitar sonreír mientras el viento frío le agitaba la melena. Solía dedicar su tiempo libre a ir al cine con Ruth y dos chicas que trabajaban en una granja lechera en Combrook, por lo que pocas veces estaba sola. Y, cuando sí lo estaba, se sentía culpable si no usaba el tiempo para mantenerse al día con el flujo constante de cartas que Colin le enviaba cada pocos días. Sin embargo, con las riendas en la mano, no tenía nada que hacer más que disfrutar de la paz de su propia compañía.

El buen humor la llevó hasta Highbury House. Pasó el hueco en el muro en el que habían estado las puertas de hierro y giró hacia la entrada del servicio, tal como le había explicado el señor Penworthy. Se bajó de un salto de la carreta y ató al caballo antes de abrir la portezuela y apilar las dos cajas una encima de la otra.

Con cuidado, rodeó el vehículo hasta la puerta de la cocina. Podía oír el ruido de las sartenes y del agua corriente. Se colocó las cajas entre el vientre y la puerta y llamó.

Un instante después, la puerta se abrió de golpe y apareció una joven con delantal y el pelo castaño recogido en una redecilla que la miró con los ojos entornados. Después, bajó la vista a las cajas.

—¿Hoy no viene el señor Penworthy?

—No; no ha podido escaparse —contestó ella.

La otra chica se hizo a un lado.

—Entonces, será mejor que entre.

—¿Dónde quiere que le deje las cajas? —preguntó Beth.

La joven señaló con la cabeza la enorme mesa de trabajo que había en el centro de la estancia.

—Justo ahí está bien. Acabo de poner la tetera al fuego. ¿Puede quedarse un momento? —Beth dudó, pero asintió—. Bien, entonces le preparé una taza de té.

—Oh, no es necesario —contestó rápidamente.

—Necesito repasar el pedido y tengo que entregarle una lista para la semana que viene. Así que bien puede tomarse el té mientras lo hago. Serán las hojas reutilizadas de esta mañana, pero, al menos, estará caliente –dijo mientras comenzaba a sacar unas tazas de cerámica–. ¿Cómo se llama?

–Beth Pedley.

–Yo soy Stella Adderton. ¿Qué tal es lo de ser una de las chicas del campo? –le preguntó por encima del hombro.

–Oh, me gusta mucho.

–Entonces, ¿el trabajo no es demasiado duro?

–No está tan mal cuando te acostumbras, pero hay muchas cosas que aprender –contestó mientras se frotaba de manera distraída una zona de las manos que tenía agrietada.

La señorita Adderton dejó una taza frente a ella.

–Supongo que no le gusta la leche en polvo, ¿verdad? No, claro que no. ¿A quién le gustaría?

Observó cómo la joven metía las manos en una de las cajas del pedido y comenzaba a rebuscar antes de sacar una botella.

–Ah, aquí está.

–¿Hemos incluido leche?

Se suponía que la leche estaba racionada.

–El señor Penworthy lleva tanto tiempo abasteciendo a Highbury House que nunca le pide a la señora Symonds que pague por la leche auténtica. No creo que eso infrinja las normas del racionamiento, ya que es un regalo que le hace mucho antes de que la leche hubiese llegado al mercado. –La señorita Adderton hizo una pausa–. No la he escandalizado, ¿verdad?

Beth se rio.

–No. Me parece que hay maneras mucho peores en las que la gente manipula las raciones.

–Ese es el espíritu –dijo la otra chica mientras ponía una cantidad diminuta de leche en cada una de las tazas–. ¿Cómo ha dicho que se llamaba?

–Beth Pedley.

La señorita Adderton le tendió una taza.

–Me gusta usted, señorita Pedley.

Aquella simple afirmación desgarró a Beth, que se quedó mirando la taza que tenía entre las manos, temiendo que, si miraba a la otra joven, comenzaría a llorar. No recordaba la última vez que alguien de su edad había sido tan amable con ella.

–Por favor, llámeme Beth –consiguió decir tras un instante.

–Y tú llámame Stella –replicó la señorita Adderton con un gesto de la cabeza–. Es mucho mejor que ser solo «la cocinera».

–Espero que no te moleste que te lo diga, pero pareces demasiado joven para ser cocinera –se aventuró a decir.

Stella suspiró y comenzó a sacar puerros cubiertos de tierra de una de las cajas.

–Crecí en Highbury y era la ayudante de cocina con más antigüedad antes de que comenzara la guerra. Una a una, el resto de las chicas se marcharon para alistarse. Yo también me fui. Quería ser miembro de las WAAF porque creo que volar alrededor del mundo sería espectacular.

–¿Qué ocurrió? –preguntó Beth.

–Determinaron que no era médicamente apta para el servicio. Tengo asma, como el señorito Robin. Así que ese sueño llegó a su fin. –Stella le dedicó una media sonrisa–. De todos modos, al final, todo ha salido bien ya que, ahora, mi sobrino está aquí conmigo.

–¿Te gusta trabajar en Highbury House?

–Me gusta el dinero del sueldo. Me gusta poder tomar de vez en cuando ese chorrito de leche que es posible que otros no puedan tomar. Además, los miércoles y los sábados, me pongo un uniforme, trabajo para una unidad de Defensa Civil y siento como si hubiera hecho algo en esta guerra. Pero, no, no creo que me guste trabajar en Highbury House en absoluto.

–¿Y por qué no te marchas? –preguntó Beth.

Stella sonrió.

–Algún día lo haré.

–Suena como si tuvieras un plan.

–Hago cursos por correspondencia. Sé taquigrafía y hacer transcripciones. Ahora estoy estudiando mecanografía, pero no tengo una máquina de escribir, así que tengo que usar un diagrama y fingir.

–Y, después, ¿te marcharás a Londres?

–Para empezar, sí –respondió Stella–. Después, allá donde pueda ir. Colecciono postales y fotografías de todos los lugares que quiero visitar algún día.

–¿Cuál es el primero de la lista? –preguntó Beth, fascinada.

–Tahití. Hay una isla llamada «Moorea» a la que me gustaría ir. –El rostro de la joven se entristeció–. Aunque, ahora que tengo a Bobby, es más complicado, claro.

La cocinera parecía tan triste que Beth se apresuró a cambiar de tema de conversación.

–Y ¿qué me dices de la señora Symonds?

–¿Qué ocurre con ella?

–El señor Penworthy habla muy bien de ella.

Stella resopló de forma burlona, miró por encima del hombro en dirección a la puerta y bajó la voz.

–Es muy majestuosa. Cuando el Gobierno requisó la casa justo después de que muriera su esposo y trasladaron aquí el hospital, lo dio todo para seguir adelante como si nada hubiese cambiado. Sigue recibiendo invitados. Sigue cambiándose para la cena incluso cuando está ella sola en su salita privada porque el hospital ha puesto camas en el comedor formal. Pasa tiempo con los soldados, eso lo reconozco, pero casi siempre está en el jardín.

–El jardín debe de ser precioso –dijo Beth.

Stella se encogió de hombros.

–Si te gustan los jardines. Si quieres, puedes verlo cuando te marches.

–Oh, pero no podría…

–Nadie se enterará, si eso es lo que te preocupa. La señora Symonds se ha marchado a Londres esta mañana para encargarse de unos asuntos y los pacientes no se fijarán. Puedes entrar a través de la verja lateral que hay en el huerto.

–Bueno, tal vez… Si estás segura de que no pasará nada.

–Sí que he de decir una cosa de la señora Symonds –comentó Stella–: adora a su hijo. El señorito Robin es un niño apuesto y dulce, aunque no tiene la salud de su padre. Cuando era muy pequeño, era un niño enfermizo, pero tal vez algún día acabe creciendo. –Stella apoyó las palmas de las manos sobre la encimera–. Bueno, parece que está todo en orden. Tienes que darle las gracias al señor Penworthy por darnos coliflor. No veíamos una desde el año pasado.

–Me ha pedido que te diga que habrá más. Acabamos de empezar a recolectar las primeras cabezas.

Stella asintió y, después, se encorvó para escribir unas cuantas cosas en un trozo de papel.

–Con esto será suficiente para la semana que viene.

Beth extendió el brazo para tomar el papel, pero la otra joven le agarró la mano y le dio la vuelta, dejando a la vista una de las grietas de la piel que le había estado molestando los últimos días.

–Eso debe de doler –dijo Stella.

–Me dejó de escocer ayer. Ahora tan solo me resulta incómodo cuando uso el lapicero –admitió ella.

–¿Para escribir cartas?

«Menos de las que debería». Tan solo estaba consiguiendo escribir una por cada tres que recibía de Colin.

–También dibujo –respondió–, aunque es solo por diversión.

–Bueno, no podemos dejar que las manos agrietadas te impidan hacerlo. Espera un momento.

Obediente, Beth se quedó sentada frente a su taza de té hasta que la cocinera regresó con un paquete pequeño envuelto en un trapo limpio.

–Toma. Esto te ayudará.

–¿Qué es? –preguntó mientras desenvolvía una de las esquinas y dejaba a la vista una bola dura de cera cremosa.

–Cera de abeja mezclada con aceite de oliva caliente que, después, se deja enfriar. Si te lo frotas en las manos cada vez que te las laves y te las seques, te vendrá bien.

–Muchas gracias –contestó Beth con sinceridad.

Stella hizo un gesto de desdén.

–Es un viejo truco que aprendes cuando empiezas a trabajar en una cocina. Tras unos pocos días metiendo y sacando las manos del agua caliente de manera constante, acabas queriendo llorar. Si vienes la semana que viene, ya me dirás si te ha funcionado.

—Estoy segura de que sí.

Se despidió de la joven y salió por la puerta de la cocina. Tenía toda la intención de subirse a la carreta y ponerse en marcha de nuevo, pero la verja del huerto le llamó la atención. Tras dudar un instante, dejó en la parte trasera del vehículo las cajas vacías que le había devuelto Stella y atravesó la puerta para salir al huerto.

Una verja de hierro que debían de haber olvidado al recoger la chatarra conectaba el huerto con un seto de tejo. Beth la abrió y, cuando chirrió, miró a su alrededor con una mueca. Sin embargo, no había nadie a la vista. Siguió la hilera de tejos y apareció en un jardín circular con una estatua de un dios alado en el centro. Aunque ahora estaba vacío, sabía que debía de resultar exuberante en primavera.

Encontró un hueco en el seto descuidado y lo atravesó hasta llegar a otro jardín y, después, a otro. Ansiaba poder tener una paleta de acuarelas y un poco de papel grueso, pero un lapicero habría sido suficiente para grabar en su memoria aquel lugar. Entendía por qué la señora Symonds querría pasar tiempo allí. En aquellos jardines temáticos, uno podría encontrar algo similar a la paz en una época en la que no existía.

Beth dobló la esquina de un muro construido con ladrillo y se encontró frente a otra verja. Si los jardines temáticos que acababa de atravesar estaban todavía adormecidos por la estación invernal, aquel estaba descaradamente vivo, repleto de tonos verdes, plateados y rojos.

Miró hacia atrás por encima del hombro e intentó abrir la verja. Cerrada. Se quedó allí de pie, rodeando los barrotes con las manos y deseando poder entrar. Ver cómo la vida brotaba con tanto vigor en las primeras semanas de marzo resultaba casi… obsceno.

Estaba a punto de marcharse cuando algo le llamó la atención bajo un arbusto que estaba justo a la derecha de la verja. Se agachó, metió la mano entre los barrotes y consiguió agarrarlo por los pelos. Se trataba de un trenecito de juguete. La pintura estaba un poco descascarillada, pero, por lo demás, estaba en buenas condiciones. Al ladear la cabeza, vio que había más juguetes bajo el mismo arbusto. Una sonrisa se le apoderó de los labios. Aquel debía de ser el lugar de recreo del hijo de la señora Symonds.

De algún lugar cercano le llegaron unas voces. Rápidamente, volvió a dejar el trenecito en su sitio, se apresuró a salir del jardín por el mismo camino por el que había entrado y cerró la verja con cuidado a sus espaldas.

Stella

Stella recorrió Church Street a toda prisa con la mano sobre la cabeza para evitar que el sombrero de fieltro verde saliera volando.

No debería estar fuera, yendo de un lado para otro, a aquellas horas del día. Debería estar en la cocina, intentando forzar al pan integral que estaba horneando para el té del personal de la casa para que levara un poco más. A su manera tranquila y llena de preocupación, la señora Dibble era tan rigurosa con las tradiciones como su señora, así que se había negado a permitir que la comida que se servía a la mesa de la servidumbre se quedara por el camino a pesar de que Highbury House solo contara con una fracción del personal que había tenido antes de la guerra. Sin embargo, aquellas costumbres tan estrictas significaban que, si no tenía el té en la mesa a las cinco y media, se desbaratarían todos los tiempos para la cena de la señora Symonds. Y, ahora, apartada de sus deberes, era prácticamente seguro que iba a llegar tarde.

Se trataba de Bobby, por supuesto. Media hora antes, uno de los empleados del hospital había bajado por las escaleras del servicio para anunciar que habían llamado por teléfono desde la escuela del pueblo. Se trataba de una pelea.

Stella subió corriendo las escaleras del colegio. Todavía no se lo podía creer. ¿Bobby se había metido en una pelea? ¿Su tímido sobrinito, que solo hablaba cuando te dirigías a él?

Dentro, se detuvo ante un mostrador de madera de pino lleno de agujeros que estaba atendido por un anciano.

–¿Puedo ayudarla? –preguntó el hombre.

—¿Podría indicarme dónde está el despacho del director?

El anciano se levantó y, poco a poco, comenzó a recorrer el pasillo.

—Supongo que será usted la madre del otro niño.

Justo lo que necesitaba: la madre de otro niño, enfurecida, preocupada o llorando, haciéndole perder el tiempo cuando tenía trabajo que hacer.

—Es aquí —le indicó el hombre.

Le dio las gracias y entró por la puerta con el cartel que rezaba SEÑOR EVANS, DIRECTOR. En cuanto estuvo dentro de la pequeña zona de recepción, sus ojos se posaron sobre Bobby, que llevaba una tirita justo encima del ojo derecho y… ¿Era Robin Symonds el que estaba bajo toda aquella suciedad?

—Bobby, ¿qué ha ocurrido? —le preguntó a su sobrino mientras le lanzaba una mirada evaluadora al otro niño. No tenía ninguna herida visible, tan solo un desgarro en el cuello de la camisa y una buena ración de manchas. «Gracias a Dios».

Tras ella, oyó el crujido de una puerta al abrirse y una voz que se dirigía a ella.

—Señorita Adderton, ¿le importaría unirse a nosotros?

Tragó saliva con fuerza, como si hubiera sido a ella a la que habían descubierto portándose mal.

—¿Estás bien? —le preguntó a Bobby.

Él asintió con la mirada todavía agachada.

—Sí, tía Stella.

—Bien. No te atrevas a moverte.

Dudó un instante y, entonces, le dio un beso en la frente. Su sobrino no se quejó. De hecho, no hizo nada. Stella se enderezó y se preparó para lo que venía a continuación mientras se giraba hacia el director.

—Señorita Adderton, soy el señor Evans. Siéntese, por favor —dijo el hombre.

Agarró el asa de su bolso con más fuerza cuando vio que la señora Symonds estaba sentada frente al enorme escritorio de roble del director. Su patrona se giró para mirarla mientras se sentaba a su lado, pero su mirada no desvelaba nada bajo el ala de un sombrero elegante y de color gris paloma.

El señor Evans cruzó las manos sobre el protector de cuero del escritorio y las miró a ambas fijamente.

–Señora Symonds, señorita Adderton, como pueden imaginarse, en la Escuela Primaria Highbury ponemos mucho cuidado en no permitir que haya peleas en el patio.

–Por supuesto –murmuró ella. La otra mujer no dijo nada.

–Este no es el lugar adecuado para juegos y peleas. Sé que hemos admitido tanto a Robin como a Bobby antes de lo que es habitual, pero se espera de ellos que se comporten como los niños más mayores. –Hizo una pausa–. Ya he hablado con los dos por separado, pero voy a pedirles que entren y nos cuenten lo que ha ocurrido. Deben entender que toda acción tiene sus consecuencias.

«Consecuencias». Stella sabía lo que eso significaba: golpes en la mano con una regla y latigazos en el trasero con una vara. Las «consecuencias» eran uno de los motivos por los que se había alegrado de dejar la escuela tan pronto como había podido.

El señor Evans se puso en pie y regresó un momento después con una mano plantada con firmeza en uno de los hombros de cada niño. Los condujo hasta detrás de su escritorio y retomó su asiento.

–Reynolds, ¿por qué no nos cuentas lo que ha ocurrido? –preguntó el director.

Bobby frunció el ceño, pensativo. Robin intervino con un tono de voz alegre y animado.

–Estábamos discutiendo sobre quién podía correr más rápido.

–Symonds… –le interrumpió el hombre.

–Es cierto –dijo Bobby en voz baja–. Todos hemos ido corriendo hasta el borde del patio y, después, hemos vuelto.

–Robin, ¿has estado corriendo? –preguntó la señora Symonds.

–¡He estado practicando, mamá! Se me da muy bien y no he necesitado el inhalador ni una sola vez –contestó el niño.

–Robin y yo les hemos ganado a todos –dijo Bobby.

–Entonces, solo quedábamos nosotros dos –añadió Robin.

–Symonds… –volvió a advertirle el director.

–Deje que hable –dijo la señora Symonds con el tono de voz suave pero firme que Stella conocía muy bien.

–Hemos apostado seis peniques a ver quién corría más rápido –dijo Robin.

Stella se mordió el labio. Sabía a ciencia cierta que Bobby no tenía seis peniques para apostar porque, aunque Joan había metido en la maletita del niño su cartilla de racionamiento, no le había dejado ni un solo centavo para ayudar a pagar otras cosas como los libros. Aquellos gastos habían salido de sus propios ahorros.

–Yo iba ganando –dijo Bobby con un toque de orgullo en la voz.

–Entonces, le he puesto la zancadilla –remató Robin con naturalidad.

–¿Le has puesto la zancadilla? ¿Por qué harías algo así, Robin? –le preguntó su madre.

El niño se encogió de hombros.

–Porque iba ganando.

–Eso no es algo propio de un caballero –le regañó la mujer.

–No me ha puesto la zancadilla –intervino Bobby rápidamente–. Me he caído yo solo.

–No es verdad. Te he puesto la zancadilla y, entonces, tú me has dado un puñetazo –dijo Robin, como si eso lo explicara todo.

–Han tenido que separarlos entre dos profesores –comentó el director.

–Lo siento mucho, señor Evans. De normal, Bobby es un niño que suele portarse muy bien –señaló Stella.

–Robin también –añadió la señora Symonds.

–Me temo que los niños necesitan recibir un castigo –dijo el señor Evans.

–Señor Evans, si cree que usted será el responsable de imponer ese castigo, está muy equivocado –dijo la señora Symonds con la voz fría como el acero.

El hombre soltó un suspiro.

–Señora Symonds, no se gana nada siendo indulgente en este tipo de situaciones. Los niños deben aprender…

–No toleraré que usted o cualquier otra persona golpee a mi hijo. –La mujer miró a Stella–. Y, dado que creo en la justicia, Bobby tampoco se enfrentará a tal castigo.

–Señora Symonds, ambos niños…

–Serán castigados; tiene usted mi palabra. Bien. Si eso es todo…

Tartamudeando, el señor Evans se levantó a medias del escritorio, pero, para entonces, la señora Symonds ya había agarrado la mano de su hijo y estaba conduciéndolo afuera. Stella se despidió apresuradamente del director y tomó a Bobby del codo.

–¿De verdad estás bien? –le susurró mientras le ayudaba a ponerse el abrigo y a recoger su cartera en la zona de recepción.

–Sí –contestó el niño en un tono más alegre de lo que le había oído desde que había llegado a Highbury House.

–¿Te cae bien el señorito Robin?

–Somos amigos. Me deja jugar con sus juguetes y yo le ayudo a correr. Ya no necesita pararse. La niñera no lo sabe, pero vamos a mostrárselo.

Fuera, Stella encontró a la señora Symonds esperando con Robin, que estaba agachado y examinando un insecto que se estaba arrastrando por el muro de ladrillo de la escuela. Se le volvió a hacer un nudo en la garganta. No era justo, pero sabía lo que se esperaba que ocurriera incluso aunque Robin hubiera sido el que había comenzado la pelea. Había nacido en la mansión, mientras que Bobby no era más que un niñito cuya tía era cocinera.

Apoyó una mano en el hombro de su sobrino.

–Bobby, tienes que disculparte con el señorito Robin y la señora Symonds.

–Somos amigos –dijo el otro niño–. Voy a enseñarle a lanzar una pelota de críquet.

–Es cierto, tía Stella –corroboró Bobby.

–Bueno, en tal caso, os resultará todavía más fácil disculparos el uno con el otro, ¿no es así? –preguntó la señora Symonds.

Los niños murmuraron unas disculpas apresuradas y poco sinceras. No lamentaban lo que habían hecho; tan solo estaban siendo niños.

Stella estaba a punto de tomar la mano de Bobby y de despedirse antes de emprender sola el largo camino de vuelta a la casa cuando su patrona dijo:

—Robin, ¿por qué no te adelantas con Bobby? A la señorita Adderton y a mí nos gustaría hablar.

Bobby se libró del agarre de Stella y, riendo, salió corriendo por la acera con Robin. Su amistad acababa de solidificarse. Ella dejó caer la mano a un lado. Un niño al cuidado de una cocinera nunca le hacía daño al heredero de la casa. Tendría que habérselo recordado a su sobrino, pero no le había parecido que fuera necesario. La separación entre la gente como Bobby y la gente como Robin era tan grande que esas reglas le parecían evidentes.

La otra mujer se aclaró la garganta.

—Señorita Adderton —comenzó a decir con lentitud—, creo que le debo una disculpa a pesar de que mi hijo no parezca pensar que sea necesaria.

—¿Usted? ¿A mí? —Se tambaleó, sorprendida.

—Entiendo la posición tan difícil en la que la ha puesto Robin al actuar de manera tan deplorable con Bobby. Puedo asegurarle que recibirá un castigo apropiado. —La señora Symonds ladeó la cabeza mientras contemplaba a los niños alejarse por el camino—. Creo que pasar algún tiempo quitando malas hierbas en el jardín será suficiente. Quizá dos semanas, después de la escuela, bastarían. Robin odia la humedad y estamos en una época del año tan húmeda…

—¿Podría Bobby acompañarle? —preguntó ella.

Una leve sonrisa se dibujó en el rostro de su patrona.

—Estoy segura de que en Highbury hay malas hierbas más que suficientes para dos castigos.

La mujer comenzó a caminar y, después, echó la vista atrás para mirarla como si esperara que se uniera a ella. Stella frunció el ceño. La dama vanidosa y estirada que exigía cosas ridículas como un suflé de queso para lord Este o Aquel y su esposa quería caminar con ella.

La siguió con cautela y la señora Symonds ralentizó el paso para igualar el suyo.

Tras unos minutos en silencio, Stella se atrevió a decir algo.

—Señora Symonds, si no le importa que le pregunte, ¿se opone al uso de la vara?

—En las escuelas, en las casas… En todas partes. Sé que se usa con frecuencia, pero no deseo que Robin la pruebe jamás.

«¿Por qué?», quería gritar ella. ¿Cómo era posible cuando, para muchas otras cosas, la mujer parecía tradicional hasta la médula?

—Mi difunto esposo, Murray, deseaba que fuese así —le explicó la mujer como si le hubiera leído el pensamiento—. Él mismo sufrió una paliza especialmente brutal en su colegio privado. Yo no tengo ningún deseo de enviar a Robin a un colegio semejante por mucho que mi cuñada no esté de acuerdo conmigo.

—Ya veo —contestó ella con cuidado.

—¿Cómo se está adaptando Bobby a la vida en el campo? Stella suspiró.

—Está pegado a mí. Creo que es tímido.

—No parece tímido cuando está con Robin.

«No es lo bastante mayor como para tener el sentido común de serlo».

Miró al fondo del camino, donde los dos niños corrían dibujando zigzags y con los brazos extendidos como si fueran aviones de guerra.

—No, no lo parece.

—Usted también tiene asma, ¿no es así? Por eso no puede servir en el ejército, ¿verdad? —le preguntó la señora Symonds.

—Sí —contestó ella mientras se preparaba mentalmente para ser juzgada.

—Nunca antes había visto a Robin correr sin quedarse sin aliento.

—Tal vez ahora tenga los pulmones más fuertes —sugirió ella.

La señora Symonds hizo un sonido evasivo.

–¿Le ha indicado su hermana cuánto tiempo desea que Bobby se quede en Highbury?

Como si alguien que no fuera ella misma pudiera tomar aquella decisión.

–No. Joan no es dada a escribir cartas a menos que quiera algo. Tan solo he recibido dos desde febrero. –Hizo una pausa–. Antes de eso, no la había visto desde el funeral de su esposo.

–Y, aun así, ha acogido a su hijo –dijo la otra mujer.

–¿A qué otro sitio podría ir?

Sin embargo, incluso mientras pronunciaba aquellas palabras, era consciente de que solo eran parte de la verdad. Sí, Bobby no tenía más familia que ella. Y, sí, no era más que un niño. Sin embargo, no era todo tan sencillo. Si pudiera, dejaría Highbury y se marcharía a Londres, a Nueva York, a Shanghái… No le importaba adónde siempre y cuando no fuese aquel lugar, donde todo el mundo la conocía y no había escapatoria.

Qué haría cuando llegara allí, todavía no lo sabía.

–Esta guerra nos ha traído tanta infelicidad que debemos hacer cualquier cosa con tal de escudar a nuestros niños de ella –dijo la señora Symonds.

Cuando miró a la mujer y vio que estaba contemplando a su hijo, se dio cuenta de que tenía los ojos vacíos; casi como si no estuviera allí.

–El señorito Robin se parece mucho a su padre –comentó Stella.

–Así es.

–El señor Symonds era un hombre amable.

–Lo era –replicó su viuda mientras asentía con la cabeza–. Algo de decencia abandonó el mundo el día que lo mataron y, ahora mismo, el mundo necesita decencia. Por ejemplo, el hospital de convalecencia. Él habría estado encantado de que la casa se haya convertido en un lugar de reposo y recuperación para tantos hombres. Yo tan solo veo la invasión de mi hogar. Por cierto, le he pedido a Cynthia que hable con la señora George sobre respetar sus necesidades.

Stella retrocedió de golpe, sorprendida.

–¿De verdad?

La señora Symonds le dirigió una sonrisa diminuta pero socarrona.

–Algunas batallas hay que lucharlas y, si tenemos en cuenta la situación actual con respecto a las raciones, me complace decir que el asunto de la cocina es una de ellas.

Stella se quedó impresionada por la calidez de aquel gesto de su patrona.

–Si me permite el atrevimiento, señora, creo que el señor Symonds querría que usted fuese feliz.

Algo cambió en el ambiente y vio cómo la otra mujer enderezaba la espalda.

–Señorita Adderton, se está extralimitando –espetó.

Y, una vez más, las barreras ocuparon su lugar, dejando claros los límites. Una de ellas era la patrona y la otra era la cocinera.

–Le pido disculpas. Eh… Es solo que… –Intentó hilar las palabras correctas.

–Espero que, como siempre, se sirva la cena a las siete y media –dijo la señora Symonds antes de alejarse con grandes zancadas, dejando a Stella totalmente sola en el último tramo de pavimento antes de que el pueblo diera paso al camino que conducía a Highbury House.

Primavera

Emma

Debido a los recortes necesarios a los que se ha visto sujeta la fundación, hemos decidido dejar en suspenso de manera indefinida el puesto de jefe de conservación. Esto no refleja de ningún modo los sentimientos del comité de selección con respecto a usted como candidata. De hecho, por favor, acepte mis más sinceras disculpas…

Emma echó un último vistazo al correo electrónico del director ejecutivo de la Real Sociedad del Patrimonio Botánico y, después, bloqueó el teléfono. Tras casi tres meses sin saber nada, no es que estuviera muy sorprendida de que hubieran prescindido de aquel puesto de trabajo, pero, aun así, le dolía que le hubieran hecho esperar tanto tiempo para enterarse. Sabía que había sido una buena candidata.

Cuanto más lo pensaba, más se percataba del bien potencial que podría hacer con un presupuesto y el peso de la Real Sociedad del Patrimonio Botánico a sus espaldas. Tampoco ayudaba demasiado el hecho de que hubiera comprobado aquella mañana la cuenta de empresa de Turning Back Thyme y se hubiera dado cuenta de que, si sufrían algún otro retraso en Highbury House, iba a tener en reserva menos dinero del que le gustaba tener a final de año. Y eso que ni siquiera estaba contando con el pago adelantado de impuestos que su gestor le insistiría en que hiciera pronto.

—No necesitas un trabajo. Tienes una empresa —masculló mientras metía el móvil en la bolsa de lona que tenía en el asiento delantero de la camioneta de estilo americano de Charlie y apagaba el motor. Martha Reeves and the Vandellas dejaron de cantar sobre una ola de calor en mitad de una estrofa y sumieron el vehículo en el silencio.

Haría lo que siempre había hecho: agachar la cabeza, seguir adelante y no mirar atrás.

Emma abrió la puerta de golpe y se preparó para la lluvia fría y torrencial de abril que le golpeó la cara mientras recorría a toda prisa la corta distancia que la separaba de la puerta principal de Highbury House. Las treinta clemátides que necesitaba para el arriate largo y el jardín del té estarían bien en la parte trasera de la camioneta, pero si el agua se colaba por la solapa de su bolsa, estaba perdida.

La puerta se abrió como por arte de magia. Emma pasó de manera precipitada junto a Sydney, Bonnie y Clyde, que estaban muy secos, y prácticamente derrapó hasta frenar sobre las baldosas negras, blancas y grises del vestíbulo. Las lonas protectoras que habían cubierto el lugar el día que había llegado habían desaparecido y el olor a recién pintado todavía pendía del aire. Highbury estaba haciendo progresos y ella también.

—Te he visto llegar con el automóvil —dijo Sydney.

—Gracias —contestó ella. Se apartó la bolsa del cuerpo mientras intentaba escurrirse el pelo con una sola mano. Los perros correteaban a su alrededor, tan emocionados como siempre.

—Bonnie, Clyde, quietos. ¿Dónde está Charlie? —dijo Sydney mientras echaba un vistazo a la camioneta.

—Está arreglando su barco de canal. Le ha salido una gotera en el techo.

—¿Vive en un barco de canal? —preguntó la propietaria con el ceño fruncido.

—Lo usa cuando tenemos trabajos en lugares cercanos al canal Grand Union. De lo contrario, alquila una casita como yo.

—¿Y le gusta?

—Cuando hace buen tiempo.

–Estamos en Inglaterra…

–Y el buen tiempo nunca dura demasiado. Lo sé. Se lo compró en pleno verano y solo podía hablar de pasear por los canales bajo el sol.

A Charlie, que era amante de la diversión y de trato fácil, se le daban muy bien la resolución de problemas y los asuntos logísticos, pero no se le daba tan bien planificar pensando en el futuro.

–Deja que busque una toalla –dijo Sydney.

Emma no se quejó mientras su clienta la conducía escaleras abajo hasta el sótano. A menudo, era más fácil darle la razón a la otra mujer que intentar convencerla de que no quería o necesitaba ayuda. Sin embargo, se había sorprendido a sí misma al acostumbrarse rápidamente a acatar los caprichos de su clienta. El hecho de que pareciera encantada de hacer que la vida de las personas fuera un poco más fácil, más alegre y más acogedora tampoco le venía mal.

–¿Habías estado aquí abajo antes? –le preguntó Sydney por encima del hombro.

–No, todavía no.

–Estos solían ser los dominios de la servidumbre. –Llegaron al fondo de las escaleras y la mujer señaló hacia la izquierda–. La cocina está por ahí. Todavía conservamos la bodega, pero, en algún momento de los últimos cincuenta años, alguien instaló una lavadora y una cuerda de tender en la antigua despensa.

Emma la siguió hasta un cuarto de lavado espacioso en el que había una lavadora, una secadora, una alacena y una serie de armarios empotrados. Sydney abrió uno de los armarios y sacó una toalla de color marfil perfectamente doblada.

–Gracias –dijo Emma.

–Si te apetece acompañarme, estaba a punto de preparar un poco de té.

Teniendo en cuenta la lluvia, no tenía demasiadas ganas de salir al jardín.

–Claro.

–¡Maravilloso!

El rostro de la mujer se iluminó tanto que Emma se sintió culpable de no haber aceptado sus ofertas para tomar el té más a menudo.

Mientras recorría el pasillo que conducía a la cocina, se escurrió agua de la larga coleta. Sin embargo, cuando atravesó el umbral de la puerta, se paró de golpe.

—Guau.

Aquella debía de ser la cocina más bonita que hubiese visto jamás. En el centro había una isla enorme de granito y madera de color gris piedra con una placa de gas encastrada. La pared del fondo estaba presidida por una cocina enorme de la marca Aga en color verde oscuro y, junto a ella, había un horno convencional. Había abundantes encimeras, un fregadero hondo estilo Belfast en el que parecía que cabrían Bonnie o Clyde y armarios de un color un poco más claro que la isla central. Emma sabía que, técnicamente, estaban bajo tierra y que la luz natural solo entraba por un par diminuto de ventanas que había cerca del techo, pero, de algún modo, la habitación parecía muy espaciosa. Y, para rematar, de una jarra azul y blanca brotaba un ramo de nomeolvides con una elegancia despreocupada.

—Esto es increíble —dijo.

Sydney se sonrojó.

—Gracias. Cocinar es mi pasión y quería asegurarme de que, cuando nos mudáramos, tendríamos una cocina funcional.

—Parece más que funcional. Quiero cocinar en ella y ni siquiera me gusta cocinar.

Su clienta se rio.

—Andrew dijo lo mismo cuando vio los planos del arquitecto. Voy a preparar el té. ¿Por qué no te sientas?

Emma rodeó la isla hacia donde le había señalado la otra mujer y se encontró con un conjunto de taburetes negros recogidos bajo el saliente de la encimera. Sacó uno mientras observaba cómo Sydney llenaba el hervidor y lo encendía antes de sacar una tetera, bolsitas de té, dos tazas y la leche del frigorífico.

Justo cuando el agua rompió a hervir, la mujer le colocó enfrente un trozo de bizcocho de limón.

–Por si te apetece. Es algo con lo que he estado experimentando.

–¿Receta propia? –le preguntó ella.

–Bizcocho de limón con pistachos y semillas de amapola –le explicó Sydney mientras vertía el agua en la tetera–. Creo que todavía no he encontrado el punto exacto, pero no me avergüenza que la pruebes.

–Hace siglos que nadie me ofrece algo casero. Gracias –contestó.

–¿Cómo van progresando las cosas? Sé que esta semana he estado un poco ausente.

Emma se enderezó. De normal, mantenían aquella conversación en el jardín, donde podía mostrarles a los propietarios todo lo que su equipo había conseguido hacer.

–Queríamos comenzar a plantar el arriate largo hace dos días, pero las lluvias están siendo tan copiosas que el suelo es un lodazal.

–Bueno para el jardín, malo para el jardinero –dijo Sydney.

–Algo así. Charlie y Zack han pasado una parte del tiempo trabajando en los tilos entrelazados. Tardarán un par de años en lucir en todo su esplendor, pero la poda en profundidad será beneficiosa. Jessa y Vishal han estado trabajando en el cenador.

–Una actividad de interior –comentó Sydney mientras vertía un poco de té en la taza que había frente a Emma y le acercaba la leche.

–Gracias. Exacto. Harán todo lo que puedan hasta que tengan que sacarlo fuera para construirlo.

–¿Y qué hay del jardín de invierno? –preguntó la otra mujer.

Esa era la pregunta a la que no dejaba de darle vueltas desde que había visto aquella zona. ¿Qué había detrás de aquel impenetrable muro de ladrillo? ¿Qué se ocultaba allí dentro?

–Hemos podado los rosales trepadores que estaban invadiendo el resto del jardín. Más allá de eso… –Emma se encogió de hombros–. Dejaremos que se marchite y veremos si, así, es más fácil de encontrar una manera segura de entrar dentro sin dañar nada valioso.

—Hay que elegir entre las plantas o las personas —dijo Sydney.

Aunque nunca había sido muy aficionada a tomar demasiado dulce con el té, Emma dio lo que pretendía que fuera un bocado educado al bizcocho de limón. El sabor le estalló en la lengua y miró de golpe a su clienta.

—Esto es mucho mejor de lo que esperaba.

Sydney se rio.

—Vaya, gracias.

—Perdón. Lo que quiero decir es que…

—Estoy bromeando —replicó la mujer mientras se metía un pedazo de bizcocho a la boca—. Tan solo bromeo con la gente que me cae bien. Ayer querría haberte mandado un mensaje. He encontrado algunas fotografías más del jardín.

—¿De cuándo? —preguntó Emma, desviando su atención de inmediato.

—Bueno, estaban guardadas en un viejo libro de visitas en el que todos los comentarios están dirigidos a Claudia y John Symonds, así que consulté la Biblia de la familia. Arthur Melcourt murió en 1921. La casa pasó a su hija mayor, Claudia, ya que su hijo murió en la Primera Guerra Mundial. Cuando la heredó, estaba casada, pero se divorció de su marido, John Symonds, en 1923.

—¿Tienes una Biblia de la familia? —preguntó Emma mientras observaba cómo Sydney atravesaba la habitación hasta una mesita.

—En un pedestal en la biblioteca. No creo que nadie la haya tocado en años. Pesa una tonelada, pero en las primeras páginas está escrita toda la historia de la familia. —La mujer le tendió un sobre amarillento—. Aquí están.

Emma tomó el sobre y sacó una serie de fotografías. La mayoría eran tomas en grupo en las que la gente estaba posando en diferentes partes del jardín.

—Esto parece el arriate umbrío, ¿verdad? —dijo Sydney mientras señalaba la primera fotografía por encima del hombro de Emma.

—Así es. Tenía razón al pensar que Venetia usó astilbe, una

planta también conocida como «falso salsifí», en esa zona. Es algo así como su distintivo en los jardines umbríos que diseñaría más tarde, pero no aparecía ni en las facturas ni en sus planos iniciales. Es posible que reutilizara plantas que ya existieran en los terrenos de Highbury.

—Qué económico.

Emma pasó varias fotografías y las colocó detrás de las otras hasta que encontró una de un grupo de damas tomando el té en el cenador.

—Debería mostrarles esta a Jessa y Vishal. Les alegrará saber que su diseño no se diferencia demasiado. —Observó la imagen con más detenimiento—. Y lo que trepa por las columnas del cenador parecen rosas. Charlie me debe diez libras. Él apostó por las clemátides y los jazmines. Yo aposté por las rosas. Todas estaban en la lista que había en el dibujo del detalle del jardín del té, pero Venetia no había dejado ningún plano para los parterres.

—Entonces, ¿te sirven de ayuda? —preguntó Sydney, entusiasmada.

—Sí.

—Bien.

Emma se recostó lo mejor que pudo sobre el taburete.

—¿Puedo preguntarte por qué estás tan decidida con el asunto de restaurar el jardín a su estado original? La mayoría de la gente pensaría que es más fácil arrancarlo todo y cubrirlo de césped artificial.

—¿No deberían quitarte el título de jardinera por decir algo así? —bromeó Sydney.

—Hablo en serio. A la mayoría de la gente le da igual.

La otra mujer se quedó pensativa un instante.

—¿Alguna vez has amado tanto un lugar que se te ha quedado pegado a los huesos?

Emma negó con la cabeza.

—Desde que empecé a trabajar, nunca me he quedado en un mismo lugar el tiempo suficiente.

—No creo que se trate necesariamente de la cantidad de tiempo que pases en un lugar. Se trata de lo que te transmite. No recuerdo ningún momento en el que no amara Highbury. Tal vez sea porque lleva mucho tiempo en la familia. Mi abuelo lo heredó de su madre, Diana, cuando mi padre tenía unos diez años. Al parecer, el abuelo siempre había sido un poco raro, pero se volvió más malhumorado y difícil de tratar tras la muerte de su madre. El matrimonio de mis abuelos duró un par de años, pero, al final, mi abuela lo abandonó y se llevó a los niños.

»Mi padre cree que lo más probable es que el abuelo estuviera deprimido, pero supongo que, en aquel entonces, no hablaban de estas cosas. De todos modos, mi padre creció, y creo que se esforzó por mantener algún tipo de relación con el abuelo por mí. Dos veces al año, mamá y papá me mandaban aquí de visita. Siempre me resultaba incómodo, pero, aun así, conseguí enamorarme de este lugar. Para mí, era como un reino de las hadas victoriano. Incluso conforme me iba haciendo mayor y empezaba a darme cuenta del desastre en el que se había convertido. Creo que esta casa era demasiado para el abuelo, pero se negaba a deshacerse de ella.

—Y tú quieres devolverle la vida —concluyó ella.

—Se merece volver a estar llena de gente, de amor y de risas. Y el jardín también.

Emma volvió a tomar las fotografías.

—Si no te importa, voy a enseñarle estas fotografías a Charlie y las incorporaremos en nuestros planos. En cuanto afloje la lluvia, comenzaremos a plantar los jardines temáticos y los arriates.

—¿Has tenido suerte con Henry? —le preguntó Sydney.

Emma se removió en el asiento, pensando en la cantidad de veces que había comprobado su teléfono la semana después de haberlo conocido.

—Estuvimos hablando, pero no ha vuelto a ponerse en contacto conmigo —contestó.

Henry era una fuente de información; nada más. Sin embargo, eso no explicaba por qué, después de conocerlo, había comenzado a escuchar álbumes de *motown*.

—Hablaré con él y obtendré un informe sobre su progreso. O,

mejor todavía: podrías preguntarle tú misma. Mañana vendrá a la noche de trivial del *pub* –dijo Sydney.

–Eh…

–Y antes de que me digas otra vez que estás ocupada esa noche, quiero que sepas que estamos hablando de una situación sin presiones. No vamos a obligarte a hacer un ritual de iniciación ni nada por el estilo. Puedes preguntarle a Charlie, que vino hace un par de semanas.

Y, al día siguiente, había llegado a trabajar con dolor de cabeza, afirmando que se había sumido en una discusión con un profesor de filosofía de la Universidad de Warwick y no se había dado cuenta de que el camarero le había estado rellenando la copa.

Aun así, Emma le devolvió la sonrisa.

–Te lo agradezco, pero no estoy segura de si estoy libre o no.

–Una de estas semanas voy a encontrarte con el ánimo adecuado en el momento propicio, vas a venir y te va a encantar.

–Una de estas semanas –repitió ella.

Tal vez, después de todo, pasar un rato en el *pub* le sentara bien.

Beth

12 de abril de 1944

Queridísima Beth:

No sabes lo mucho que ansío recibir tus cartas. Me recuerdas que, además de mamá y papá, hay alguien más esperándome en casa y rezando para que regrese.

Los dibujos que has hecho de todas las chicas del campo y los Penworthy son muy buenos. Casi siento que los conozco a todos. Mi favorita es Stella, persiguiendo a los alemanes con un rodillo. Si hubiera mujeres así en el frente, esta guerra se ganaría más rápido.

Es raro que hayas conocido a tan pocos soldados en Highbury House, pero tal vez sea lo mejor. Me gustaría tenerte toda entera para mí solito.

Con todo mi cariño,

Colin

El sol primaveral brillaba con la fuerza y el calor suficientes como para que Beth se quitara la gorra mientras atravesaba la verja de Highbury House Farm. La semana anterior, el granjero del lugar, el señor Jones, había ido a visitar al señor Penworthy para preguntar si podía prestársela un día, ya que sabía cómo conducir el tractor. Su patrón le había permitido ir, aunque con condiciones muy estrictas.

–Nuestra Beth es buena. Tan buena como cualquiera de los hombres que he tenido trabajando aquí –le había oído decir al hombre desde el otro lado del establo, donde había estado quitándole el barro al tractor–. No querría enterarme de que no ha recibido un buen trato.

El corazón se le había henchido al doble de su capacidad y, cuando había vuelto a ver al señor Penworthy, le había dedicado una sonrisa resplandeciente, lo que había hecho que el hombre murmurara algo sobre las chicas alegres.

Al parecer, no era la única que había ido a ayudar aquel día. En el patio de la granja del señor Jones vio a una docena de chicas del campo formando un semicírculo. Se apresuró hasta allí y saludó con un gesto de la cabeza a Christine y Anne, de la granja lechera de Combrook, y a Alice, una chica que acababa de cumplir dieciocho años y que había ido a ayudar con las ovejas de Alderminster. La última vez que las había visto fue en un baile a finales de marzo. Todas iban vestidas con sus mejores galas, las costuras falsas de las medias dibujadas en las pantorrillas, lápiz de ojos y los labios cubiertos con el valioso carmín que reservaban para cuando los hombres de la Real Fuerza Aérea que estaban estacionados en Wellersbourne-Mountford podían salir de la base aérea. Ahora, esas mismas chicas tenían la cara limpia e iban vestidas con jerséis gruesos de color verde y pantalones holgados y duraderos. Sin maquillaje y con la melena peinada hacia atrás, todas ellas parecían sorprendentemente jóvenes, pero Beth suponía que se debía a que, en realidad, lo eran.

—Señoritas, sean bienvenidas a Highbury House Farm —dijo el señor Jones mientras les lanzaba una mirada escéptica a todas ellas—. No sé cómo serán las cosas en sus respectivas granjas, pero quiero dejar claro que, aquí, no toleraré ninguna queja. Si no pueden hacer el trabajo, las enviaré de vuelta. ¿Ha quedado claro?

—¿Y qué trabajo vamos a hacer? —preguntó una chica corpulenta con una sonrisa torcida. El toque pijo que le daba a las vocales atrajo varias miradas e incluso Beth se quedó observándola. Sin embargo, la joven se inclinaba hacia delante al hablar, como si estuviera ansiosa por ponerse manos a la obra.

El señor Jones soltó un gruñido.

—Despejar terrenos en la casa grande. Tenemos una semana para prepararlos y sembrarlos.

A Beth le dio un vuelco el corazón al pensar en toda esa belleza sacrificada en nombre del esfuerzo bélico. Siempre que iba a entregar los pedidos del señor Penworthy, se arriesgaba a echar un vistazo al jardín. No se atrevía a llegar hasta el lago porque corría el riesgo de que la viera el personal del hospital o de la casa, pero le encantaban los jardines temáticos con sus pequeños escondrijos y recovecos sorprendentes. Le había preguntado por ellos a Stella, pero su amiga le había dicho que todos los días tenía demasiadas cosas que hacer como para pasar tiempo en el jardín.

–¿Quiénes saben conducir? –preguntó el señor Jones. Beth y Christine levantaron las manos–. Encontrarán las llaves puestas. Las demás pueden ir andando.

Beth se dirigió a uno de los dos tractores y se subió a la cabina.

–¿Te importa si voy contigo? –dijo una voz desde el otro lado.

Beth miró por encima del asiento y vio que la chica del acento pijo la estaba mirando con las manos en las caderas.

–Sube.

La joven se acomodó mientras Beth pisaba el embrague y arrancaba el motor. El tractor cobró vida con un rugido.

–¿Llevas mucho tiempo conduciendo? –le preguntó su compañera.

–Dos o tres meses –contestó.

La otra chica se encogió de hombros.

–Me sirve. Soy Petunia Brayley-Hawthorn. –Beth se sorprendió y Petunia se echó a reír–. Es un nombre horrible, lo sé, pero es mejor que lo que me llama mi madre.

Beth no pudo evitar preguntarle.

–¿Y cómo te llama?

–«Petal» –contestó la otra chica con una mueca.

Ella se rio.

–Tienes razón. «Petunia» es mejor. Soy Beth Pedley.

–¡No les pago para que socialicen, señoritas! –les gritó el señor Jones.

–Hombre despreciable… Él no nos paga; lo hace el Gobierno –dijo Petunia con naturalidad.

Beth se mordió los labios para reprimir una sonrisa.

Como era de esperar, Highbury House Farm era la propiedad más cercana a Highbury House, ya que, en el pasado, había formado parte de la hacienda. Sin embargo, en el campo, «la casa de al lado» significaba algo muy diferente a lo que significaba en la ciudad y el tractor, que se movía con lentitud, tardó unos diez minutos en llegar a los campos que bordeaban los terrenos de la mansión.

Durante todo ese tiempo, Beth tuvo la oportunidad de descubrir que Petunia no era pija; era una auténtica aristócrata: hija del segundo hijo de un barón que había recibido una modesta herencia de una tía muy querida y la había hecho crecer de manera increíble.

—Antes de la guerra, papá trabajaba en la banca, pero ahora trabaja haciendo algo para la Hacienda pública. Bonos de guerra, probablemente. Mamá solía formar parte de la junta directiva de varias organizaciones benéficas, pero, en cuanto Alemania invadió Polonia, empezó a dedicarse a asuntos de guerra —comentó la joven.

—Y ¿cómo acabaste siendo una de las chicas del campo? —le preguntó Beth mientras giraba en dirección al invernadero que había al borde de la propiedad.

—¿Quieres decir que por qué me metí en esto y no a las Wrens? —dijo Petunia con una carcajada.

Beth se sonrojó.

—Lo siento. Es solo que la marina es…

—¿Dónde acaban todas las ricachonas como yo? —terminó la otra chica con una sonrisa amable—. Me gusta estar al aire libre. —De inmediato, Beth se la imaginó con una chaqueta roja y pantalones de montar mientras saltaba sobre riachuelos durante una cacería—. Y no solo montar y cazar —añadió Petunia como si le hubiera leído la mente—. También me gusta pescar, hacer remo, acampar y el senderismo. La culpa es de mis hermanos.

—¿Cuántos hermanos tienes?

—Tres. Y cada uno de ellos es igual de exasperante y maravilloso que los demás.

—A mí me gustaría tener un hermano. O una hermana —comentó Beth. En tal caso, tal vez las cosas hubieran salido de otra manera. Sus padres habrían muerto igualmente y ella habría acabado viviendo con la tía Mildred, pero quizá no hubiera estado tan sola.

Petunia seguía parloteando con alegría.

—Si estoy al aire libre, soy feliz. Ser una de las chicas del campo me pareció la mejor manera de asegurarme de poder estar en el exterior y cumplir con mi servicio al mismo tiempo. Creo que a papá le dio que pensar, pero mamá está contenta de habérseme quitado de encima.

Atravesaron las hileras de árboles y Petunia ahogó un grito.

—Es precioso, ¿verdad? —preguntó Beth mientras una extraña sensación de orgullo le henchía el pecho al contemplar la vista que había desde el borde del lago hacia la casa—. Creo que es posible que sea el lugar más hermoso que haya visto jamás.

—Parece una lástima destrozarlo todo por unas cuantas habas o lo que sea que vayan a sembrar aquí —dijo la otra chica.

Pararon tras el otro tractor y Beth apagó el motor. Unos pocos pacientes en silla de ruedas o apoyados en muletas paseaban con lentitud por los terrenos más cercanos a la casa y Beth pudo sentir cómo posaban los ojos en ella. Eran miradas curiosas, no hostiles, y podía entender por qué. No todos los días veían a mujeres conduciendo tractores enormes.

Comenzó a bajar de la cabina cuando apareció la mano de un hombre con el puño de la camisa a la vista y sin chaqueta. Miró por encima del hombro y se encontró con el capitán Hastings, que le estaba sonriendo.

—Parece que lo tiene todo bajo control, pero he pensado en ofrecerle mi ayuda. Solo por si acaso —dijo él.

El trabajo en Temple Fosse Farm la había tenido ocupada en los establos y lejos de los campos, así que hacía toda una semana desde la última vez que habían hablado, pero le sorprendió lo contenta que se sentía al verle. Contenta y… un poco culpable, ya que la última vez que había escrito a Colin le había asegurado que apenas hablaba con ninguno de los soldados heridos de Highbury House.

Sin embargo, cuando correspondió la sonrisa del hombre, no pudo evitar la ligera sensación de atracción que notó en la parte baja del estómago. Le tomó la mano a pesar de que era totalmente capaz de bajar de un salto ella sola pero, cuando tocó el suelo, él hizo una mueca de dolor.

—Le he hecho daño en el hombro.

—No es nada.

—Capitán Hastings…

—El día que permita que una molesta lesión empañe mi galantería, será el día en que tenga que darme por vencido, señorita Pedley —replicó él.

—Bueno, eso no podemos permitirlo. Petunia —dijo ella mientras se giraba hacia su nueva amiga—, este es el capitán Hastings. Alguna vez pasea por los campos del señor Penworthy y se para a conversar.

—Un nombre encantador —comentó el hombre.

Petunia lo miró de arriba abajo y, después, se rio.

—Es un nombre horrible, pero es el mío.

¿A qué han venido hoy las chicas del campo a Highbury House?

Beth se puso seria.

—Vamos a desmantelar los jardines.

El hombre arqueó una ceja.

—¿De verdad?

—Han requisado los terrenos —replicó Petunia.

Beth hizo una mueca.

—Parece sorprendido.

El capitán Hastings usó la mano sana para frotarse la nuca.

—No sorprendido como tal. Es solo que, esta mañana, he visto a la señora Symonds después de que regresara de Londres y ha mencionado que, esta tarde, después de ayudar a algunos de los hombres con las cartas que van a escribir a casa, quería pasar un rato en el jardín.

Beth frunció el ceño.

—Se supone que los propietarios tienen que recibir un aviso de que han requisado sus tierras, ¿no?

—Así es —contestó él.

—¿Y si el señor Jones se equivoca? ¿Y si se está extralimitando? La señora Symonds tiene que enterarse —dijo de forma atropellada mientras la cabeza le funcionaba a mil por hora. Sin embargo, no podía ir más despacio. Si había una posibilidad de poder preservar aquel lugar tan hermoso, aunque solo fuera un poco más, tenía que intentarlo—. Gracias, capitán Hastings. —Se giró hacia Petunia—. Haz todo lo que puedas para retrasar al señor Jones. Hazle muchas preguntas. Sé una pesada.

—Eso no debería resultarme demasiado difícil. ¿Adónde vas? —le preguntó la otra chica mientras se alejaba.

—¡A buscar a la señora Symonds!

Beth no podía irrumpir en Highbury House y exigir ver a la señora de la casa sin más. La señora Symonds no la conocía de nada. Pero había una persona que sí.

Cuando abrió la puerta de la cocina de golpe, Stella se dio la vuelta y, a su lado, un cucharón de madera repiqueteó contra la encimera. La cocinera se llevó una mano al corazón.

—¡Madre mía! Pensaba que nos estaban invadiendo.

Beth jadeó, intentando recuperar el aliento.

—Y así es. Tenemos que encontrar a la señora Symonds ahora mismo.

—¿A la señora Symonds?

—¿Dónde está? Tengo que hablar con ella.

—Ni siquiera la has conocido todavía.

—¡Stella! —exclamó—. Las chicas del campo están aquí para desmantelar el jardín de la señora Symonds.

La joven se quitó el delantal tan rápido que le arrancó el pañuelo de la cabeza.

—Ven conmigo.

Tirando de ella de la mano, Stella la condujo por un tramo de las escaleras del servicio y a través de una puerta oculta tras los paneles de la pared. Aparecieron en un vestíbulo enorme forrado con papel pintado de estilo *chinoiserie*. Una mullida alfombra verde esmeralda amortiguó sus pasos cuando pasaron corriendo frente a un reloj de pie que marcaba las once.

—Vamos a intentarlo en las salas hospitalarias —dijo Stella por encima del hombro.

—¿En cuál de todas?

La otra joven derrapó hasta pararse frente a una enfermera.

—La señora Symonds, ¿dónde está? —le preguntó.

—En la Sala B —contestó la enfermera. Señaló un punto a su espalda antes de fijarse en las botas de Beth—. Ella no puede entrar.

—¿Y si me quito las botas?

La enfermera dudó el tiempo suficiente para que Beth se quitara el calzado con torpeza y siguiera a Stella dando tumbos a través de una puerta enorme.

—¡Señorita! —exclamó la enfermera tras ellas.

Era evidente que, en el pasado, la Sala B había sido una salita, pero había sido despojada de la mayoría de sus atractivos a excepción de una gran lámpara de araña. Una docena de hombres reposaban en sus camas. Algunos llevaban los brazos en cabestrillo como el capitán Hastings y otros tenías las piernas elevadas y escayoladas. Sentada en una mesita con una máquina de escribir había una dama vestida con un vestido verde oscuro y un cuello estilo babero de color negro.

—Señora Symonds —la llamó Stella.

La mujer alzó la vista y tanto los soldados como la enfermera que estaba en la sala la imitaron.

—Señorita Adderton, ¿qué está haciendo aquí? —preguntó la dueña de la casa con los dedos todavía apoyados en las teclas de la máquina de escribir. El joven que estaba en la cama contigua y que tenía la mano vendada las observó con interés.

—Lo siento, señora Symonds, pero la señorita Pedley tiene que decirle algo urgente.

Beth dio un paso al frente, muy consciente de que tan solo llevaba puestos unos calcetines gruesos.

—¿Señorita Pedley? —la acució la mujer con un tono de voz que consiguió sonar firme y cansado al mismo tiempo.

–Siento molestarla, señora Symonds. Es solo que soy una de las chicas del campo –comenzó a decir.

–Sí, de eso ya me había dado cuenta.

–Esta mañana nos han pedido que viniéramos a Highbury House.

La señora Symonds alzó la barbilla de golpe.

–¿Por qué?

–El señor Jones nos ha dicho que habían requisado sus terrenos. Ahora mismo, hay tractores al fondo de la pradera de césped.

–Eso es absurdo. No puede venir hasta aquí sin más y ponerse a destrozar mis jardines. No he recibido una orden de requisición.

–Beth dice que él sí la tiene –comentó Stella.

–El señor Jones va a ponerse manos a la obra en cualquier momento. Si es que no ha empezado todavía. Quiere que los terrenos estén listos y sembrados en una semana.

–Señora Symonds, puedo verlos –dijo un hombre que se había subido a la cama para poder mirar por la ventana que se encontraba tras él.

–¡Alférez Wilkes, siéntese! –gritó la enfermera.

–Tan solo intento ayudar –masculló él.

La señora Symonds se apartó de la máquina de escribir.

–Por favor, lléveme ante el señor Jones, señorita Pedley.

A Beth la invadió una oleada de alivio.

–Sí, señora Symonds.

Diana

En los meses posteriores a la muerte de Murray, Diana había descubierto la motivación tan poderosa que se podía hallar en la furia. Mezclada con el dolor, le había ayudado a superar aquellos días tan oscuros en los que el Gobierno había llevado hasta allí camas esmaltadas de color blanco, colchones, equipo quirúrgico y sillas de ruedas.

Mientras salía a toda velocidad de la salita del ala oeste, la furia volvía a impulsarla. Tras ella, podía oír cómo la señorita Adderton y la chica del campo corrían para poder seguirle el paso.

En el gran recibidor que se encontraba en el centro del edificio, divisó a la señora Dibble hablando con la enfermera jefe.

–Señora Dibble –dijo–. ¡Necesito ambas entregas del correo de ayer y también la de esta mañana!

–Sí, señora Symonds. Iré a buscarlas –contestó el ama de llaves.

–¡Ahora, señora Dibble! –gritó ella.

En medio de la riña que se estaba produciendo tras ella, Diana captó las palabras «jardín» y «requisado». Con los puños apretados, abrió las puertas francesas que comunicaban con la veranda.

El rugido de un motor procedente del lago hizo que acelerara el paso y bajó corriendo por la pradera de césped, más allá del estanque reflectante, hasta llegar al grupo de chicas del campo vestidas en tonos verde oliva y marrones que estaban apiñadas en torno a un tractor. El señor Jones, sentado sobre la máquina y con el rostro rojo, estaba fulminando con la mirada a un hombre uniformado y con el brazo en cabestrillo que estaba medio tumbado sobre la enorme pala metálica del tractor con el mismo aspecto que si hubiera estado estirado en un sofá bajo el sol de mediodía.

–¡Señor Jones! –le gritó al granjero conforme se acercaba.

El hombre se caló el ala de la boina sobre la frente y la miró con los ojos entrecerrados.

–Ya veo que ha traído a la caballería con usted, señora Symonds.

Cuando Diana echó la vista atrás por encima del hombro, vio que la señorita Adderton, la señorita Pedley, Cynthia y la enfermera jefe estaban detrás de ella. Unos metros más atrás, la señora Dibble jadeaba y resoplaba mientras sacudía un sobre blanco con la mano.

–Creo que mi trabajo aquí está hecho –dijo el oficial, que se bajó de la pala con elegancia.

–¿Cómo se llama? –le preguntó ella.

–Soy el capitán Graeme Hastings. A su servicio, señora –contestó él mientras hacía una reverencia lo mejor que podía.

–Gracias, capitán Hastings. Señor Jones, no he recibido ninguna orden de requisición de mis tierras, así que me gustaría mucho saber qué está haciendo en mi propiedad. –El hombre se llevó la mano al bolsillo de la chaqueta, se sacó un trozo de papel doblado y se lo tendió–. ¿Espera que me suba ahí arriba para que me la de?

Molesto, el granjero se bajó del asiento del tractor.

–Aquí tiene, señora. Puede leerlo ahí mismo. Está tan claro como el agua.

Estaba en lo cierto. Escrita a máquina en líneas ordenadas constaba la requisición agrícola de todo el terreno sin uso de Highbury House.

El jardín. Una de las pocas cosas que seguían siendo suyas y algo que se había esforzado al máximo por mantener a lo largo de aquella maldita guerra. Y, ahora, se lo iban a arrebatar.

–Tan solo sigo ordenes –dijo el señor Jones.

La señora Dibble, sudorosa y sin aliento, le tendió el sobre que le había estado mostrando desde el otro lado de la pradera de césped. Lentamente, Diana abrió la solapa de su copia de la orden.

—Estaba en el correo de ayer por la mañana —dijo el ama de llaves.

—Ya veo.

De todos modos, ¿qué diferencia hubieran supuesto veinticuatro horas? No había manera de oponerse a los esfuerzos de la guerra.

Esforzándose por calmar la mano, que le temblaba, dobló la copia de la carta del señor Jones y se la devolvió.

—Entiendo que debemos sacrificar la gran pradera de césped.

Él volvió a meterse la orden en el bolsillo de la chaqueta.

—Así es. Y el jardín también debe desaparecer.

—No —contestó ella con firmeza—. Los jardines temáticos, no.

—Diana, sé razonable. Una orden es una orden —la reprendió su cuñada—. Estoy segura de que puedes conservar el huerto.

—Estoy siendo muy razonable. Los jardines son útiles y reciben uso. No pueden destrozarlos —replicó ella.

—¿De qué sirven las flores durante una guerra? —preguntó el señor Jones.

Diana enderezó los hombros.

—Son para los hombres.

—¿Para los hombres? —repitió el granjero.

—Sí. Son terapéuticas.

—Por mi parte, no podría estar más de acuerdo con la señora Symonds —dijo el capitán Hastings mientras se colocaba a su lado—. Doy fe de los efectos curativos que tiene la naturaleza tras haber estado en el campo de batalla.

—El capitán Hastings tiene razón —añadió la enfermera jefe. Diana miró hacia atrás, pero la mujer tenía el mismo gesto adusto de siempre; solo que, al parecer, en esta ocasión, ambas estaban en el mismo bando—. Estamos tratando a hombres que han vivido algunas de las peores cosas imaginables. Encuentran paz en los jardines. Para ellos, es un escape, aunque solo sea por un tiempo.

—¿De verdad? —oyó que mascullaba su cuñada.

—No le gustaría privar a un hombre que se está recuperando de la posibilidad de estar en paz, ¿verdad, señor Jones? —preguntó Diana.

El granjero frunció el ceño y sacudió la cabeza.

—La orden de requisición…

—Esos terrenos están siendo usados. La orden se refiere a los terrenos que no reciban uso. Si recibo una segunda carta ordenándome que desmantele los jardines, que así sea. Pero, por ahora, puede disponer de la pradera de césped —replicó ella.

Tras echar un vistazo a todas las caras expectantes que lo estaban observando, el señor Jones soltó un gruñido.

—Yo he recibido mis propias órdenes con respecto a la cantidad que he de plantar. No tendré tierra suficiente solo con el césped. También necesitaré eso —dijo mientras señalaba el arriate largo.

Diana titubeó, pero sabía que, si el granjero no producía lo que se esperaba de él, tendría que informar de los motivos, lo que podría hacer que el Gobierno se presentase en Highbury House para investigar.

Asintió de manera brusca.

—Puede quedarse con el arriate largo y la pradera de césped. Nada más.

Tras un instante, el señor Jones gritó por encima del hombro.

—Muy bien, pues. ¡De vuelta al trabajo, señoritas!

En cuanto el granjero le dio la espalda, Diana soltó un largo suspiro. Por el momento, los jardines estaban a salvo.

—Gracias, capitán Hastings.

—No ha sido nada —contestó él mientras inclinaba levemente la cabeza—. Me parecía que era una lástima perder tanta belleza incluso aunque fuese por una buena causa.

—Enfermera jefe, también le agradezco su apoyo —añadió ella.

—Lo que he dicho, lo he dicho en serio. Los jardines ayudan a los hombres —contestó la mujer.

—En tal caso, anímelos a usarlos, por favor. Y si alguno de ellos se siente con el ánimo de utilizar las tijeras de podar, estaré encantada de darles trabajo.

La enfermera jefe asintió.

—Estoy segura de que hay algunos que podrían y estarían dispuestos.

—Señorita Pedley, no puedo agradecerle lo suficiente lo que ha hecho hoy. Los jardines son muy importantes para mí. —Diana hizo una pausa para reprimir el nudo que se le había formado en la garganta—. Por favor, no dude en usarlos cuando usted quiera.

—Oh, no podría…

—Beth es artista —intervino la señorita Adderton.

Diana arqueó una ceja.

—¿Ah, sí?

—Tan solo hago algunos bocetos aquí y allá. Nada más —contestó la señorita Pedley.

—Me dibujó en la parte trasera de un trozo de cartón en un abrir y cerrar de ojos. No me lo podía creer. El dibujo era idéntico a mí —comentó la cocinera.

—Tan solo estoy haciendo mis pinitos —insistió la otra chica.

—Espero que no resulte ser una de esas mujeres que se niega a creer en sus propios talentos —dijo ella.

«No haga lo que hice yo».

La joven abrió un poco los labios, pero sacudió la cabeza.

—Bien.

«Tú no te negaste a creer. Tú lo dejaste todo».

—Señorita Adderton, creo que tiene cosas que hacer en la cocina —añadió.

No se quedó a escuchar la respuesta de la cocinera. En su lugar, volvió a subir en línea recta por la preciosa pradera de césped que no volvería a ver un verano en aquella casa. Se metió las manos en los bolsillos del cárdigan. No podía evitar que le temblaran.

Casi había llegado al santuario del pequeño conjunto de habitaciones que seguían siendo suyas cuando divisó al padre Devlin en una silla de ruedas con la pierna herida estirada frente a él y las muletas apoyadas cerca.

—Señora Symonds, con esa demostración de fuerza, podría darle un par de lecciones a cualquier general —dijo el hombre a modo de saludo.

–¿Cómo sabe de qué iba todo eso? –preguntó ella mientras sacaba las manos de los bolsillos con cuidado.

Él señaló la pradera de césped.

–Por desgracia, es demasiado fácil sumar dos más dos. Una vasta extensión de hierba como esta estaba destinada a acabar devorada por la agricultura en algún momento. Las chicas del campo y los tractores tan solo han confirmado mis sospechas.

–Sí, bueno, podemos seguir conservando la mayor parte de los jardines. Al menos, nos queda eso.

–Es algo que a usted le importa mucho –dijo él.

Diana pudo sentir cómo se le tensaban los hombros.

–Los hombres los usan.

–Es algo más que eso, ¿no es así, señora Symonds? –Cuando no contestó, le indicó con un gesto una silla de ruedas vacía que había a su lado–. Por favor, siéntese.

–Se da cuenta de que me está invitando a sentarme en mi propio hogar, ¿verdad? –señaló ella.

–¿Nunca ha deseado que alguien le diera permiso para descansar un instante? –le preguntó el hombre.

Se le encogió el pecho. ¿Por qué le afectaba tanto una noción tan sencilla? ¿Por qué la asustaba tanto la idea de que alguien pudiera alcanzar a ver su interior lleno de ira y amargura?

–No puedo evitarlo –dijo mientras se sentaba–. Highbury me necesita.

–Highbury es una casa.

–Robin me necesita –insistió ella.

–Robin la necesita, pero dista mucho de ser un niño desatendido.

–En el pasado estuvo enfermo.

–Y, aun así, el otro día lo vi corriendo con Bobby Reynolds. A este paso, puede que un día lo vea convertido en el capitán del equipo de *rugby* del colegio.

–No voy a enviarlo a un internado.

–¿No? –preguntó el capellán–. Bueno, en cualquier caso, creo que ambos sabemos que Robin no es el motivo por el que ha bajado corriendo por el césped hace un rato.

Diana le lanzó una mirada severa.

–Entonces, ¿cuál es?

–¿Cuál cree usted que es?

«Murray».

No había estado segura de que fuera a gustarle Highbury House, que estaba tan lejos de sus pocas amistades, sus padres y su querida profesora de harpa. Pero, si bien se había mostrado reticente a mudarse, Murray había insistido en que sería mejor criar a sus futuros hijos en el campo. Él iría y vendría desde su clínica en Londres y ella se quedaría en el campo, convirtiendo su hogar en un lugar hermoso.

–No tendrás que preocuparte por nada –le había dicho al oído con un arrullo mientras la rodeaba con los brazos desde atrás y le apoyaba la barbilla en el hombro–. Piensa en todo el espacio del que dispondremos. Un cuarto infantil para nuestros hijos, habitaciones de invitados… Y podrás disponer de una sala de música donde tener el harpa para ti solita. Te enamorarás del lugar.

Diana se había girado sobre el asiento de su tocador con la melena a medio recoger y le había dado un beso. Después, había dicho que sí.

Murray había estado en lo cierto: se había enamorado de Highbury House. Durante aquellos primeros preciosos días de verano le había resultado imposible no hacerlo. Solían llevarse una manta y un montón de cojines al jardín de invierno para escapar de las obras de la casa. Se habían referido a él como «su jardín» y casi había podido creer que eran los únicos que lo conocían. Él solía peinarle la melena con los dedos de manera perezosa, deshaciendo todo el esfuerzo y el cuidado que había puesto ella en sus rizos la noche anterior, pero apenas le había importado.

–¿Qué sabes del jardín? –le había preguntado a Murray en una ocasión.

–Tan solo lo que he descubierto en el papeleo que hay en el estudio.

Ella se había puesto bocarriba y le había pasado un mano en torno al cuello para acercar sus labios a los suyos.

–Cuéntamelo –había murmurado sobre ellos.

Él la había besado. Diana habría podido perderse en sus besos. Ahora, se pasaba los días deseando haberlo hecho.

Cuando Murray se había apartado, había dejado que su mano se entretuviera en la parte superior de sus medias.

–Érase una vez…

Ella se había reído.

–¿Acaso esto es un cuento?

–¿Quién está contando la historia? –había preguntado él mientras tiraba de manera juguetona de los lazos de su liga.

–Tú. Lo siento.

–Érase una vez una mujer llamada Venetia –había comenzado él de nuevo–. Venetia era una jardinera de mucho talento. Mi abuelo la contrató…

La historia había continuado, pero, con su esposo acariciándole el pelo de nuevo, la atención de Diana se había dispersado hasta quedarse dormida con la cabeza apoyada en su regazo.

Cuando Murray había muerto, había guardado las dos llaves del jardín de invierno –su jardín– en un plato que había sobre la chimenea de la biblioteca. No se atrevía a entrar en él. John Hillock, el jardinero, o, más tarde, uno de los chicos del pueblo, solían pedirle a la señora Dibble que les dejara una de las llaves para poder ocuparse del lugar. Después, volvían a cerrarlo bien, devolvían la llave y Diana volvía a darle la espalda.

–El dolor puede ser poderoso –dijo el padre Devlin, interrumpiendo sus recuerdos.

–¿Disculpe?

–Puede permitirse llorar a su esposo, señora Symonds –contestó el hombre.

Ella dirigió la vista a la explanada, hacia el lugar en el que los tractores de las chicas del campo estaban removiendo la tierra.

–¿Sabe cuánta gente me ha dicho: «Bienaventurados los que lloran, pues ellos recibirán consuelo»?

–Mateo 5:4.

–Muchas personas bienintencionadas se acercaron a mí en

el funeral y me dijeron eso. El único que no lo hizo fue el padre Bilson.

—Supongo que ese es el motivo de que el buen pastor siga recibiendo invitaciones para cenar —comentó el padre Devlin. Diana agachó la cabeza—. ¿Qué es lo que recuerda del funeral de su esposo?

La sensación de estar aprisionada entre sus padres por un lado y Cynthia por el otro. Atrapada en el banco de la iglesia mientras todos la miraban, había deseado salir corriendo de allí porque, si corría lo bastante rápido, tal vez pudiera escapar de todo.

—Al final, todos nos levantamos y yo tuve que salir la primera. Mi padre me tomó del codo para ayudarme a seguir en pie. Apenas podía sentir las piernas, pero, de algún modo, pude poner un pie delante del otro. Entonces, cuando había recorrido la mitad del pasillo, dejé de poder moverme.

—Estaba conmocionada —dijo el hombre en voz baja.

Ella sacudió la cabeza.

—También me pasó en la boda. Iba caminando del brazo de mi padre y, de pronto, me quedé petrificada. Tantas personas mirándome…

—En su boda, se alegraban por la joven novia. En el funeral de su esposo, estaban tristes por el dolor que creían que debía de estar sufriendo.

—Esa gente no tenía ni idea de cómo me sentía. —Aquellas palabras sonaron feroces y amargas—. Querían ver cómo me rompía. Querían ver a la viuda llorando entre los brazos de sus padres, desamparada porque su esposo había muerto.

—Estoy seguro de que nadie pensó eso —dijo el capellán.

Una carcajada seca se le atascó en la garganta.

—Entonces, tiene usted más fe en las personas que yo, padre. No quería darles la satisfacción de verme perder el control, pero me quedé congelada hasta que mi madre me clavó los dedos en la cintura. Me había rodeado con los brazos para que pareciera que me estaba ayudando, pero yo podía notar la fuerza de su agarre. «Ahora eres madre», me susurró al oído. La odié por ello, pero tenía razón. Tenía que cuidar de Robin. No podía derrumbarme porque tenía a mi hijo.

»He hecho todo lo que he podido para darle una vida normal. Asiste a la escuela con los otros niños. apenas le falta nada, incluso a pesar del racionamiento. Nada ha cambiado en la casa si he podido evitarlo. Algún día, este será su hogar.

Incluso cuando había anhelado su presencia durante aquellas horribles cenas tras el funeral en las que solo había tenido a Cynthia por compañía, nunca le había pedido a la niñera que fuera a buscarlo. No había querido cargar a su hijo con el peso de su dolor, así que había levantado la barbilla, se había enjugado las lágrimas y había intentado acabar con la profunda tristeza que amenazaba con partirla en dos.

—Todos tenemos que seguir adelante —dijo. De algún modo, ahora que había comenzado a hablar, era incapaz de parar—. Mi caso no es diferente al de mi amiga del colegio, Marcella, cuyo esposo murió durante un ataque de un submarino alemán; o al de la esposa de mi primo, cuyo avión se dio por desaparecido en Francia.

—Puede que tenga razón al respecto, señora Symonds, pero recuerde que no tiene por qué cargar sobre sus hombros el peso de toda Highbury.

Diana se puso en pie de golpe.

—No necesito que me diga lo que debería o no debería hacer. Que tenga un buen día, padre Devlin.

El hombre no dijo nada mientras ella desaparecía por la puerta.

Venetia

Highbury House
Miércoles, 3 de abril de 1907
Nublado

Matthew Goddard está demostrando que es un hombre de palabra. Hoy ha venido hasta Highbury House para llevarme a visitar Hidcote Manor, la casa del señor Johnston.

Mi alegría ante la excursión para conocer a otro jardinero se ha visto empañada por la señora Melcourt, que estaba junto a la puerta principal, observando cómo su hermano me tendía la mano para ayudarme a subir a su vieja pero práctica calesa. La señora Melcourt ha fruncido los labios mientras el señor Goddard se subía al vehículo y tomaba las riendas. Después, nos hemos puesto en marcha.

Hemos recorrido la campiña de Gloucestershire, donde los endrinos y los olmos de monte florecían entre los setos. En Hidcote Manor nos ha recibido un mozo de cuadra, que ha mantenido firme al caballo mientras desmontábamos. Otro hombre, más mayor y con canas en las sienes, nos ha explicado que el señor Johnston estaba con el administrador de la finca pero que, si deseábamos comenzar a pasear por los terrenos, pronto se uniría a nosotros.

Hemos caminado lentamente, aunque el señor Goddard ha permanecido en silencio la mayor parte del tiempo mientras estudiaba el jardín que se está desplegando bajo la guía del señor Johnston. Sin embargo, cuando ha hecho preguntas, han sido inteligentes e incisivas. Aunque ha afirmado carecer de espíritu creativo, tiene buen ojo y ha parecido comprender la estructura del nuevo jardín.

Cuando hemos llegado al punto en el que el jardín cultivado da paso a la campiña, la nieve seguía amontonada bajo la sombra que proyectaban los árboles que bordean los campos. Un viento cortante me ha sacudido el dobladillo del abrigo de lana y me he ajustado la bufanda de punto en torno al cuello.

—¿Está pasando mucho frío? —me ha preguntado el señor Goddard mientras fruncía el ceño.

—He soportado cosas peores —he respondido con una sonrisa antes de girarme al oír el crujido de una rama a nuestra espalda.

—Hola, Goddard —ha dicho un hombre con un leve acento estadounidense.

—Johnston. —El señor Goddard ha estrechado la mano del recién llegado antes de girarse hacia mí—. Señorita Smith, tengo el placer de presentarle al señor Johnston.

—Señor, el placer es mío —he replicado mientras le tendía la mano.

—Bienvenida a Hidcote Manor, señorita Smith.

El caballero parecía inmune al frío, aunque llevaba la ropa demasiado limpia como para haber estado trabajando en el jardín, así que tal vez no hubiese tenido tiempo todavía de acabar congelado hasta los huesos.

—Lo que está construyendo aquí es precioso —he dicho.

—Es un cambio considerable con respecto a lo que había antes. Es cierto que Hidcote tenía un pequeño jardín, pero todo lo que ve era principalmente campo —me ha explicado él mientras comenzábamos a caminar de nuevo en dirección a la casa—. Algún día, espero que esta zona sea una especie de jungla. Aunque planificada con mucho cuidado, por supuesto —ha añadido con una sonrisa.

—Crear la fantasía de estar en medio de la naturaleza es parte de la labor del jardinero —he dicho yo.

—Exacto —ha replicado él—. Y, después, tenemos al señor Goddard, que está más interesado en el aspecto científico de las plantas que en su belleza.

–Me juzga usted con demasiada dureza –ha protestado el susodicho con un toque de buen humor–. Estudiar una planta es comprender su belleza a un nivel fundamental. Aprender cómo dos rosas pueden hibridarse y crear algo más hermoso y resistente es toda una revelación.

El señor Johnston se ha girado hacia mí con aire conspiratorio.

–Debería pedirle que le muestre sus invernaderos.

–El señor Goddard ya ha tenido la amabilidad de invitarme a Wisteria Farm –he dicho.

El caballero ha arqueado las cejas.

–¿Ah, sí?

–La señorita Smith ha asumido la carga que implica la petición de mi hermana de que incorpore algunas de mis rosas a sus diseños –ha dicho el señor Goddard.

–No es una carga –he replicado con rapidez.

Es cierto. Disfruto de su compañía y del hecho de que parece incapaz de reprimir su entusiasmo ante aquellas cosas que le fascinan. Es más, me gusta su personalidad sencilla. No me trata como si estuviera hecha de porcelana o como si fuera una rareza jugando a ser jardinera.

No sé si el señor Johnston se ha formado alguna opinión con respecto a este intercambio. En su lugar, me ha dicho:

–Hábleme de sus planes para Highbury House. –Le he descrito los terrenos y él ha sonreído cuando he mencionado el estanque reflectante–. ¿Y qué me dice de las plantas?

–Desenfadadas y naturales, como si el jardín hubiese surgido en su totalidad de la nada –he contestado mientras pasaba los dedos por una de las hojas anchas de una hortensia–. Los jardines temáticos de Highbury se caracterizarán por una repetición de plantas para crear los límites, pero no deseo que parezcan demasiado formales. Por ejemplo, plantaría esta *Hydrangea aspera villosa* en el jardín de la poesía o en los bordes del jardín acuático, donde podría recibir un poco de sombra. Dentro de veinte años, debería arrojar su propia sombra. ¿Quién sabe qué podría brotar debajo?

–Ciertas plantas que crecerían como la maleza si dispusieran del suelo adecuado –ha concordado el señor Johnston. Un hombre lo ha saludado desde cerca de la casa–. Por favor, discúlpenme, pero parece que me necesitan. Por favor, siéntanse libres de vagar a placer. Sé que con Goddard se encuentra en buenas manos, pero espero que venga a verme antes de marcharse.

–Me alegro mucho de que me haya traído aquí –he dicho mientras el propietario de Hidcote se alejaba a paso ligero.

–Soy yo el que debería darle las gracias, señorita Smith –ha contestado el señor Goddard mientras me colocaba la mano sobre su brazo.

Me he reído.

–¿Por qué debería darme las gracias? No he hecho nada.

–Me ha regalado la única cosa que deseaba.

Cuando nuestras miradas se han encontrado, me he quedado sin aliento. En sus ojos azul oscuro había una intensidad que no había visto antes.

–¿Y de qué se trata?

–Pasar una tarde con usted.

–Señor Goddard…

Me ha tomado la mano entre las suyas y me la ha estrechado con cuidado.

–Tan solo quería que lo supiera. Nada más. Bien, ¿regresamos paseando hasta la casa?

Emma

—Ya lo sé, mamá —dijo Emma, que estaba agarrando el teléfono con tanta fuerza que los nudillos le dolían.

—Es que no lo entiendo. ¿Hiciste algo mal? —le preguntó su madre por tercera vez en diez minutos.

—Eileen... —dijo su padre con aquel tono que siempre utilizaba cuando su esposa estaba actuando de manera especialmente inaceptable.

—Han congelado la contratación de personal. Es algo que ocurre muy a menudo —dijo mientras doblaba la esquina hacia Bridge Street y cruzaba el arroyo Tach, que bajaba con crecida gracias a las lluvias primaverales.

—¿Estás dolida, Emma? —le preguntó su padre.

¿Lo estaba? No podía negar que tenía el orgullo herido. Tampoco podía ignorar las tentaciones de trabajar para una fundación en lugar de ser su propia jefa: seguridad, beneficios, un salario estable y días de vacaciones. Ahora mismo, no tenía ninguna de aquellas cosas, pero tenía Turning Back Thyme.

—¿Emma? —insistió su padre.

Se recolocó la bolsa de lona en la que llevaba la compra sobre el hombro.

—Estoy pensando —contestó.

—Podría llamar a Bethany —dijo su madre—. Últimamente se lo tiene muy creído y no siempre recuerda que crecimos en el mismo barrio de Croydon, pero creo que el marido de su prima juega a golf con el director ejecutivo de la Real Sociedad del Patrimonio Botánico.

—No, gracias, mamá. Si no tienen el presupuesto necesario, no va a servir de nada. Además, faltan meses para que acabe el trabajo de Highbury –dijo.

Y también faltaban meses para que pudiera aceptar más trabajo. Si al menos pudiera clonarse a sí misma para poder tener dos trabajos a la vez…

Una moto pasó a su lado, acelerando con un petardeo del motor.

–¿Dónde estás? –le preguntó su padre.

–Tan solo voy caminando de vuelta a casa.

–¿«A casa»? –repitió su madre.

–A Bow Cottage –se corrigió a sí misma.

–Bien, porque, por un momento, me ha parecido que…

–Oh, déjala en paz, Eileen –replicó su padre con una carcajada. Emma podía imaginárselo dándole codazos juguetones a su esposa.

–Tan solo digo que, si vas a echar raíces en alguna parte, hazlo en algún lugar cerca de Londres o de Surrey, Emma; no en las Midlands –insistió su madre.

–Estoy a menos de quince kilómetros de la M40, que conecta directamente con Londres –argumentó–. Podría estar en Inverness como en mi último trabajo.

–Escocia… –dijo su madre, casi jadeando–. Todo esto es culpa de Charlie.

Emma puso los ojos en blanco conforme las tiendas de Highbury aparecían ante ella.

–Desde que lo conozco, Charlie nunca ha vivido en Escocia. Además, nadie está echando raíces en ninguna parte.

–Tu madre sabe que está siendo ridícula –dijo su padre. Ahora, su voz sonaba más profunda y era evidente que había quitado el altavoz.

–¡Eso es mentira! –oyó que insistía su madre al fondo.

–Es que está siendo ridícula –replicó Emma.

Pudo oír cómo su padre se dirigía a otra habitación.

–Es solo que todavía recuerda lo que es tener que preocuparse por el dinero. Por eso te insistió tanto para que fueras a la universidad.

–Y en su lugar, me saqué el título en la Real Sociedad de Horticultura –respondió. Recordaba demasiado bien aquellas discusiones–. En la universidad habría sido miserable.

–Lo sé. Igual que sé que tu madre tiene buenas intenciones – dijo su padre.

Emma suspiró.

–Lo sé.

–Eres una buena hija –insistió él.

–Deberíais venir en algún momento a visitar Highbury. Tal vez os gustara.

–No sé si eso haría que tu madre estuviera más o menos inquieta.

–Eso me habría preocupado de verdad cuando acababa de cumplir los veinte años.

–¿Y ahora? –preguntó su padre.

–Ahora creo que soy una persona adulta que puede poner límites. Y mamá puede respetarlos.

En su mayor parte.

–Chica lista.

Alguien le dio un golpecito en el hombro y, cuando se dio la vuelta, se encontró a Henry vestido con una camiseta negra que indicaba JONES & CROPPER & STEINBERG & JACKSON. La saludó con un pequeño gesto de la mano.

–¿Papá? Te vuelvo a llamar mañana, ¿de acuerdo? Podremos hablar más sobre una posible visita –sugirió Emma.

–Cuando quieras, cariño –contestó él.

–Siento la interrupción –dijo Henry en cuanto hubo colgado el teléfono.

–Tan solo estaba poniendo al día a mis padres con un par de cosas. No entiendo tu camiseta.

Él bajo la vista.

–Son Booker T. and the M.G.s –contestó él como si fuese la cosa más obvia del mundo.

–Ah.

Emma tomó nota mental para buscar aquel grupo cuando llegase a casa.

—¿Tienes buena relación con tus padres? —preguntó Henry.

—En general, sí. Aunque mi madre me vuelve loca la mayor parte del tiempo. Está constantemente preocupada por si estoy invirtiendo toda mi vida en una empresa al borde de la quiebra.

—¿Y lo está?

Ella soltó una carcajada.

—No, pero no le hizo demasiada gracia cuando le dije que me estaba formando para ser diseñadora de jardines. O cuando, años después, decidí empezar mi propio negocio.

—¿Qué opinaba ella que deberías haber hecho? —preguntó él.

Emma se encogió de hombros.

—No tengo ni idea. Ella trabajó una temporada como recepcionista de un abogado, así que, cuando era adolescente, estaba bastante empeñada en que me convirtiera en abogada.

—Que los hijos decepcionen a sus padres es casi una tradición.

—¿Acaso tu padre no se dedicaba también a la agricultura?

—¿Alguna vez has visto ese *sketch* de los Monty Python en el que el padre dramaturgo monta en cólera porque su hijo ha decidido ser minero de carbón?

—Sí, claro. Es una parodia de prácticamente todas las novelas que D. H. Lawrence escribió jamás.

Henry asintió.

—Pues así se puso mi padre.

—Así que tu padre quería que te dedicaras a cualquier cosa menos a la agricultura…

—Y por eso, siendo el rebelde que soy, tan solo podía imaginarme dedicándome a ello —replicó él. Después, hizo un gesto a su espalda—. ¿Vienes?

—¿A dónde?

Cuando alzó la vista, Emma vio el cartel del White Lion.

—Pensaba que, tal vez, te hubieras rendido ante Sydney esta semana —le explicó él.

—Me encantaría —contestó, sorprendida ante el hecho de que de verdad le habría encantado hacerlo—, pero llevo todo esto.

Alzó la bolsa de la compra.

—¿Algo perecedero?

–Una botella de leche y un poco de yogurt griego.

–Ven conmigo. –Recorrió medio camino hasta la puerta del *pub* antes de darse la vuelta y añadir–: Si quieres.

Emma dudó un instante. Tenía que actualizar la hoja de cálculo del presupuesto, tenía que ponerse en contacto con algunos comerciantes de esculturas y, probablemente, debería abrir el correo electrónico de su gestor que llevaba evitando todo el día. Sin embargo, cuando vio a Henry sujetando la puerta del *pub* para que pasara, se dio cuenta de que volver a una casita vacía no le resultaba demasiado atrayente.

En el interior del *pub* hacía calor. La gente estaba apiñada en torno a mesas redondas y taburetes altos. En cada mesa había un trozo de papel y un lapicero en espera, rodeados de vasos empañados. No podía ver ni a Sydney ni a Andrew entre tanta gente.

Cuando Henry llegó a la barra, se inclinó hacia ella y gritó por encima de las notas de una canción de Little Mix.

–¿Qué quieres tomar?

–Una pinta, por favor –gritó ella a modo de respuesta.

Él extendió la mano.

–Dame la compra.

Emma frunció el ceño, pero le tendió la bolsa de lona. Justo en ese momento apareció la camarera, una mujer mayor que ella con la piel muy morena, un delineado negro muy grueso en los ojos y unas extensiones de quita y pon largas y oscuras.

–Henry, ¿estás tramando algo?

–Sin duda, eso espero. Dinah, esta es Emma Lovell. Está trabajando en la restauración del jardín de Sydney y Andrew.

La mujer le tendió la mano por encima de la barra.

–Cualquier amistad de Sydney y Andrew es bien recibida en el White Lion, pero ten cuidado con este –dijo mientras señalaba a Henry con un gesto de la cabeza–. Llevo echándolo del *pub* desde que tenía catorce años.

–Lo tendré en cuenta –contestó Emma mientras se pasaba el pelo detrás de las orejas.

–¿Nos pondrás dos pintas, por favor? –preguntó Henry.

Dinah tomó un vaso y comenzó a tirar la cerveza de barril con la facilidad de la práctica.

—¿Vas a quedarte a la noche de trivial?

—Al parecer, sí.

—Lucy comenzará en unos minutos —dijo la camarera mientras le colocaba en frente un vaso lleno.

—Dinah, ¿te importaría guardar esto en el frigorífico que tienes atrás? —preguntó Henry mientras le tendía la bolsa de la compra. Cuando ella le lanzó una mirada, añadió—: Es de Emma, no mía.

—Por Emma, lo haré encantada —dijo la mujer mientras dejaba otra pinta frente a Henry—. Serán ocho libras con cincuenta.

Antes de que Emma pudiera moverse, Henry había pagado las bebidas. Estuvo a punto de protestar, pero Dinah la interrumpió.

—Déjale. Será su penitencia para cuando insista en que sabe la respuesta correcta y haga que perdáis.

—Si de verdad no te importa… —dijo Emma.

—No me importa. No tengas vergüenza de pedirme la bolsa en cualquier momento. Todos estos pueden esperar un poco para seguir bebiendo —comentó la camarera antes de desaparecer en la parte de atrás.

—Me cae bien —afirmó ella antes de darle un trago a su pinta.

—Yo estoy legalmente obligado a que me caiga bien. Es mi tía. Para los exámenes de acceso a la universidad, tuve que leer a P. G. Woodhouse. Cuando Bertie Wooster llamaba a su tía «machaca-sobrinos», sabía con exactitud a qué se refería. Venga, a ver si podemos abrirnos paso entre la multitud.

Henry comenzó a hacerse hueco con el hombro mientras Emma hacía todo lo posible por no derramar la bebida o hacerle daño a alguien con su bolso cruzado. Cuando el gentío se dispersó, se encontró frente a Sydney, Andrew y otras dos personas, que estaban sentados en una mesa baja.

—¡Hola! —exclamó Sydney, que se levantó de un salto y estuvo a punto de tirar su copa de ginebra—. No sabía que ibas a venir.

—La he encontrado justo enfrente del *pub* y la he arrastrado dentro —contestó Henry.

—Bienvenida —dijo Andrew.

–Ven. Siéntate y te presento a los demás –dijo Sydney mientras quitaba su bolso de una silla vacía.

–Gracias –replicó Emma.

–Esta es Jaya Singh. Es la responsable de eventos de Priory, en Temple Kinton. Está justo al final de la carretera.

Emma le dio la mano a la mujer que, a pesar de su apariencia juvenil, lucía una sorprendente melena entrecana.

–Y este es Colby Powell. Es profesor en la Universidad de Warwick.

–Soy lo que en Estados Unidos llaman «bateador suplente» –dijo el hombre.

–Colby es nuestro estadounidense oficial –le explicó Jaya.

–Un placer conoceros a ambos.

–Damas, caballeros y todos los demás –dijo una voz a través de un micrófono–, estamos listos para empezar. –El ruido del *pub* se redujo a un bullicio apagado y la mujer que estaba en el escenario arqueó las cejas–. Mucho mejor. Tengo la desgracia de que, a la mayoría, os conozco de toda la vida, pero, para aquellos que no me conocen: soy Lucy MacFarlane y voy a ser la directora de la partida. –Se oyeron gritos y silbidos entre el público–. Ya basta. Todos sabéis que las noches de trivial son un asunto serio. Afilad los lapiceros, porque el tema de la primera ronda va a ser «Deportes».

Andrew soltó un gruñido y Sydney se acercó la hoja de papel.

–Colby y yo nos encargamos de esta. A menos que tengas un depósito secreto de conocimientos deportivos que quieras desplegar ante nosotros, Emma.

–A veces veo partidos de fútbol y mi padre finge que le gusta el críquet –contestó ella.

–Excelente. A mi marido le vuelve loco el críquet, pero está fuera por un viaje de negocios –dijo Jaya.

–Lo haré lo mejor que pueda –comentó Emma.

Andrew chocó el borde de su vaso con el suyo.

–Con un nombre como «Ataque a la sobriedad», eso es todo lo que cualquiera de nosotros puede esperar.

«Ataque a la sobriedad» perdió. Con mucha diferencia.

–No me puedo creer que hayan vuelto a ganar los de «Inteligencia Artificial» –se quejó Sydney mientras ella, Emma, Andrew y Henry recorrían Church Street.

Colby, que tan solo se había tomado una copa de vino, los había dejado en el *pub* para volver conduciendo hasta su casa, que estaba cerca de la universidad, y Jaya se había despedido de ellos desde la puerta principal de su casita en Heather Lane. Bow Cottage estaba en la misma zona del pueblo que la carretera que conducía a Highbury House, así que Emma iba a volver acompañada a casa. Extrañamente, descubrió que no le importaba.

–Siempre dices lo mismo –comentó Andrew mientras le daba un beso en la frente a su mujer.

–Pero esta vez teníamos a Emma. Se suponía que teníamos que ganar –replicó Sydney mientras le dedicaba la sonrisa suave propia de una mujer achispada–. Lo has hecho muy bien. No habríamos superado la ronda de geografía si no hubiera sido por ti.

–Eso es así –dijo Henry, que iba caminando en silencio a su lado.

–Ni la de literatura francesa –señaló Andrew.

–Eso ha sido una casualidad que le debemos a los exámenes de acceso a la universidad. Cualquiera que diga que le gusta *L'Étranger* es un pretencioso –dijo. Tenía la lengua suelta gracias a la tercera pinta a la que Andrew había insistido en invitarle.

Sydney señaló a su marido.

–Es el libro favorito de Andrew.

–No todo el mundo –dijo ella con rapidez–. Me refería a las personas que presumen de haber leído el original. Como pasa con Proust.

–Acaba de terminar de leer el último tomo de *En busca del tiempo perdido*. En francés –añadió Sydney.

Hubo un segundo de silencio en el que Emma se encomendó a cualquiera que fuera el santo que protegiera a los jardineros. Entonces, Sydney, Andrew y Henry estallaron en carcajadas.

–¡Ay, tendrías que haber visto la cara que has puesto! –exclamó Sydney, doblándose por la cintura.

–Y la forma en la que lo has dicho… –aulló Henry.

–Lo siento mucho, Andrew.

–Es todo cierto. Y sí que presumo de ello, aunque sea pretencioso –dijo él con amabilidad.

Emma se dio un golpe en la frente.

–Me siento como una idiota.

–De vez en cuando, todos decimos cosas que no queremos decir –comentó Sydney mientras le pasaba un brazo por los hombros.

Aunque Emma sabía que debería apartarse de aquel brazo por varios motivos que iban desde poner límites hasta ser profesional, no lo hizo. Una parte de ella que llevaba mucho tiempo dormida anhelaba recibir el roce platónico de la amistad.

–Sea como sea, no vas a librarte del equipo de trivial con tanta facilidad. Te necesitaremos la semana que viene –dijo Sydney.

–Pero el marido de Jaya estará de vuelta –apuntó ella.

–Lo que solo nos será de ayuda si hay una ronda en la que todas las preguntas sean sobre críquet –replicó Henry.

–La última vez que ocurrió algo así, la mitad de los equipos presentaron una queja –comentó Andrew.

Emma miró a Henry y él se lo explicó.

–Abucheamos a la organizadora.

Sydney ralentizó el paso cuando llegaron a un cruce de caminos.

–Nosotros seguimos por aquí. ¿Henry?

–Voy a acompañar a Emma a casa –contestó él.

–No es necesario –replicó Emma–. Tiene más sentido que vayas con Sydney y Andrew.

–Insisto. Dame ese gusto mientras finjo ser un caballero –dijo él con una sonrisa.

Emma se planteó protestar, pero dejó que se saliera con la suya.

Después de que Sydney y Andrew se despidieran, Henry y ella tomaron el camino en dirección a Bow Cottage.

–De verdad, no era necesario –dijo ella para romper el silencio.

–En realidad, tengo noticias. Al fin he tenido tiempo para revisar las cosas viejas de la abuela y he encontrado algunos de esos cuadernos de dibujo que estabas buscando.

–¿Hay bocetos del jardín? –preguntó, esperanzada.

Las comisuras de los labios de Henry se curvaron.

–Bocetos del jardín, detalles de algunas plantas… También hay dibujos de algunos de los soldados.

–Me encantaría verlos.

–Podría llevártelos a casa –dijo él.

Emma titubeó, pero, entonces, asintió con la cabeza.

–Estaría bien.

–Muy bien. Entonces, eso haré.

–Aquí es –dijo cuando llegaron a Bow Cottage.

Se subió la bolsa de la compra más arriba para poder meter la mano en el bolso y rebuscar las llaves. Sin embargo, cuando fue a sacarlas, se le escaparon de las manos y cayeron al suelo. Se agachó para recuperarlas, pero Henry fue más rápido. Cuando Emma le cubrió la mano con la suya, él ya las había recogido. Sus miradas se encontraron y, por un instante, lo único de lo que pudo percatarse fue del sonido de su respiración y de cómo el cabello oscuro del hombre se ondulaba con la brisa nocturna.

–Me alegro de que hayas venido esta noche –dijo él en voz baja.

–¿Aunque haya sido por casualidad?

–A veces, las mejores ocasiones son casualidades.

Entonces, Henry se enderezó y le dio las llaves. Al tomarlas, a Emma le tembló un poco la mano.

–Buenas noches, Henry –dijo.

Recorrió el caminito del jardín que conducía hasta la puerta principal y consiguió abrirla a la primera. Encendió la luz y, cuando se dio la vuelta para cerrar la puerta, vio que Henry seguía esperando, asegurándose de que entrara dentro y estuviera sana y salva. Cuando sus miradas se encontraron, él le dedicó una sonrisita, se metió las manos en los bolsillos y se dio la vuelta para proseguir su camino.

Stella

El papel fino y barato se arrugó entre las manos de Stella mientras volvía a leer la carta de Joan. El amable cartero, el señor Jeffries, se la había llevado directamente a la puerta de la cocina cuando había ido a entregar el correo de la tarde.

20 de abril de 1944

Querida Estrella:

Escribir no me resulta fácil y, ahora, es más difícil que nunca encontrar papel. Con la nueva serie de ataques aéreos sobre Londres, no puedo arriesgarme a tener a Bobby aquí, en Brístol. Toda la ciudad sigue siendo un área devastada por las explosiones de los ataques previos.

Necesito que te quedes con él un poco más. Aquí, no hay nadie que pueda cuidar de él. Trabajo muchas horas en la fábrica de municiones y casi nunca consigo salir antes de que anochezca. Dile que su mamá lo echa mucho de menos y que iré a verlo en cuanto pueda. Y, antes de que lo preguntes: no, no sé cuándo será eso.

En tu última carta, me pediste dinero para sus cosas. ¿No recibiste lo que te envié hace dos semanas? Tal vez en tu oficina de correos haya alguien con las manos muy largas. He oído que hay empleados que roban los sobres que parecen tener dinero dentro. Deberías tener más cuidado, Estrella.

Tenía muchas ganas de contarte que, la otra noche, a algunas de las chicas y a mí nos invitaron a un baile con soldados estadounidenses. Todos parecían estrellas de cine con el pelo bien cortado y los mejores dientes que le haya visto a un hombre jamás. Bailamos el *jitterbug* y…

Stella dejó que la carta cayera sobre la encimera. No sabía qué había esperado de su hermana, pero había tenido la esperanza de que no fuera aquello.

«Es un milagro que Joan haya permanecido viuda tanto tiempo». Aquel pensamiento debería haber hecho que se estremeciera ante semejante deslealtad hacia su hermana, pero era la verdad. Joan no acabaría la guerra sola. De eso, estaba segura.

Pero… ¿qué había de Bobby? Su hermana no le había enviado dinero dos semanas atrás, del mismo modo que tampoco había enviado nada con aquella carta. Cada vez que su sobrino necesitaba algo, Stella lo sacaba de los ahorros que había aunado con tanto esfuerzo. El dinero que había soñado con usar para su nueva vida no dejaba de menguar. ¿Libros? Adiós al billete de tren con dirección a Londres. ¿Que había perdido el sombrero de camino a la escuela? Adiós a una semana de cenas en una casa de huéspedes. ¿Una camisa nueva después de haberse roto la otra mientras trepaba a los árboles con Robin? Adiós a otro curso por correspondencia y a los valiosos cupones para ropa.

Se esforzaba mucho por hacer lo correcto para su sobrino. Iba vestido y tenía comida. Se aseguraba de que se limpiara antes de que ella y Dorothy recogieran la cena de la señora Symonds. Podía ayudarle con las tareas del colegio, aunque se sentía muy poco preparada para seguir el ritmo del flujo constante de preguntas que parecían brotar del niño últimamente. Llevaba a cabo todas las acciones de una madre, pero esas acciones eran lo único que le salía hacer.

El repiqueteo de unos zapatitos por el pasillo de baldosas que conducía a la cocina le indicó que su sobrino se acercaba.

—Hola Bobby —dijo la señora George desde los fogones.

Sonriente, el niño fue corriendo hasta la otra cocinera y le rodeó la pierna con los brazos. Era muy diferente al niñito asustado que había llegado a Highbury dos meses atrás.

—Hola, señora George. Hoy he visto un erizo —anunció el pequeño.

—¿De verdad? ¿En pleno día? —le preguntó la mujer mientras

le revolvía el pelo. Después, lo apartó suavemente para poder seguir dando vueltas a una sopa con aspecto lodoso.

–Iba caminando por la carretera.

–¿Y cómo sabes que no era una señorita erizo? –dijo la señora George.

El niño parecía muy serio.

–Porque lo sé.

–Hola, Bobby –dijo Stella desde el otro lado de la habitación. Cuando él se acercó, pero no la abrazó tal como había hecho con la otra mujer, se entretuvo en mirar dos barras de pan integral que había bajo un trapo–. Hoy he recibido una carta de tu madre. Dice que te echa mucho de menos –prosiguió. Satisfecha con el pan, alcanzó una barra vieja y cortó una rebanada fina. Encima, le puso un poco de margarina. Después, colocó la rebanada untada frente al niño, que le dio un gran mordisco.

–Es lo único que te voy a dar antes de la hora del té –le recordó ella.

El siguiente bocado de Bobby fue un poco más pequeño.

–¿Dónde está mamá? –preguntó el niño mientras daba otro bocado.

–Tiene que quedarse en casa porque tiene un trabajo en la fábrica –contestó ella. Sentía el peso de las palabras displicentes de su hermana en el bolsillo.

–¿Y por qué no puede trabajar aquí?

–Tiene un trabajo que es muy importante para la guerra.

A Joan le habría encantado oírla decir aquello.

–Quiero ayudar.

–Es demasiado peligroso incluso para los niños mayores como tú.

Bobby abrió mucho los ojos, que se le llenaron de lágrimas.

–¿Le va a pasar algo a mamá? –preguntó en voz muy bajita.

Ay Dios, ahora sí que había metido la pata. Incómoda, estiró los brazos para rodearlo con ellos.

–No corre peligro.

–¡Quiero que venga aquí! –gimoteó.

–No puede, Bobby –respondió ella.

–¡Pero hay bombas!

Stella se apartó, sorprendida.

–¿Por qué crees que hay bombas?

Podía notar que la señorita Grant y la señorita Parker, que estaban al otro lado de la habitación, se estaban esforzando por que pareciera que no estaban prestando atención. Al menos, la señora George tuvo la decencia de observar aquella conversación abiertamente y con los brazos cruzados sobre el torso.

–Uno de los niños de la escuela dijo que los alemanes habían hecho saltar por los aires Londres y Covertee –lloriqueó el niño contra su pecho.

–«Coventry» –le corrigió ella. Cuando captó la mirada reprobatoria de la señora George, añadió–. Es horrible que un niño diga algo así.

–Dijo que iban a bombardear a mamá –continuó Bobby sin dejar de llorar.

La otra cocinera sacudió la cabeza con disgusto ante la crueldad del compañero del niño y a Stella la reconfortó saber que, al menos, estaban de acuerdo en aquel aspecto.

–Bobby… –Con suavidad, le posó una mano sobre la cabeza–. Te prometo que a tu madre no le va a pasar nada malo. –«Joan tiene demasiada suerte como para que le pase nada»–. Mientras tanto, puedes vivir aquí. ¿No te gusta estar en Highbury House? –Al mover la cabeza para asentir, sus lágrimas le mojaron la parte delantera de la camisa–. Puedes jugar con el señorito Robin y todos esos juguetes tan bonitos que tiene.

Cuando el niño se apartó de su pecho, Stella estuvo a punto de hacer una mueca ante el riachuelo de lágrimas y mocos que le cubría la ropa. Quería salir corriendo directa a su habitación para cambiarse, pero, en su lugar, sacó un pañuelo que había lavado demasiadas veces y le limpió el rostro a su sobrino.

–Es simpático –dijo él en un susurro.

–Creo que tu madre quiere que te lo pases muy bien en Highbury House para que, cuando vuelvas a casa, tengas muchos recuerdos maravillosos. ¿Tú no?

–Sí.

Se agachó para estar a su misma altura.

–Entonces, ¿se acabaron las lágrimas por hoy? –El niño asintió–. Bien. ¿Quieres otro trozo de pan? –le preguntó, a pesar de que le costaba imaginar que aquel pan harinoso pudiera tentar a nadie que no fuera un niño de cinco años que jamás había conocido la harina blanca y suave o las hogazas que hubiesen levado bien.

–¿Puedo ponerle también mermelada? –Alzó los ojos para lanzarle una mirada de soslayo.

Muy a su pesar, soltó una carcajada.

–Diablillo travieso... Sí, sí que puedes. Pero solo por esta vez.

Fue a buscar el tarro de la mermelada, que estaba en el estante más alto de la alacena, lejos de manitas pequeñas. Bobby era consciente de lo poco habitual que era que su pan llevase mermelada. En dos años, ella misma apenas la había probado. El azúcar era demasiado valioso y, en dos ocasiones, había descubierto que los cupones de racionamiento de la pequeña familia Symonds no alcanzaban para hacer las conservas de la cosecha y, mucho menos, para otras necesidades.

Cuando regresó, encontró a Bobby interrogando a la señorita Parker sobre los erizos. La joven de Leeds, que probablemente no habría visto ninguna de esas criaturas antes de llegar a Warwickshire, parecía desconcertada.

Stella cortó otra rebanada fina de pan y giró la tapa del tarro de la mermelada. Estaba buscando un cuchillo para la mantequilla cuando uno llegó deslizándose hasta ella desde el otro lado de la encimera. Alzó la vista y se encontró con la señora George, que estaba... sonriendo.

–Lo ha hecho muy bien, señorita Adderton –le dijo la mujer mayor.

«¡No sé lo que estoy haciendo! –quería gritar ella–. ¡Dígame qué es lo que tengo que hacer!».

–Con el tiempo, le resultará más fácil –prosiguió la otra cocinera.

–No soy su madre –replicó ella.

La señora George sacudió la cabeza.

—Es usted lo más parecido que tiene ese niño ahora mismo.

Stella aceptó el cuchillo sin mediar palabra.

En cuanto Bobby se terminó el segundo tentempié, lo despachó de la cocina para que fuese a jugar y se dispuso a preparar la bandeja del té de la señora Symonds. A pesar de que había hojas nuevas para poner en la tetera, no había demasiada harina, así que había tenido que recurrir a preparar los *scones* con harina de avena y grasa. La última vez que había podido prepararlos con mantequilla había sido el día de Navidad.

Subió la bandeja con cuidado por las escaleras del servicio. En realidad, tendrían que llevarla Dorothy o la señora Dibble, pero ambas estaban ocupadas con la colada, que se había vuelto una tarea imposible de sacar adelante cuando muchas de las lavanderas habían sido reclutadas y el hospital estaba abrumando a las que quedaban.

Poniendo un pie delante del otro con delicadeza, recorrió el pasillo y pasó por delante de lo que antaño había sido el salón doble y del comedor antes de detenerse frente al umbral de la salita de uso exclusivo de su patrona. Llamó a la puerta y, después, la abrió, tal como le había enseñado la señora Dibble.

—¿Es eso el té, señorita Adderton? —preguntó la señora Symonds desde el grupo de sillas en el que estaba sentada junto con la señorita Cynthia, la enfermera jefe McPherson y un pastor que también era paciente del hospital.

—Sí, señora Symonds —contestó.

—Puede dejar la bandeja aquí —dijo la mujer mientras señalaba con una mano la mesita que tenía a su lado—. ¿Alguno de ustedes quiere un poco de té?

—Me encantaría tomar una taza. —El sacerdote le sonrió mientras rodeaba la mesa de desayuno que ahora hacía las veces de comedor principal de la familia—. ¿Qué nos ha preparado hoy, señorita Adderton?

—*Scones* de harina de avena —contestó ella, contenta de haber llenado mucho el plato.

—Maravilloso —replicó el hombre.

–Padre Devlin, quizá le gustaría hacer los honores –dijo la señora Symonds mientras le lanzaba una mirada de desconcierto.

Tras un gesto de la cabeza casi invisible de su patrona, Stella hizo algo parecido a una reverencia. Se sintió terriblemente anticuada y odió cada instante. Sin embargo, antes de que llegara a la puerta, la señorita Cynthia la detuvo al llamarla con un tono voz suave.

–Tal vez podría usted ayudarnos, señorita…

–Señorita Adderton –respondió la dueña de la casa en un tono que implicaba que, a aquellas alturas, su cuñada debería saber el nombre de la persona que le cocinaba las comidas cada día.

–Señorita Adderton –dijo la señorita Cynthia.

–Si así lo desea… –contestó Stella mientras cruzaba las manos detrás de la espalda.

–Tenemos un dilema bastante grande. Algunas de las enfermeras han pedido que se celebre un baile en Highbury House –dijo el padre Devlin.

–No voy a permitir que las enfermeras bailen con los pacientes que están a su cargo –contestó la señorita Cynthia con tono severo.

Espero que se dé cuenta de que es responsabilidad mía tomar esa decisión en nombre de mis enfermeras –replicó la enfermera jefe.

–Sin duda, no les negaría a los pocos hombres que están en forma la posibilidad de arrastrarse por la pista de baile –dijo el sacerdote con una sonrisa.

–No es el baile lo que me preocupa. –La señorita Cynthia cruzó las manos sobre las rodillas con delicadeza–. Sería del todo inapropiado que una enfermera bailara con un hombre que está a su cargo. Eso podría crear el caos en las salas hospitalarias.

–Siempre hay un momento y un lugar para un poco de diversión. Además, una enfermera por cada diez pacientes no es una buena ratio… –comentó la enfermera jefe.

–Pero ahí es donde la señorita Adderton nos podría servir de ayuda. ¿Dónde podríamos encontrar gente joven para formar un grupo? –preguntó el padre Devlin.

—Me gustaría señalar que todavía no he consentido en organizar un baile en mi casa —dijo la señora Symonds.

Stella los miró a los cuatro sin saber cuál era la respuesta adecuada.

—Puede decir lo que piensa —dijo el sacerdote en tono amable—. Tan solo es una pregunta amistosa.

—Bueno, están las chicas del campo —comenzó a decir ella—. Tengo una amiga que me ha contado que organizan bailes a los que asisten chicas de todo el condado.

El hombre juntó las manos.

—¡Es una idea excelente!

—También podrían invitar a los hombres de la base aérea. Y a las WAAF —añadió Stella al acordarse de las mujeres que servían en la rama auxiliar de la Real Fuerza Aérea, desempeñando labores de apoyo en la base.

—Si vinieran también los oficiales de la base, mantendrían a los hombres a raya —dijo la enfermera jefe.

—Podría ser un baile vespertino. No hay nada más inocente que un baile vespertino —comentó el sacerdote.

La señorita Cynthia lo miró con los ojos entornados.

—No pensaba que la iglesia fuera a aprobar algo así.

—Sé lo bastante sobre los hombres como para comprender que nunca son tan traviesos como cuando están inquietos.

—Con las mujeres ocurre lo mismo —masculló la enfermera jefe, que tenía el borde de la taza apoyado en los labios.

—Un baile bien supervisado les levantará el ánimo y, además, me atrevo a decir que ocurrirá lo mismo con sus enfermeras, enfermera jefe McPherson —dijo el padre Devlin.

La señorita Cynthia sacudió la cabeza.

—No. No creo que sea apropiado. Además, tampoco puedo tener a mis enfermeras retozando con pilotos.

—Mis enfermeras —le recordó la enfermera jefe a la comandante.

—Entiendo por qué el Destacamento de Ayuda Voluntaria no querría que se creyera que patrocina semejante actividad, Cynthia —dijo la señora Symonds.

El sacerdote soltó un suspiro.

–Gracias, Diana. Agradezco que alguien sea capaz de entrar en razón –contestó la mujer.

Cuando la señora Symonds se giró hacia ella, Stella, a la que todavía no habían despachado, captó un destello en los ojos de su patrona.

–Bien, si invito a las chicas del campo a un baile en Highbury House, ¿podría su amiga, la señorita Pedley, hacer correr la noticia? –le preguntó la mujer.

Cuando la señorita Cynthia dio un respingo, su taza repiqueteó contra el platito.

–Pero acabas de decir que…

–En ningún momento he dicho que no fuera a haber un baile. He dicho que tú, como directora de este hospital de convalecencia, podrías no querer patrocinarlo. Sin embargo, Highbury House sigue siendo mi hogar, y puede que aún decida organizar un baile aquí –dijo la señora Symonds.

Su cuñada contuvo el aliento.

–Quiero recordarte que, ahora mismo, el salón de baile aloja la Sala C. No puedo autorizar que se quiten camas para semejante frivolidad.

La señora Symonds hizo un gesto con la mano.

–Organizaremos el baile en la veranda. Puede que nos arriesguemos un poco con el tiempo, pero creo que el efecto sería encantador, ¿no te parece?

Stella no pudo evitar la sonrisa que se le dibujó en el rostro. Un baile en Highbury. Menudo espectáculo sería…

–Señorita Adderton, esto recae más bien en los dominios de la señora Dibble pero, ¿por casualidad no sabrá cómo están las reservas de nuestra bodega, verdad?

El padre Devlin soltó una carcajada.

–¿Qué ha sido de nuestro baile vespertino?

–Cuando era una debutante, nunca pude soportar los bailes vespertinos. Vaya fiestas más tibias e insípidas. Si voy a organizar una fiesta, será una en condiciones –replicó la señora Symonds.

La señorita Cynthia estaba empezando a ponerse verdaderamente pálida.

–El personal de enfermería…

–Si me lo permite, señora Symonds, creo que descubrirá que podría vender entradas a seis peniques cada una y donar el dinero para alguna causa benéfica. Como la Cruz Roja Británica o el Real Cuerpo de Enfermería Militar de la Reina Alexandra –dijo Stella.

La señora Symonds le lanzó una mirada y, por un instante, pensó que su patrona iba a oponerse. En su lugar, el rostro de la mujer se iluminó.

–Creo que es una idea excelente, señorita Adderton.

–Muy noble, desde luego. Estoy seguro de que todas las personas de Highbury House se alegrarán de poder participar –concordó el padre Devlin.

La señorita Cynthia se recostó en su asiento, derrotada.

–Si ocurre cualquier cosa…

–Los pacientes y las enfermeras no son animales, Cynthia. Podrán controlarse durante un *fox-trot* o dos –dijo la propietaria de la casa.

–Me complacerá hacer de supervisor. No voy a poder bailar hasta dentro de mucho tiempo –comentó el capellán.

–Estoy segura de que al padre Bilson y su esposa tampoco les importaría. Yo misma me ofrezco también, por supuesto –dijo la señora Symonds–. ¿Le satisface saber que sus chicas estarán bien cuidadas, enfermera jefe?

–Así es –contestó la mujer.

–Pues ya está. Si me disculpan, señoras, algunos de los pacientes de la Sala A han mostrado interés en que estudiemos juntos la Biblia –comentó el padre Devlin mientras usaba las muletas y el reposabrazos de su sillón para darse impulso y levantarse.

La señorita Cynthia también se puso en pie. Todavía estaba negando con la cabeza. La enfermera jefe la siguió fuera con una sonrisita en el rostro normalmente severo.

En cuando se quedaron a solas, la señora Symonds se dirigió a ella.

–Ha sido de mucha ayuda ahora mismo, señorita Adderton. Disfruto de la posibilidad de ganarle a la comandante en su propio juego. Tendré que hacer un par de llamadas para descubrir con quién tengo que hablar con respecto a la base aérea. Por favor, pídale a la señorita Pedley que invite a sus amigas.

—¿Lo dice de verdad? —preguntó ella.

La mujer le lanzó una mirada.

—Por favor, recuérdele también a la señorita Pedley que puede utilizar los jardines cuando le plazca. Puede pedirle a la señora Dibble que venga a buscarme y yo puedo enseñárselos.

—Gracias, señora Symonds. Creo que se ha mostrado un poco indecisa porque no quería molestar, pero se lo recordaré.

Una cierta dulzura comenzó a apoderarse del gesto de su patrona, pero, entonces, la mujer la despachó a toda velocidad.

—Eso es todo. Puede recoger la bandeja del té.

Stella no podía comprender a la señora Symonds, que mostraba su desdén con la misma facilidad que repartía alabanzas.

Continuó amontonando las cosas en la bandeja, terriblemente consciente de que no era ni tan elegante ni tan silenciosa como debería serlo una doncella en condiciones.

La señora Symonds tomó un libro, pero no lo abrió.

—Su sobrino parece estar adaptándose bastante bien —dijo en su lugar.

Stella se detuvo. La pesada bandeja se le clavaba en las palmas de las manos.

—Sí, señora. Gracias por permitir que se quede.

—Robin le tiene mucho cariño.

—Sí —respondió ella con cuidado.

—El otro día, interpretaron para mí una obra de teatro que habían escrito ellos mismos. Era muy ingeniosa. Bobby en particular es un imitador muy talentoso.

—Oh, no me había dado cuenta. —Su sobrino no le había pedido que viera la obra. O tal vez sí lo había hecho, pero ella había estado demasiado ocupada como para hacer una pausa—. Lo habrá heredado de mi hermana. A Joan siempre se le dio bien aprenderse las canciones que sonaban en la radio. Es capaz de cantar como Judy Garland o Dorothy Lamour.

—¿Qué planes tiene su hermana para él?

–¿Planes? –preguntó.

La señora Symonds hizo un gesto con la mano.

–Para su educación y su futuro.

Stella se quedó mirando fijamente a su patrona. Bobby era hijo de un albañil que había muerto en combate y de una madre que parecía más interesada en bailar que en hacer de madre. ¿Qué expectativas podía haber para aquel pequeño?

–Supongo que empezará a trabajar en cuanto acabe la escuela –dijo al fin.

–Es un niño inteligente. Cuando sea un poco más mayor, tal vez pueda ayudar para que lo acepten en un buen colegio. –La señora Symonds hizo una pausa–. Si su madre quiere, por supuesto.

–Gracias. Estoy segura de que Joan lo valoraría mucho –mintió.

Mientras que Stella había acabado formando parte del servicio como su madre antes que ella, Joan había huido tan lejos como había podido de la llamada de Highbury House. Dudaba que su hermana fuese a querer tener algo que ver con su dueña una vez que ya no necesitara hacer uso de la buena voluntad de la señora Symonds.

–Eso es todo, señorita Adderton. Muchas gracias –dijo la mujer mientras abría su libro.

Stella frunció los labios, inclinó la cabeza y dejó a la dama con sus pasatiempos.

Venetia

Highbury House
Jueves, 25 de abril de 1907
Lluvia, lluvia y más lluvia

Nunca he entendido a los «jardineros» que se niegan a hacer jardinería porque es impropio que una dama o un caballero se manche las manos. Tal vez sea porque no conocen la emoción de clavar una pala de jardinería en la tierra ablandada por la primavera e inhalar el aroma dulce y terroso de hojas, ramitas y todo tipo de materias. Al negarse a mancharse los delantales, se pierden la sensación de la tierra húmeda y fresca desmoronándose entre sus dedos o del aire fresco al respirar hondo. No conocen la satisfacción de quitarse el polvo de la ropa antes de entrar en casa para tomar una muy merecida taza de té.

Por otra parte, también evitan el pánico que se siente al verse atrapado bajo una lluvia torrencial y repentina con pocos sitios bajo los que ponerse a cubierto.

Hoy estaba sola en el jardín de la poesía, delimitando el borde sur con banderines atados a palos cuando el cielo se ha abierto en dos. Casi de inmediato, la lluvia me ha empapado la camisa, que se me ha pegado a la espalda y al pecho. Me he calado el sombrero de lona mientras hacía lo posible por recoger mi montón de palos. Sin embargo, cuando el chasquido de un relámpago ha atravesado el cielo, me han rechinado los dientes y lo he dejado todo para levantarme las faldas y salir corriendo hacia mi casita.

Con el barro haciendo que el dobladillo de la falda se volviera pesado, he acortado por la zona boscosa. Una ráfaga de viento me ha arrancado el sombrero de la cabeza antes de revolverme el pelo lacio y echármelo a la cara.

Al doblar la esquina de la casita, he divisado una figura encogida bajo el pequeño porche delantero.

–¿Señor Goddard? –he preguntado mientras lo observaba a través de la bruma.

Él me ha mirado con el sombrero empapado y una sonrisa tímida.

–Buenos días, señorita Smith. Un tiempo encantador, ¿no es así?

–¿Qué está haciendo aquí? –le he preguntado.

`Él me ha mostrado una bolsa de cuero.

–Vengo a traerle regalos. –Su sonrisa se ha desvanecido–. Pero debe resguardarse de la lluvia.

Ha intentado salir para cederme aquel espacio cubierto, pero me he negado con un gesto de la mano.

–Yo ya estoy empapada. No tiene sentido que usted se moje también. –Me he sacado la llave de la casita del bolsillo y he abierto la puerta–. Dadas las circunstancias, creo que ambos haríamos bien en dejar a secar las botas –le he dicho por encima del hombro.

El señor Goddard ha dudado, pero, cuando he comenzado a quitarme el calzado, ha dejado con cuidado la bolsa en el suelo y ha hecho lo mismo. Mientras terminaba, me he dirigido a la estufa de leña para avivar las brasas moribundas. Cuando me he dado la vuelta, he visto que había dejado sus botas contra la pared, perfectamente alineadas con las mías. Esa imagen me ha dejado clavada en el sitio. Sin duda, habré visto el calzado de Adam junto al mío en innumerables ocasiones, pero esto me ha parecido diferente.

–Podría preparar el té mientras usted se cambia de ropa.

He dado un respingo.

–Le pido disculpas. Estoy olvidando mis modales.

–Debería ser yo el que le pida disculpas. He irrumpido en su casa sin previo aviso. Tal vez debería…

–No, por favor, quédese. Aunque sea durante un tiempo y se asiente sobre los terrenos del señor Melcourt, esta es mi casa, así que seré yo la que prepare el té.

Me he dirigido hacia la puerta de la pequeña cocina. Él me ha tomado del codo con delicadeza para colocarme frente a él.

–Señorita Smith, por favor, permítame... Puedo asegurarle que no soy un soltero tan inútil.

La calidez de su mano a través de la tela mojada ha hecho que un escalofrío me recorriera el brazo. He asentido con la cabeza porque no he creído posible hablar sin que me temblara la voz.

En la privacidad de mi dormitorio, me he quitado las prendas mojadas y las he colgado del armazón de hierro de la cama antes de volver a vestirme. Al contacto con la piel, todo me ha resultado deliciosamente seco y suave, desde la camisa y las medias hasta la falda. No había manera de salvar la melena, aunque tampoco es que antes hubiera estado muy bonita tras haberla tenido apretada bajo el sombrero durante horas. En su lugar, me la he cepillado y me la he recogido con un lazo para apartármela de la cara. Al terminar, me he sentido como si volviera a ser una muchacha de dieciocho años: joven y esperanzada.

Cuando he regresado, la tetera estaba silbando en la cocina. El fuego estaba empezando a ahuyentar la humedad del día, pero, en lugar de sentarme al lado, me he dirigido a la mesa grande que hay en el centro de la estancia. Sobre ella, tengo esparcidos varios planos, catálogos y algo de correspondencia.

Me he puesto las gafas y he rebuscado entre los planos del jardín hasta que he encontrado el detalle del jardín de la poesía y he comenzado a anotar unos cambios. Un suave carraspeo me ha devuelto al presente. El señor Goddard estaba de pie frente a mí, sujetando con ambas manos una bandeja cargada con el té.

–¿Dónde puedo dejarla? –me ha preguntado.

Rápidamente, he despejado un hueco. Él la ha dejado con cuidado y ha acercado una silla. De manera automática, he empezado a preparar las tazas y el colador.

–¿Toma leche con el té?

–Sí. Y un terrón de azúcar, aunque Helen cree que es demasiado infantil por mi parte –ha contestado él.

Le he servido el azúcar y le he tendido la taza.

–Debería tomar el té como más le guste.

–Ese consejo no me sorprende viniendo de usted –ha dicho mientras se recostaba sobre la silla y cruzaba el tobillo sobre la rodilla para apoyar allí la taza.

–¿Qué quiere decir? –le he preguntado.

–Me parece que es usted el tipo de mujer que hace aquello que ha decidido hacer sin esperar las opiniones de nadie.

Me he sonrojado.

–No es cierto. La propia naturaleza de mi trabajo implica que tengo que tener en cuenta la opinión de una buena cantidad de gente.

–Se olvida, señorita Smith, de que la he visto conquistar a mi hermana y su esposo.

–No sabía que eso fuera posible –he respondido antes de poder plantearme siquiera el reprimirme.

Él se ha reído.

–Ya ha visto la salita de Helen: bañada en oro y carísima. Si se saliera con la suya, tendríamos jardines de nudos franceses al estilo de Luis XIV con enormes fuentes de mármol de Carrara al final de cada línea visual. Y en cuanto a Arthur… No creo que Arthur tenga una sola pizca de creatividad en su interior.

–¿A pesar de sus poemas? –he preguntado.

–Es usted demasiado amable con sus poemas –ha replicado él–. Con toda probabilidad, el jardín de mi cuñado consistiría en una pradera de césped con una colección de estatuas, unos topiarios y nada más.

–Se olvida de que les he concedido un jardín de esculturas.

Él me ha observado durante un instante.

–Así es y sospecho que, al igual que ocurre con el jardín de la poesía, lo ha hecho porque sabe que complacer sus deseos significa que, por otro lado, ha podido crear exactamente lo que usted quería. ¿O acaso le pidieron ellos un jardín totalmente blanco?

–No –he contestado con suavidad y sin apartarme el té de los labios.

–¿Sabe? He estado preguntándome por qué había elegido los jardines temáticos que había elegido y creo que al fin lo he descubierto.

–¿Y bien? –le he preguntado.

–Cada uno de ellos representa la vida de una mujer. El jardín del té es donde se reúnen las mujeres respetables con el propósito de casar a una muchacha. Me parece que el jardín de los enamorados habla por sí solo. El jardín nupcial representa el momento en el que pasa de ser una muchacha a convertirse en esposa. A continuación, viene el jardín infantil. Mi suposición es que el paseo de las lavandas representa su feminidad y que el jardín de la poesía habla de un tipo de romance diferente al del jardín de los enamorados. –Rebuscó entre los planos que había en la mesa y sacó el detalle del jardín de las estatuas–. Afrodita, Atenea, Hera… Todas las esculturas de este jardín serán representaciones de la figura femenina, ¿me equivoco?

Me he quedado mirándolo fijamente y con la boca un poco abierta. Lo de entretejer un tema entre las plantas es un truco que utilizo a veces, pero nunca había hecho nada tan descarado. Hasta ahora, nadie se había percatado y, aun así, este hombre lo ha comprendido a la perfección.

–Lo que no entiendo es cómo encajan el jardín acuático y el jardín de invierno –ha dicho.

–Siempre me ha parecido que el agua llama a la contemplación y la introspección. Pretendo que represente la vida interior de una mujer.

–¿Y el jardín de invierno? –me ha preguntado mientras se inclinaba hacia delante.

–Su muerte, por supuesto.

Ha vuelto a recostarse en la silla con la taza casi vacía.

–Todavía no le he mostrado lo que le he traído.

Ha recogido la bolsa teñida de marrón por los años y la lluvia y he contenido la respiración mientras abría la solapa. Ha sacado un fardo de muselina y ha empezado a desenvolverlo sobre el regazo. Cuando al fin ha terminado, he visto tres plantas con las raíces envueltas.

–Me ha traído hortensias –he susurrado.

–*Hydrangea aspera villosa*. Cuando visitamos Hidcote, le oí decir que le gustaban –me ha dicho mientras me tendía una de las plantas. Después, ha vuelto a sentarse–. El señor Johnston estuvo encantado de complacerme a cambio del envío de varias *Shailer's white moss* que está pensando en plantar.

–Me ha traído hortensias –he repetido mientras tocaba una de las hojas–. Gracias.

Cuando he alzado la vista, he descubierto que me estaba mirando con tanta ternura que me he quedado sin aliento. Ya había visto antes esa expresión en el rostro de mis padres en los momentos de calma en los que pensaban que nadie los veía. Nunca antes había creído que alguien me miraría así a mí y sabía que no podía darle la espalda sin responder a su pregunta implícita.

De forma deliberada, he dejado la planta y he rodeado la mesa hasta colocarme a su lado. Mientras le tomaba las manos, no ha dejado de mirarme. Me ha apoyado el pulgar sobre la mano y ha comenzado a dibujarme círculos diminutos sobre la piel. Por un instante, nos hemos quedado así hasta que, poco a poco, ha tirado de mí hacia abajo hasta que la parte trasera de mi muslo ha rozado el suyo.

–Señorita Smith… Venetia… –Me ha recorrido el brazo con la mano derecha hasta posarla en mi cintura. Después, ha levantado la otra mano y me ha colocado la yema del dedo pulgar sobre el labio inferior–. No he venido para… –ha dicho en un murmullo–. Quiero decir…

He vuelto los labios hacia la palma de su mano para besarle la piel cálida.

–Lo sé –he susurrado.

Me ha ladeado la barbilla para besarme.

Ha pasado un año desde la última vez que me dieron un beso. Recordaba la emoción y el arrebato de pasión que lo acompañan, pero había olvidado el consuelo, la sensación de tener la piel de otra persona contra la mía y la seguridad de un par de manos sosteniéndome.

Nos hemos movido en silencio. Sus manos se han dispersado por mi espalda mientras me acurrucaba contra él con los brazos en torno a su cuello. Me ha besado con tanta urgencia que se me ha arqueado la espalda. Cuando le he enterrado los dedos entre el cabello mojado de la base del cuello, he dado gracias a Dios por la lluvia.

Al caer, un tronco ha chocado contra la puerta metálica de la estufa y nos hemos separado de golpe, sobresaltados. Ambos nos hemos reído por ser tan tontos, pero, aun así, el momento ya había pasado. Me he levantado de su regazo y de inmediato he extrañado su calidez y su aroma reconfortante a lana mojada.

—Venetia… —ha comenzado a decir tras un instante.

He suspirado.

—Lo entiendo, señor Goddard. Es usted el hermano de mi clienta y…

—Desearía que me llamaras «Matthew» —me ha interrumpido—. No quiero que volvamos a ser «el señor Goddard» y «la señorita Smith».

—Pero ¿por qué? —le he preguntado mientras se ponía el abrigo todavía mojado y se colgaba la bolsa del hombro.

Él me ha sonreído.

—Porque he querido besarte desesperadamente desde que te puse los ojos encima.

Beth

5 de mayo de 1944

Queridísima Beth:

Gracias por tu carta. No sabes lo mucho que echo de menos la granja; saber qué es lo que estás plantando me ayuda mucho.

Estoy siendo una molestia para mi oficial al mando, pero creo que es posible que pueda juntar suficientes días de permiso para regresar a casa, a Inglaterra, muy pronto. Tengo muchísimas ganas de verte de nuevo.

En cuanto esté de permiso, iré a Warwickshire a buscarte. ¡No veo la hora de que llegue el momento!

Con todo mi cariño,

Colin

Mientras contemplaba el enorme picaporte de hierro con forma de cabeza de león de Highbury House, Beth se pasó de un brazo a otro la caja de lapiceros de grafito y su querido cuaderno de dibujo para limpiarse las palmas de las manos en la falda. Aquel día iba vestida con ropa de civil, ya que era su día de fiesta. Estaba decidida a hacer al fin lo que durante semanas le había intimidado demasiado hacer. Aquel día pensaba dibujar el jardín de la señora Symonds.

–Tienes que venir. De lo contrario, no se creerá que te lo he dicho –le había dicho Stella mientras tomaban una taza de té con hojas hervidas tres veces la última vez que había ido a llevar el pedido de la casa grande.

–¡Pero no puedo hacerlo! La señora Symonds no querrá que la moleste gente como yo. Tú misma dijiste que es una mujer dura.

—No sé si «dura» es la palabra. En realidad, no consigo entenderla. Es muy diferente a cuando llegó a Highbury.

—¿Cómo era en aquel entonces? —había preguntado Beth.

—La viva imagen de la novia tímida y sonrojada. Dejaba que el señor Symonds se encargara de todo menos de su harpa.

—¿Su harpa?

—Al parecer, solía tocar el instrumento. De todos modos, vigiló como un halcón a los hombres que la descargaron de su camioneta. Creo que no respiró hasta que no la dejaron en la sala de música y estuvo bien colocada.

—Ahora que lo mencionas, no puedo imaginármela tocando cualquier otro instrumento. Es tan elegante que el harpa le pega.

—Sí, bueno, no siempre fue así. Yo era ayudante de cocina de la antigua cocinera, la señora Kilford. Nunca me olvidaré de lo preocupada que estaba la señora Symonds por el menú de su primera cena. La señora Kilford casi tuvo que echarla de la cocina —le había dicho Stella.

—Al verla ahora, cuesta creer que alguna vez se haya sentido insegura —había comentado Beth, arrancándole un resoplido a su amiga.

Por el rabillo del ojo, vio cómo se movían unas cortinas y miró en aquella dirección justo a tiempo de ver a un soldado curioso agachando la cabeza. Se sonrojó, pero, de todos modos, agarró el picaporte. Unos instantes después, la señora Dibble le abrió la puerta.

—¡Señorita Pedley! —exclamó el ama de llaves—. No lleva puesto el uniforme.

—Buenos días, señora Dibble. No, hoy no lo llevo puesto. Espero que no le importe que use la puerta principal, pero la señora Symonds me dijo que viniera si alguna vez quería…

—¡Ah! ¡El jardín! Sí, será mejor que pase —dijo la mujer mientras daba un paso atrás—. Ha habido alguna confusión en algún punto y hoy han llegado cuatro hombres de uno de los hospitales de Birmingham. Solo que no hay camas para ellos. Toda la casa está hecha un lío. Incluso nosotros. Y eso que se supone que no tenemos nada que ver con el hospital. Aunque me gustaría saber cómo se supone que me tengo que mantener al margen.

–Puedo volver en otro momento –dijo Beth mientras retrocedía.

–No, no, quédese aquí –contestó la señora Dibble antes de desaparecer por un pasillo que estaba a la izquierda de la escalinata.

Beth cambió el peso de pie mientras una enfermera que estaba empujando la silla de ruedas de un paciente le lanzaba una mirada de curiosidad. En parte, deseaba que el capitán Hastings se materializara allí mismo, pero sospechaba que, a aquellas horas del día, habría salido a dar uno de sus largos y errantes paseos.

El hombre parecía tener un instinto para saber cuándo el señor Penworthy estaría en los campos, pues siempre se topaba con ellos un par de veces a la semana. El granjero solía reírse y decirle a Beth que fuese a entretenerlo para que él pudiera terminar el trabajo.

Beth estaba descubriendo que no hacía falta demasiado para entretener al capitán Hastings. Nunca se había considerado el tipo de chica que tiene muchas cosas que decir o muchas opiniones, pero tal vez tan solo se trataba de que nadie se había preocupado nunca antes de preguntarle. El capitán Hastings quería saber qué le parecía el trabajo, por supuesto, pero también lo que opinaba sobre el avance de la guerra, qué habría hecho si no se hubiera convertido en una de las chicas del campo, cómo se sentía con respecto a ser huérfana, cómo había sido vivir en casa de su tía, cuáles eran sus películas favoritas o cuál era el último libro que había leído.

Para ser una chica que, en su mayor parte, había crecido guardando silencio, aquellas arremetidas le resultaban electrizantes, incómodas y sorprendentes. Sin embargo, cuantas más preguntas respondía, más cosas quería compartir. Le ocurría lo mismo con las cenas de la señora Penworthy, las lamentaciones de Ruth, los gruñidos de aprobación del señor Penworthy cuando hacía algo bien o la manera en la que un grupo de chicas del campo exclamaba su nombre cuando llegaba a un baile o al cine.

No se había dado cuenta de lo sola que había estado hasta que había encontrado a todas aquellas personas.

Cuando la señora Dibble volvió a aparecer, no parecía menos preocupada que antes.

–Vamos, venga –le dijo el ama de llaves con un gesto–. La señora Symonds la recibirá en la biblioteca.

Beth aceleró el paso para seguirle el ritmo mientras pasaban frente a las puertas abiertas de las salas hospitalarias. En medio de la Sala C, bajo una lámpara de araña con cristales colgantes, dos mujeres estaban discutiendo en susurros.

–Son la enfermera jefe McPherson y la señora Rhys, la intendente, que se encarga de las operaciones económicas. Llevan así toda la mañana –comentó la señora Dibble.

–¿Qué van a hacer con los pacientes nuevos?

–No lo sé. Yo quiero apoyar a nuestros hombres tanto como cualquiera, pero mi trabajo no es encargarme de una casa y de un hospital. –La mujer se detuvo frente a una puerta de roble barnizada–. Quédese aquí. Anunciaré su llegada.

Sola en el pasillo, Beth se sintió como una colegiala esperando para ver al director. Pudo oír al ama de llaves murmurando su nombre y, entonces, la puerta se abrió un poco más y la señora Dibble le indicó que pasara.

–Hola, señorita Pedley –dijo la señora Symonds desde el otro lado de la habitación. La dama se había recogido el pelo oscuro y espeso, probablemente para protegerlo del polvo mientras trabajaba en lo que parecía un gran proyecto para cambiar el orden de los libros de la biblioteca.

–Buenos días, señora Symonds. Espero no molestarla –comenzó a decir.

–En absoluto. Me alegra que haya decidido hacer uso de los jardines. Empiezan a cobrar vida en esta época del año.

–Gracias.

–¿Piensa dibujar? –le preguntó la dueña de la casa.

Bajó la vista hacia los materiales de arte que aferraba contra el pecho y bajó las manos de inmediato.

–Sí.

—Nunca tuve demasiado talento para ello, lo cual fue una gran decepción para mi madre. Era bastante victoriana con respecto a la creencia de que una dama debería dominar el dibujo, la pintura, el baile, el canto y, al menos, un instrumento. Como estudiante polifacética, fui una decepción.

—No puedo imaginar que fuese así, señora —dijo Beth.

—Oh, tenía talento; solo que estaba totalmente centrado en el harpa. En el pasado, albergué la idea tonta de que podría llegar a ser profesional, pero, por supuesto, eso era imposible.

—El harpa es un instrumento precioso. ¿Todavía sigue tocando?

La señora Symonds frunció los labios.

—Dejé de hacerlo tras casarme. ¿Quiere que le enseñe los jardines?

El cambio repentino de un tema de conversación al siguiente sorprendió un poco a Beth, pero consiguió contestar.

—Sí, me gustaría mucho.

La señora Symonds tomó una llave de hierro grande que había en un cuenco sobre la repisa de la chimenea.

—Acompáñeme.

Beth siguió a la dama por los pasillos, asombrada por cómo parecía deslizarse en lugar de andar. Suponía que tenía sentido. Después de todo, la señora Symonds procedía de una clase en la que ser la hija de un caballero todavía importaba. La habrían educado para ser elegante desde muy pequeña.

—Estos jardines han cambiado muy poco desde que los plantaron —dijo la mujer mientras paseaban por un jardín temático con colores dulces y pálidos que Beth solo había atisbado en una ocasión—. Mi esposo podría haberle hablado de su creación con más detalle. Me temo que él era el erudito de la familia. Sí sé que esto es el jardín del té. Tiene un cenador pequeñito y encantador, aunque parece que necesita una buena mano de pintura. Debería hablar con el señor Gilligan sobre eso.

—Es precioso —comentó Beth mientras se adentraban en un espacio lleno de tulipanes de un color rojo oscuro que se alzaban con orgullo entre el follaje primaveral.

Mientras miraba a su alrededor, la señora Symonds pareció relajarse.

–Lo es, ¿verdad? Cuando los jazmines están en plena floración, huele divinamente. Voy a enseñarle mi parte favorita.

Se abrieron paso a través de los diferentes jardines temáticos hasta que llegaron al camino de grava que conducía a la verja de hierro que Beth había visto en su primera visita.

–Este es el jardín de invierno –dijo la señora Symonds.

Con disimulo, Beth echó un vistazo a los alrededores mientras la otra mujer abría la puerta que comunicaba con aquella zona, pero el juguete que había visto aquella primera vez no estaba por ninguna parte.

Dentro de los muros del jardín de invierno, las cosas parecían más tranquilas, como si hubieran bajado el volumen del mundo entero. El bosquecillo de árboles color rojo sangre que bordeaban el muro norte del jardín circular estaba cubierto por hojas nuevas de un tono verde pálido. Todo estaba en calma, incluida el agua del estanque del centro.

–Me gusta la paz que se respira en este lugar –dijo la señora Symonds, mirando a su alrededor.

–¿Por qué lo cierra con llave?

–Cuando comencé a trabajar en los jardines después de que Murray se marchara a la guerra, descubrí que hay algunas plantas desagradables que parecen hermosas pero que no querría que un niño pequeño se llevara a la boca. Me preocupaba que Robin entrara. –La mujer titubeó–. Pero supongo que empecé a hacerlo de verdad cuando Murray murió. Cuando acabábamos de mudarnos a Highbury, pasábamos muchos días aquí dentro.

–Es especial para usted –dijo Beth.

Con la frente arrugada, la señora Symonds bajó la vista a la llave que tenía en la mano.

–Sí, lo es.

Entre ellas se posó un silencio que, sin duda, estaba cargado con los recuerdos de la señora Symonds. Cuando la mujer alzó la vista, Beth se fijó en que había forzado sus rasgos para que adoptaran el mismo gesto de perfección distante que siempre mostraba.

–La dejo con sus dibujos, señorita Pedley. Si desea usar el jardín de invierno, pídale la llave a la señora Dibble. Hay dos, así que podrá encontrar una incluso aunque yo tenga la otra. Cuando haya terminado, puede devolvérsela a ella. Y si los niños se aventuran a entrar, vigílelos, por favor –añadió.

–¿Está segura?

La señora Symonds le tendió la llave con un gesto firme de la cabeza.

–Por algún motivo, siento que, si alguien ha de apreciar la belleza del jardín de invierno, esa será usted, señorita Pedley.

Beth había dibujado y borrados dos veces un boceto de lo que creía que era acónito –aunque no podía estar segura sin ver las flores moradas abiertas– cuando oyó unas voces infantiles. Alzó la cabeza a tiempo de ver un destello de azul y negro pasar corriendo frente a la puerta del jardín de invierno, acompañado por un estridente «¡Está abierto! ¡Está abierto!».

Segundos después, dos niñitos irrumpieron en la calma del jardín. Beth reconoció de inmediato a Bobby, el sobrino de Stella, gracias a una entrega especial que había tenido que hacer un sábado, cuando el niño no estaba en la escuela. El segundo niño, que también tenía el pelo oscuro, aunque era un poco más alto, debía de ser Robin Symonds.

–Hola –dijo mientras apoyaba las manos sobre el cuaderno de dibujo.

Ambos niños se quedaron muy quietos, como si los hubieran descubierto haciendo alguna travesura.

–¿Quién es usted? –preguntó Robin.

–Soy… –Rebuscó las palabras y, al final, se decidió por–: Soy una conocida de tu madre. ¿Y vosotros?

–Yo soy Robin y este es Bobby. Somos mejores amigos –anunció el niño.

Bobby sonrió y a Beth se le encogió el corazón. Recordaba lo mucho que había deseado tener un amigo durante aquellos años solitarios tras la muerte de sus padres. Colin había sido una mano amiga y tanto sus cartas como las reuniones ocasionales en el pueblo le habían resultado muy queridas. Sin embargo, ahora, cuando recibía su correspondencia, no conseguía desprenderse de una ligera sensación de temor al tener que responderlas y hacer todo lo posible por corresponder lo que él le decía.

Tras deshacerse del sentimiento de culpabilidad, extendió la mano para que ambos niños se la estrecharan.

–Me llamo Beth Pedley.

–¿Y qué está haciendo? –le preguntó Bobby tras haberle dado la mano con la misma solemnidad que si hubiera sido un adulto.

–Estoy dibujando. ¿Y vosotros?

–Jugando a ser piratas. Hay un tesoro enterrado aquí –dijo Robin.

–¿Qué es lo que oigo? –retumbó una voz desde el otro lado del muro–. ¿Ya os dedicáis a hablar con señoritas bellas? Sois demasiado pequeños para eso.

–¡Oh!

Beth se levantó torpemente del lugar que había ocupado en la hierba y se le cayeron al suelo el cuaderno de dibujo y la caja de lapiceros justo cuando el capitán Hastings atravesó la verja.

–¡Le ayudaremos! –dijo Robin mientras se lanzaba hacia delante.

Los dos niños se arrojaron a sus pies y empezaron a pelearse por recoger sus lapiceros.

–Hola, señorita Pedley –la saludó el capitán Hastings–, parece que, quiera o no, ha encontrado un par de príncipes encantadores.

–Son unos auténticos caballeros de brillante armadura –asintió con una carcajada.

–¿Qué está dibujando? –preguntó Robin.

Beth inclinó el cuaderno hacia abajo para mostrárselo a los niños.

–Un pobre intento de dibujar ese acónito.

–¡Yo quiero dibujar! –exclamó Robin.

–¡Sí! –replicó Bobby como un eco.

—Niños… —les advirtió el militar—. Puede que la señorita Pedley no tenga papel suficiente para compartir.

Sus rostros se entristecieron.

—Oh. No pasa nada —se apresuró a decir ella—. De verdad. Puedo compartirlo.

Abrió la parte trasera del cuaderno de dibujo. Allí guardaba los sobres de Colin y trozos de papel que solo se habían impreso por una cara. Sería una lástima malgastar papel bueno en malas ideas, así que, a menudo, intentaba hacer un dibujo rápido en uno de aquellos recortes antes de plasmarlo en su cuaderno. Tan solo la ocasión de poder dibujar en el jardín de una gran casa le había hecho cambiar su procedimiento habitual.

—Aquí tenéis —dijo mientras le tendía a cada niño un trozo de papel y un lapicero—. Me temo que tendréis que buscar alguna superficie plana sobre la que dibujar, ya que, tristemente, no llevo encima ninguna tabla.

Ambos salieron corriendo al camino de piedras que rodeaba el jardín y se agacharon con sus lapiceros prestados.

—Se han emocionado porque la puerta estaba vierta. Si hubiera sabido que estaba usted aquí, dibujando, les habría pedido que no la molestaran —dijo el capitán Hastings.

—No me molestan en absoluto. Me gustan los niños. Además, llevaba un tiempo albergando la esperanza de poder conocer a Robin.

—Entonces, ¿ya conocía a Bobby?

Beth volvió a acomodarse sobre el chal que había extendido sobre la hierba y, tras dudar un momento, él hizo lo mismo.

—Su tía es la señorita Adderton, la cocinera de Highbury House. La conocí al empezar con las entregas semanales.

—Cuando le estaba dando el papel a los niños, no he podido evitar fijarme en que tiene varios sobres con un número de servicio. ¿Tiene a alguien especial?

Se le encendieron las mejillas, pero sostuvo la mirada del capitán.

—Un amigo que espera recibir palabras amables de alguien de casa. —Las comisuras de los labios del hombre se curvaron hacia arriba–. A partir de ahora, ¿debería esperar ver a los niños con usted cuando vaya a pasear por los campos del señor Penworthy? –le preguntó con rapidez.

Él se echó a reír y negó con la cabeza.

–¿Tendrá una peor opinión de mí si le digo que espero que no? Son buenos chicos, pero juntos tienen energía suficiente para iluminar todo Birmingham.

Durante un instante se quedaron sentados, contemplando cómo los niños, que se habían olvidado por un momento de la búsqueda del tesoro enterrado, jugueteaban con el papel.

–¿Cómo marcha la curación de su hombro? –le preguntó ella.

Todavía llevaba el cabestrillo, pero parecía menos irritado al respecto que cuando se habían conocido.

Él se miró el brazo, que le sobresalía un poco por debajo de la solapa de la chaqueta.

–Qué curioso que me lo pregunte. Justo ayer, el médico estaba intentando decidir si necesito otra cirugía o no.

–Lo lamento –dijo Beth a pesar de que, egoístamente, se sentía aliviada. La mayoría de las mañanas, él era la persona que esperaba ver. Le gustaba el hecho de que la escuchara y que, en una ocasión, hubiera estirado el brazo para apartarle de la cara un mechón suelto de pelo que se le había escapado de los pasadores. Cuando estuviera recuperado, se marcharía, y no estaba preparada para que eso ocurriera.

–Nunca he corrido el peligro de perder el brazo como algunos pobres diablos, pero al cirujano le preocupa que pueda perder algo de movilidad. Yo le he dicho que no necesito lanzar pacas de heno o escalar montañas. Tan solo necesito ser capaz de volver a unirme a mis hombres.

–¿Volver a unirse a sus hombres?

El capitán ladeó la cabeza para observarla.

–Aquí, en Highbury, nos curan para después enviarnos de vuelta.

–Pero habéis sido heridos.

Él encogió el hombro sano.

–De todos modos, yo pediría regresar. Llevo siendo soldado

ocho años. Nunca he conocido otra profesión. Los hombres que servían bajo mis órdenes siguen ahí fuera, arriesgando sus vidas. No puedo abandonarlos.

—Pero, sin duda, también habrá otras personas que le necesiten —insistió ella.

—No tengo esposa. Mis padres se preocupan, pero sospecho que se preocuparían independientemente de lo que estuviera haciendo durante la guerra. ¿Se encuentra bien? Se ha puesto pálida.

Beth se presionó la sien con una mano.

—Es solo que odio pensar que podrían herirle de nuevo.

Él le tomó la mano y el tiempo se ralentizó como el sirope dorado al caer de su lata.

—Señorita Pedley, antes de que atrapara a esos rufianes, tenía la esperanza de encontrarla hoy a pesar de que es su día libre.

—¿Y por qué me estaba buscando? —preguntó ella.

—Disfruto mucho más de los días en los que la veo que de aquellos en los que no. —Le pasó el pulgar por los nudillos. Cuando Beth no se movió, le cubrió la mano con la suya, que era más grande—. Señorita Pedley… Beth… Me preguntaba si me haría el gran honor de permitirme acompañarla al baile benéfico que se celebrará dentro de dos semanas.

—¿Quiere llevarme al baile? —le preguntó ella.

—Si tiene intención de asistir… —replicó él, casi con vergüenza. Aquella era la primera vez que Beth lo veía inseguro de sí mismo, como si no creyera que ella fuese a aceptar.

—Me encantaría ir con usted —contestó.

Él le estrechó la mano un poco más.

—Espléndido

Se quedaron así sentados hasta que los niños comenzaron a perder interés en los dibujos y encontraron un par de palos con los que jugar a ser espadachines.

—Debería intervenir antes de que el capitán Garfio le saque un ojo a Barbanegra. —Él le soltó la mano y usó el lado bueno de su cuerpo para ponerse en pie—. La dejamos en paz.

Masculló una despedida mientras el capitán Hastings reunía a los niños. Robin y Bobby le devolvieron los lapiceros y le dieron las gracias antes de que el hombre los despachara del jardín. Creyó que él iba a marcharse también, pero se detuvo en el umbral de la puerta, se dio la vuelta con rapidez y regresó hasta ella en un par de zancadas. Beth abrió la boca cuando se inclinó para darle un beso en la mejilla. Sus labios le resultaron suaves sobre la piel y, por un instante, cerró los ojos con un pestañeo. Sin embargo, él se apartó con la misma rapidez.

–Bien –masculló el hombre. Se acercó a ella, pero, en el último instante, pareció echarse atrás–. Bien.

Y, entonces, se marchó.

Beth se quedó allí sentada un momento, estupefacta. Nunca antes le habían dado un beso. Una risita de incredulidad se le escapó de los labios y sacudió la cabeza antes de volver a tomar su cuaderno y comenzar a dibujar a dos niños con las cabezas agachadas diligentemente sobre trozos de papel.

Emma

Emma dejó caer la cabeza sobre el respaldo trenzado de la silla de terraza que había arrastrado desde el cobertizo del jardín de Bow Cottage.

–Si te quedas así sentada durante mucho rato, te vas a quedar dormida –dijo Charlie.

Abrió uno de los ojos y lo entornó para poder verlo bajo la luz del sol del final del día. Se estaban acercando al verano y los días cada vez eran más largos por lo que, cuando Charlie y ella habían terminado de hacer un inventario de las plantas, lo había invitado a tomar algo.

–Es tentador.

Él se rio.

–Ahora ya sabes por qué compré esas tumbonas para el barco el año pasado.

–Todavía no entiendo cómo puedes vivir en un barco de canal. Es tan…

–¿Estrecho? –preguntó Charlie con una sonrisa–. Me gusta. No tengo que preocuparme por acabar atrapado con unos vecinos a los que odie.

–Y eres libre para navegar los canales –apuntó Emma.

–Siempre y cuando encuentre sitio para amarrar. Deberías volver algún día. Llevaremos el barco río arriba por el Avon a través de algunas de las esclusas.

–Al menos mencionas las esclusas desde el principio. La última vez que me engañaste para que me subiera a tu barco con promesas de pícnics en el tejado bañados por el sol y un paseo lento por el río, me tuviste abriendo las esclusas cada veinte minutos. Y, además, diluvió.

–Son los peligros del verano inglés –replicó él antes de inclinar su botellín de cerveza hacia ella y darle un trago. Después, hizo una pausa–. ¿Qué es lo que estamos escuchando?

Emma tomó su teléfono y le echó un vistazo a la pantalla principal.

–*Ain't That Terrible* de Roy Redmond.

–No es lo que sueles escuchar.

–Me está empezando a gustar el *soul*. Es un tipo de música que da felicidad.

–Te conozco desde hace casi diez años y llevo cinco trabajando para ti y, en todo este tiempo, te he oído escuchar tres cosas. –Charlie alzó los dedos–. *Rock indie* como The Killers y Razorlight, viejas glorias y música *pop* terrible.

–Lady Gaga no es música *pop* terrible. Además, mis gustos musicales están evolucionando, así que deberías alegrarte.

–Sueles anclarte demasiado a tus costumbres como para cambiar. Te pasa algo –declaró él con toda la molesta seguridad de un mejor amigo.

Emma volvió a cerrar los ojos.

–No sé de qué estás hablando. De todos modos, te equivocas. Cambio a todas horas. Eso es lo bonito de no tener casa.

–¿Estoy oyendo que llaman a la puerta?

Ella suspiró y se incorporó, prestando atención. Definitivamente, estaban llamando a la puerta.

–Nadie sabe que vivo aquí.

Charlie resopló.

–Estás en un pueblo; todo el mundo sabe dónde vives.

Emma le lanzó una mirada, dejó su cerveza y se puso en pie. Sintió cómo le protestaban los músculos de las piernas, de la espalda, de los brazos… En realidad, los de todas partes. Había ayudado al equipo a transportar cientos de plantas desde la zona de descarga para poder empezar a excavar y plantar al día siguiente. También había ayudado a colocar los postes del cenador, había removido el abono y había estado atando los rosales y las clemátides del jardín de los enamorados y el jardín nupcial. Ahora, su cuerpo estaba notando las consecuencias.

Al adentrarse en la oscuridad de la casita después de estar en el patio, tuvo que entrecerrar los ojos y se golpeó la espinilla con una mesita de café que, la pusiera donde la pusiera, siempre parecía estar en medio. Fue hasta la entrada principal medio saltando a la pata coja y maldiciendo. Abrió la puerta justo cuando la otra persona estaba empezando a llamar de nuevo.

—Ah, eres tú —dijo mientras se agachaba para frotarse la espinilla.

Henry sonrió.

—Sí, soy yo. ¿Estás bien?

—Lo siento. Me alegro de que estés aquí; es solo que me he dado un golpe con la mesita de café —contestó.

—Las mesitas de café son el mueble más despiadado. Tienen tendencia a asaltarte cuando menos te lo esperas.

Emma soltó una risita.

—Algo así. —Vio que llevaba una bandolera colgada del hombro—. ¿Están ahí los cuadernos de dibujo de tu abuela?

Él le dio una palmadita al bolso.

—Culpable de todos los cargos. ¿Puedo entrar un momento?

—Perdona; sí.

Cuando atravesó el umbral, Henry miró a su alrededor.

—No había estado en Bow Cottage desde que el señor y la señora Mulligan lo vendieron. Tiene buen aspecto.

—Solo alquilo la casita, así que la acepté tal como estaba. —Le echó un vistazo a su camiseta, que tenía escrito «Lou Rawls» con la fuente de Coca-Cola—, ¿Quién es Lou Rawls?

—Prueba con *Stormy Monday* o *Love Is a Hurtin' Thing*.

Dos canciones más para la lista de reproducción.

—Estamos en el jardín trasero. ¿Quieres una cerveza?

—No diría que no a una. ¿Con quién estás?

—Charlie. Mejor amigo y mano derecha. Fue la primera persona a la que contraté en Turning Back Thyme.

—Parece que es un buen amigo.

–No sé qué haría sin él –contestó ella.

Y era cierto. Si Charlie le dijera en algún momento que iba a seguir su propio camino, se alegraría por él y se sentiría devastada a partes iguales.

Se detuvieron en la cocina el tiempo suficiente para que Emma sacara una cerveza del frigorífico, le quitara la chapa y se la pasara a Henry.

–Tenemos compañía –le dijo a Charlie mientras atravesaba las puertas francesas–. Charlie, este es Henry Jones. Es el dueño de Highbury House Farm, que está justo al lado de la casa de los Wilcox.

–Creo que me sustituiste en la noche de trivial del *pub* en una ocasión. Un placer conocerte en persona, amigo –dijo Henry.

–Y ¿qué te trae por aquí? –preguntó Charlie.

La forma en la que volvió a relajarse sobre su silla podría haber engañado a la mayoría, pero ella lo conocía demasiado bien. Estaba en alerta máxima y evaluando al otro hombre. Emma frunció el ceño y él le dedicó una sonrisita.

–Emma pensó que podría tener algunas cosas que le serían de utilidad en su investigación. Mi abuela estuvo aquí durante la guerra –contestó Henry.

–¡Ah! Así que tú eres el que tiene los bocetos –dijo Charlie, que estaba mirando la camiseta del otro como si acabara de percatarse de algo. Le dio un último trago a su cerveza y se puso en pie–. Bueno, pues os dejo con ello.

–No hace falta que te marches –le dijo Emma.

Él sonrió.

–Lo sé. Ya me contarás qué es lo que descubrís, ¿de acuerdo?

Después de que Charlie se hubiera despedido, Emma volvió a mirar a Henry.

–Siempre me había preguntado qué aspecto tendría el jardín de un jardinero.

Ella se avergonzó del césped desigual y del par de arbustos aburridos que había.

–Al estar de alquiler, no he hecho nada con él –replicó.

Él asintió.

—Debe de ser extraño estar lejos de tu propia casa tanto tiempo.

—No tengo. Normalmente, cuando estoy terminando un trabajo y estoy lista para hacer la transición para dejarlo en manos del equipo de jardineros que se encargará de su mantenimiento habitual, ya tengo otro trabajo en la cola y estoy buscando un nuevo lugar en el que vivir.

—Qué nómada.

Emma se encogió de hombros.

—Nunca he tenido una auténtica razón para asentarme en ninguna parte.

Él arqueó una ceja.

—¿Y si alguien te diera una razón?

La palabra «sí» empezó a formársele en los labios, pero la contuvo antes de que pudiera ser algo más que una idea. Exactamente, ¿«Sí» a qué? Coquetear estaba muy bien, pero, ¿qué más podría tener con un hombre al que apenas conocía?

Carraspeó y señaló con un gesto el bolso.

—¿Los cuadernos de dibujo?

—Los cuadernos de dibujo. Hay tres. —Henry arrastró una silla para acercarse más y ella intentó ignorar cómo el calor que desprendía inundaba su espacio mientras sacaba los cuadernos—. La calidad del papel no es muy buena.

—El papel estaba racionado durante la guerra.

—¿Hiciste los exámenes de acceso a la universidad de Historia? —preguntó él.

—Y paso demasiado tiempo rodeada de archivistas.

—Bueno, puede que te alegre saber que mi abuela ponía la fecha de los bocetos. —Abrió la cubierta de uno de los cuadernos—. Como aquí, en esta esquina inferior derecha.

—Muy útil.

—Hay algunos dibujos de rostros y manos de personas. Diría que algunos de ellos son de los pacientes que enviaban aquí para recuperarse de sus heridas. Parece que la abuela también probó a dibujar algunos paisajes. Este avión debe de ser de la base aérea que está cerca de aquí. Pero, sobre todo, son dibujos del jardín —dijo mientras pasaba las hojas hasta llegar a un boceto a página completa de lo que debía de ser la pradera de césped plantada con hileras perfectas de verduras y hortalizas.

—Parte del jardín fue requisado para utilizarlo como terreno agrícola. He visto algunas fotografías —dijo Emma mientras pasaba el dedo justo por debajo de la primera hilera de plantas dibujadas a lapicero.

—Me temo que mi abuelo tuvo la culpa de aquello, aunque mi padre siempre decía que ayudó a resembrar el césped en los cincuenta.

—Estamos construyendo de nuevo el estanque reflectante que solía estar justo aquí —comentó mientras daba un golpecito en el dibujo con una uña roma.

—Si sigues adelante, hay muchos detalles de las plantas —dijo él.

Emma vio dibujos de salvias suaves como el terciopelo, altos avellanos, lavandas elegantes, meconopsis inclinadas y hortensias que parecían nubes.

—Tenía mucho talento —comentó.

Casi habían terminado de revisar el cuaderno cuando Henry pasó una página y Emma se quedó sin aliento. Se trataba de un precioso jardín con muros curvados de ladrillo, altos cornejos que se estiraban hacia el cielo y un follaje exuberante debajo. En el centro, había un estanque poco profundo creado con un recipiente de arcilla ligeramente inclinado. Sobre el dibujo, la abuela de Henry había escrito «El jardín de invierno».

—Así que ese es el aspecto que se supone que tiene que tener —susurró.

—¿Qué es? —preguntó él mientras se inclinaba hacia delante.

—Todavía no hemos podido entrar en ese jardín. No tenemos acceso por la verja, así que tenemos que dedicar tiempo a abrir un camino, pero no hay planos detallados. No quería dañar nada que fuese irremplazable, así que no dejo de retrasarlo al final de la lista.

—¿Y esto te sirve de ayuda?

Emma asintió.

—Ahora sé cómo se suponía que tenía que quedar tras haber madurado. No es exactamente el mismo jardín que plantó Venetia. Después de todo, nunca hay ningún proyecto que salga tal como se pretendía, pues algunas plantas no agarran y otras crecen muy bien. Pero, al menos, esto nos sirve de guía.

Henry se recostó.

—Bien. Me alegro de que te sirva de ayuda.

Emma estudió la página. Quería estar en el centro de aquel lugar, con el estanque poco profundo frente a ella, y devolverle su esplendor de nuevo.

Sacudió la cabeza para regresar al momento presente.

—¿Hay más cosas en este cuaderno?

—Solo esto.

Henry estiró el brazo y pasó las hojas hasta la última página, que estaba dominada por un boceto. En él aparecían dos niños sentados frente a un fondo de arbustos. Tenían las cabezas agachadas y, a uno de ellos, el cabello le caía sobre la frente mientras observaba al otro jugando con un camión de juguete.

—Los detalles son maravillosos —dijo Emma mientras admiraba cómo los trazos discontinuos de lapicero se unían para formar una imagen tan certera.

—Me pregunto quiénes son.

—Diría que el abuelo de Sydney y uno de sus compañeros de juegos. Puedo preguntarle a ella la próxima vez que vaya a la casa. Probablemente tenga algunas fotografías.

—Puedes quedarte con los cuadernos todo el tiempo que los necesites. Eso te ahorrará tiempo —se ofreció él.

—Agradezco que me los confíes.

La canción cambió y la voz de Otis Redding inundó el patio trasero.

—Es un placer, pero te advierto de que han despertado mi interés.

Emma dudó y después dijo:

—¿Sabes? Si sientes la necesidad de verlo, podrías dejarte caer por aquí.

—Ten cuidado, tal vez no sea capaz de resistir una oferta semejante de una mujer que tiene tan buen gusto musical. —Con un gesto de la cabeza, señaló el altavoz portátil que estaba sobre la mesa del patio–. *These Arms of Mine*. Una canción increíble.

–Hay un tipo que no deja de aparecer con camisetas de grupos musicales. Ha hecho que escuche un montón de música que, de normal, no escucharía. Debe de ser el poder de la sugestión.

–Espero que ese tipo no te esté molestando.

Emma sonrió.

–No; no me está molestando.

–Bien –dijo él antes de ponerse en pie–. Debería ponerme en marcha.

–No tienes por qué.

–¿Estás muy cansada ahora mismo?

–¿En una escala del uno al diez? –preguntó ella–. Probablemente, un once.

Henry se rio.

–Entonces, debería marcharme.

Emma se levantó y le quitó el botellín de cerveza mientras él volvía a mirar a su alrededor.

–Macetas.

–¿Perdona?

–Podrías comprar algunas y crear un jardín de macetas. Después, podrías llevártelas a la siguiente casa del siguiente pueblo en el que tengas tu siguiente trabajo.

–Pensaba que te marchabas a casa, Henry –dijo ella con una carcajada.

–Me voy, me voy.

Emma lo acompañó hasta la puerta principal. Cuando él salió al porche, ella se apoyó en la jamba.

–Gracias por la cerveza.

–Siempre que quieras.

Emma se quedó muy quieta cuando él le apoyó una mano en el brazo y se inclinó para darle un beso en cada mejilla. Después, se apartó un poco y le dijo en voz baja:

–Tengo muchas ganas de volver a verte pronto.

Le dedicó aquella sonrisa que a ella tanto le gustaba y se alejó de allí.

Con los brazos cruzados, Emma contemplaba el bullicio en el jardín de la poesía. Vishal y Zack estaban distribuyendo plantas siguiendo los detalles que ella misma había dibujado gracias a los planos de Venetia. Charlie y Jessa iban detrás de ellos, sacándolas de las macetas metódicamente y plantándolas. Alguien había llevado una radio y el sonido enlatado de una canción publicitaria de la BBC1 ahogaba el ruido del trajín de un equipo que estaba trabajando duro.

Emma se había pasado el día repasando los cuadernos de dibujo. La abuela de Henry había hecho un trabajo excelente al plasmar el jardín tal como había sido en 1944. Todos los detalles de las plantas, que estaban etiquetadas con cuidado, eran inestimables. Era probable que algunas de ellas, que jamás habría adivinado –como el tabaco jazmín o el acónito–, sirvieran para mantener el interés durante el verano. Por primera vez desde que había llegado a Highbury House, Emma se sentía como si el jardín de invierno no fuese un reto inalcanzable sino una tarea manejable.

Por supuesto, para acometer una tarea, tenía que comenzarla de verdad.

–¡Charlie! –exclamó desde la entrada al jardín de la poesía.

Él alzó la vista y se recolocó la gorra de béisbol.

–¿Qué pasa?

–Échame una mano, por favor.

Charlie clavó la pala en la tierra y se puso en pie. Conforme se acercaba a ella, se iba sacudiendo las rodillas.

–¿Qué necesitas?

–Hoy quiero intentar entrar en el jardín de invierno.

Él soltó un silbido grave.

–¿Hoy?

–No quiero hacerlo todo. Tan solo entrar. Creo que he descubierto por dónde podemos podar sin dañar nada importante. –Le enseñó el boceto que había hecho la abuela de Henry–. Aquí no hay rosales y está libre de árboles. Y, si el dibujo no se equivoca, tampoco hay esculturas apoyadas contra el muro.

Charlie se frotó la nuca mientras miraba por encima del tejo en dirección al revoltijo salvaje que brotaba desde el jardín de invierno.

—¿Estás segura?

Emma asintió.

—Estoy segura.

—Entonces, vamos a buscar las escaleras.

En un instante, Charlie y Emma habían sacado de la antigua casita del jardinero, que era donde guardaban las herramientas más caras o peligrosas, dos escaleras de mano, un cortasetos, un par de tijeras de podar y un machete. Entre ambos, apoyaron una de las escaleras en el muro del jardín de invierno y Emma comenzó a trepar.

—Ten cuidado con aquella rama del rosal que tienes a quince centímetros de la cabeza —le dijo él mientras sujetaba la base de la escalera con firmeza.

—¡Entendido! —gritó a modo de respuesta.

Menos de treinta segundos después, se golpeó la cabeza con el rosal y soltó una palabrota mientras se desenredaba de la planta.

—Muy hábil.

—Me gustaría verte intentándolo —contestó ella.

—Lo estás haciendo muy bien, jefa —dijo Charlie. Emma puso los ojos en blanco.

Se abrió paso entre la maraña de ramas que sobresalían, podándolas conforme ascendía. Si se ponía de puntillas, Charlie apenas podía pasarle las herramientas que necesitaba, a excepción del machete, que lo llevaba atado al lado izquierdo de la cadera al estilo Indiana Jones.

Al fin, llegó a la parte superior del muro y Charlie le pasó la otra escalera con cuidado. Ella la dejó caer lo mejor que pudo, intentando evitar el follaje. Mientras bajaba, se clavó una rama dos veces y, en otra ocasión, apoyó la mano justo en un rosal. Si no hubiera llevado las botas de trabajo y los guantes, se habría sumido en un mundo de dolor.

Cuando por fin puso los pies en la tierra, alzó la vista para mirar a través de la vegetación y descubrió que tan solo podía ver retazos del cielo entre las hojas superpuestas.

–¿Qué tal vas? –preguntó Charlie, cuya voz le llegó a través de los matorrales.

–¿Estás en la verja? –le respondió con un grito.

–Acabo de venir corriendo, sí. ¿Qué aspecto tiene?

Emma miró a su alrededor. El aroma a humedad y maleza podrida era como un perfume.

–De que vamos a necesitar un sistema de poleas para pasar por encima del muro cualquier cosa que talemos.

–Romper la cerradura sigue siendo una opción –dijo él.

Ella volvió a echar un vistazo a su entorno.

–No, no lo es. No puedo explicar por qué, pero no me parece que esté bien.

–De acuerdo… Mira a ver si puedes abrir un hueco lo bastante grande como para que quepamos los dos ahí abajo y haré todo lo posible por bajar las herramientas.

Emma sacó el machete, agarró una rama y le dio un buen golpe. Media hora después, Charlie pasó con cautela de lo alto de una escalera a la siguiente.

–Odio las alturas –masculló.

–Lo sé, lo sé.

Le pasó una tijera de podar y terminó de bajar para unirse a ella con un suspiro de alivio.

–Así que este es el jardín de invierno.

–O el jardín de Celeste.

–¿Todavía sigues preguntándote quién era Celeste?

–Todo lo que hacen los jardineros es intencional. Creamos orden en la naturaleza. Si llamó a este lugar «jardín de Celeste», es por algún motivo –contestó ella.

–¿No estaba escrito con la letra de otra persona?

–Sí, pero si lo añadieron a los dibujos, Celeste debe de significar algo para alguien.

–Podrías ponerte en contacto con el profesor Wayland –le sugirió Charlie, nombrando a un académico que, en el pasado, le había ayudado con algunas de las cuestiones de documentación más peliagudas.

Emma frunció el ceño.

–Creo que todavía está en el norte de año sabático.

Cuando estaba de año sabático, el profesor, que era un poco excéntrico, interrumpía todas las comunicaciones salvo por una vez al mes, que recogía el correo cuando hacía un viaje hasta el pueblo más cercano para abastecerse.

–No le importará recibir una carta tuya. De cualquier otra persona, tal vez, pero tuya, no –dijo él.

Ella asintió.

–Le escribiré y le preguntaré si sabe de alguna conocida que se llamara Celeste.

Charlie volvió a mirar a su alrededor con las manos en las caderas.

–Menuda jungla…

–Es un reto divertido –replicó ella mientras arqueaba una ceja.

–Tú y yo tenemos ideas diferentes de lo que significa «divertido». Por ejemplo, pregúntame qué voy a hacer este fin de semana.

–Déjame adivinar: vas a pasear con el barco por uno de los canales y, después, vas a ir al *pub*.

Él le lanzó una mirada.

–Muy bien, de acuerdo, ¿qué vas a hacer tú?

–Pásame las tijeras de podar. –Cuando lo hizo, Emma cortó una rama que se le había estado clavando en la espalda–. Ya está.

–Emma, ¿qué vas a hacer este fin de semana? –volvió a preguntarle él.

–Estaba pensando en ir a un vivero.

Charlie se rio.

–¿No tienes suficiente con esto?

–En realidad, estaba pensando en comprar algunas macetas para Bow Cottage.

Él se detuvo.

–Tendrás que llevártelas contigo cuando te marches.

Emma sonrió.

–Entonces, es una suerte que tú tengas una camioneta, ¿no te parece?

Venetia

Highbury House
Viernes, 17 de mayo de 1907
Cálido; cielos despejados

Hoy —esta noche— han pasado muchas cosas. Tiemblo de la emoción como si fuera una jovencita.

Nunca he tenido un gran sentido de la moda. Tengo vestidos para asistir a cenas, pero un vestido para un baile es algo muy diferente. Por eso, esta noche, mientras les daba unos tironcitos a las mangas de encaje de mi mejor vestido, me ha asaltado una pizca de preocupación. He asistido a incontables cenas, pero esto no era solo una cena. Después, iba a haber un baile y el salón iba a estar lleno de mujeres ataviadas con sus mejores galas.

Podría haber puesto alguna excusa y haberme negado a asistir al baile de la señora Melcourt si no hubiera sido por la promesa de ver a Matthew. En las tres semanas que han pasado desde que me besó, tan solo nos hemos visto brevemente y nunca a solas. Viene a tomar el té que con su hermana el primer jueves de cada mes y se asegura de recorrer el jardín en proceso con ella. En dos ocasiones, mientras yo trabajaba en el arriate largo y él fumaba cigarros con el señor Melcourt en la veranda, me pareció descubrirle mirándome, pero no puedo estar segura.

No quería estar preocupada por Matthew y por lo que pudiera pensar de mí tras nuestro interludio, pero sí me preocupaba. Todos los besos que he recibido en mi vida han sigo riesgos calculados, pero me alegraba del riesgo que había asumido con él. Tan solo podía esperar que él también lo hiciera.

Matthew iba a asistir al baile de esta noche junto con algunas de las mejores familias de Warwickshire, Gloucestershire y Oxfordshire. Ayer por la noche, durante la cena, conocí a tres parejas –todas ellas conformadas por hombres de negocios prominentes y sus esposas– que habían venido desde Londres. Se habían necesitado tres viajes para recogerlos a todos de la estación. Esta mañana, cuando he ido a la librería, he oído a varias mujeres hablando animadamente sobre qué se iban a poner.

Conforme me acercaba a la casa, le he dado un último tirón a la manga y me he colocado bien los guantes que me cubrían todo el brazo antes de atravesar las puertas francesas de la veranda. La señora Creasley estaba ocupaba ayudando a un grupo de cuatro invitados con sus mantones y sus sombreros, así que he dejado mi chal en un aparador y he pasado sin que nadie se diera cuenta. Sin embargo, mi invisibilidad no ha durado demasiado. Tan solo había dado tres pasos dentro de la salita cuando la señora Melcourt ha venido hacia mí a toda prisa y con las manos extendidas en mi dirección.

–Mi querida señorita Smith –me ha dicho, sonriente y deslumbrante–, es usted justo la mujer que quería ver. *Lady* Kinner, ¿puedo presentarle a la señorita Smith?

He hecho una reverencia y he mirado a la otra mujer con la esperanza de que me diera algún indicio de por qué la señora Melcourt había abandonado sus modales habitualmente glaciales. Era evidente que *lady* Kinner era una mujer distinguida. Se comportaba como si la elegancia y los buenos modales fueran para su propio ser como la sangre y los huesos. Llevaba la melena plateada peinada con cuidado en una nube de rizos y su vestido era de un discreto tono malva cubierto por una capa de redecilla negra. Me ha caído bien de inmediato.

–Señorita Smith, cuando la señora Melcourt me contó que era usted la dama que su esposo había escogido para transformar los jardines de Highbury House, quedé encantada. Mi querida amiga, la señora Bartholomew, no ha dejado de cantar sus alabanzas sobre la magia que llevó usted a cabo en Avenlane –me ha dicho la mujer.

He soltado una risita.

–Gracias, *lady* Kinner. Agradezco los elogios de la señora Bartholomew. Sobre todo, si tenemos en cuenta la situación de Avenlane. –Le he dedicado una mirada a la señora Melcourt–. La casa está en las alturas de los acantilados de Dover y los vientos marítimos azotan el jardín. Muchas plantas no prosperarían en un entorno semejante, así que era de vital importancia seleccionarlas todas con cuidado. También creamos cortavientos con muros e hileras de árboles por toda la propiedad y, sin embargo, ninguno de ellos ocultaba las vistas que hay del mar desde la casa.

Por no hablar del carácter exigente de la propia señora Bartholomew. Es una mujer testaruda que no teme decir lo que piensa y que sabe casi tanto como yo sobre los árboles nativos británicos. En varios momentos a lo largo del proyecto también discutimos ferozmente y, para cuando terminamos, ambas habíamos recibido una educación estelar con respecto a la flora costera, aunque solo hubiera sido para demostrar que la otra estaba equivocada.

Como si me hubiera leído el pensamiento, *lady* Kinner ha dicho:

–Estoy segura de que la señora Bartholomew demostró ser una clienta muy vivaz.

–Se podría decir que sí, sí –he contestado yo.

–Laura ha sido así desde que éramos pequeñas –ha comentado la otra mujer con afecto–. ¿Y se daba usted por vencida?

–Cuando tenía razón, no. Nuestra más ardua discusión fue con respecto a una hilera de grandes setos de lavanda común. Le dije que no tenían sentido en un jardín costero, pero ella insistió, así que plantamos un arbusto para ver cómo le iba a la lavanda. Murió en cinco semanas.

–¿Y qué hizo ella? –me ha preguntado *lady* Kinner.

–Me preguntó si me alegraba de haber demostrado que tenía razón. Yo le dije que sí y ella levantó las manos y me dijo: «El problema, señorita Smith, es que usted y yo nos parecemos demasiado, lo que significa que a duras penas podría caerme mal».

Durante todo este intercambio, la señora Melcourt nos ha estado observando con la cabeza ladeada, como si estuviera sopesando en qué escalafón social me colocaría una conversación tan desenfadada con *lady* Kinner.

En ese momento, la dueña de la casa ha intervenido para decir:

–*Lady* Kinner, es una lástima que su sobrina no haya podido asistir. Habría sido todo un placer tener esta noche a una rosa inglesa como ella en nuestro pequeño baile.

–A Theresa la ha entristecido mucho perderse la ocasión, pero no regresará de Boston hasta dentro de tres semanas. Ha estado pasando una temporada con su tía materna –me ha explicado la dama.

–Matthew la echará en falta. Sé que disfrutó mucho de su compañía cuando se conocieron el pasado otoño –ha dicho la señora Melcourt.

Nunca llegaré a saber lo que *lady* Kinner opinaba al respecto, ya que la anfitriona ha recibido la señal de que la cena estaba lista para servir, así que ha tomado de la mano al caballero de mayor rango –el esposo de *lady* Kinner, sir Terrance Kinner– y ha abierto la comitiva para la cena.

A mi alrededor, los caballeros se han empezado a emparejar con las damas a las que tendrían que acompañar a la cena (sin duda, previo aviso discreto de la señora Melcourt). Yo me he quedado ahí de pie, alisándome la falda y sintiéndome un poco perdida. Entonces, Matthew ha aparecido a mi lado.

–Señorita Smith, creo que tengo el honor de acompañarla –me ha dicho mientras me tendía el codo.

Me he mordido el labio y he pasado la mano por el hueco de su brazo.

–Muy amable por su parte, señor Goddard. Gracias. Pensaba que, como hermano de la anfitriona, le habrían emparejado con una mujer de mayor reputación –me he aventurado a decir mientras nos dirigíamos al comedor–. Tal vez con la sobrina de *lady* Kinner.

Él ha soltado una carcajada.

–Helen lleva un año entero insistiendo con la señorita Theresa Orleon, una mujer que es quince años más joven que yo y que no tiene mayor interés en mí que el que yo tengo en ella.

–¿Acaso no es un buen partido?

Me ha cubierto la mano con la suya justo antes de que atravesáramos la puerta y quedáramos a la vista de todos los invitados.

–Es un partido excelente, pero no tengo las mismas ambiciones que mi hermana.

–Seguro que ha pensado en el matrimonio. Es algo que deben esperar de usted –le he dicho.

Él me ha mirado con los ojos entornados.

–Seguro que usted también ha pensado en el matrimonio. Es lo que se esperaría de usted. –He mantenido la boca cerrada de manera firme y decidida. Él me ha estrechado la mano–. Me alegro de que la señorita Orleon no haya asistido esta noche. Prefiero acompañarla a usted a la cena.

Le he dado vueltas en la cabeza mientras me conducía en torno a la mesa hasta una silla vacía. Entonces, la ha apartado para mí. He alzado la vista para darle las gracias por sus atenciones cuando he visto que agarraba la estructura de madera tallada de la silla que había a mi lado. La señora Melcourt, que presidía la mesa, ha fruncido el ceño.

–Su hermana parece descontenta –he dicho mientras observaba cómo se sentaba.

Él se ha inclinado hacia mí.

–Antes, he persuadido a uno de los lacayos para que cambiara las tarjetas en la distribución de la mesa. Se supone que debería estar sentado entre la esposa del pastor y la señora Filsom.

–¡Señor Goddard! –he exclamado fingiendo estar horrorizada, pero a duras penas he podido contener la risa entre los labios.

–Señorita Smith, le prometo que no hay nadie con quien preferiría sentarme a cenar que con usted.

Me gustaría escribir más, de verdad, pero creo que voy a necesitar un día para pensar en todo lo que ha ocurrido tras la cena y ver cuán valiente soy. Por ahora, voy a dejar la pluma y a dar las buenas noches. Buenos días. Buenas tardes.

Highbury House
Sábado, 18 de mayo de 1907
Cielos despejados

He estado evitando el diario deliberadamente, pero sé que debo escribir lo que ocurrió tras la cena de la señora Melcourt aunque solo sea para que, algún día, pueda echar la vista atrás y recordar que no fue un producto de mi imaginación.

Después de que recogieran el último plato y las damas se retiraran a la salita para permitir que los caballeros pasaran el tiempo con su oporto, los invitados que solo habían sido invitados al baile comenzaron a llegar. No soy una bailarina demasiado distinguida, por lo que los bailes no me interesan demasiado. Mientras me dejaba arrastrar por la multitud que se dirigía al salón de baile, me prometí a mí misma que me quedaría una hora y, después, me escabulliría.

Aun así, ni siquiera yo puedo negar que, cuando las parejas empezaron a sumarse al remolino que era el círculo del vals, había una sensación innegable de romance en el aire. Desde la seguridad del borde de la pista, seguí con el pie el ritmo de la música que emanaba del violín. El tintineo de las risas sobrevolaba aquel alboroto y todo el mundo parecía brillar bajo las luces eléctricas de la lámpara de araña. La señora Melcourt había convertido un baile de campo en todo un triunfo.

Tras cuatro piezas, divisé a la dama en cuestión en la cabecera de la sala. Su esposo estaba a su lado y, a unos metros de distancia, bailando con los brazos en torno a una mujer vestida de verde, estaba Matthew. Nada más comenzar la música, su hermana lo había abordado y se había pasado los últimos veinte minutos sacando obedientemente a la pista a todas las jovencitas que le ponían enfrente.

Cerré los ojos, preguntándome si aquello era una señal de que debería desaparecer, recoger mi chal y regresar a la casita del jardinero. Tenía cosas que hacer por la mañana. No parece muy posible que vaya a terminarlo todo antes de que acabe el año...

Giré sobre mis talones y me dirigí hacia una de las puertas

abiertas que comunican el salón de baile con la veranda. Recogería mi chal a la mañana siguiente cuando los habitantes de la casa todavía estuvieran profundamente dormidos.

La música se había detenido y tanto hombres como mujeres estaban cambiando de pareja. Acababa de salir por la puerta cuando la voz de un hombre me detuvo.

—No te marchas, ¿verdad?

Miré por encima del hombro y entrecerré los ojos para poder ver la figura que se recortaba contra la luz de la fiesta.

—¿Señor Goddard?

Él se apartó del umbral.

—Me gustaba más cuando me llamabas «Matthew».

Miré alrededor, temiendo que alguien lo hubiese oído. Por suerte, estábamos solos y, aun así, había muchos motivos por los que no deberíamos haberlo estado. Estábamos en la casa de mis clientes. Además, soy una mujer trabajadora que vive sola. Tan solo se me permite tal privilegio gracias a que soy hija de un caballero y a que tengo una reputación intachable.

«Y aun así…».

—No te vayas a la cama todavía —dijo él.

—No creo que bailar conmigo resulte demasiado atractivo para los caballeros que hay ahí dentro.

—A mí me gustaría bailar contigo. —Me pasó un dedo por el brazo desnudo y la muñeca—. Llevo desde la cena intentando regresar contigo, pero mi hermana parecía decidida a mantenerme ocupado.

—Me pregunto por qué —le dije con una ceja arqueada.

Él me tendió una mano.

—Ven.

Dudé tan solo un instante antes de dejar que me apartara de la vista de las altas ventanas del salón de baile y me llevara más allá del paseo de los tilos hasta el jardín del té.

La verja se cerró tras nosotros con un sonido metálico, pero, aun así, él me condujo hacia las profundidades del jardín.

—Matthew…

—Solo un poco más adentro —dijo él.

Nos detuvimos en el jardín de los amantes. Observé cómo daba una vuelta, dibujando un círculo completo y buscando algo bajo la luz plateada de la medialuna.

–¿Qué estás buscando? –pregunté.

–A cualquier otra persona. –Una sonrisa asomó en las comisuras de sus labios–. Parece que estamos solos.

Me pasó la mano por el brazo, el hombro y el cuello. Me sostuvo la mejilla con ternura. Después, me dio un beso intenso y profundo. Y yo le correspondí.

Besarle es como girar el rostro hacia el sol de primavera y deleitarme con la calidez que se esparce por mi piel tras tantos meses de invierno. Amables, curiosos y apasionados... Sus besos son, fundamentalmente, como su propia persona: cada uno de ellos, una revelación.

Cuando al fin se apartó, me apoyé contra su pecho y él me rodeó con los brazos. Sabía que debería haberme apartado. Si lo hubiera hecho, tal vez podría haberme despertado a la mañana siguiente y haber regresado a mi vida tal como era antes. Quizá habría podido fingir que tan solo me apasionan mis jardines. Aun así, sabía lo que era que te tocaran y que te desearan; ansiaba recuperar aquella parte de mí que había permanecido olvidada durante tanto tiempo.

En aquel momento fui yo la que lo besó. Le enterré las manos en el cabello. Inhalé su aroma y acomodé mi cuerpo contra la calidez del suyo.

Una carcajada procedente de alguna parte rompió el hechizo y ambos retrocedimos un paso, tambaleándonos. Volvimos a oír otra carcajada, más lejana de lo que nos había parecido, y los dos soltamos un suspiro de alivio.

Él agachó la cabeza para apoyar la frente contra la mía. Volvió a tomarme la mano y empezó a dibujarme círculos en el dorso con el pulgar.

–Venetia...

Pronunció mi nombre como si fuera una oración.

Fue aquella reverencia lo que me llevó a susurrar:

–Ven a mi casita.

—Alguien podría vernos juntos.

—Espera aquí diez minutos antes de seguirme. A nadie le parecerá sospechoso que vayas a ver los invernaderos.

—¿En mitad de la noche? —preguntó él.

—No hará más que afianzar tu reputación como horticultor excéntrico.

Él soltó una carcajada y se pasó una mano por el pelo.

—Te seguiré en diez minutos.

Mientras recorría el camino serpenteante que atravesaba los jardines temáticos y la zona boscosa, tenía el corazón en la garganta. En cuanto estuve en la casita, me dirigí al tocador y comencé a soltarme la melena y a deshacer el moño tan elaborado que me había hecho la doncella aquella misma noche. Dejé una horquilla tras otras en un platito de porcelana. Cada repiqueteo enfatizaba mi espera.

Se oyó cómo llamaban con suavidad a la puerta. Exactamente diez minutos después de que me hubiera separado de él. Cuando llegué a la habitación principal, él ya estaba dentro. Se había quitado la chaqueta y la corbata le colgaba en dos largas tiras sobre la camisa.

Sin mediar palabra, le di la espalda. Con la barbilla apoyada sobre mi hombro, me desabrochó cada uno de los botones del vestido con manos firmes y pacientes.

Beth

21 de mayo de 1944

Queridísima Beth:

Sé que ha pasado demasiado tiempo desde la última vez que te escribí. Es solo que la guerra… pesa muchísimo en la mente. Los hombres de mi unidad no hablan de este tipo de cosas, pero lo sé. Justo el otro día, Parker salió de la bruma en la que llevaba semanas sumido porque había recibido una carta de su esposa. Resulta que es el orgulloso padre de una niñita a la que no conocerá en semanas o incluso meses, si es que consigue sobrevivir a esta guerra.

A veces me pregunto si fui injusto al pedirte que fueses mía. Lo cierto es que siempre me he preguntado qué habría ocurrido si tu tía hubiera vivido más cerca de la granja, si no te hubieras mudado con ella cuando éramos niños o si te hubiera dicho las palabras adecuadas las pocas veces que nos vimos el año pasado.

Eso son demasiadas conjeturas para una sola carta. Solo quiero que sepas que siempre espero tus cartas.

Con todo mi cariño,

Colin

—Deja de toquetearte el dobladillo.

Ruth apartó con un golpe la mano de Beth que, una vez más, estaba estirándose el vestido prestado.

—Estás guapa —dijo Petunia con una carcajada mientras recorrían el largo camino de gravilla que conducía a Highbury House.

Seis de las chicas del campo se habían reunido para ir juntas al baile y se movían como un grupo de loros nerviosos, ataviadas con sus mejores galas. Christine y Anne habían ido hasta Temple Fosse Farm en un par de bicicletas viejas para recoger a Beth y Ruth. Petunia y una chica llamada Jemima, que era nueva en el sur de Warwickshire y a la que todavía se le estaban formando los callos de las manos, también se habían unido a ellas.

El capitán Hastings –él le había pedido que lo llamara «Graeme»– había intentado insistir en ir a recogerla a Temple Fosse Farm.

–Es lo apropiado –le había dicho justo el día anterior.

Ella se había reído.

–¿Qué es lo apropiado durante una guerra? Además, no tiene ningún sentido que recorras todo el camino solo para regresar al punto de partida. Iré caminando con las otras chicas y podemos encontrarnos allí. Me sentiré como Cenicienta entrando en el baile.

Él había aceptado a regañadientes y Beth se alegraba de que hubiera sido así, ya que había sido divertido arreglarse con todas las chicas. Casi había sido como tener a su alrededor un grupo dispar de hermanas que iban de un lado para otro. Ruth le había enseñado a Christine cómo sujetarse los rizos en las sienes y Anne había probado todos y cada uno de los colores de pintalabios antes de decidirse por un tono coral. Beth no habría cambiado por nada del mundo el momento en el que todas habían soltado vítores de alegría porque la señora Penworthy había convencido a su esposo para que las llevara hasta la casa grande con el caballo y la carreta.

–Me pregunto si habrá soldados –dijo Anne con la voz entrecortada cuando la casa apareció ante ellas.

–Pilotos. Muchos pilotos –replicó Ruth con aquella decisión que hacía que Beth casi sintiera lástima por los hombres.

Sonrió a su compañera de habitación, que normalmente era más hosca. Era difícil no verse arrastrada por la emoción. Aquel era un baile en condiciones. Habían sacado decoraciones del enorme ático de la casa y había una banda procedente de la base aérea local. Los rumores decían que la señora Symonds había abierto la bodega, pero Stella le había dicho que lo creería cuando lo viera.

Lo mejor de todo ello era que un hombre que le gustaba la estaba esperando.

Tal vez debería haberse sentido un poco más culpable. Justo aquella mañana había recibido con el correo otra carta de Colin. La había leído y la había guardado en la caja que tenía junto a la cama para encargarse de ella más tarde.

No podía seguir así. Había aceptado ser su chica porque no había sabido cómo decir que no, pero la correspondencia que habían mantenido nunca le había resultado cómoda. Ahora que su mundo se había expandido, era una persona diferente a aquella chica a la que había llamado por teléfono antes de partir. Ahora, sus cartas ya no eran suficiente.

Petunia le estrechó la mano conforme se acercaban a la puerta principal de Highbury House.

—¿Estás emocionada por ver a tu capitán?

—Sí —contestó. La alegría sobrepasó de forma resplandeciente al sentimiento de culpa.

—Entonces, vamos a buscarlo.

La entrada ya estaba abarrotada de hombres y mujeres ataviados con una mezcla de uniformes y ropas de civil. El baile comenzaría a las seis en punto para aprovechar los días más largos de finales de primavera y para evitar incumplir con el apagón. Allí, a nadie le importaba que, en tiempos de paz, las seis hubiera sido una hora inimaginablemente temprana. Todos le exprimirían a la velada toda la alegría que pudieran.

Beth atravesó flotando la entrada bien iluminada y se dirigió hacia las puertas francesas abiertas de par en par que comunicaban con la veranda y el sonido de *I'll Be Seeing You*. La hermana Wharton recogió sus entradas y le tendieron sus abrigos a Dorothy, una doncella que parecía desesperada por que alguien la sacara a bailar.

Enfrentándose a sus persistentes temores, Beth pasó la vista por la abarrotada pista de baile en busca de Graeme. ¿Y si se había puesto enfermo? O tal vez le hubieran dado el alta antes de lo esperado y no había podido avisarla. O tal vez hubiera cambiado de idea con respecto a ella.

–Ahí estás. –Giró sobre sus talones con una sonrisa de alivio. Ahí estaba él: alto, ataviado con su uniforme de gala y unas cuantas orquídeas en la mano derecha–. Estás preciosa –le dijo mientras se inclinaba para darle un beso en la mejilla.

Beth se llevó una mano al pecho, pues todavía no estaba acostumbrada a cómo le palpitaba el corazón cada vez que él se le acercaba.

–Gracias.

Él le tendió las flores.

–Son para ti.

–Son muy bonitas –contestó mientras las olía. El lazo que rodeaba los tallos estaba asegurado con un alfiler. Se trataba de un ramillete. Aquel hombre había conseguido encontrar semejante accesorio en la zona rural de Warwickshire en plena guerra–. Gracias –murmuró mientras se prendía las orquídeas del vestido azul marino.

–¿Bailamos? –le preguntó él mientras señalaba la pista de baile.

Entonces, Beth se dio cuenta de que no llevaba puesto el cabestrillo.

–¡Te lo han quitado!

–El médico ha cambiado de opinión con respecto a la operación. Me ha dicho que podía quitármelo esta misma mañana. Me ha advertido de todas las maneras posibles de que no podré hacer gran cosa con él, pero no le ha parecido mal la idea de que guiara a una chica bonita por la pista de baile, siempre y cuando la canción sea lenta.

–En tal caso, deberíamos bailar para celebrarlo –dijo ella mientras le tomaba la mano.

Se abrieron paso entre la multitud de hombres de la Real Fuerza Aérea, oficiales del ejército, mujeres de las WAAF, chicas del campo, enfermeras y médicos. Cuando encontraron un espacio en la pista de baile, Graeme le rodeó la cintura con el brazo y la acercó a él.

–Vamos allá.

–¿Dónde has encontrado las orquídeas?

–Tengo mis métodos –le contestó él con un destello en los ojos. Cuando ella se rio, añadió–: Highbury House no es la única casa grande de la zona. De vez en cuando, me cruzo con lord Walford, el dueño de Braembreidge Manor, cuando sale a pasear a sus perros. Su casa fue requisada para ser utilizada como escuela, pero él se negó a marcharse ya que tiene una colección de orquídeas que ha ganado premios. Cuando le expliqué la situación, me dio unas pocas.

–¿Te dio unas orquídeas que han ganado premios?

Él la miró con una sonrisa.

–Le dije que las llevaría esta noche la mujer más hermosa del mundo. En el fondo, lord Walford es un romántico chapado a la antigua.

Cuando Graeme la acercó más a él, le pareció de lo más natural apoyar la cabeza en su hombro.

–No te hago daño, ¿verdad? –preguntó mientras alzaba la mirada hacia él.

–Ni lo más mínimo.

–Bien –murmuró Beth contra la cálida lana de su chaqueta.

Cuando terminó la canción, comenzó a apartarse de él a regañadientes, consciente de que las parejas que los rodeaban se estaban separando. Sin embargo, a pesar de que le soltó la mano y le apartó el brazo de la cintura, el capitán entrelazó los dedos con los suyos.

–¿Te apetece dar un paseo por el jardín?

Beth miró a su alrededor.

–¿Está permitido?

–No creo que a la señora Symonds fuese a importarle –contestó él, señalando con la barbilla el lugar en el que la dueña de la casa estaba protestando entre risas porque un oficial superior la estaba sacando a bailar.

–Nunca antes la había visto tan feliz –dijo Beth, maravillada.

–No creo que se ría muy a menudo. Es una lástima. –Graeme tiró de su mano–. Vamos.

Beth dejó que la arrastrara hacia el paseo de los tilos. Las hojas verdes nuevas se abrían sobre ellos bajo la luz suave del atardecer.

—¿Has pensado en el final de la guerra? —le preguntó él mientras le colocaba la mano en el hueco del brazo.

—¿Acaso no lo hemos hecho todos?

—Me refería a si has pensado en lo que harás o dónde irás.

Ella hizo una pausa.

—Había pensado que, tal vez, podría preguntarles al señor y la señora Penworthy si podrían permitirse que me quedara. Si es que me necesitan, claro está. —Volvió a hacer otra pausa—. No puedo volver a Dorking.

—¿Por qué no?

—Allí ya no tengo casa. Mi tía me dejó muy claro que ya había cumplido con su deber en lo que a mí respecta. Ahora, estoy sola.

—Lo siento.

—Yo no. Cuando me acogió, no tenía a nadie en el mundo y, de lo contrario, probablemente habría acabado en un orfanato. Pero, desde el principio, me dejó claro que no quería que estuviera allí.

Él sacudió la cabeza.

—¿Cómo podría alguien no quererte a su lado?

No se hizo la modesta ante el cumplido. Le gustaba oír a Graeme decir aquellas cosas. Colin también le había escrito palabras dulces, pero no podía evitar sentir que no eran más que una pantomima de una pareja feliz.

—¿Qué querrías hacer si pudieras hacer cualquier cosa con tu vida? —le preguntó él.

—Querría estar rodeada de personas a las que les importo —contestó de manera automática—. Puede que me quede en Highbury. Conozco a la gente de las granjas vecinas. Los tenderos me reconocen cuando voy al pueblo. La bibliotecaria me guarda libros solo porque piensa que podrían gustarme y, siempre que vengo a hacer la entrega semanal, Stella tiene preparada una tetera con agua para el té. Incluso la señora Symonds es amable conmigo. Nunca antes había disfrutado de cosas así.

–¿No sueñas con una vida en Londres?

Se encogió de hombros mientras giraban hacia el camino que transcurría sobre el jardín de esculturas.

–¿Qué tiene Londres para mí?

–Pensaba que todas las mujeres querían moda, teatros, restaurantes y glamur –dijo él con una carcajada.

Beth se paró y le apoyó una mano en el brazo para detenerlo. Hasta ellos llegaba el aroma embriagador de las primeras flores de la lavanda.

–No habría nada de malo en que quisiera todo eso, pero no es así. Quiero otras cosas.

–Hay tantas cosas que quiero preguntarte… Tengo mil preguntas. No quiero pasar un día contigo, sino miles. –En ese momento, Graeme se puso serio–. Me pregunto, Beth, si podría albergar la esperanza de que pasaras todos esos días conmigo a tu lado.

Ella le estrechó más el brazo.

–Graeme, ¿qué me estás preguntando?

Beth contempló cómo hincaba una rodilla en el suelo mientras le tomaba una de las manos.

–No sé cuándo terminará esta guerra, pero sé que, cuando termine, quiero volver a casa, contigo. –Tragó saliva y, después, le preguntó–: Elizabeth Pedley, ¿me harías un grandísimo honor y aceptarías ser mi esposa?

–Graeme, apenas nos conocemos… –contestó ella en un susurro.

–Si algo me ha enseñado esta guerra es que, cuando sabes lo que quieres, la vida es demasiado corta como para esperar.

–¿Estás seguro?

–Pensaba que era yo el que iba a hacer las preguntas.

–No seas tonto. Estamos hablando de matrimonio. Para siempre.

Él agachó la frente hasta la mano que tenía atrapada entre las suyas.

–Tienes razón. Es solo que… Todos los días que te he visto en los campos o en el jardín, han sido los más felices de mi vida. Eres como un faro en medio del cielo nocturno, Beth. Sé mía, por favor.

Había muchos motivos para decir que no. Tan solo lo conocía desde hacía unos pocos meses. No había conocido a su familia. Tenía que arreglar todo el lío con Colin. Y, aun así, cuando bajó la vista hacia aquel hombre, que tenía la mirada fija en ella, nada de eso tuvo importancia. Lo quería a él.

—Sí —dijo en voz baja.

—¿Sí? —preguntó él.

Beth se rio.

—¡Sí!

Graeme se puso en pie, la rodeó con el brazo bueno por la cintura y la atrajo hacia sí para darle un beso. Un beso en condiciones. El primero. Beth se hundió entre sus brazos y él le acarició la parte trasera de la cabeza con la mano mientras sus labios se movían lentamente sobre los de ella. Se aferró a las solapas de su chaqueta, desesperada por evitar que aquel momento llegase a su fin.

Cuando al fin se separaron sin aliento, él le pasó el pulgar por la mandíbula.

—Estaba muy seguro de que ibas a decir que no, pero, dado que no lo has hecho… —Se sacó un pequeño paquete del bolsillo interior de la chaqueta del uniforme—. Te compraré un anillo, pero, mientras tanto, tal vez aceptes esto.

Beth quitó el cordel y el papel de embalaje del paquete. Era un estuche alargado y fino de metal con la palabra «Derwent» pintada en la parte superior.

—¿Me has comprado lapiceros?

—Para tus dibujos.

Lo rodeó con los brazos y le dio un beso.

—¡Eres un hombre maravilloso! —Se rio y volvió a besarlo—. ¿Por qué te has planteado si quiera que te diría que no?

Graeme le dio unos golpecitos suaves en los labios con la yema del pulgar.

—Porque nunca he sido un hombre demasiado afortunado.

—Eso no puede ser cierto —dijo ella en voz baja.

–Nunca fui estudioso. Nunca he tenido cabeza para los negocios. Me uní al ejército porque no sabía qué hacer con mi vida, pero se me daba bien lo de ser soldado. Me gustaba dirigir a mis hombres y saber que lo que estaba haciendo importaba. Pero, entonces, me dispararon.

–Y, ahora, estás mejor –dijo Beth. Él volvió a besarla, pero no contestó. Entonces, ella lo comprendió todo.

–¿Te marchas de Highbury?

–El Cuerpo de Zapadores necesita oficiales.

–Pero acabamos de comprometernos…

–Tengo que ir allí donde me mande el ejército, Beth. Te escribiré y usaré todos mis permisos para volver a Highbury –dijo él.

Era otra vez la misma historia que con Colin, solo que, en esta ocasión, Graeme se lo había pedido cara a cara y, ahora, estaban prometidos.

–¿Y si te envían a luchar de nuevo? –le preguntó, estrechándole la mano.

Él negó con la cabeza mientras movía un poco el brazo y hacía una mueca de dolor.

–Todavía falta mucho para que me dejen luchar.

–Me has dicho que estabas mejor. No tendríamos que haber bailado.

Él le pasó una mano por el pelo.

–Ha merecido la pena. Haré todo lo que pueda para hacerte feliz. Te lo prometo. Y hasta que podamos vivir juntos en condiciones, me aseguraré de que cuiden de ti. A mis padres les encantaría que vivieras en Colchester con ellos.

–No puedo. Trabajo como chica del campo aquí.

–Ahora, no. Después de la guerra.

–Pero, para entonces, ya habrás terminado en el ejército…

Él le dedicó una sonrisa triste.

–Es lo único que se me da bien.

–¿Y yo qué haré entonces? –le preguntó ella–. ¿Dónde viviremos?

–Si me destinan a una base permanente, podremos vivir allí juntos.

—«Sí» —replicó ella.

—Mi madre siempre ha querido tener una hija.

«¿Acaso sabe tu madre algo sobre mí? ¿Y tu padre?».

—Bueno, ¿volvemos dentro a compartir tan alegre noticia? —le preguntó él mientras le tendía el brazo.

Beth lo miró fijamente mientras comenzaban a asaltarle las dudas. Para Graeme, todo estaba decidido. Sin embargo, aquella pedida había sumido su vida en el caos. Tenía que escribir a Colin; tenía que explicarle lo que había ocurrido mientras estaba lejos, luchando. Se le hizo un nudo en el estómago, fuerte y amargo. Temía el momento en el que abriera la carta pensando que iba a estar llena de historietas sobre Highbury y caricaturas de las personas de su entorno y en su lugar se encontrara con que había escogido a otro hombre.

«No te quiero, Colin».

Miró a Graeme de reojo. ¿Lo amaba? ¿La amaba él a ella? Se suponía que los hombres debían hablar de amor cuando le pedían a una mujer que se casara con ellos, ¿no? Entonces, ¿por qué él no lo había mencionado en ningún momento?

Y, aun así, ahora que estaba prometida con Graeme, la idea de no convertirse en su esposa le resultaba inconcebible.

Respiró hondo. Lo solucionarían todo; una cosa detrás de otra.

Diana

—¿Una copa para la anfitriona de tan buena fiesta? Diana sonrió al padre Devlin mientras aceptaba la copa de vino que le tendía la enfermera Holt.

—¿Ahora tiene al personal de enfermería cargando con sus bebidas, padre Devlin?

—Me temo que las muletas hacen que me resulte bastante difícil ser autosuficiente. La enfermera Holt ha sido tan amable como para complacerme cuando le he dicho que el vino era para usted.

—Gracias —le dijo Diana a la joven, que inclinó la cabeza y se escabulló. Después, le lanzó una mirada de soslayo al capellán—. Ya sabe que todas las enfermeras me tienen miedo.

—¿Cómo es posible cuando es usted siempre tan cariñosa? —le preguntó él.

Ella soltó una carcajada burlona y, después, se cubrió la boca de inmediato.

—Perdóneme. Eso no ha sido en absoluto femenino.

—Es agradable verla riéndose.

—Me rio.

—No lo suficiente.

—¿Es ese el consejo de un guía espiritual?

—Es el consejo de un hombre que espera que lo considere un amigo porque, de lo contrario, está seguro de que ha sido una terrible molestia desde que llegó a Highbury House —contestó el padre Devlin.

—No, no es usted una molestia —replicó ella mientras contemplaba la fiesta—. Es agradable ver un poco de diversión en la casa. Esto es lo que Murray quería.

—Esta noche le ha brindado alegría a mucha gente y, por lo que parece, ha recaudado mucho dinero.

Aquella idea era bastante... satisfactoria. Cuando Murray y ella se habían mudado a Highbury House, llevaba demasiado tiempo gestionada por el personal mínimo. Murray había comenzado las reformas con entusiasmo, pero la consulta que tenía en Londres le había distraído y la responsabilidad había recaído sobre ella. El hogar de Diana. Se había esforzado mucho para que volviera a ser como había sido cuando los Melcourt habían vivido allí: un lugar en el que la gente se reunía; un lugar para las fiestas, los coqueteos, la alegría y las amistades. A pesar de que el salón de baile estaba lleno de hombres heridos y mujeres vestidas de uniforme, se sentía como si su casa hubiese vuelto a ser una vez más aquel tipo de lugar.

Inclinó la copa en dirección a la pista de baile.

—Ha merecido la pena solo por ver a la enfermera jefe hablar del Destacamento de Ayuda Voluntaria con ese mayor de las fuerzas aéreas estadounidenses. El hombre lleva ya media hora intentando sacarla a la pista de baile.

El padre Devlin ladeó la cabeza para contemplar a la pareja.

—Causarían bastante sensación, ¿no le parece?

—Mmmm —masculló ella en señal de acuerdo—. Ahora, si Cynthia sale de su oficina y se pasa la noche bailando, no volveré a decir una sola palabra malintencionada contra ella.

Un par de enfermeras que estaban cerca soltaron una carcajada.

—Más le vale desear que eso no llegue a sus oídos antes de que se acabe la velada —comentó el padre Devlin.

—Sigue enfadada porque la desautoricé. ¿Sabe? Nunca me han gustado demasiado las fiestas y las reuniones. —Cuando el hombre arqueó las cejas, ella continuó—: Bueno, si te obligan a hacerlo el tiempo suficiente, aprendes a bailar, conversar y reír. En eso consiste ser una debutante. Pero no es algo que me resulte natural. Uno de los motivos por los que me enamoré de Murray fue que él era todo lo que yo no era. Si yo me contentaba con observar a la gente desde mi rincón de la sala, él estaba justo en el centro, haciendo reír a todo el mundo. A mí me interesaba más quedarme en la seguridad de la salita de música.

—¿Cómo se conocieron?

—De hecho, fue en un baile. Algún pariente suyo que conocía a mi madre le había insistido para que me sacara a bailar y él se mostró muy galante al respecto. Bailamos y, después, se pasó el resto de la velada hablando conmigo de música. Más tarde, descubrí que el pobre hombre tenía el oído sordo y era incapaz de seguir una melodía, pero se había dado cuenta de que me gustaba hablar de ello. Tres meses después, estábamos prometidos. Entonces, descubrí que los bailes y las cenas no me molestaban tanto; no si él estaba a mi lado.

—Le amaba mucho —dijo el padre Devlin.

Diana cuadró los hombros a pesar de que sentía cómo la aplastaba el dolor.

—Así es. Él me mostró un mundo diferente.

La antigua Diana había vivido bajo el techo de sus padres y su madre había sido la que había tomado decisiones bienintencionadas en su nombre. El matrimonio había supuesto librarse de aquello.

—¿Ha pensado algo más en cómo va a ser la siguiente etapa de su vida? —le preguntó el hombre.

Ella acunó la copa contra el pecho y el frío de la condensación la calmó.

—Tal vez después de la guerra, cuando no haya más batallas que luchar.

Un hombre alto con el pelo negro como la tinta se acercó hasta ellos.

—Espero que no le importe que sea tan directo —le dijo a Diana—, pero tengo entendido que es usted la anfitriona.

Ella arqueó las cejas, pero, antes de que pudiera decir nada, el padre Devlin, solícito, intervino.

—Así es.

El hombre se llevó una mano al pecho e hizo una pequeña reverencia.

—Soy el comandante de ala Edmund Grayson y quería darle las gracias personalmente por esta velada. No hay muchas oportunidades para que mis hombres se desahoguen y esto les ha ofrecido algo que esperar con ganas.

—Lo que haga falta por las fuerzas aéreas —contestó. Era consciente de que sonaba un poco indiferente, pero le daba igual.

El comandante de ala Grayson hizo una pausa y, entonces, dijo:

—También me preguntaba si querría salir a bailar.

Ella alzó la copa.

—Me temo que tengo las manos ocupadas.

El padre Devlin se cambió de mano las muletas para poder quitarle la copa.

—Disfrute del baile, señora Symonds.

Diana estuvo a punto de protestar, pero, al final, se contuvo. ¿Qué daño podría hacer un solo baile? Tomó la mano que le tendía el comandante y dejó que la condujera hasta la pista de baile.

—Ha pasado muchísimo tiempo desde la última vez que bailé. Espero no parecerle demasiado torpe —dijo el hombre.

Ella se rio.

—Puedo prometerle que, haga el tiempo que haga, ha pasado mucho más en mi caso.

—Eso no es posible. Una mujer hermosa como usted debe de estar bailando a todas horas.

¿Estaba coqueteando con ella?

—La última vez que bailé, había ido a Londres para reunirme con mi esposo durante uno de sus permisos. Fuimos al Dorchester.

—Tendrá que pedirle que la lleve de nuevo —dijo él.

—Mi esposo no va a regresar de la guerra.

Los brazos del comandante se tensaron en torno a ella, pero no dejó de bailar.

—Lo lamento muchísimo, señora Symonds. No puedo imaginar qué haría yo sin mi esposa, Flora, y no quiero ni imaginarme cómo se sentiría si me ocurriera algo.

«Entonces, ¿por qué está luchando?». Quería gritar aquella pregunta, pero conocía la respuesta tan bien como él. Aun así, eso no hacía que quedarse atrás resultase menos brutal.

–¿Cuándo murió su esposo? –le preguntó el comandante de ala Grayson.

–En agosto de 1941.

–No puedo imaginarme lo duro que ha debido de ser para usted.

–Ha pasado mucho tiempo –contestó ella a pesar de que, la mayor parte del tiempo, no se lo parecía–. Se presentó voluntario; no esperó a que lo reclutaran. Yo…

–¿No quería que lo hiciera? –sugirió él.

–No.

–A veces, los hombres sienten una responsabilidad tan grande hacia su país que no pueden ignorarla.

–En una ocasión, me dijo algo similar. Yo le contesté que sus responsabilidades estaban con nuestro hijo. Conmigo. Creo que nunca he llegado a perdonarle por ello. –Alzó la vista hacia el oficial–. No sé por qué le estoy contando esto.

–A veces resulta más fácil hablar con un desconocido.

Diana miró al padre Devlin por encima del hombro del soldado, convencida de que su nueva franqueza era resultado de su intromisión. Había pasado mucho tiempo cerrando puertas tras de sí y asegurándose de que nadie tuviera la llave. Aun así, el capellán parecía decidido a abrir a la fuerza todos y cada uno de aquellos cerrojos para permitir que volviera a entrar la luz del sol.

–Tal vez tenga razón –replicó.

Bailaron en silencio hasta que él la hizo girar un cuarto de vuelta para que pudiera ver a la señora Dibble, que estaba al fondo de la veranda, haciéndole un gesto desenfrenado con la mano.

–Creo que alguien está intentando llamar su atención.

–¿Qué narices le ocurre? –se preguntó Diana con el ceño fruncido. Sin embargo, cuando vio quién estaba junto al ama de llaves, el corazón le dio un vuelco.

–¿Qué ocurre? –le preguntó el comandante Grayson.

–Aquel hombre es el señor Jeffries, el jefe de la oficina de correos. Solo viene fuera del horario habitual cuando hay noticias urgentes.

—Como un telegrama —replicó el oficial.

El señor Jeffries alzó la mano para mostrarle un trozo de papel doblado.

Se detuvieron. Poco a poco, conforme las parejas comenzaron a darse cuenta de lo que estaba ocurriendo, se hizo un silencio en la veranda. Incluso la banda dejó de tocar. La señora Dibble atravesó la multitud, que se abría a su paso, y el jefe de la oficina de correos la siguió con solemnidad. Cuando se pararon frente a Diana, el hombre le tendió el telegrama.

—Me ha parecido que no debía esperar a la mañana —dijo él.

Diana miró el nombre que aparecía en el papel y el aliento se le atascó en la garganta.

—No. —La voz se le quebró—. Tiene mucha razón, señor Jeffries. Gracias.

—Lo siento, señora Symonds —murmuró la señora Dibble mientras se apartaba hacia atrás.

Era evidente que el ama de llaves no quería ser quien tuviera que dar la noticia, pero Diana no podía culparla por ello. Ella tampoco quería hacerlo, pero era la señora de Highbury House; era su responsabilidad.

—Por favor, discúlpeme, comandante de ala Grayson —dijo.

Él asintió con un gesto compasivo e hizo una pequeña reverencia.

Ella cerró los ojos con fuerza, tomó aire y, después, pasó la vista por la veranda. Vio cómo la señorita Pedley y el capitán Hastings subían los escalones y se detenían, confusos, ante la escena silenciosa. Sin embargo, Diana siguió buscando. Al fin, cerca de las puertas francesas que comunicaban con el salón doble, vio a la destinataria del telegrama.

Se dirigió hasta allí en línea recta, contemplando cómo en el rostro de la otra mujer se reflejaba el entendimiento; después, la esperanza de estar equivocándose y, finalmente, la comprensión de que Diana no iba a apartarse de aquel camino para dirigirse a otra persona.

—Señorita Adderton, creo que deberíamos buscar un lugar más privado —le dijo.

La cocinera extendió la mano de golpe para agarrarla del brazo.

—No, por favor; Joan, no.

Joan. La madre del niñito que se había convertido en tan buen amigo de Robin.

La señorita Pedley y el capitán Hastings, que habían estado detrás de ella, se adelantaron con rapidez para sujetar a la señorita Adderton.

—Vamos, Stella —dijo la señorita Pedley—. Entremos dentro, lejos de toda esta gente.

Diana observó cómo la otra joven asentía y permitía que la chica del campo la guiara.

—Llévenla dos puertas más allá. Es una salita para mi uso exclusivo y será más privada —le susurró Diana al capitán Hastings.

Acomodaron a la cocinera en el sofá mientras ella se quedaba cerca, sintiéndose incómoda en su propia casa. La señorita Pedley se sentó junto a su amiga mientras le frotaba la espalda y le murmuraba al oído palabras de consuelo. El repiqueteo lento pero constante de las muletas del padre Devlin anunció la llegada del capellán. El capitán Hastings vertió en un vaso un dedo de brandi de uno de los decantadores que había en el aparador.

Cuando todo estuvo listo, Diana le tendió el telegrama. La señorita Adderton la miró con los ojos llenos de lágrimas.

—Yo no puedo leerlo. ¿Lo haría por mí, por favor?

Diana miró los otros rostros que había en la sala.

—Sin duda habrá alguien más adecuado para hacerlo. ¿Padre Devlin?

Las manos de la cocinera hicieron que se agitara el brandi que tenía en el vaso.

—Por favor.

Con los dedos temblorosos, Diana abrió el telegrama y comenzó a leer las letras impresas.

```
Lamentamos informarle que el edificio
de Joan Reynolds fue alcanzado ayer por
la tarde durante un ataque aéreo STOP
Murió en ese mismo instante STOP
```

Con unos sollozos desgarradores, el cuerpo de la señorita Adderton se derrumbó sobre el de la señorita Pedley. Los hombres se mantuvieron alejados, con gestos sombríos y solemnes.

Diana volvió a mirar el telegrama que tenía entre las manos y lo único que pudo pensar fue: «Pobre niñito…».

Verano

Venetia

Highbury House
Jueves, 27 de junio de 1907
Caluroso

Antes de conocer a Matthew, nunca había comprendido cómo era posible que una mujer perdiera la cabeza por un hombre. Es como si, tras años de ser práctica, me costara ver con claridad. Me ha cegado con afecto, ternura y caricias. Estar entre los brazos de otra persona es tremendamente embriagador y, cada vez que nos separamos, me descubro anhelando más.

Sé que fue un error besarlo y llevarlo a mi hogar aquella primera noche. Sin embargo, me sentí bien. Me ha resultado fácil abrirle la puerta una y otra vez en cuanto la oscuridad y el silencio se apoderan de Highbury House. Cada una de las veces, apagamos la luz de la casita y nos rodeamos con los brazos en la oscuridad. Matthew no se marcha hasta que el amanecer, con sus tonos naranjas y rosas, no surca el cielo.

Hemos llegado a la conclusión de que, si queremos evitar que nos descubran, tendremos que ser más cuidadosos. Así que, sintiéndome como si fuera la heroína de una novela barata, he empezado a dejar notas de amor en el tronco torcido de un árbol que está a dos kilómetros por el camino que lleva a la casa grande. Ahora puedo afirmar que soy una experta en inventarme excusas para escaparme al pueblo.

Sin embargo, a mediodía, he visitado Wisteria Farm por motivos que no eran del todo inventados. Necesitaba más rosas todavía. Una variedad que se llama «*belle lyonnaise*» debe trepar sobre unos arcos en cuatro puntos diferentes del jardín nupcial mientras que unas *rosa foetida bicolor*, unas *souvenir d'Alphonse Lavallée* y unas *Rosearie de l'Hay* –que son mis nuevas favoritas– van a intercalarse con un desenfado ingenioso por todo el jardín de la poesía para que nunca olvidemos que el amor es como una rosa muy muy roja.

Dado que el ama de llaves de Matthew está visitando a su hermana, sabía que tendríamos casi todo el mediodía para nosotros solos. Lo hemos disfrutado como mejor pueden disfrutarlo dos personas que andan por ahí a escondidas.

Conforme se acercaban las cuatro en punto, nos hemos obligado a vestirnos de nuevo. Me estaba costando ponerme el corsé, pues las varillas me apretaban más que de costumbre.

–Este calor veraniego es horrible –he gemido.

Matthew se ha reído.

–Déjame que haga de doncella personal.

Con cuidado, se ha encargado de atarme los cordones y, después, me ha ayudado a ponerme la camisola, la falda, la camisa, las medias y las botas.

Mientras lo observaba, me he maravillado por lo mucho que me ha cambiado desde aquel primer beso. Leo libros y pienso en qué opinaría él al respecto. Cuando oigo que un caballo llega al patio de Highbury, contengo la respiración a la espera de comprobar si es él.

Cuando ha terminado de atarme las botas, me ha dado un beso en el interior de la rodilla.

–¿Cuándo podré verte de nuevo? Tal como ahora, cuando el sol todavía está brillando.

–¿Cuándo puedes conseguir de nuevo que todos aquellos que suelen rondar las cercanías de tu casa estén ocupados con otros asuntos? –le he preguntado con una carcajada.

Él ha soltado un suspiro.

–Venetia, no quiero seguir así, robando momentos a escondidas.

De golpe, me ha asaltado una oleada de cansancio y me he

sentido como si tuviera todos los nervios demasiado sensibles.
Ya había escrito esas mismas palabras en todas las cartas que
me ha dejado en el árbol, pero nunca antes las había dicho en
voz alta.

—No conseguiremos nada bueno con que la gente se entere
—he replicado.

Da igual que pueda intentar compartir la responsabilidad, tan
solo hay una reputación en juego: la mía. Sobrepasé los límites
del decoro en el mismo momento en el que me dirigí al jardín
con un hombre con el que no estoy prometida en plena noche.
Y caí en desgracia de manera total e indiscutible cuando nos
desnudamos mutuamente e hicimos el amor.

—No permitiría que te ocurriera nada —me ha prometido con la
frente apoyada contra la mía y los brazos en torno a mi cintura.

—Sé que lo intentarías.

Eso es lo único que puede hacer. Si su hermana y su esposo lo
descubrieran, me echarían de Highbury House.

De todos modos, no solo es este trabajo lo que está en riesgo. Podría perderlo todo. La renta anual que nos dejó mi padre apenas le alcanza a Adam para subsistir, y mucho menos a
mí. Puede que me considere una artista, pero también empecé
a trabajar porque tenía que hacerlo. Ahora, tanto mi hermano
como yo dependemos de mis ingresos.

Para Matthew todo es más fácil. Incluso con el atisbo de ex-
centricidad que lo sobrevuela como si fuera el perfume de una
de sus rosas, tiene opciones. Podría casarse o no. Podría abrir
un negocio o no. Podría ser, sin más.

—Ojalá me permitieras demostrarte que puedes confiar en mí
—me ha dicho, como si pudiera leerme el pensamiento.

—No necesito confiar en ti —he contestado.

Él me ha rodeado con los brazos.

—Todos necesitamos tener confianza, Venetia.

Me he dado la vuelta, incapaz de ver cómo me miraba con
una esperanza tan abierta y sincera. Aun así, he permitido que
me arrebatara otro beso cuando me ha acompañado fuera, a
mi carreta.

—¿Me escribirás? —me ha preguntado—. Compruebo nuestro árbol todos los días.

Me he sonrojado y lo único que he podido hacer ha sido sacudir las riendas. Sin embargo, mientras el caballo y la carreta salían del patio dando tumbos, no he podido evitar darme la vuelta parar mirarlo. Seguía en la entrada del camino que lleva a su casa, mirándome fijamente.

Highbury House
Sábado, 29 de junio de 1907
Caluroso

Mentí a Matthew. No le escribí ayer por la mañana, tal como le prometí. Me desperté con intención de hacerlo, pero, en cuanto me puse el delantal de jardinería y salí por la puerta de la casita, oí gritos y rebuznos. Fui corriendo hasta la verja que hay entre Highbury House y la granja y me encontré con el siempre imperturbable señor Hillock en un aprieto. Debieron de malinterpretar uno de los pedidos de Adam porque, en lugar de cuatro carretas de grava, llegaron nueve carros tirados por burros.

Tras solucionar la debacle de la grava, nos surgió un problema con el estanque reflectante. Después, el hijo del señor Hillock, John el Joven, y otro de los jardineros, Timothy, se enzarzaron en una pelea mientras doblaban cañas para construir arcos. Aunque tengo entendido que el desacuerdo tenía más que ver con una joven dama del pueblo que con cómo construir arcos para un jardín…

En definitiva, el día fue agotador y el motivo de que ayer por la noche no pudiera tomar la pluma y el papel para escribir en este diario. En su lugar, estoy aprovechando unos instantes robados para escribir unas líneas mientras me tomo el té y las tostadas que la doncella me trae todas las mañanas. Después, escribiré una carta para Matthew.

Stella

Junio de 1944

S tella tendría que haber estado vigilando a Bobby para asegurarse de que no estuviera tirando cosas de las estanterías de la tienda de la señora Yarley, pero tan solo podía mirar fijamente las dos maletas que había en un estante frente a ella. No eran demasiado bonitas, pero, antes, solía ir allí solo para contemplarlas y soñar con que, algún día, contendrían sus pertenencias.

Incluso en aquel momento, deseaba agarrar una y llevársela de vuelta a Highbury House. Recorrería el camino polvoriento y abrasado por el sol mientras la maleta le golpeaba la pierna, la lanzaría sobre la cama y la llenaría hasta arriba con ropa, los recortes de revistas de los lugares a los que quería viajar y sus cursos por correspondencia. Después, llevaría la maleta a la estación de tren y se marcharía.

Lo dejaría todo atrás: Warwickshire, Highbury House, las peleas con la señora George, los gritos de los hombres que inundaban la casa en plena noche, el olor del antiséptico y el repiqueteo del carrito de las medicinas que resonaba demasiado cerca de su cocina como para sentirse cómoda.

Pero, sobre todo, dejaría a Bobby.

La invadió un sentimiento de culpa grave y profundo.

Incluso antes de que la señora Symonds le leyera el telegrama, Stella sabía qué contenía. Nada más ver al señor Jeffries en la veranda, había sabido que las noticias eran para ella, pero había rezado y había mantenido la esperanza de que la tragedia de aquella velada fuese la de otra persona.

Cuando su patrona había leído el último «STOP», Stella se había derrumbado. Por la muerte de su hermana, sí, pero también por la muerte de la vida que había anhelado. Jamás iba a marcharse de Highbury. Jamás iba a mudarse a Londres y a dar uso a ninguno de sus estudios. Jamás iba a visitar los lugares de las fotografías.

Más tarde, Beth le había dicho que la señora Symonds había subido a su habitación del ático para contárselo a Bobby. Al parecer, la señora de la casa había acunado al niño contra su cuerpo cuando había comenzado a llorar.

Desde entonces, Bobby no había sido capaz de dormir solo y, con el niño resoplando sobre la almohada, ella tampoco había podido. Tras una semana de comidas que estaban a la vez quemadas y pocos hechas, la señora Symonds había declarado que Bobby se mudaría temporalmente al dormitorio infantil con Robin, bajo la atenta mirada de la niñera.

–¿Está planeando un viaje? –La voz familiar hizo que Stella pusiera los ojos en blanco y contemplara el techo de la tienda de la señora Yarley–. ¿Señorita Adderton? –El tono de su patrona fue un poco cortante.

Se grabó en el rostro la sonrisa más agradable que fue capaz de dibujar y se giró hacia la mujer que le pagaba el salario.

–Hola, señora Symonds. No sabía que iba a venir al pueblo; de lo contrario, podría haber tomado la lista de lo que necesitara.

La otra mujer frunció el ceño.

–De vez en cuando, disfruto pasando un tiempo lejos de la casa. ¿Se encuentra bien, señorita Adderton?

«Mi sobrino es huérfano, odio mi vida y, ahora, jamás podré cambiarla. Pero, más allá de eso…».

–Estoy bien –contestó.

–¿Qué tal se está adaptando Bobby a su nueva rutina? –le preguntó la señora Symonds.

Stella estudió el rostro de la mujer en busca de algún indicio de malicia o de que la estaba juzgando, pero su tono de voz no sonaba cortante.

–La niñera me ha dicho que, a veces, se despierta por la noche, pero que parece dormir bien en la cama contigua a la del señorito Robin. Gracias por permitírselo.

–No se preocupe demasiado –dijo su patrona–; los niños son fuertes.

Tras ellas, se produjo un gran estrépito. Cristales haciéndose añicos. Ambas se giraron y vieron a Bobby de pie junto a un montón de fragmentos de cristal y lo que parecía un membrillo gordo.

–¡Bobby! –exclamó ella con un jadeo mientras se precipitaba hacia delante–. ¿Qué ha ocurrido? –Él comenzó a llorar. Stella miró a su alrededor con desesperación al ver todos los cristales rotos, la fruta, el azúcar… ¡Ay, el azúcar!–. ¿Estabas tirando del estante, Bobby? –le preguntó, desesperada por que dijera que no. La pregunta solo logró que el niño llorara más fuerte–. Bobby, por favor –insistió, cada vez más consciente de la multitud que se estaba formando a su alrededor y de la cara extremadamente roja de la tendera–. Por favor, no llores.

–¡Deja de gritarme! –gimoteó él.

–¡No te estoy gritando!

Solo que sí lo estaba haciendo. Se apartó el pelo de la frente sin saber si debía zarandearlo o darle un abrazo. ¿Tal vez ambas cosas? No tenía ni idea. ¡No tenía ni idea!

–Bobby –dijo la señora Symonds con voz suave. Aquella dama tan elegante se había abierto paso entre los cristales y, ahora, estaba de pie en medio de un charco pegajoso de zumo de membrillo–. ¿Te has hecho daño?

¡Dios mío! Stella ni siquiera se había planteado preguntárselo. ¿Debería comprobar si llevaba cortes o si estaban empezando a salirle moraduras?

–¿Te has hecho daño, Bobby? –volvió a preguntarle la señora Symonds mientras, con gentileza, le colocaba una mano en el hombro. Sorbiendo la nariz, el niño sacudió la cabeza–. Eso está bien, ¿no? No nos gustaría que te hicieras daño porque, entonces, tal vez no podrías jugar con Robin. Bueno, ¿puedes contarme lo que ha ocurrido? No va a pasar nada; tan solo cuéntamelo.

–Pensaba que había chocolate –contestó en voz baja, como si fuera un ratoncillo de campo.

–He de decir que eso estaría bien. A día de hoy, el chocolate es todo un capricho. ¿Has intentado trepar por las estanterías para alcanzarlo?

Otro gesto de asentimiento con la cabeza. Algunos clientes chasquearon la lengua. Stella les lanzó una mirada asesina y feroz y un par de ellos retrocedieron.

–Señora Symonds, ahí había una docena de tarros de membrillo en almíbar –dijo la tendera mientras se estrujaba las manos.

¿Una docena de tarros? Y pensar en el coste… Por no hablar de los cupones para el azúcar.

–Me haré cargo de ello, señora Yarley. Pero, primero, creo que será mejor que nos encarguemos de este desastre, ¿no le parece? –preguntó la señora Symonds.

Stella contempló con fascinación cómo la tendera se retiraba para regresar después con una escoba y un recogedor.

–Deme eso –le dijo ella a la mujer mientras extendía la mano.

Conforme barría los cristales para que la señora Yarley pudiera limpiar el almíbar con un cubo y una fregona, su patrona se aseguró de que Bobby no tuviera ningún corte. Stella no pudo evitar fijarse en lo amable que era con él y en cómo le enjugaba las lágrimas mientras tanto.

–Muy bien, Bobby, ¿recuerdas haber aprendido en la escuela lo que son las consecuencias? –dijo la señora Symonds cuando hubieron terminado de limpiar el desastre. El niño dudó–. Todo lo que hacemos tiene un impacto en las cosas o en otras personas. Sabías que no debías trepar por los estantes, ¿no es así?

Al niño le temblaron los labios, pero hay que decir a su favor que contuvo el llanto.

–Sí, señora Symonds.

–Bien. Me alegro de que no estés herido, pero, con el permiso de tu tía, vas a tener que recibir un castigo. –La mujer alzó la vista hacia Stella y ella asintió, insegura. Nunca antes había castigado a un niño–. Necesito a un ayudante para un gran proyecto en la biblioteca, así que, durante las dos próximas semanas, por la tarde, vendrás a la biblioteca justo después de la escuela y me ayudarás. ¿Entendido?

—Sí, señora Symonds —murmuró él.

—Bien. —La mujer se giró hacia la señora Yarley—. Por favor, envíe la factura a Highbury House y me encargaré de ella.

—Dedicamos una buena cantidad de azúcar para esas conservas —replicó la tendera.

—Me haré cargo también de la pérdida de azúcar —prometió la señora Symonds antes de girarse hacia ella—. ¿Volvemos caminando a casa?

—Vamos, Bobby —dijo Stella mientras le hacía señas a su sobrino tras haber mascullado otra disculpa para la señora Yarley.

El niño caminó a su lado mientras recorrían el pueblo, pero, en cuanto hubieron abandonado Church Street, comenzó a retorcerle la mano.

—Bobby, ¿por qué no te adelantas a ver si te encuentras al señor Gilligan por el camino? Iba a venir al pueblo para comprar más cordel para los rosales trepadores —dijo la señora Symonds.

En cuanto Stella le soltó la mano, el pequeño salió disparado como una bala. Observó cómo se alejaba corriendo mientras se le salía de los pantalones el faldón de la camisa.

—Pensaba que el señor Gilligan había salido esta mañana —dijo ella.

—Así es —contestó la señora Symonds. Caminaron en silencio un rato. Stella era consciente del gran muro que había entre ellas—. Recé para tener una niñita.

Le lanzó una mirada a su patrona.

—¿Disculpe?

—Cuando estaba embarazada de Robin, recé para tener una niñita. Pensé que sería más fácil porque, al menos, sabía lo que era ser una niña. Pero, en cuanto oí a Robin llorar, supe que él era lo que quería. Aunque eso no significa que no haya sido duro.

—Cuando murió el señor Symonds…

La otra mujer soltó una carcajada hueca.

—Mucho antes de eso. Incluso antes de la guerra, Murray iba y venía de su consulta en Londres. Los miércoles, cuando la niñera tenía las tardes libres, me pasaba las horas preguntándome cómo iba a soportar otro instante más a solas con Robin. Le daba la espalda un instante y trepaba por las cortinas del cuarto infantil o saltaba de un sofá a la mesita.

—¿Qué es lo que hacía cuando se sentía sobrepasada? —preguntó Stella.

—En una ocasión, lo llevé al jardín de invierno y nos encerré a ambos dentro para poder evitar que se escapara mientras intentaba terminar de bordar los pañuelos de Murray.

—¿Funcionó?

En aquella ocasión, la risa de la señora Symonds fue genuina.

—Claro que no. Si apartaba la vista un instante, intentaba agarrar una rosa o comerse un gusano que había encontrado.

Aquel momento debería haber sido distendido e incluso haber estado lleno de una calidez que nunca antes había compartido con su patrona, pero Stella no podía reírse. En su lugar, al fin soltó las palabras que tenía atascadas en la garganta desde hacía días.

—No sé cómo hacerlo.

—¿Cómo hacer el qué? —le preguntó la otra mujer con amabilidad.

—Cómo ser una madre para Bobby.

Sabía que debería sentir algo. Y sí que sentía cosas. Echaba de menos a su hermana. Estaba furiosa con la bomba que había caído sobre el apartamento de Joan. Estaba enfadada porque Joan había muerto y se había librado de una responsabilidad más. Pero, sobre todo, sentía una ausencia de amor por aquel niñito.

No se esperaba que las tías dedicaran sus vidas y sus almas a un niño del mismo modo que lo hacían las madres, ¿no?

—No tiene que ser una madre; ese era el papel de su hermana —dijo la señora Symonds.

—Pero está solo en este mundo.

—¿No tiene familia por parte de su padre? —le preguntó su patrona.

—No. O, al menos, Joan no los mencionó.

—Bueno, su sobrino no está solo. La tiene a usted.

–No sé si soy suficiente –confesó.

–Nadie lo es. Creo que el padre Devlin diría que ese es el motivo de que conozcamos a tantas personas en nuestras vidas –comentó la señora Symonds.

Stella frunció el ceño. En todos los años que llevaba trabajando en Highbury House, jamás habría podido imaginar que iba a mantener una conversación así con su patrona.

Cuando aparecieron frente a ellas los pilares vacíos de ladrillo que, en el pasado, habían sostenido la verja de Highbury House, Stella divisó a Bobby apoyado en una de las columnas que enmarcaban el camino de acceso. Estaba jadeando y resoplando como si acabara de correr en una gran carrera. Tenía la ligera sospecha de que, en cuanto entraran, también descubriría que estaba manchado del polvo del camino que se habría pegado a las salpicaduras de almíbar de la tienda.

–No siempre va a ser así de difícil. Se volverá más fácil –le dijo la otra mujer.

–Gracias.

Mientras tomaban el camino de acceso, la señora Symonds hizo un gesto seco con la cabeza.

Señorita Adderton, quería hablar con usted sobre el té. De verdad, tiene que buscar otra solución para los *scones*. Los de las últimas dos hornadas estaban duros como las piedras. Me niego a creer que no se pueda encontrar una buena harina en todo Warwickshire.

Cualquier lazo que Stella hubiese sentido hacia la señora Symonds más allá de aquel entre empleada y patrona, se deshizo.

Se había restaurado el equilibrio.

Beth

Jueves, 1 de junio de 1944
Southampton

Mi querida Beth:

Ya te echo de menos y apenas acabo de llegar a la base. El viaje desde Highbury ha sido largo y lento, y me ha resultado todavía más difícil al saber que cada kilómetro recorrido era un kilómetro que me alejaba más de ti. Allí arriba, en las Midlands, mientras yo contemplo el mar, no te olvidarás de mí, ¿verdad?

Con amor,

Graeme

Sábado, 3 de junio de 1944
Highbury, Warwickshire

Mi queridísimo Graeme:

Todavía no puedo creerme del todo que te hayas marchado, pero cada vez que me preocupa cuándo volveremos a vernos de nuevo, no puedo evitar sentirme agradecida de que estés en Southampton y no en Italia. Debes perdonarme si eso suena egoísta. Sé que no hay nada que desees más que volver a estar con tus hombres, pero Stella dice que una mujer recién prometida tiene derecho a ser un poco egoísta.

No me enorgullece demasiado admitir que, cuando te marchaste, me pasé toda la tarde llorando. Con lo amable que es, el señor Penworthy se apiadó de mí y me mandó con su esposa. Ella se limitó a sacudir la cabeza, me dijo que lamentaba ver a dos jóvenes separados y, dado que no podía llorar más de lo que ya lo había hecho, me puso delante un montón de cebollas para que las troceara para hacer sopa. Petunia también vino a visitarme y se quedó un rato conmigo. Incluso Ruth está siendo muy amable con todo este asunto.

Pero no te preocupes; he decidido que voy a ser muy valiente. Me atendré a mis deberes en la granja, iré al cine con Petunia y seguiré dibujando el jardín de la señora Symonds. Todo el mundo ha sido muy amable conmigo. Incluso la señora Yarley, la de la tienda del pueblo, ha dejado de mirarme mal cuando voy a comprar lápices de dibujo. No te preocupes, estoy reservando los tuyos para algo especial.

Dentro del sobre, incluyo un dibujo del jardín en el que nos besamos por primera vez. Tal vez sea un poco sentimental por mi parte enviarte algo así, pero quiero que recuerdes cómo es estar aquí con las flores en todo su esplendor y el sol veraniego calentando los caminos. No creo que haya ningún lugar más hermoso en toda la tierra.

Con amor, siempre,

Beth

Sábado, 3 de junio de 1944
Highbury, Warwickshire

Querido Colin:

Todavía no he recibido noticias tuyas y temo que mi carta se haya perdido. O, tal vez, simplemente no quieras hablar conmigo. Eso podría entenderlo.

No tengo ninguna excusa para el asunto de Graeme. Has de saber que no pretendía que las cosas salieran así; no quería hacerte daño.

Lo único que puedo hacer es suplicar tu perdón.

Por favor, intenta comprenderlo.

Con afecto,

Beth

Lunes, 5 de junio de 1944
Highbury, Warwickshire

Mi queridísimo Graeme:

Espero que no te importe que te mande otra carta cuando todavía no he recibido una respuesta tuya. Sé que debe resultarte difícil escribir mientras te aclimatas a tus nuevas funciones. Recuerdo cuánto me costó aprender a hacer todas mis tareas bajo la supervisión del señor Penworthy.

Hoy no solo he sido una de las chicas del campo, sino que también he sido pastora. A Ruth y a mí nos han enviado a Alderminster (que es donde está destinada Alice) para ayudar al señor Becker, el pastor, con los últimos esquilados. Petunia también estaba allí (te manda un saludo y pregunta cuándo puede esperar ser dama de honor). Nos costó un rato aprender cómo sujetar a las ovejas y usar las tijeras. Ruth casi ha recibido una coz en la cara, pero, en su lugar, la pezuña le ha dado en el hombro. Sé que te he dicho que, a veces, es una llorica terrible, pero hoy tenía buenos motivos. Cuando hemos llegado a casa, tenía todo el hombro amoratado. Estoy segura de que, si hubiéramos tenido ternera de sobra, la señora Penworthy le habría hecho ponerse un filete.

De todos modos, aunque ha sido un trabajo duro, lo he disfrutado. Hemos ayudado a pesar a los corderos y a separarlos en campos diferentes. Es difícil no sentirse cautivado por ellos. Son unas cositas adorables y, gracias a la lana, tengo las manos más suaves de lo que las he tenido desde que me convertí en una de las chicas del campo.

He estado pensando en nuestra boda. No tiene sentido que la celebremos en Dorking. No sé si preferirías que fuera en Colchester, pero tal vez sería posible que nos casáramos aquí, en Highbury. Solo he estado en la iglesia en un par de ocasiones, pero el pastor parece un hombre muy decente. Además, muchos de mis amigos están aquí y sé que los médicos y las enfermeras del hospital estarían encantados de felicitarnos ese día.

Me estoy adelantando demasiado. Debería dejar esta carta a un lado e ir a ayudar a la señora Penworthy con la cena.

Con amor, siempre,

Beth

Martes, 6 de junio de 1944
Highbury, Warwickshire

Mi queridísimo Graeme:

Un día más sin recibir una carta con el correo de la mañana. Me he dicho a mí misma que no debo preocuparme, pero no puedo evitarlo. Hay tantas cosas que debemos aprender el uno del otro...

Perdóname por la letra temblorosa. He escrito las palabras de arriba antes de salir al campo con la intención de retomarlas si tampoco llegaba nada con el correo de la tarde. En su lugar, me he enterado de la invasión que hay en curso. El señor Penworthy lleva una radio inalámbrica en el tractor y estábamos escuchando la BBC mientras almorzábamos en el campo cuando John Snagge ha leído un boletín especial. Nunca olvidaré cómo me ha dado un vuelco el estómago al oír las palabras «Ha llegado el Día D».

No puedo evitar preocuparme por que te hayan mandado a las playas de Normandía y que ese sea el motivo por el que lleves días sin escribirme cuando me prometiste que, al menos, lo harías cada dos días. Esta noche, al igual que todo el país, escucharé la retransmisión del rey y rezaré para que estés a salvo.

Te quiero. Tendría que habértelo dicho en el jardín, pero estaba tan sorprendida, feliz y aturdida por el hecho de que quisieras casarte conmigo...

Te quiero, te quiero, te quiero,

Beth

Martes, 6 de junio de 1944
Highbury, Warwickshire

Querido Colin:

Por favor, escríbeme y dime que estás a salvo.
Con afecto,

Beth

Miércoles, 7 de junio de 1944
Highbury, Warwickshire

Mi queridísimo Graeme:

No espero recibir una carta tuya. Solo puedo esperar que no estés en Normandía, pero, dado tu silencio, temo que así sea. Tan solo me queda rezar por ti y por tus hombres.

Te quiero,

Beth

Jueves, 8 de junio de 1944
Highbury, Warwickshire

Queridísimo Graeme:

Todos estamos rezando por ti. Todos.

Cuando he ido a llevarle a Stella el pedido, la señora Symonds estaba en la cocina y, cuando me ha preguntado por ti, apenas he sido capaz de hablar entre sollozos. Ella me ha rodeado con los brazos y me ha estrechado con fuerza sin decir nada.

Vuelve conmigo, Graeme. Vuelve conmigo.

Te quiero,

Beth

—Odio el día de la colada —gruñó Ruth.

Beth alzó una cesta de sábanas mojadas y se la apoyó en la cadera.

—¿Puedes abrirme la puerta, por favor?

Ruth se apresuró a hacerlo. Desde el Día D, todo el mundo parecía esforzarse por ser amable con ella. Beth se sentía agradecida, por supuesto, pero le hubiera encantado poder trabajar el doble para deshacerse de la preocupación constante por la seguridad de su prometido.

Todas las mañanas, leía de arriba abajo los periódicos que el señor Penworthy iba a buscarle al pueblo. Todos los habitantes de la granja se reunían en torno a la radio inalámbrica con la esperanza de recibir algún tipo de información. Ninguno esperaba escuchar el nombre de Graeme en la radio o demasiados detalles sobre el Cuerpo de Zapadores al que había sido asignado tras recibir el alta de Highbury House. Sin embargo, de ese modo, tenían algo que hacer y algo que esperar.

Tras dejar la colada sobre la hierba perfumada y bajo la cuerda de tender, Beth se sacó un montón de pinzas del bolsillo y se las enganchó del brazo de la blusa. Ruth tomó la sábana que estaba encima de la pila y despegó la tela húmeda de sí misma. Juntas, pasaron uno de los extremos sobre la cuerda y Beth la sujetó con las pinzas.

—Mañana por la noche hay un baile en el Leamington Spa —le dijo la otra chica. Ella contestó con un ruido evasivo—. Petunia va a asistir —insistió Ruth de nuevo.

Aquello era señal de lo preocupada que estaba por ella. Su compañera de cuarto odiaba a Petunia y, en una ocasión, se había referido a ella como «una de esas chicas caballunas que no saben hablar de otra cosa que no sean los linajes y las cacerías del condado». Beth sospechaba que la verdad era que, a pesar de todo su resentimiento hacia el Ejército Femenino del Campo, a Ruth le gustaba ser la más pija de las chicas del campo de la zona y, cuando Petunia estaba presente, le resultaba difícil competir con ella.

—Si asistiera, ninguna de vosotras lo disfrutaría —contestó Beth.

—No puedes quedarte lloriqueando en la cama sin más.

—Sí que puedo y, si quiero, lo haré.

—Bien —dijo su compañera mientras arrojaba la siguiente sábana por encima de la cuerda con tanta fuerza que, si Beth no se hubiera apresurado a atraparla, habría caído al suelo.

—Agradezco lo que estás intentando hacer —dijo ella, suavizando el tono de voz—. De verdad.

—¡Beth! ¡Beth!

La señora Penworthy salió corriendo de la casa, sacudiendo las manos.

—¿Qué ocurre? —preguntó ella con las manos todavía en la colada.

—¡Has recibido correo! ¡Dos cartas!

La sábana se le escapó de entre los dedos y cayó sobre la hierba mientras ella salía corriendo hacia la señora Penworthy. Se encontraron a medio camino y, cuando le quitó las cartas, reconoció la letra de la que estaba encima.

—Graeme —susurró mientras soltaba el otro sobre para abrir este.

Lunes, 19 de junio de 1944

Mi querida Beth:

No puedo decirte dónde estoy o lo que estoy haciendo, pero quiero que sepas que estoy sano y salvo.

Tuyo por siempre,

Graeme

P.S.: Te amo desde que te vi subida en el tractor del señor Penworthy.

Se le doblaron las rodillas.

—Está a salvo.

«Está a salvo y me ama».

Ruth y la señora Penworthy se dejaron caer sobre la hierba junto a ella, rodeándola.

—Me alegro mucho, mi niña. Me alegro muchísimo —dijo la dueña de la granja.

Las tres mujeres permanecieron así, meciéndose suavemente de un lado a otro, hasta que, al fin, Beth se apartó de ambas.

—La segunda carta…

Ambas mujeres la soltaron y su compañera de dormitorio se giró hacia atrás para recogerla del suelo. A Beth le dio un vuelco el corazón cuando vio la dirección escrita a mano.

—Es de Colin.

—Tienes que abrirla —comentó Ruth.

Beth asintió.

—Venga, vamos a darle un poco de privacidad —dijo la señora Penworthy mientras le pasaba un brazo a Ruth por los hombros y la conducía hacia la casa.

Con manos temblorosas, Beth abrió el sobre de Colin y sacó la carta. Tan solo había una palabra escrita.

«No».

Emma

Emma se quitó el sombrero y usó un pañuelo para secarse la frente, un hábito que había adquirido al ayudar a su padre con el jardín. El hombre solía ponerse en pie, secarse el sudor del cuello y anunciar que era hora de beber algo frío. Entonces, ella subía por el camino hasta la cocina donde su madre, a la que le gustaba sentarse junto a la ventana mientras trabajaban, ya les estaba sirviendo dos vasos altos de limonada.

Qué no habría dado por una limonada…

Toda Inglaterra, así como Gales y la mayor parte de Escocia, estaba sumida en una ola de calor. En los últimos años, aquello se había convertido en algo seguro y, en el campo, donde había tan pocos aires acondicionados, todo el mundo sufría. La noche anterior, había hecho mucho calor en Bow Cottage y, a pesar del ventilador giratorio, apenas había dormido. Cuando había saludado a Charlie por la mañana, él le había contado que había dormido en el techo de su barco, bajo las estrellas, y que se había despertado con los lametazos del perro de su vecino de embarcadero.

Aun así, se alegraba de estar aquel día entre la espesura del jardín de invierno. Era un lugar tranquilo, lo cual, sin duda, tenía su atractivo, pero se trataba de algo más que eso. Cada uno de los jardines temáticos transmitía una sensación diferente. El jardín infantil, con sus flores silvestres y sus delicados cerezos en flor, era juguetón. El jardín del té era formal y decoroso. Sin embargo, el jardín de invierno desprendía una sobriedad que le transmitía la misma sensación que entrar en una iglesia. Sin importar a lo que tuviera que enfrentarse en el exterior, podía pasar la pierna por encima del muro, bajar al otro lado y, entonces, el peso del lugar se posaría con suavidad y de manera reconfortante sobre sus hombros.

Charlie también lo sentía, pero no se sentía atraído por el jardín del mismo modo que ella.

—Hay algo en él que, sencillamente, no me gusta —le había dicho él, que había empezado a temblar en cuanto había puesto los pies en el suelo—. Me resulta triste.

Al pensar en el nombre borroso escrito en lápiz, Emma había decidido que, más bien, era reverencial. «Jardín de Celeste». Una conmemoración.

—¡Toc, toc!

Emma vio a Sydney en lo alto de la escalera de mano.

—¡Hola!

—Espero que no te importe que suba por aquí. No estaba segura de que pudieras oírme desde la verja —dijo la propietaria de la casa.

—Mientras no te caigas… Mi seguro no podría permitírselo —contestó ella.

Sydney se echó a reír.

—Te prometo que no me caeré.

—¿Quieres bajar para verlo? —le preguntó Emma.

—Me encantaría.

Sydney trepó por encima del muro antes de que Emma pudiera advertirle de que tuviera cuidado. Suspiró, aliviada, cuando su clienta volvió a tener los pies apoyados en tierra firme. Sydney se apartó el pelo de la cara y miró a su alrededor.

—Esto es como una jungla. Si no supiera que no es así, pensaría que estoy en un bosque.

—Me temo que a los bosques se les da mucho mejor regularse ellos solos. Esto está totalmente lleno de maleza.

—Yo creo que es espectacular. Mira todo lo que has hecho ya.

—Gracias —contestó Emma, que estaba agradecida de verdad—. ¿Necesitabas algo concreto o solo tenías curiosidad?

–Más bien es que soy una fisgona. No, en realidad, quería preguntarte algo. Andrew y yo hemos estado hablando y queríamos saber si te plantearías hacer el huerto.

–¿El huerto?

–Sé que no es tan importante a nivel histórico como el jardín, pero nos gustaría mucho ponerlo en marcha de nuevo. Solo que no sabemos por dónde empezar.

–Un huerto de ese tamaño estaba diseñado para alimentar a la familia de la casa y al personal. Es decir, para dar comida para una docena de personas o más. ¿Estás segura de que queréis algo tan grande?

–No sería solo para nosotros. He estado hablando con una profesora de la escuela local y me dijo que a los niños les vendría muy bien pasar un trimestre en el huerto mientras aprenden sobre las diferentes plantas. He pensado que podría ser en parte un huerto funcional y en parte herramienta educativa.

Era una idea fantástica. Cuando antes empezaran los niños a ocuparse del huerto, más probable sería que siguiera apasionándoles cuando crecieran.

–¿Y qué harías con la cosecha sobrante?

Henry se ha ofrecido a encargarse él. Además de tener sus distribuidores habituales, lleva a cabo algunas iniciativas de agricultura comunitaria, vende a los restaurantes locales y cosas así.

Emma había pasado junto al huerto solo en una docena más o menos de ocasiones, pero ya podía imaginarse lo que haría con aquel espacio. Tendrían que reconstruir los bancales elevados y montar un sistema duradero de redecillas para mantener alejadas las mariposas de la col y las palomas torcaces. Adoptarían la siembra sucesiva para asegurarse de que siempre hubiera algo listo para cosechar y…

No, se estaba precipitando. Ya había agendado el que sería su siguiente trabajo después de Highbury House –un jardín contemporáneo de bonsáis para un *influencer* en Berwick-upon-Tweed– y no tendría hueco en la planificación para añadir el huerto por muy tentador que le resultara el dinero extra.

—Lo siento mucho, Sydney, pero no creo que pueda ampliar el proyecto. Además, los huertos no son mi especialidad. Aunque Charlie tiene experiencia en agricultura urbana. —El rostro de la otra mujer se entristeció durante un segundo antes de que volviera a aparecer de nuevo su sonrisa radiante. Aun así, Emma se dio cuenta—. Puedo darte el contacto de unos pocos colegas a los que se les dan muy bien ese tipo de cosas —añadió rápidamente.

—Eso sería estupendo —contestó Sydney con gentileza—. Siento haber interrumpido mientras estabas trabajando. He intentado hablar contigo a través de mensajes.

—¿De verdad?

Emma se sacó el teléfono del bolsillo trasero y se dio cuenta de que no había visto el mensaje de Sydney y de que también tenía una retahíla de mensajes en el chat de la familia.

> **Mamá:** ¡Hemos decidido ir a visitarte dentro de dos semanas! Llegaremos el sábado.
> **Papá:** Si te viene bien.
> **Mamá:** Queremos ver el jardín en el que estás trabajando.
> **Papá:** Eileen, no puedes autoinvitarte a los jardines de otras personas.
> **Mamá:** Emma se encargará del asunto.

Soltó un gruñido.

—¿Qué ocurre? —le preguntó Sydney.

—¿Te importaría que mis padres se pasaran a ver el jardín en un par de semanas? Tienen curiosidad y ya hacía tiempo que no trabajaba en uno que estuviera lo bastante cerca como para que pudieran venir a visitarlo.

—¡Claro que pueden venir! ¿Por qué no os quedáis todos también a tomar el té? —sugirió su cliente.

—¿Estás segura? Mi madre te someterá a un interrogatorio sobre cada aspecto de la casa. No es que sea la mujer más sutil del mundo.

—Creo que podré soportarlo. —Sydney se giró hacia la escalera de mano, pero se detuvo–. Charlie no es socio de Turning Back Thyme, ¿verdad?

–No. ¿Por qué lo preguntas?

–Si tiene experiencia con huertos, ¿crees que podría estar interesado en hacer el nuestro como un contrato único?

–Vaya. En realidad, no lo sé –contestó ella, sorprendida.

–¿Te importaría que se lo pidiera?

–Claro que no. Puede hacer lo que quiera. –Mientras decía aquello, se dio cuenta de que, probablemente, Charlie aceptaría enseguida la oportunidad de hacerle un favor a Sydney.

–¿Estás segura de que no te importa? –insistió la otra mujer.

Ella negó con la cabeza.

–Adelante. Y gracias de nuevo por la invitación para el té.

–Me alegro de que tú vayas a poder venir también.

Una vez que estuvo sola de nuevo, Emma tomó un par de tijeras de podar y reanudó la batalla contra la maleza.

La pregunta de Sydney sobre Charlie no dejó de darle vueltas en la cabeza durante toda la tarde y toda la noche. ¿Querría él aceptar trabajos propios? Nunca antes había pensado en ello realmente, pero tal vez debería haberlo hecho. Era capaz de diseñar solo, aunque siempre le había dicho que le interesaba más la parte física del trabajo.

Por muy egoísta que pudiera ser, no soportaba la idea de que Charlie se marchara por su cuenta. No porque fuese a ser competencia, sino porque lo echaría de menos. Había conocido a todas sus novias y habían bebido juntos en *pubs* por todo el país. Había asistido al funeral de su madre y él había sido el que la había llevado al hospital cuando se había roto el brazo tras caerse de una escalera de mano. Charlie era su mano derecha, su confidente y su mejor amigo.

Por eso, la mañana posterior a la conversación con Sydney, apareció en el trabajo armada con un par de vasos de café.

–Toma –dijo mientras le tendía uno.

–¿Qué es esto? –preguntó él.

–Café.

Puso los ojos en blanco.

–¿Por qué?

–¿Acaso una no puede invitar a un amigo a un café?

Él tomó el vaso con suspicacia.

–¿Le han puesto el extra de avellana?

–Sí. Mira que te gustan las bebidas extravagantes…

–No hay nada de malo en ser un poco extravagante –dijo él mientras quitaba la tapa del vaso desechable para dejar que saliera el vapor. Dio un trago–. Está muy bueno.

–Me alegro.

Charlie alzó el vaso y señaló el logo blanco y verde.

–El local más cercano está a diez minutos conduciendo y tú vives a una distancia del trabajo que puedes recorrer caminando. ¿Por qué has conducido veinte minutos para traerme un café?

Emma levantó la barbilla.

–¿Alguna vez has pensado en dejar Turning Back Thyme?

Él se encogió de hombros.

–Sí, a todas horas.

–¿Cómo? –balbuceó Emma.

–Bueno, la semana pasada me tiraste encima una pala.

–Eso fue un accidente –murmuró ella.

–Y luego está la vez en la que no amarraste bien mi barco y casi acabamos estrellándonos contra una orilla.

Para aquello no tenía ninguna defensa más allá del hecho de que, durante un viaje en barco, se había tomado unas cuantas copas de Pimm's con el personal de Turning Back Thyme. Ninguno de ellos debería haberse dedicado a amarrar barcos a muelles en aquel estado.

–Entonces, ¿quieres marcharte?

–Hay ocasiones en las que pienso en ello. Cinco años es mucho tiempo trabajando para la misma empresa. Incluso aunque mi jefa seas tú. Hay proyectos que me hubiera gustado intentar, pero nuestra agenda no me lo ha permitido. –Hizo una pausa para dar un trago de café–. Pero me gusta lo que tenemos. Es una buena empresa pequeña.

–No es tan pequeña –refunfuñó ella.

Charlie le lanzó una sonrisa.

—¿A qué vienen tantas preguntas? ¿Qué ha ocurrido?

Emma suspiró.

—Sydney está pensando en arreglar el huerto. Se supone que, después de esto, tenemos que marcharnos para el encargo de Berwick y con todos los retrasos que sufrimos cuando encontramos los planos de Venetia, me he quedado sin los días que había agendado para imprevistos. No puedo encajarlo.

—Además, no haces huertos —terminó él por ella.

—Ha pensado en pedírtelo a ti.

Charlie ladeó la cabeza.

—¿Y cómo ha sabido que estaría interesado?

—Yo le dije que tenías experiencia con la horticultura.

—Muy amable por tu parte. —Se hizo una pausa entre ellos hasta que, al fin, él añadió—: No tengo prisa por marcharme, Emma, pero sería un amigo terrible si no te dijera que no voy a estar feliz en tu equipo para siempre. Tengo otras habilidades.

—Ya lo sé. Se me ocurrirá algo.

—Estoy seguro de que sí. —Alzó el vaso de café—. Y, cuando te apetezca volver a sobornarme para que hablemos, adelante.

Venetia

Highbury House
Lunes, 1 de julio de 1907
Calor seco; El verano parece no acabar

Han pasado muchas cosas desde la última vez que escribí. Apenas sé por dónde empezar.

Tras el mediodía, cuando la tarde resultaba sofocante tanto por el calor como por la pereza, saqué la nota que le había escrito a Matthew de mi caja de escritura. Dado que como amazona tan solo soy pasable, decidí recorrer caminando la distancia que hay hasta nuestro escondite secreto en el árbol. Me vendría bien estirar las piernas ya que, a menudo, siento calambres mientras estoy cavando.

Sin embargo, cuando el camino caluroso se abrió ante mí, comencé a lamentar mi decisión. Un aroma seco y herbal me envolvió mientras los insectos danzaban bajo la luz del sol. En un campo, una vaca lechera mugió mientras me observaba con desinterés. Sin embargo, con mucha sensatez, la mayor parte del rebaño había buscado la sombra de un grupito de árboles.

Fue un alivio cuando llegué a la curva del camino en la que la hilera de setos estaba dividida por un roble moribundo A menos que una tormenta lo arrancara de raíz, pasarían años antes de que se viniera abajo. Un cernícalo había hecho su nido en un hueco del tronco que estaba mucho más alto de lo que yo podía alcanzar. Sin embargo, lo que yo buscaba era un nudo que estaba más bajo. Un transeúnte cualquiera jamás se habría fijado en él, pero yo no podía pasar al lado, ya fuera a pie o en carruaje, sin mirarlo, ya que era el buzón que compartía con Matthew.

Como siempre, metí la mano dentro con la esperanza de encontrar una carta. Rocé papel con los dedos y, cuando lo saqué, me encontré con dos notas. Hice una mueca. Matthew me había escrito en dos ocasiones desde la última vez que nos habíamos visto y yo tan solo me había sentado a hacerlo aquella misma mañana.

Me metí las notas en el bolsillo izquierdo y estaba a punto de rebuscar en el derecho cuando una voz a mis espaldas me interrumpió.

–Buenas tardes, señorita Smith.

Cerré los ojos con fuerza, consciente de que, cuando me diera la vuelta, me encontraría con la señora Melcourt en el carruaje abierto y con su conductor, Michaelson, que fingiría que no estaba escuchando todo lo que decíamos.

Metí la mano en el bolsillo, rodeé mi pañuelo con los dedos y lo saqué. Después, mientras me giraba, fingí estar secándome la frente.

–Buenas tardes, señora Melcourt –dije.

La mujer frunció el ceño.

–¿Se encuentra bien?

–He de confesar que es posible que haya juzgado mal esta tarde de verano. He salido a pasear y me he visto superada por el calor.

–Hay recorridos mucho más placenteros que este camino –dijo la señora de la casa.

–Eso es cierto, pero John, el hijo del señor Hillock, me ha dicho que había visto trigo de vacas no muy lejos de aquí –repliqué, inventándome lo primero que se me ocurrió.

–¿Qué es eso?

–Una flor poco común.

La mujer me miró fijamente durante un instante. Después, hizo un gesto en dirección al carruaje.

–Si ya se ha cansado de ir en busca de flores, tal vez le gustaría que la lleváramos de vuelta a casa. Y al trabajo.

Aquella última frase me molestó, tal como había pretendido ella.

No había nada que me apeteciera menos que recorrer un solo kilómetro con aquella mujer que, en los últimos tiempos, apenas parecía tolerar mi presencia en su casa. Sin embargo, insistir en volver caminando habría sido una tontería. En el proceso, tan solo conseguiría fastidiarme a mí misma y a mis pies hinchados.

Asentí y Michaelson se bajó para abrirme la puerta. Con su ayuda, subí al carruaje mientras me sujetaba las faldas.

En cuanto me hube acomodado frente a la señora Melcourt, ella dijo:

—Acabo de ir a visitar a *lady* Kinner. La recordará del baile.

—Sí, la recuerdo. Espero que disfrute de buena salud.

—Cualquier mujer con tanto dinero y tan pocas obligaciones debería estar sana. Su sobrina ha regresado de Boston. —A pesar de que fijé la mirada en el paisaje que pasaba a nuestro lado, empecé a prestar más atención—. La señorita Orleon es una jovencita tan instruida y encantadora… Matthew acabó prendado de ella cuando estuvo en Londres el año pasado durante la temporada. —No pude evitar arquear las cejas—. ¿No le parece muy gracioso que mi hermano asistiera a la temporada? —preguntó ella.

—Parece muy contento en Wisteria Farm con sus rosas.

—La vida es algo más que flores, señorita Smith. Tiene el deber de casarse y estoy decidida a que se case bien. No puede seguir viviendo de la generosidad del señor Melcourt mucho tiempo más.

—¿Generosidad?

—Mi esposo le ha proporcionado a Matthew el uso de la granja, así como otras necesidades.

Nos sumimos en un silencio incómodo hasta que apareció ante nosotras la verja de Highbury House. Miré a la señora Melcourt con la intención de agradecerle el viaje, pero ella se inclinó hacia delante.

—Ocupa usted una posición peculiar en esta casa, señorita Smith.

—No considero en absoluto que me encuentre entre los habitantes de esta casa. Más bien me considero una invitada.

La otra mujer ladeó la cabeza.

—Y, aun así, mi marido le paga un salario por su trabajo. Los pagos no son habituales entre los invitados.

Estaba a punto de contestar cuando el corazón me empezó a latir con fuerza y me mareé. Me llevé la mano al pecho.

–Señorita Smith, ¿se encuentra bien? –me preguntó mi patrona por segunda vez aquella tarde. Su tono de voz era capaz de congelar el mismísimo aire.

Sin embargo, aquella sensación desapareció con la misma rapidez con la que me había asaltado. Sacudí la cabeza levemente y dije:

–Estoy bien, gracias.

Decidí que, en cuanto pudiera retirarme a la casita del jardinero, me pondría un trapo frío en la nuca y me aflojaría el corsé.

La señora Melcourt me miró con los ojos entornados.

–Está un poco pálida.

–Tonterías –repliqué mientras Michaelson detenía el carruaje. Un chico salió corriendo de los establos y tomó las riendas de los caballos para que se estuvieran quietos.

Ya me había levantado cuando la señora Melcourt dijo:

–Será mejor que deje que Michaelson la ayude a bajar.

–Estoy hecha de un material más resistente que la mayoría –contesté.

Apoyé un pie tembloroso sobre la corta escalera del carruaje. La cabeza volvió a darme vueltas, pero respiré hondo. Un escalón. Dos escalones. Tres escalones.

Cuando mis botas tocaron tierra firme, la visión se me cerró en un solo punto y, después, todo se volvió negro.

Cuando volví a abrir los ojos, me encontré con el rostro de un hombre que llevaba un abrigo negro y unas impresionantes patillas estilo Souvarov que la última vez que habían estado de moda había sido el siglo pasado.

–Hola, señorita Smith –dijo mientras volvía a sentarse.

–¿Quién es...?

Intenté incorporarme, pero, entonces, me di cuenta de que no sabía dónde estaba o cómo había llegado hasta allí.

–Soy el doctor Irving –contestó él.

–¿Qué ha ocurrido?

El médico miró por encima del hombro y vi que la señora Creasley, con los brazos cruzados sobre el pecho, ocupaba el umbral de la puerta.

–Se encuentra en mi salita. Se ha desmayado en el patio –dijo el ama de llaves.

–¿Recuerda haberse desmayado? –me preguntó el doctor Irving.

Cerré los ojos con fuerza, intentando recordar.

–Recuerdo haberme bajado del carruaje.

–La señora Melcourt ha dicho que se ha desmayado –insistió la señora Creasley.

Fruncí el ceño ante el tono gélido de la mujer. Siempre se había mostrado cortés conmigo, pero, en aquel momento, no pude evitar sentirme como una doncella que hubiese quemado la ropa blanca de la señora.

–Estoy seguro de que la señorita Smith agradecería tomar una taza de té –dijo el médico–. No demasiado fuerte, pero con bastante azúcar.

El ama de llaves entrecerró levemente los ojos, pero, de todos modos, asintió.

En cuanto la puerta se hubo cerrado, el gesto alegre del médico cambió.

–Señorita Smith, ¿se había desmayado en alguna otra ocasión?

–No.

–¿Su madre tiene costumbre de desmayarse?

–No que yo sepa. Está muerta.

El hombre frunció los labios.

–¿Y ha experimentado algún otro síntoma?

–No comprendo. ¿Síntomas de qué?

Él suspiró.

–¿Se ha sentido incapaz de comer o beber?

–No.

–¿Mareos?

–Con excepción del de hoy, no.

–Le pido disculpas por ser tan directo, pero ¿ha notado que la ropa ya no le sienta como antes?

Fruncí el ceño.

–Hay cosas que me quedan mejor que otras, pero debe comprender, doctor Irving, que hay aspectos de mi trabajo que requieren un nivel de ejercicio físico al que la mayoría de las damas no se someten.

–No puedo culparla por desear ejercitarse, señorita Smith. De hecho, desearía que más damas y caballeros se dedicaran a hacer actividades al aire libre.

–Entonces, está de acuerdo en que no me pasa nada.

–Le pido disculpas por la intimidad de esta pregunta, señorita Smith, pero ¿cuándo fue la última vez que tuvo el periodo?

Alcé la vista con brusquedad.

–¿Qué?

–¿Cuándo tuvo el último periodo? –me preguntó con lentitud, como si estuviera traduciendo para alguien que hablase otro idioma.

Hice la cuenta mentalmente, intentando con todas mis fuerzas recordar cuándo había sido la última vez que había necesitado los trapos que guardo en una caja sencilla dentro de mi armario. Sin duda, había sido apenas un par de semanas atrás, cuando se pusieron los árboles entre el jardín de la poesía y el jardín acuático. Recordaba haber necesitado excusarme para comprobar…

Eso había sido dos meses atrás, antes de la fiesta de los Melcourt.

–Doctor Irving –dije con un tono de voz aguda a causa del pánico creciente–, no puede estar sugiriendo que…

–¿Que podría estar embarazada? Me temo que, cuando una dama sana y vigorosa se desmaya y, después, el ama de llaves a la que se le pide que ayude a aflojarle el corsé descubre que la dama en cuestión lleva la lazada más suelta de lo que las marcas podrían sugerir, debo hacer la pregunta evidente.

–Hace calor. A ninguna mujer le gusta llevar el corsé tan apretado cuando hace el tiempo que ha hecho en los últimos días –insistí.

El hombre me miró con cierta compasión.

La vergüenza me asaltó. Una cosa era que el médico sugiriera que podía estar embarazada, pero si el ama de llaves lo sabía…

Enterré el rostro entre las manos. Necesitaba tiempo para pensar; tiempo para decidir qué hacer, ya que no debo perder ni el jardín de Highbury ni mi medio de vida.

—Entiendo que no era consciente de la posibilidad de su condición —dijo el médico tras un instante.

Ni siquiera se me había pasado por la cabeza.

—Tengo treinta y cinco años —contesté.

—Muchísimas mujeres mayores que usted han dado a luz niños sanos sin ningún problema —respondió él y tragué saliva.

—Doctor Irving, no estoy casada.

—Ah, ya. Bueno, he llegado a esa conclusión cuando la señora Creasley la ha llamado «señorita Smith».

Le agarré la mano.

—No puedo tener este bebé.

Él se echó hacia atrás y su jocosidad paternal desapareció.

—Señorita Smith, piense con mucho cuidado lo que va a decir a continuación. Hay cosas en este mundo que no solo son una afrenta a Dios, sino un crimen.

Me eché hacia atrás, sintiéndome miserable al saber que aquel médico no me ayudaría ni aunque supiera cómo hacerlo.

El hombre empezó a recoger sus cosas y a colocarlas con cuidado dentro de su bolso médico de cuero marrón.

Estaba a medio camino de la puerta cuando lo detuve.

—Doctor Irving, por favor, ¿tendría la cortesía de no contárselo al señor y la señora Melcourt?

El médico se apretó el puente de la nariz con los dedos.

—El señor Melcourt me va a pedir la factura.

—Si pudiera decirles que me ha tratado por alguna condición nerviosa…

—Señorita Smith, no traicionaría la confianza de una dama, pero ya sabe que, en algún momento, lo que yo les cuente o deje de contar a los Melcourt no tendrá importancia. Lo sabrán. Todo el mundo lo sabrá.

—Gracias, doctor —dije con tono débil.

El hombre se marchó, sumiendo la habitación en el silencio y dejándome desesperada.

Diana

L a canastilla rebotaba contra el costado de Diana mientras cortaba otra flor de tallo largo y la dejaba dentro de la cesta poco profunda. A su alrededor, en el jardín del té, las abejas gordas y perezosas zumbaban por todas partes bajo el sol de verano, encargándose de sus laboriosas tareas con más lentitud de lo habitual.

Siempre le había encantado aquella época del año. Podía soportar la melancolía del invierno, pero anhelaba el aire bochornoso. Disfrutaba de quedarse hasta tarde por las noches en la veranda con un vaso de algo frío y dulce a mano. En casa de sus padres, jamás se había atrevido a ponerse otra cosa que no fueran los camisones de algodón que su madre solía escoger para ella. Sin embargo, en su propia casa, había descubierto la deliciosa libertad de dormir desnuda en verano.

El no seguir compartiendo cama por las noches con un hombre que parecía arder como si tuviera fiebre era una de los pocos aspectos de la viudedad de los que se permitía disfrutar. Tal vez extrañara el peso de la mano de Murray sobre su espalda mientras se quedaba dormida, pero no echaba de menos cómo su mera presencia la sofocaba. Ahora pasaba directamente del frescor de la bañera a la cama.

Cuando entró en el jardín de los enamorados, oyó la voz de una mujer al otro lado de los setos.

—Recordad: es muy importante que estéis quietos —dijo la mujer. Después se oyeron las risitas de unos niños.

Curiosa, Diana asomó la cabeza al jardín infantil. Allí estaban Robin y Bobby, sentados con los hombros juntos y la espalda pegada a uno de los cerezos. A unos pocos metros de ellos se encontraba la señorita Pedley con su cuaderno de dibujo.

—¡Mami! —exclamó Robin en cuanto la vio.

Se levantó como una bala y se abalanzó contra sus piernas. El corazón se le colmó solo con mirar la parte superior de su cabecita rubia. Algunos días pensaba que era un milagro que siguiera allí; otros, le recordaba tanto a Murray que casi le resultaba doloroso.

—Hola, cariño. ¿Estáis jugando a ser modelos para la señorita Pedley? —le preguntó.

—Nos está dibujando —contestó él.

Bobby rondaba cerca de ellos.

—La señorita Pedley también nos está enseñando a dibujar.

—Bueno, eso es muy amable por su parte —dijo Diana mientras contemplaba los lápices abandonados y los trozos de papel cubiertos con garabatos infantiles—. Sin embargo, la profesora no debería encargarse también de proporcionaros los materiales. Le pediré a la señora Dibble que busque en los áticos para ver si encuentra los viejos cuadernos de cuando Cynthia era una niña. Debe de haber algo de papel sin usar.

—Gracias —dijo la joven, que tenía el cuaderno de dibujo pegado al vientre y las manos cruzadas sobre él.

—¿Puedo echar un vistazo? —preguntó ella.

—Oh, claro. —La chica dudó antes de abrir la cubierta del cuaderno—. No es gran cosa. Tan solo algunos garabatos.

Le dio la vuelta al cuaderno y le mostró el boceto a medio terminar de los dos niños. Robin tenía la cabeza apoyada contra el árbol y Bobby la tenía ligeramente ladeada hacia la izquierda. Ambos tenían unas piernas largas y delgaduchas que les asomaban por los pantalones cortos, tal como les ocurría a todos los niños. Aun así, a pesar de lo mucho que se parecían, había claras diferencias. Robin era seguro, casi arrogante. Bobby era más tímido y siempre miraba de reojo.

–Muy bonito. Posando así, podrían pasar por primos –comentó Diana.

–Mamá… –Robin le tiró de la mano–. Mamá, quiero ir a enseñarle a Bobby mi cueva pirata.

–Ya sabes que no puedes entrar en el jardín de invierno sin mí.

El niño golpeó el suelo con la punta del pie.

–Pero allí está mi cueva pirata.

Diana no pudo evitar ablandarse.

–Y estoy segura de que será una cueva muy buena. En cuanto termine con las flores, iré a buscar una de las llaves y os llevaré a ambos. –Se produjo un coro de vítores–. Señorita Pedley, llevo un tiempo queriendo preguntarle si el capitán Hastings y usted han seguido discutiendo los planes para la boda.

–Sí. Bueno, nos hemos estado escribiendo al respecto.

–¿Sigue en Normandía? –preguntó Diana.

–Al estar adscrito al Cuerpo de Zapadores, ha estado yendo y viniendo. Aunque está destinado en Southampton. No sé cuándo tendrá permiso, pero nos casaremos entonces –contestó la joven.

–Eso no es de mucha ayuda a la hora de planificar.

–No. –La señorita Pedley suspiró. Y me temo que la cosa empeorará, ya que está intentando unirse de nuevo a su unidad original.

–Una bala casi le destrozó el hombro –dijo Diana.

La joven se mordió el labio.

–Había albergado la esperanza de que se acostumbrara a ser oficial de suministros. No quiero que vuelva al combate.

–¿Y le ha dicho eso? ¿Le ha pedido que solicite un traslado que lo mantenga en el Reino Unido? –La señorita Pedley agachó la cabeza y esa fue toda la respuesta que necesitó Diana–. ¿Y qué hay de usted? ¿Seguirá siendo una de las chicas del campo?

–Sí –susurró la joven, como si aquel trabajo agotador fuese un alivio en lugar de una carga–. El reclutamiento implica que seguiré aquí a menos que me quede embarazada.

–¿Y qué hará en ese caso?

—Graeme me ha dicho que podría arreglarlo todo para que me quedara a vivir con sus padres.

—¿De dónde es su familia?

La señorita Pedley hundió un poco más los hombros.

—De Colchester.

—Colchester está bastante lejos de Highbury y parece que tiene muchas amistades aquí.

—Lo sé. —La joven alzó la cabeza y Diana se sorprendió al ver que los ojos le brillaban, repletos de lágrimas—. Lo siento. Es una tontería ponerse triste por algo así. Es solo que Highbury es el primer lugar en el que he sido feliz.

«Pobrecita». Era evidente que necesitaba ayuda, pero, por lo que parecía, no tenía demasiadas mujeres que la guiaran.

—¿Y desea quedarse aquí?

Ella asintió.

—Pero eso también es una tontería. Este tampoco es mi hogar. Es solo que no sé qué hacer.

—¿Está segura de que quiere casarse con ese hombre? —le preguntó Diana.

Su respuesta fue inmediata.

—Sí. Le conozco desde hace muy poco tiempo, pero sí.

Tal vez, si hubiera sido una persona diferente, Diana habría abrazado a aquella joven. Ya lo había hecho en una ocasión, mientras todos esperaban con el alma en vilo a recibir noticias del capitán Hastings durante la invasión, pero no podía volver a romper de nuevo con años de comportamiento «apropiado» con tanta facilidad.

—Bueno —dijo en su lugar—, eso nos lleva de vuelta a la cuestión de sus nupcias. Supongo que querrá casarse aquí, si es que el capitán Hastings consigue un permiso. Si lo desea, podría hablar con el pastor y él la ayudaría a escoger una fecha teniendo en cuenta el permiso del capitán.

—Oh, muchas gracias, señora Symonds. Es muy amable —contestó la señorita Pedley.

—¿Qué planes tenía para el banquete de bodas?

—Todavía no lo había pensado. Me parece todo tan abrumador... Especialmente, teniendo en cuenta los racionamientos.

–Debe tener un banquete de bodas. Lo celebraremos en Highbury House –dijo ella antes de poder replantearse la oferta o pensar en cómo se sentiría la joven al respecto.

–¿En Highbury?

–En la veranda, si así lo desea. O en mi salita privada, si es que está lloviendo. Puede que Highbury House sea un hospital de convalecencia, pero creo que ha quedado demostrado que todavía puedo organizar una fiesta cuando es necesario.

La señorita Adderton se pondría de mal humor ante la idea de tener que sacarse de la manga y con raciones escasas un banquete de bodas. O, tal vez no. Diana había visto cómo la señorita Pedley se había quedado junto a la cocinera el día que había llegado el telegrama.

Cynthia sería otra cuestión.

–¿Está segura de que no sería una molestia? –preguntó la joven.

–Por supuesto –mintió ella con una sonrisa. Sin duda, el banquete de bodas de la señorita Pedley iba a convertirse en otro campo de batalla en el que se enfrentarían ella y su virtuosa cuñada–. Bueno, debería dejar que siga dibujando.

Casi había atravesado la mitad del jardín infantil cuando la joven se dirigió a ella.

–¿Estaría renunciando a demasiadas cosas si consintiera en mudarme a Colchester tras la guerra?

Lentamente, Diana miró por encima del hombro.

–El amor puede lograr que las mujeres hagan cosas ridículas. Las mujeres inteligentes se vuelven tontas y renuncian a cosas a las que nunca habían pretendido renunciar... –Sus palabras se fueron volviendo más suaves–. Tiene que saber que puede decirle lo que quiere; puede exigir lo que necesite.

–¿A qué renunció usted por el señor Symonds? –le preguntó la señorita Pedley.

Antes de contestar, Diana se recolocó el cesto en el brazo para que le quedara más alto.

–A todo.

Aquella tarde, tras la ronda de visitas a los soldados, Diana se paró frente a la salita de música que se había visto reducida a un almacén tras la llegada del hospital.

Se alisó la falda y, después, echó los hombros hacia atrás. Tan solo era una habitación. No podía opinar mal de ella.

Y, aun así, cuando abrió la puerta, el aire parecía cargado de arrepentimiento, tal como ocurre cuando tomas el té con un conocido lejano que en el pasado había sido un amigo querido.

Cerró la puerta tras de sí con suavidad. La doncella, Dorothy, debía de airear la habitación de vez en cuando, ya que el olor era fresco y apenas había motas de polvo flotando en la luz que se colaba a través de la rendija entre las cortinas de color azul marino. Y, en un rincón, justo donde la había dejado, estaba el harpa.

Se acercó a ella del mismo modo que un jinete se acercaría a un caballo tímido. Rozó la cubierta de fieltro con los dedos. A los quince años, había amado aquel instrumento con cada fibra de su ser. Había tenido talento. Su profesora incluso la había animado a que estudiara en un conservatorio. Les había pedido permiso a sus padres. Les había rogado. En su lugar, poco después la habían enviado a Suiza para que terminara de pulir sus habilidades sociales.

Quitó la cubierta con reverencia. La tela cayó al suelo y dejó al descubierto la caja de resonancia de nogal oscuro y los pedales cobrizos. Tras acercar una silla, se apoyó el instrumento sobre el hombro y se tomó un momento para subirse un poco la falda. Respiró hondo mientras colocaba el pulgar sobre el do central y punteó la cuerda.

Sonó un tañido discordante que le hizo dar un respingo.

—Pues claro que está desafinada —murmuró.

Estuvo a punto de volver a ponerla recta, dispuesta a cubrirla y salir de la habitación, pero, entonces, vio la partitura de su hijo sobre el piano. Si Robin podía tocar, ¿por qué no podría hacerlo ella?

Tomó el diapasón y la llave de afinar de la estantería y se puso a trabajar metódicamente para, poco a poco, devolverle la vida al instrumento.

Cuando al fin hubo apretado la última clavija para que el harpa estuviera bien afinada, colocó las manos sobre las cuerdas y comenzó a interpretar una obra de Leduc que podría haber tocar en sueños cuando aún ensayaba de manera seria. Sin embargo, aunque todavía era capaz de recordar las notas, había perdido gran parte de la agilidad de las manos.

Tras tomar nota mental de que debía engrasar los pedales, terminó la obra y cambió a una de Schubert que le había encantado en el pasado. Cuando estaba a medio camino de terminar la pieza, se detuvo para sacudir las manos doloridas. Movía los dedos a la mitad de la velocidad a la que los había movido años atrás.

Cuando cubrió el instrumento y salió de la salita de música una hora después, supo que no quería volver a esperar tanto tiempo.

Venetia

Highbury House
Miércoles, 24 de julio de 1907
Caluroso y seco; ¿Volverá la lluvia algún día?

Estas últimas semanas, he descuidado la escritura, pero ¿quién podría culparme por ello?

He descubierto que estar embarazada es una desgracia. Desde el diagnóstico del doctor Irving, me han asaltado las náuseas y la fatiga, como si, ahora, mi cuerpo tuviera permiso para traicionarme todos los días.

Esta mañana, he acabado en el jardín infantil, de rodillas detrás de una buddleia, intentando vomitar el escaso desayuno consistente en té y tostadas. Comprendo la ironía de estar plantando un jardín que se supone que ha de brindar alegría a los niños cuando me siento tan miserable por mi condición. Motivo de más para proceder con rapidez. Se empezará a notar antes de que termine mi trabajo en Highbury House.

Pensar que nunca veré este jardín completado hace que me duela el corazón. Sin embargo, un corazón dolorido y una reputación intacta son mejores que caer en desgracia. Tengo un plan. En algún momento de septiembre, comenzaré a fingir alguna enfermedad, aunque todavía no he decidido de qué tipo. Debe de ser algo serio, pero no demasiado grave, que tan solo requiera un largo periodo de descanso ininterrumpido, y, si tengo suerte, que un médico me recomiende climas más cálidos. Dejaré planos, dibujos detallados y una lista de plantas para que el señor Hillock termine el jardín. Después, me marcharé durante seis u ocho meses a algún lugar en el que no conozca a nadie y contrataré a una mujer discreta para que me ayude con el parto. Tras arreglarlo todo para que el bebé sea entregado a una familia que lo quiera, regresaré a Inglaterra.

Es la única opción.

Allá donde mire, aparecen sacrificios. He renunciado a Matthew. No ha habido ninguna discusión ni hemos vivido una gran tragedia. En su lugar, he permanecido cerca de Highbury House. Ya no me aventuro hasta el árbol y, si tengo que pasar por delante, mantengo los ojos fijos en el camino que hay frente a mí de forma decidida.

Me he pasado el pañuelo por la boca, me he levantado y he salido de mi escondite florido mientras me sacudía las faldas. «Esto también pasará», me he dicho a mí misma, tal como he estado haciendo todos los días.

—Señorita Smith —ha dicho la voz distante de una joven.

Me he aclarado la garganta destrozada.

—Estoy aquí.

Una de las doncellas, a la que no he reconocido, ha asomado la cabeza a través del hueco en el seto que comunica con el jardín nupcial.

—Señorita Smith, el señor Melcourt quiere verla en el salón.

El estómago me ha dado un vuelco. Mi patrón lo sabía.

He asentido con rigidez, he guardado los guantes de jardinería y las herramientas en la cesta de mimbre y me he recogido las faldas para seguir a la doncella a mi propio Juicio Final.

La joven me ha guiado hasta el salón doble. Qué apropiado que mi despido fuese a producirse en la misma estancia en la que me había contratado.

Cuando he mirado alrededor, he visto que el señor Melcourt no estaba solo. Lo acompañaba un hombre bajito con la piel inusualmente morena, lo que contrastaba mucho con el blanco resplandeciente de su camisa.

—Señorita Smith, lamento apartarla de su trabajo —me ha dicho el dueño de la casa de manera cordial. No ha sido en absoluto el tono propio de un hombre que estuviera a punto de despedir a la diseñadora de su jardín.

–No pasa nada –he contestado con cautela.

–¿Me permite presentarle al señor Martin Schoot? Es el director de la Real Sociedad del Patrimonio Botánico. –El señor Melcourt le ha dedicado una sonrisa a su invitado–. Ha mostrado su deseo de conocerla.

La Real Sociedad del Patrimonio Botánico… Una organización prestigiosa y pomposa que se niega a aceptar mujeres entre sus filas.

–Señor Schoot –he dicho, intentando no fruncir el ceño–, tendrá que perdonarme por no darle la mano, pero acabo de estar en el jardín.

Él ha mantenido la mano extendida.

–Un poco de tierra no me hará daño, señorita Smith. Al contrario. Imagino que los momentos en los que es más feliz son aquellos en los que está en la naturaleza en lugar de confinada dentro de casa.

Le he tomado la mano a regañadientes.

–He mantenido correspondencia con el señor Schoot desde que tuve la idea de darle nueva vida al jardín de Highbury House –ha dicho el señor Melcourt.

–Tenía muchas ganas de conocer a la mujer que hay detrás de un proyecto tan grande.

–¿Le sorprende que un jardín como el de Highbury quede a cargo de una mujer, señor Schoot? –le he preguntado yo.

Esperaba que reaccionara mal, tal como lo hacen muchos hombres cuando se enfrentan al desdén apenas disimulado de una mujer. Sin embargo, en su lugar, el señor Schoot ha comenzado a reírse.

–Un placer, señorita Smith. Por la estructura desenfadada y natural de las plantaciones, veo que tiene mucha estima a los diseños de William Robinson.

–Y a los de Jertrude Jekyll. Poco antes de morir, mi padre me regaló su libro *Madera y jardín* –he contestado.

–Qué interesante que mencione el trabajo de la señorita Jekyll…

Antes de que el señor Schoot pudiera terminar la frase, la señora Melcourt ha entrado en la estancia, seguida de su hermano.

Cuando me ha visto, Matthew se ha tropezado con la alfombra persa. Ha abierto muchos los ojos, ha separado los labios y, después, ha sonreído. Ha sonreído. El estómago me ha dado un vuelco.

—Señorita Smith, veo que no está en el jardín —ha dicho la señora de la casa.

—La culpa es mía. He mostrado interés en conocer a la señorita Smith y su esposo ha sido tan amable de complacerme —ha intervenido el señor Schoot.

Mi patrona ha fruncido los labios antes de dibujar una sonrisa falsa.

—Por supuesto. ¿Le ha contado la señorita Smith lo que ha hecho para incluir en el jardín una o dos de las rosas de la colección de mi hermano?

¿Una o dos? Ahora mismo, el jardín está desbordado hasta tal punto por las rosas de Matthew que es imposible doblar una esquina sin encontrarte con un recordatorio de su persona.

Él ha inclinado la cabeza.

—Mi contribución no es nada en comparación con la creación de la señorita Smith.

—Venga, Matthew; eres demasiado modesto. ¿Sabe? Mi hermano es un botánico de talento —ha señalado la señora Melcourt.

—Mi hermana me halaga. Tan solo soy un hombre cuya afición ha tomado las riendas de su vida —ha contestado él de buen humor.

—Eso no es cierto —he dicho con brusquedad. Todas las miradas se han vuelto hacia mí. No debería haber dicho nada más, pero no iba a permitir que un hombre con la pasión y la dedicación de Matthew le restara importancia a sus logros—. El señor Goddard tiene un gran talento para cultivar rosas —he continuado—. Sabe mucho más que yo sobre los entresijos de hibridarlas e injertarlas. Ha sido un placer verlo trabajar.

He visto la sonrisa de Matthew al mismo tiempo que su hermana entornaba los ojos.

—¿Verlo trabajar? —ha preguntado ella.

—La señorita Smith ha visitado Wisteria Farm en varias ocasiones para escoger rosas para el jardín. Y ella misma ha hibridado un par de rosas. Deberíamos recoger los frutos en breve.

—¿En varias ocasiones? —ha insistido la señora Melcourt con una leve carcajada—. No me había dado cuenta de que la señorita Smith tuviera tanto interés.

—Su opinión es inestimable para mí —ha contestado Matthew sin apartarme los ojos de encima.

Un dolor profundo y burlón me ha recorrido el cuerpo. Quería estirar el brazo hacia él y tener el derecho a tocarle delante de todas esas personas, pero era imposible.

—Querida, podrías pedir que nos sirvieran el té —ha dicho el señor Melcourt, rompiendo la tensión que había en la habitación con una petición tan inocua.

Su esposa ha asentido, pero, antes de llegar a la cuerda de la campanilla, se ha dirigido a su hermano.

—Matthew, tienes que decirme dónde colgar este nuevo cuadro de un paisaje que compró Arthur la última vez que estuvo en Londres.

Él ha agachado la cabeza.

—Sí, Helen.

Mientras se alejaban, la tensión que sentía en los hombros se ha relajado un poco, pero, aun así, me he sobresaltado cuando el señor Schoot ha vuelto a hablarme.

—Señorita Smith, antes ha mencionado que es una admiradora de la señorita Jekyll. ¿Ha pensado en escribir usted también?

—Llevo un diario de jardinería, pero no está pensado para el público —he contestado.

—¿Le gustaría probar a escribir un artículo? O tal vez más. La sociedad está creando una revista y me gustaría mucho que se planteara escribir para ella.

He visto cómo, desde el otro lado de la habitación, Matthew pasaba la vista entre el señor Schoot y yo.

—Eso es increíblemente halagador —he dicho.

—Entonces, ¿lo pensará?

–Me temo que debo rechazar su oferta, señor Schoot. Mi conciencia no me permitiría escribir para una organización que no me permitiría unirme a sus filas.

El señor Melcourt ha cambiado el peso de un pie a otro.

–Señorita Smith...

El director de la sociedad ha alzado una mano.

–La dama tiene razón. Desde hace algún tiempo, se viene cuestionando de manera estruendosa la exclusión de las mujeres. Sin embargo, me temo que hacer cambiar de opinión a la junta ha demostrado ser todo un reto. Estoy seguro de que lo entiende, señorita Smith.

No lo entiendo. En absoluto.

–Rechazar semejante oportunidad... Y con la posibilidad de escribir sobre un jardín como el que tenemos aquí, en Highbury House...–ha dicho mi patrón, tartamudeando.

Ah. Para el señor Melcourt, no era suficiente que le estuviera dando un jardín precioso para su familia. Quería que fuese un jardín famoso.

–No obstante –he respondido con cuidado–, he de rechazarla hasta el día en que las mujeres sean admitidas como miembros de pleno derecho.

El señor Schoot se ha balanceado sobre los talones.

–Tal vez descubra que ese momento ha llegado antes de lo esperado, señorita Smith.

Le he dedicado una sonrisita.

–Eso espero, señor Schoot.

Me he escapado del salón de los Melcourt todo lo rápido que he podido. He atravesado la pradera de césped a grandes zancadas, he pasado por delante del estanque reflectante, que se completó el mes pasado, y me he dirigido al borde del lago.

Cuando he estado segura de que los árboles me ocultaban de las miradas, me he llevado la mano a la sien para intentar deshacerme del dolor de cabeza. Necesitaba tiempo para pensar. Necesitaba espacio. Necesitaba estar sola.

Estando a solas, el plan de cargar con este niño hasta el momento que yo eligiera y, después, marcharme, me había parecido muy claro. Ahora, tras haber visto a Matthew de nuevo, ya no tanto.

Si al menos se hubiera mostrado frío y distante o furioso e indignado... Si al menos no hubiera parecido contento de verme... No, contento no: encantado. He sentido la vergüenza y el deseo retorciéndose en mi interior. No quería renunciar a él a pesar de que no tenía otra opción.

He tomado varias bocanadas de aire con la espalda apoyada contra un tronco, desesperada por respirar y temiendo volver a desmayarme. He cerrado los ojos con fuerza.

–¿Venetia?

He vuelto a abrir los ojos. Matthew estaba a un par de metros de distancia y con la mano extendida. Cuando me ha mirado a la cara, la ha bajado, como si supiera que tocarme sería demasiado.

–No deberías haberme seguido –le he dicho.

–Te has marchado antes de que pudiera hablar contigo. Quería... Quería saber qué es lo que he hecho.

Me he acercado más al árbol y la tela de la camisa se me ha enganchado en la corteza.

–Esto ha sido un error.

–¿Un error?

–Ambos sabíamos que lo que estábamos haciendo estaba mal.

–¿Cómo puede estar mal lo que sentimos el uno por el otro? –me ha preguntado él.

–Matthew, estoy embarazada de un hijo tuyo.

Se ha quedado boquiabierto. Yo me he quedado mirándolo, esperando a algún tipo de señal de que... No sé de qué. La vida que he creado y que he amado se estaba derrumbando a mi alrededor.

–¿Por eso me has estado evitando? –ha preguntado con lentitud.

–Por el bien de los dos, esta relación tiene que acabar. Sin duda, te das cuenta de que es así.

Él se ha pasado una mano por el rostro.

–¿Desde cuándo lo sabes?

Le he mirado fijamente.

–Desde principios de este mes. Me desmayé y mandaron llamar al médico.

–¿Te desmayaste? –ha murmurado, incrédulo–. Tendría que haber estado contigo.

–No; no hubieras podido. No puedes. Si los Melcourt lo descubrieran...

–No me importa lo que opinen mi hermana y su esposo. Tal como están las cosas, ya tienen demasiado poder sobre mi vida.

Me he erguido hasta alcanzar mi máxima altura.

–Y tienen el poder de arruinar la mía. Si me marcho de Highbury deshonrada y la gente se entera de por qué, jamás podré volver a trabajar de nuevo. Este es mi medio de vida, Matthew. Los encargos que acepto no solo me mantienen a mí, también le dan trabajo a Adam. No puedo dejar a mi hermano sin un modo de ganarse la vida.

–Tu hermano podría buscar otro trabajo.

–¿Y yo? Si tengo un hijo sin estar casada, toda mi respetabilidad se esfumará. Sé que tú no me condenarías a ese tipo de vida.

Quiero que tengas el mundo entero, Venetia –ha susurrado él.

Esta vez, cuando ha estirado la mano sobre el hueco que nos separaba, he dejado que nuestros dedos se rozaran, consciente de que podría ser la última vez que nos tocáramos.

–En tal caso, no pienses demasiado mal de mi por lo que estoy a punto de decirte.

Le he explicado mi plan. Le he contado cada detalle, excepto el lugar al que me marcharía para dar a luz. Él ha escuchado mientras le decía sin rodeos que pretendía apartarlo de mi vida. Cuanto más hablaba, más me parecía que la distancia entre nosotros era un abismo insuperable.

Yo no me habría perdonado.

Cuando he terminado, Matthew ha bajado la vista hacia nuestras manos, que se estaban rozando levemente, dedo contra dedo.

–He pasado las últimas semanas sentado en Wisteria Farm, intentando pensar en qué podría ser lo que había hecho; en por qué te habías apartado de mí cuando eres lo único en lo que pienso. –Ha alzado la vista hacia la mía–. Hay otra opción, Venetia.

He sacudido la cabeza.

—Me las he planteado todas.

—No; todas, no.

—Sí que lo he…

—Cásate conmigo.

He retrocedido de golpe.

—¿Que me case contigo?

—Cásate conmigo, por favor –ha repetido con la voz entrecortada mientras me agarraba. Yo he girado la muñeca, intentando librarme de él.

—No tienes que hacerlo; tengo un plan.

—Deja de hablar de tu plan. ¡No me gusta nada tu maldito plan!

Su voz ha sonado más dura de lo que le había oído jamás. He dado un paso atrás.

—No puedo casarme contigo.

—¿Por qué no? ¿De verdad puedes decir que no sientes nada por mí? –me ha preguntado.

No podía, y los dos lo sabíamos.

Me he apartado un mechón de pelo de la frente.

—Sé que, para ti, lo nuestro no ha sido un capricho pasajero, ya que has asumido un riesgo increíble. –Cuando no he dicho nada, ha intentado usar otra táctica–. Me has hablado de tu respetabilidad.

—Es lo único que tengo –he dicho.

—Me tienes a mí. Tienes a nuestro hijo –ha contestado con ternura.

Mi determinación ha estado a punto de flaquear. Deseaba con fuerza creer en las palabras que me estaba diciendo, pero tan solo eran palabras.

—Tu hermana no lo aceptará. No le gusto –he dicho.

—Helen no es mi guardiana, Venetia.

—Sé que los Melcourt son tus arrendadores. Perderías Wisteria Farm.

Matthew ha apretado la mandíbula.

–Y el dinero que mi cuñado me da cada año como parte del acuerdo matrimonial de mi hermana, pero ¿qué dignidad me quedaría como hombre si permitiera que eso me mantuviera alejado de mis responsabilidades?

–Aunque nos casáramos, la gente seguiría hablando –he insistido.

–La gente quiere creer en el amor.

–La gente quiere creer en los engaños de los demás.

–¿Eres siempre tan cínica? –me ha preguntado con una sonrisa.

Yo me he llevado las manos a las caderas.

–¿Y tú eres siempre tan idealista?

En lugar de responder, me ha rodeado con los brazos.

–He encontrado a la mujer con la que voy a casarme. ¿Qué hombre no sería un idealista? –ha murmurado contra mi pelo.

En contra de mi buen juicio, me he derretido entre sus brazos. Anhelaba su consuelo.

–¿Cómo lo haríamos? –le he preguntado.

Él ha soltado una leve carcajada.

–Bueno, supongo que es probable que no nos casemos en la iglesia del pueblo, si te refieres a eso.

–No voy a poder mantener al bebé en secreto durante mucho tiempo más.

–En tal caso, seguiremos tu plan. Juntos.

–¿Nos marcharemos?

–Sí. Nos casaremos de manera discreta y nos iremos de viaje por Italia o España. Parecerá que nos vamos de luna de miel y te permitirá seguir adelante con el embarazo. Tras un mes, escribiremos a casa y les diremos a todos que nos hemos enamorado de los paisajes y que hemos decidido quedarnos un poco más. Tendrás al bebé. Nueve meses después de la boda, anunciaremos su nacimiento. Cuando, dentro de un par de años, regresemos con un niño que es un poco más alto que otros niños de su edad, ¿quién notará la diferencia?

Seguía habiendo riesgos. Un paso en falso, una palabra fuera de lugar… El escándalo podría destruir a la familia de ambos.

Si yo fuera una mujer mejor, me habría marchado justo en ese momento. En su lugar he tragado saliva y he asentido.

—Entonces, nos casaremos.

Él me ha atrapado el rostro entre las manos y ha apoyado su frente sobre la mía.

—No te arrepentirás, te lo prometo. —Entonces, ha retrocedido—. Debería regresar a la casa. Helen me estará buscando.

He observado cómo se alejaba y cómo agachaba la cabeza para pasar por debajo de las ramas hasta que lo he perdido de vista.

Aquí sentada, escribiendo estas palabras, sé que debería estar feliz. Me voy a casar con un hombre bueno y honorable. No me voy a ver obligada a tener un bebé yo sola. Por primera vez en mi vida, alguien caminará conmigo, a mi lado. Pero, a pesar de todo ello, no puedo evitar el presentimiento de que estamos siendo ingenuos al creer que podremos dejar atrás el tic-tac del reloj y la ruina inevitable que vendrá a continuación.

Beth

Mi querida Beth:

Cada vez que recibo una de tus cartas, el sol vuelve a brillar. Son lo que me mantiene y lo que me hace pensar que esta brutal campaña habrá merecido la pena si, cuando vuelva a casa, tú estás allí.

Me has preguntado cómo me siento al trabajar tras las filas. Como ya sabes, no puedo contarte mucho por miedo a que esta carta se convierta en un montón de tachones negros, pero sí puedo decirte que no es el tipo de existencia visceral que experimentaba cuando estaba luchando. Nada puede reemplazar eso, pero sí puedo ver el bien que estamos haciendo. Cada vez que un camión lleno de petróleo sale a la carretera, sé que nos va a hacer avanzar. Cada vez que nos llegan suministros para las panaderías o las carnicerías, sé que los hombres podrán comer.

¿Cómo va todo por la granja? ¿Cómo están el señor y la señora Penworthy? ¿Ha encontrado Ruth al fin un piloto? Esos pequeños detalles son los que me mantienen cerca de ti y de Highbury.

Algo que podrías hacer por mí es ir a visitar a lord Walford en Braembreidge Manor. Sé que no querrás molestar a un hombre que es dueño de una casa tan grandiosa, pero es un tipo solitario y me preocupo por él. Tan solo tienes que prometerme que no dejarás que te engatuse para casarte con él en lugar de conmigo. Puede que tenga setenta y tres años, pero es un conde.

Te quiero.

Tuyo por siempre,

Graeme

Beth miró a Ruth, que estaba sentada en el borde de la cama, con los ojos entrecerrados ante la luz menguante de aquel atardecer de finales de verano. La otra chica estaba intentando ponerse en los dedos de los pies una receta de pintauñas casero, pero la pintura estaba demasiado grumosa como para dibujar una línea recta.

—¿Crees que esta uña está mejor? —le preguntó su compañera mientras levantaba el pie para que lo examinara.

—No quiero mirarte los pies, Ruth —contestó ella mientras se subía el libro que estaba leyendo hasta la nariz—. ¿Podrías volver a tu propia cama, por favor?

—La tuya está más cerca de la ventana. Además, necesito tu opinión —se quejó Ruth—. Yo estoy ya medio ciega.

—No lo estarías si te pusieras las gafas —señaló Beth.

—Para ti es fácil decirlo, eres una mujer casi casada. Yo no puedo ir de aquí para allá con gafas.

—Casi casada no es lo mismo que casada —le recordó.

Durante las semanas siguientes al Día D, había podido calmarse. Un poco. Las cartas de Graeme habían sido pocas y muy distanciadas a lo largo de las tres semanas inmediatamente posteriores a la invasión, mientras se establecían las líneas de suministro. Sin embargo, cuando había empezado a escoltar las mercancías entre Normandía y Southampton, Beth había empezado a recibir cartas casi cada dos días. Él no podía contarle mucho de lo que estaba haciendo, pero parecía estar tan seguro como podía estarlo un soldado.

Cada vez que le escribía, le decía que la quería. Cada vez que leía esas palabras, sabía que había escogido al hombre adecuado. Sin embargo, en el fondo de su mente, las palabras de la señora Symonds estaban siempre presentes: «El amor puede lograr que las mujeres hagan cosas ridículas. Las mujeres inteligentes se vuelven tontas y renuncian a cosas a las que nunca habían pretendido renunciar…».

Día tras día, Beth daba vueltas a esas palabras. No era una ingenua; sabía que, después de la guerra, las cosas serían diferentes entre ella y Graeme. Para empezar, ella ya no sería una de las chicas del campo. Todas sus amigas –Petunia, Alice, Christine, e incluso Ruth– regresarían a sus respectivos hogares. Si no fuera por Bobby, habría contado con que Stella se marchara de Highbury House lo antes posible.

A pesar de todo aquello, quería quedarse allí. Había muchas personas que habían hecho que se sintiera bienvenida: los Penworthy; la señora Yarley; los Lang, que criaban ovejas camino abajo; el amargado señor Jones, al que podía resultar agradable ver los días que la saludaba con un gruñido… Incluso la señora Symonds la saludaba en el pueblo, aunque la idea de mantener una amistad con ella parecía una aspiración risible.

Podía ser feliz en Highbury, estaba convencida de ello, y no pensaba dejarlo pasar a cambio de la vaga promesa de una vida de desarraigo y de ir reubicándose por todas las bases militares del país. Se negaba a sentirse huérfana de nuevo.

–Venga, va. –Ruth sacudió el pie frente a su cara.

Beth suspiró y echó un vistazo rápido a los dedos de los pies de la otra joven.

–Felicidades. Parece que te has pintado las uñas con gelatina de grosellas.

Ruth emitió un sonido de exasperación.

–No sé por qué no funciona.

–Tal vez porque se supone que no debes ser capaz de hacer laca de uñas en el fregadero de la señora Penworthy.

Ruth volvió a dejarse caer sobre la cama de Beth.

–¿Es mucho pedir solo un poquito de glamur?

Muy a su pesar, Beth sonrió. Seguía manteniendo la primera impresión que había tenido de su compañera: que aquella chica bien vestida y mimada se habría sentido miserable independientemente de dónde la hubieran destinado. Sin embargo, Ruth comprendía lo que era quedarse dormida antes de que la cabeza tocara la almohada porque se había pasado todo el día empacando heno; había sufrido las ampollas en las manos, los talones agrietados y los labios cortados. Ambas eran chicas del campo y esa conexión tenía cierto valor.

—¿Por qué no vamos mañana a Leamington Spa y vemos si podemos encontrarte un nuevo pintalabios?

Ruth se dio la vuelta y se colocó de costado.

—¿En serio?

—Sí. Es nuestro día libre; será divertido.

Su compañera chilló de alegría y Beth volvió a centrarse en su libro con una carcajada.

Sí que fue divertido. En Leamington Spa, donde había tiendas, gente y ni un solo tractor a la vista, Ruth estaba en su elemento.

Beth había dejado que su compañera de dormitorio la arrastrara a las tiendas en busca de un nuevo vestido para un baile, y se había sentido gratamente sorprendida cuando, tras no encontrar nada a la altura de las expectativas de Ruth, se habían dirigido a la sección de telas de unos grandes almacenes.

—Creo que lo ajustaré en el corpiño con unos botoncitos forrados de tela por toda la parte delantera y dejaré la falda todo lo amplia que pueda con una cantidad tan escasa de tela. Pero ese azul cobalto quedará divino con mi color de pelo —dijo la otra joven mientras se tocaba los largos rizos rojos.

—Tienes razón —dijo Beth mientras pasaban frente a la estación de tren—, aunque no sabía que supieras coser.

Ruth sonrió.

—¿Cómo crees que tengo un vestuario tan fabuloso cuando hoy en día la moda es tan aburrida? Solo que lo hago a altas horas de la noche, cuando todo el mundo se ha ido a dormir.

—No tenía ni idea.

—Duermes más profundamente de lo que crees. —Ruth le apoyó una mano en el brazo para detenerla—. Me gustaría comprarme una flor para el pelo.

—De acuerdo —dijo Beth mientras le echaba un vistazo al reloj. Siempre podrían tomar el siguiente autobús.

Se abrieron paso entre la multitud que salía de la estación y en dirección al pequeño puesto de flores que había cerca de la entrada principal.

–Debe de haber llegado ahora mismo el tren procedente de Londres –comentó ella.

–Me pregunto si habrá algún aviador nuevo. He oído que algunos ya están regresando de Normandía –replicó su compañera mientras escudriñaba la multitud.

–Ruth, si solo hemos venido a…

Saliendo por las puertas de la estación estaba Graeme.

Beth echó a correr, empujando a la gente para llegar hasta él. Casi estaba a su altura cuando Graeme la vio al fin. El macuto se le cayó del hombro y abrió los brazos para levantarla por los aires y darle un beso.

–Estás aquí. ¿Cómo es que estás aquí? –murmuró Beth sobre sus labios.

–Cuando mi oficial al mando me concedió el permiso, me subí al primer tren que salía de Southampton. Tú eres el único lugar en el que quiero estar.

Allí mismo, en medio de la estación de tren y con todo Leamington Spa observando, lo besó como si fuera la última vez.

Al fin, cuando se separaron casi sin aliento, Graeme le apoyó la frente sobre la suya.

–Así es exactamente cómo un hombre imagina que será la vuelta a casa.

–No me puedo creer que estés aquí –susurró ella.

–Capitán Hastings, me alegro de verle –dijo Ruth desde algún punto a sus espaldas.

–Déjanos en paz, Ruth –dijo Beth, lo que logró arrancarle una carcajada a su compañera de cuarto.

–¿Beth?

La burbuja de felicidad explotó. Tanto Graeme como ella se dieron la vuelta y, por primera vez en casi un año, Beth vio a Colin. Parecía más alto, pero quizá solo estuviera más delgado de lo que recordaba. Su uniforme estaba limpio pero desgastado. Sin embargo, el cambio más destacable era su rostro. Estaba demacrado, tenía los ojos hundidos y, en cierto sentido, parecía… ido.

–Colin –dijo ella mientras notaba cómo Graeme la rodeaba con un brazo.

–¿Es este? –preguntó Colin.

–¿Y quién es usted? –replicó Graeme.

Beth miró a Ruth, que tenía la boca abierta de par en par.

–Con todos mis respetos, capitán, pero está rodeando con el brazo a mi chica –contestó Colin con los dientes apretados.

Graeme se puso tenso.

–Se equivoca, soldado. Esta es mi prometida.

–Beth, dile que…

–Basta –dijo ella de forma cortante, interrumpiendo a Colin en medio de la frase–. Parad los dos.

–No esperaba que fueras de ese tipo, Beth –dijo Colin.

–¿De ese tipo? –preguntó ella.

–De las que te apuñalan por la espalda –espetó él.

Graeme se adelantó, pero Beth le apoyó una mano en el brazo.

–Quédate ahí quieto. –Entonces, dio un paso hacia Colin y lo miró directamente–. ¿Qué estás haciendo aquí?

–Solicité un traslado en cuanto recibí tu carta, pero acaban de aprobarlo. He conseguido que me dieran cuarenta y ocho horas de permiso para venir a verte.

–Tendrías que haberlas usado para ir a ver a tus padres. Lo intentamos, Colin, pero yo no te quería y tú tampoco me querías a mí.

–Y, ahora, estás prometida. –El gesto de Colin se ensombreció–. No pensaba que lo dijeras en serio. Muchas chicas escriben cosas que no piensan en realidad.

Ella sacudió la cabeza.

–Colin, si te he hecho daño lo siento. Podría haberte hablado más sobre Graeme o sobre cómo me sentía con respecto a él, pero las cosas estaban ocurriendo muy rápido. De todos modos, tú también tienes parte de la culpa en este asunto, Colin. Me tendiste una trampa por teléfono al pedirme que fuera tu chica justo cuando te marchabas a la guerra. Eso no fue justo.

Él se calmó un poco.

–Pensaba… Pensaba que éramos amigos.

–Y lo éramos, pero eso es todo. Tú tan solo querías una mujer que te esperara en casa y, tal vez, eso hubiera sido suficiente para mí en Dorking, pero no lo es ahora. Aquí, tengo una vida; tengo gente que me quiere.

–Yo te quiero –dijo él, pero Beth se dio cuenta de que ni siquiera él lo creía del todo.

–No, Colin, no me quieres. Lo que te gusta es la idea de tener a alguien.

–Tus cartas me han ayudado a superarlo todo. Saber que me estaba escribiendo alguien más allá de mi madre me ha ayudado.

–Y me alegro de ello. Siempre serás importante para mí, pero no te quiero. Quiero a Graeme –replicó ella mientras alzaba la vista hacia su prometido, que se acercó un poco más–. Voy a casarme con él.

Cuando Colin no dijo nada, Ruth le dio una palmadita en el brazo.

–Vamos, soldado… Colin Eccles –dijo su compañera tras haber mirado la chapa que llevaba en el uniforme–. Vayamos a comprarme una flor.

Todavía aturdido, el joven dejó que Ruth lo condujera hacia el puesto.

–Pobre tipo –comentó Graeme.

Beth arqueó una ceja.

–¿«Pobre tipo»? Has estado a punto de pelearte con él en medio de la estación de tren.

–Cuando pensaba que intentaba robarte.

–No soy algo que se pueda robar. Soy una mujer que está decidida –contestó Beth.

Él sonrió.

–Si quisieras, me casaría contigo hoy mismo, Elizabeth Pedley.

–¿Cuánto tiempo tienes de permiso? –preguntó ella.

–Cuatro días.

–Nos casaremos el lunes. Pasado mañana.

En cuanto las palabras salieron de su boca, supo que eso era lo que quería.

–¿Lo dices de verdad? –le preguntó él mientras le apoyaba la mano en la mejilla.

No quería seguir esperando a Graeme más tiempo. No sabía cómo sería su vida, pero ya lo adivinarían. Juntos.

–Me casaré contigo, Graeme, pero quiero que sepas que no voy a ser feliz haciendo las maletas y siguiéndote ciegamente allá donde te mande el ejército.

–No tenemos por qué hablar de esto ahora mismo.

–Sí que tenemos que hablarlo. Quiero ser tu esposa, pero no me casaré a menos que me prometas que puedo tener un hogar. Un hogar permanente.

Él bajó la vista hacia sus manos entrelazadas y le acarició los nudillos con el pulgar, tal como había hecho la primera vez que la había tocado en el jardín de invierno.

–De acuerdo.

–¿De verdad?

–Si es importante para ti, encontraremos la manera de hacer que ocurra.

Beth soltó un suspiro.

–Gracias. Ahora, tenemos una boda que planificar.

–Podríamos ir a Warwick –dijo él.

Ella sacudió la cabeza.

–No quiero celebrar la boda en un ayuntamiento. Quiero casarme en Highbury.

–¿Estás segura?

–Creo que el pastor será comprensivo.

–Tienes a todo el pueblo de Highbury a tus pies, ¿verdad?

–No. Pero es mi hogar; eso es todo.

Graeme le dedicó una sonrisita y asintió.

–Entiendo.

Y Beth esperaba que de verdad fuese así.

Emma

Emma estaba sentada en una mesa enorme de exterior con su madre y su padre a la derecha y Sydney y Andrew a la izquierda. Charlie debería haber completado el grupo, pero había pedido librarse, ya que tenía planes para ir hasta Birmingham con su barco aquel fin de semana. En su lugar, Henry, que iba vestido con una camiseta de color naranja oscuro con una imagen del difunto Bill Withers serigrafiada, ocupaba el asiento que estaba frente a ella y no dejaba de sonreír mientras su madre decía cosas como: «Supongo que la casa tiene cierta presencia, ¿no es así?».

En varias ocasiones, Emma quiso enterrar la cabeza en las manos y gimotear con la vergüenza propia de una adolescente. Sin embargo, resultó que los falsos cumplidos de su madre no eran rivales para el alegre optimismo de Sydney.

—Si fuese más grande, perdería a Andrew dentro —contestó su clienta mientras acariciaba la espalda sedosa de Clyde. Bonnie se conformaba con estar tumbada al sol a unos metros de distancia, siendo la viva imagen de una buena perra.

—Es mucho espacio para dos personas —dijo su madre en un revés que, a pesar de todo, consiguió sonar sentencioso.

—Es todo culpa mía. Siempre me ha encantado esta casa y casi les supliqué a mis padres que me dejaran comprársela. Durante mucho tiempo, fue un objetivo casi inalcanzable.

—Además —Andrew tomó la mano de su esposa—, esperamos no estar solos durante muchos años más.

Emma observó cómo el amor, dulce y resplandeciente, se apoderaba de los ojos de Sydney.

—Buena suerte para ambos —dijo su padre—. ¿Tenéis planes para el jardín más allá de la restauración de Emma?

Sydney y Andrew se miraron el uno al otro.

—De hecho, hemos pensado en volver a abrirlo al público durante la temporada dentro de unos años, cuando haya madurado.

—¿De verdad? —preguntó Emma mientras se incorporaba—. ¿Y qué hay del proyecto para crear un huerto comunitario?

—También nos gustaría hacer eso, pero nos parece una lástima tener todo este espacio tan bello y no compartirlo. —Sydney hizo una pausa—. No sabía qué te parecería.

—Es vuestro jardín. Yo solo soy la persona que puede trabajar en él durante un tiempo. Si no os importa encargaros vosotros mismos, podríais echar un vistazo a lo que han hecho en Kiftsgate Court. Sigue a cargo de la familia y está cerca de aquí.

—¿No sería mucho trabajo? —preguntó su madre.

Emma se encogió de hombros.

—Sí, pero, si cobrarais algo por la entrada, podría ayudaros a compensar una parte de lo que os costará el trabajo de mantener el jardín.

—Eso le iría bien a Turning Back Thyme, ¿no es así, Emma? —preguntó su padre.

—Así es. Si no os importa hablar de la restauración en el material informativo y durante las ruedas de prensa cuando estéis listos para abrir…

—No se me ocurriría no mencionarlo. Me alegro de que te guste la idea. —Sydney les lanzó a los padres de Emma su sonrisa más encantadora—. Lo que está haciendo Emma es increíble. Tendríais que haber visto cómo estaba el jardín antes de que llegara ella.

—Hay zonas un poco desiguales, ¿no os parece? —preguntó su madre mientras estiraba el cuello para mirar el arriate largo.

A Sydney le destellaron los ojos, pero Emma le hizo un suave gesto con la cabeza. Ya estaba acostumbrada a aquello.

–Se igualará cuando crezca –respondió.

–¿Os importa si volvemos a dar una vuelta por los jardines temáticos? Casi resulta abrumador la cantidad de cosas que hay por ver –dijo su padre, que siempre estaba dispuesto a distender una situación incómoda.

Emma no estaba segura de si pretendía separar los grupos, pero todos se levantaron de la mesa. Sydney, Andrew, Henry y su padre se aferraron a sus tazas mientras marchaban hacia el jardín del té.

–El cenador tiene un aspecto magnífico desde que Jessa y Vishal lo pintaron –señaló Andrew.

–¿De qué especie es esa rosa de color pálido que trepa por él? –preguntó su padre.

–No lo sé. La trajimos aquí desde otra parte del jardín. Nunca antes la había visto y no parece haber ningún registro de cómo se llama.

Había revisado los planos de Venetia y, aunque la rosa aparecía en los lugares más inesperados, nunca se indicaba su nombre.

Se esparcieron por el jardín del té. Andrew y Henry se alejaron paseando con Bonnie hacia el jardín de los enamorados mientras hablaban sobre un servicio de entregas «de la granja a la mesa» que se había puesto en contacto con Highbury House Farm. Mientras los observaba, no se fijó en que su madre le pisaba los talones hasta que dijo:

–Son gente bastante agradable.

Emma dio un respingo y se giró hacia ella.

–Lo son.

–No son demasiado engreídos. Y, a su manera, ese Henry es apuesto con ese rollo de granjero.

Suspiró.

–¿Qué es «ese rollo de granjero»?

–Ya sabes lo que quiero decir.

–No, no lo sé.

–Con el rostro quemado por el sol y las manos sucias. Parece como si pasara el tiempo al aire libre –dijo su madre.

–No lleva las manos sucias. Además, si dices cosas así sobre él, bien podrías decirlas sobre mí –contestó ella. Cuando Clyde le puso la cabeza en la mano, ella le rascó detrás de las orejas.

Su madre frunció los labios de un modo que hizo que Emma supiera que lo más probable era que sí dijera aquellas cosas sobre ella.

–Me sorprende que Sydney se muestre tan cercana contigo. Normalmente, los ricachones como ella son demasiado petulantes como para hablar con el servicio.

Emma puso los ojos en blanco.

–¿«El servicio»? ¿En serio, mamá? No estamos en 1860. Además, Sydney es una persona agradable.

–No tendrías por qué ser del servicio, ¿sabes? Podrías haber aprovechado la plaza en la Universidad de Brístol y haber sido como Sydney y Andrew. Todos tus profesores decían que tenías talento para Derecho o incluso para el mundo de los negocios.

–Sé que tengo talento para los negocios porque dirijo uno.

–Pero tampoco es que estés cambiando el mundo, ¿no?

–¡Mamá, esto tiene que acabarse! –Las palabras se le escaparon de golpe. Su madre se quedó mirándola fijamente, estupefacta ante el hecho de que su hija, siempre tan callada, le hubiera replicado. Sin embargo, Emma no pensaba parar. Ya no–. Tomé mis propias decisiones y decidí que quería recibir una formación más práctica en lugar de ir a la universidad. Si hubiera fracasado, podrías decirme «Ya te lo dije», pero no es el caso. He construido algo desde cero; algo con éxito y de lo que estoy orgullosa.

–Entonces, ¿por qué estás siempre llamando por teléfono, preocupada por las nóminas, los impuestos o lo que quiera que toque ese día?

–Porque hacer esto yo sola es duro.

Era muy muy duro.

–No piensas en todas las cosas a las que renunciamos tu padre y yo para que no tuvieras que arriesgar tanto como tuvimos que arriesgar nosotros.

–¡Yo no te pedí que renunciaras a nada! Mamá, nunca voy a

ser el tipo de mujer que se va a esquiar durante las vacaciones de invierno o que juega al golf los fines de semana. Me gusta estar en el jardín. Me gusta tomarme una pinta en el White Lion después del trabajo y saludar a la gente de las tiendas.

«Me gustar estar aquí, en Highbury».

Su madre la miró fijamente un instante.

—Me preocupo por ti.

—Ya lo sé, pero necesito que dejes de pensar que todo lo que hago es un fracaso solo porque no he escogido la vida que querías para mí. Puede que nunca tenga un trabajo en la ciudad ni una casa en el barrio antiguo y necesito que te parezca bien que sea así. Y nada de darle mis datos de contacto a gente que crees que podría ayudarme con mi carrera. A menos que tengan un jardín y que necesiten que lo diseñen, no quiero saber nada al respecto —añadió—. Así que, ¿todo bien?

Su madre hizo un gesto de asentimiento casi imperceptible con la cabeza.

—Está bien. De acuerdo. Sí, lo comprendo y no volveré a intentar ayudarte con tu carrera.

Eso no era exactamente lo que había dicho Emma, pero era un comienzo.

—¿Qué más? —le preguntó Emma.

—Dejaré de preocuparme tanto.

—Bien. También podrías apoyarme un poco más.

Su madre titubeó.

—¿Qué es lo que quieres que haga?

—Pregúntame cómo le va a Turning Back Thyme. Pregúntame por Charlie, Jessa, Zack y Vishal. Ellos siempre me preguntan por ti.

—Eso puedo hacerlo.

Emma le pasó un brazo por los hombros y la estrechó contra sí.

—Te quiero, mamá. Bien… Si se lo pides, estoy segura de que Sydney te enseñará las reformas de la casa. Está muy orgullosa de lo que están haciendo aquí.

La mujer asintió y, después, le dio un beso en la mejilla.

El martes posterior a la visita de sus padres, Emma entró por la puerta de Bow Cottage dando tumbos y evitando un catálogo de semillas y una carta que había sobre la alfombra de la entrada. Estaba agotada. Una de las tuberías del jardín acuático se había roto y habían tenido que desenterrarla y deshacer todo su arduo trabajo para encontrar la fisura y arreglarla. Iban a tener que pasarse los dos días siguientes replantando, lo que haría que se retrasaran. Otra vez. Eso también significaba que iba a tener menos tiempo para dedicar al jardín de invierno.

Había empezado a delimitar las zonas que iba a replantar con la guía de los dibujos de la abuela de Henry. Charlie le había cedido al completo aquel proyecto, y a ella le había parecido bien. De algún modo, cada vez que subía la escalera de mano y cruzaba el muro, se sentía más tranquila, como si aquel fuera un espacio propio.

Sí, quería volver a trabajar en ello, pero antes necesitaba una buena comida, un baño largo y unas quince horas de sueño.

Dejó la bolsa de trabajo sobre la mesa de la cocina y sacó el teléfono para ponerlo a cargar, ya que se había quedado sin batería en torno al mediodía. Se había planteado ir corriendo hasta la casa para preguntarles a Sydney o a Andrew si podía ponerlo a cargar allí, pero el proyecto de reparación la había distraído.

Se acercó al frigorífico, sacó un bote de hummus y abrió un paquete de pan de pita que tenía en la encimera. Metió una unidad en la tostadora y se dedicó a buscar queso, chorizo y algo de fruta o de verdura que pudiera servirle como guiño a su salud. Hacía demasiado calor como para cocinar y había descubierto que, si pedía demasiado a menudo a El cisne dorado, el restaurante de comida china para llevar que había en Highbury, el pedido siempre le llegaba con comentarios innecesarios sobre lo a menudo que la veían.

Estaba cortando una manzana cuando se acordó del correo que había pisado al entrar. Tras dejar el cuchillo, fue a buscarlo. Antes, se había equivocado: se trataba de dos catálogos de semillas –uno metido dentro del otro a presión– y una carta con su dirección escrita a mano en la parte delantera, pero sin remitente. Metió el dedo bajo la solapa, rasgó el sobre y sacó una hoja gruesa de papel de escribir de algodón.

20 de agosto de 2021

Mi querida señorita Lovell:

Confío en que se encuentre bien. Me ha encantado recibir su carta. Disfruto mucho de los pequeños desafíos que me envía y de su interés voraz por el pasado. Ojalá más gente de su generación mostrara tal reverencia por los jardines de nuestros grandes antepasados.

Me emociona que haya pensado en presentarme este reto sobre nuestra querida Venetia Smith. Este ha sido complicado. (¡Qué inteligente por su parte!). No recordaba que se hubiese asociado nunca a Venetia con ninguna Celeste, pero he olvidado más cosas sobre la gran jardinera de lo que la mayoría llegará a aprender jamás. Cuando ninguna de las búsquedas que llevé a cabo con los libros que tenía en casa resultó fructífera, interrumpí mi feliz aislamiento y tomé el ferry hasta la Universidad de las Tierras Altas e Islas, donde tienen la amabilidad de darme acceso a sus instalaciones de investigación. Finalmente, tras tres días de búsqueda exhaustiva, creo que es posible que haya encontrado algo para usted.

El nombre «Celeste» no aparece en ninguno de los documentos que hay archivados de la propia Venetia. Pensé que tal vez fuese alguna conocida de alguno de los clientes de nuestra jardinera, pero ese también resultó ser un callejón sin salida. Sin embargo, había una pista en las cartas de Adam Smith. Estuvo mucho tiempo prometido con una joven con la que acabaría casándose más adelante, una vez que Venetia ya había dejado Gran Bretaña para marcharse a Estados Unidos. En 1903, poco después del comienzo de la carrera de su hermana, le escribió una carta a su futura esposa. Incluyo aquí abajo las partes pertinentes.

Me has preguntado si echo de menos a mis padres ahora que soy huérfano. La respuesta es sencilla: sí. A veces, cuando me siento en mi butaca frente al fuego, recuerdo a mi padre mirando con amor a mi madre mientras ella se dedicaba a sus labores, totalmente ajena a su mirada. En aquellos momentos, solía llamarla 'Celeste' porque estar casado con ella era como estar en el mismísimo paraíso.

¡Menudo romántico era Elliot, el padre de Venetia!

La siguiente referencia aparece años más tarde y puede que sea algo rebuscada para sus propósitos. Aun así, sé que le gusta remover cielo y tierra. En 1912, Spencer Smith, el que acabó convirtiéndose en marido de Venetia, le escribió una carta desde su hogar a las afueras de Boston mientras ella estaba supervisando la construcción del Plinth Garden en Minneapolis. En ella, le escribe:

A veces, cuando estás lejos, recuerdo la conexión celestial que me ata a ti para siempre. La alegría que se nos escapó de entre los dedos nos condujo a donde estamos ahora. Espero que no me odies por no lamentarlo, ya que ahora te tengo a ti.

A continuación, procede a describir con bastante detalle cuán ardientemente ama a su esposa.

Espero que estos pequeños fragmentos resulten ser útiles en su investigación, querida mía. Tan solo le pido que, a cambio, algún día me cuente qué es lo que la ha impulsado en esta búsqueda. Sé que no es muy probable que me dé la menor pista hasta que no esté lista, pero, cuando lo esté, le ruego que se acuerde…

Su leal sirviente,

Walter Wayland

Emma sacudió la cabeza, exasperada y perpleja ante aquella carta tan recargada del profesor y ante el hecho de que hubiera encontrado algo mientras estaba en un campus universitario y no se lo hubiera mandado por correo electrónico. Aunque, por otro lado, ¿qué había esperado de un hombre que, de manera anual, se apartaba del mundo en una casa aislada de una isla remota?

Volvió a leer la carta y se detuvo en el pasaje de Adam Smith a su enamorada. «Celeste». «La celestial». Tal vez, meses atrás, Charlie hubiese estado en lo cierto y el jardín recibiese su nombre de la madre de Venetia. Era la única conexión que tenía sentido.

Tomó una fotografía de la carta y se la mando por mensaje a Charlie antes de revisar su teléfono. Cuando llegó a la notificación de un mensaje de voz procedente de un número desconocido, frunció el ceño. Presionó el botón de reproducir y puso el altavoz.

–Hola, señorita Lovell. Mi nombre es May Miles y la llamo de la Real Sociedad del Patrimonio Botánico. Soy consciente de que es posible que esta llamada la pille por sorpresa, pero, a principios de año, llevamos a cabo una revisión presupuestaria y me complace informarle de que la congelación de las contrataciones ha llegado a su fin. Si todavía está interesada en el puesto de jefa de conservación, por favor, devuélvame la llamada, ya que quedamos muy impresionados con su entrevista inicial.

La mujer recitó un número de teléfono antes de que Emma pensara en agarrar un bolígrafo o un lapicero. El trabajo para la fundación volvía a estar disponible.

Stella

—Venga, Bobby, no tenemos todo el día –dijo Stella.
Estaba de pie en su habitación del ático, sujetando
la chaquetita azul marino de su sobrino. La había cepillado
aquella misma mañana para limpiarla, pero había esperado a
vestirlo hasta el último minuto para que no se la manchara. El
problema era que, ahora, corrían el riesgo de llegar tarde a la
boda de Beth.

–Pero, tía Stella, estoy a punto de ganar la guerra –dijo el niño
mientras apartaba la vista de un grupo de soldaditos de plomo
que debía de haberle dejado prestados Robin.

–Bobby –dijo en tono cortante.

–¡Estamos invadiendo Tahití! –susurró él mientras señalaba
una postal de aquella isla tropical que Stella había encontrado
en una tienda de caridad y había pegado con celo a la pared.

Se llevó las manos a la cadera.

–Estás siendo un niño muy malo.

En cuanto las palabras salieron de su boca, deseó poder re-
tirarlas. Su sobrino pareció encerrarse en sí mismo y, de algún
modo, volverse más pequeño.

Se apartó el pelo de la frente. Aquello se le daba fatal. Era pé-
sima. A pesar de que se estaba esforzando por hacer lo mejor
para su sobrino, cada vez que estaban los dos solos, se equivo-
caba. Justo la semana anterior, había intentado explicarle que,
ahora que volvía a dormir en una cama junto a ella, debía esperar a que le pidieran que subiera al cuarto infantil porque tal
vez Robin no deseara jugar con él. En lugar de seguirlo cuando
había salido corriendo de la habitación, se había dejado caer

sobre una silla, derrotada. Lo único que había pretendido había sido advertir a su sobrino de que, en algún momento, la separación entre sirviente y señor sería demasiado amplia como para poder superarla.

Sin embargo, no había sido capaz de librarse del sentimiento de culpabilidad que la había partido en dos al oírlo llorar.

–Tenemos que ir a la iglesia, Bobby. Acuérdate de que la señorita Pedley se casa hoy y te han invitado como a un niño mayor –le dijo.

Él alzó la vista desde detrás de una mata de pelo que Stella nunca conseguía peinarle bien del todo.

–La señorita Pedley me cae bien –contestó en voz baja.

–A mí también.

El niño estiró los brazos para que le pusiera la chaqueta. Stella soltó un suspiro largo y regular y le ayudó a pasar los brazos por las mangas y colocarse la prenda sobre los hombros. Después, le dio otro buen repaso con el cepillo para la ropa.

–Pues ya estás listo –dijo mientras recogía su bolso–. Vamos a ver a Beth casándose.

Stella encontró un hueco en el tercer banco empezando desde el ábside. Habían organizado la boda tan rápido que no tenía ni idea de a quiénes habían invitado. Saludó con un gesto de la cabeza a la señora Penworthy y a varias de las chicas del campo. En el lado de Beth había sentadas dos enfermeras y en el de Graeme, que le había pedido que lo llamara así, había otras dos. Las dos que no habían asistido estaban en el hospital, atendiendo a los pacientes que estaban demasiado enfermos o que no podían recorrer la corta distancia que había hasta la iglesia del pueblo para presenciar la ceremonia. Incluso la señora George estaba presente con su pequeña banda de secuaces, lo cual era un alivio, ya que Stella odiaba dejar la cocina indefensa mientras aquella mujer rondaba por allí.

Echó un vistazo al ábside de la iglesia, que era donde se encontraba Graeme, ataviado con su uniforme. Tenía que reconocer que su amiga había conseguido a un tipo apuesto.

Notó un pequeño tirón en el brazo. Se trataba de Bobby, que estaba estirándole la manga del vestido amarillo pálido.

—¿Puedo sentarme con Robin? —le preguntó el pequeño.

—Hoy Robin se sienta con su madre —contestó ella mientras el niño en cuestión se daba la vuelta en su asiento del primer banco para sacarle la lengua a su sobrino.

Bobby soltó una carcajada que hizo que varias personas se giraran. Por suerte, todos los que se toparon con la mirada de Stella parecían comprensivos.

—Quiere que me siente con él. —El niño se removió en el asiento—. ¡De verdad!

—Habrá mucho tiempo para que juguéis después de la ceremonia —le dijo ella.

Tampoco podría impedírselo ya que, aunque era una de las invitadas, también había hecho que el banquete de bodas fuese su regalo para la pareja. Iba a consistir en lo mejor que se podía conseguir con las raciones —algunas de ellas donadas por la señora George y el hospital de convalecencia—, y el logro más destacable iba a ser una tarta de dos pisos elaborada con huevos y mantequilla de verdad. Tan solo esperaba que hubiese suficiente para que todo el mundo pudiera comer un trozo.

Bobby se acomodó en su asiento con los brazos cruzados sobre el pecho, pero dejó de discutir con ella. Se había dado cuenta de que era inmune a los pucheros y podía soportar una rabieta como la que más.

—¿Novia o novio?

Stella se giró hacia la joven que le había hecho la pregunta y observó su melena de un rojo fogoso y el vestido confeccionado de forma meticulosa.

—Novia.

—Yo también. —La chica soltó una risa despreocupada—. ¿De qué conoce a Beth?

—Nos conocimos cuando comenzó a hacer las entregas de pedidos en Highbury House.

—Esas entregas… —masculló la otra joven mientras sacudía la cabeza.

–Beth también viene a dibujar al jardín.

–Y a visitar a su capitán, sin duda. ¿Quién habría dicho que iba a ser la más lista por aceptar hacer las entregas?

Una ligera capa de amargura recubría aquellas palabras.

–¿Y usted? –preguntó Stella, intentando redirigir la conversación hacia terrenos más seguros.

–Yo también estoy en Temple Fosse Farm.

Así que aquella era Ruth. Ahora que podía poner rostro a las historias de Beth, aquel aburrimiento afectado tenía sentido.

–Un placer conocerla.

–Todavía no me puedo creer que hayan podido organizar todo esto con tanta rapidez –dijo Ruth.

–Tengo entendido que ha sido la señora Symonds la que ha hecho los preparativos. Además, el pastor se alegró de poder ayudar a una pareja en la que ambos están aportando su granito de arena –dijo Stella con una nota de censura en el tono de voz.

–Yo también aporto mi granito de arena –replicó Ruth con aspereza–. ¿Qué hace usted?

–El Servicio Territorial Auxiliar, las Wrens y las WAAF me declararon médicamente no apta para el servicio. El Ejército Femenino del Campo tampoco me aceptó, así que no podría haber hecho lo que está haciendo usted ahora. –Empezó a sentir calor en la nuca, y añadió–: Fui voluntaria en una unidad de Defensa Civil, pero, después, hace unos meses, me convertí en la tutora de mi sobrino.

La otra mujer cerró la boca de golpe cuando el órgano empezó a resonar desde el otro lado de la estancia. Stella soltó un suspiro de alivio.

Se oyó el roce de los zapatos de cuero sobre la piedra cuando todos los invitados se pusieron en pie. Beth, ataviada con un vestido azul marino, se recortaba contra la luz del sol. Llevaba un sombrero con una redecilla blanca: un pequeño guiño nupcial cuando el racionamiento de la ropa hacía imposible conseguir un vestido de novia. Stella se llevó la mano al corazón cuando vio al señor Penworthy, henchido de orgullo, sosteniendo el brazo de su amiga.

Miró en dirección al altar, donde Graeme estaba sonriendo. En cuanto Beth llegó al final del pasillo central, bajó la vista a su ramo de flores mientras el rubor le sonrojaba las mejillas.

El padre Bilson se colocó bien las gafas, sonrió y comenzó a hablar.

–Que la gracia de nuestro Señor Jesucristo, el amor de Dios y la comunión del Espíritu Santo sean con todos vosotros.

–Y con tu espíritu –contestaron todos los presentes en la iglesia.

Tras el sermón y las lecturas, cuando llegó el momento de intercambiar los anillos, la señora Symonds se adelantó para tomar el ramo de flores de Beth. Stella frunció el ceño. Todavía le asombraba el hecho de que su educada amiga hubiese conseguido entablar una relación tan relajada con su imperiosa patrona.

Cuando el pastor declaró a Graeme y Beth marido y mujer, sintió que algo se sacudía en su interior. No eran celos o envidia, sino la certeza de que estaba presenciando algo que tal vez nunca llegara a experimentar; que, tal vez, nunca quisiera llegar a experimentar.

La congregación se puso en pie una última vez para vitorear a la pareja mientras recorrían el pasillo central y salían de la iglesia. Cuando pasaron a su lado, Stella captó la sonrisa de Beth. Nunca la había visto tan feliz.

Un codo le golpeó el brazo. Stella alzó la vista y se dio cuenta de que Bobby se había subido al banco.

–Bobby, bájate de ahí –dijo con un grito ahogado–. Estamos en la iglesia.

–¡Es que no veo! –replicó su sobrino.

–Vamos a salir fuera ahora mismo.

–Tengo hambre –se quejó él mientras Stella le recolocaba bien la chaqueta.

–Vas a tener que esperar hasta que volvamos a la casa.

Entonces, lo dejaría a cargo de la doncella, Dorothy, se ataría el delantal y volvería al trabajo. Incluso con la ayuda de la señora George, había que hacer un millar de cosas para el banquete de boda.

–¡No! –gritó el niño justo en medio del pasillo. Decenas de cabezas se giraron hacia ellos–. ¡No! –volvió a gritar.

–Bobby, ya basta –siseó ella.

–¡No!

Mantuvo la «O» y la arrastró para que resonara por los arcos y por encima del órgano. Después, se tiró al suelo.

Stella sabía que debía reaccionar, pero lo único que podía hacer era quedarse mirándolo. No sabía cómo hacer que se le pasara la rabieta. Lo único que sabía era que no quería tener que lidiar con nada de todo aquello.

«No quiero hacerlo». La culpa la atravesó como una piedra atraviesa el agua. Aunque fuera sangre de su sangre, no había pedido a aquel niño.

Bobby comenzó a retorcerse en el suelo mientras la gente murmuraba y pasaba la vista del niño a ella y viceversa, como si esperaran que, de algún modo, detuviera aquel espectáculo.

–Bobby, levántate –dijo con un tono de voz débil y derrotado. Él siguió retorciéndose mientras unas lágrimas ardientes le corrían por las mejillas–. Bobby…

–¡Bobby Reynolds, vas a ponerte en pie de inmediato!

La voz cortante de la señora Symonds hizo que su sobrino se detuviera. El niño alzó la vista hacia la señora de Highbury House con los ojos muy abiertos, como si acabara de darse cuenta de que tenía público. Lo más probable era que nunca hubiese oído a la señora Symonds utilizando nada que no fuese aquel tono suave y femenino que utilizaba bien como una palmadita en la espalda o bien como una bofetada.

La mujer apoyó la mano en el hombro de Bobby y se agachó hasta casi estar acuclillada.

–Vas a levantarte del suelo y pedirle disculpas al padre Bilson. ¿Sabes por qué?

–Porque estaba gritando –contestó él en voz baja.

–Sí, estabas gritando en la iglesia. Ese comportamiento no es aceptable. ¿Lo entiendes?

El niño asintió y Stella observó cómo se levantaba del suelo. Tenía la chaqueta polvorienta y los ojos rojizos, pero estaba en pie, que ya era más de lo que ella había sido capaz de conseguir.

—Lo siento, padre Bilson —le dijo Bobby al pastor, que estaba de pie a su lado, con los brazos cruzados sobre el pecho.

—Acepto tu disculpa, jovencito. Todos tenemos momentos de debilidad a los que debemos hacer frente —contestó el religioso.

—Bien. ¿Vas a decirme el porqué de este berrinche? —le preguntó la señora Symonds.

—Estaba…

—La pregunta no era para ti, Robin —contestó la mujer sin tan siquiera mirar a su hijo, que estaba junto a ella.

—Tengo hambre, y me pica la chaqueta, y tengo calor, y…

Su patrona levantó una mano.

—Creo que me hago a la idea de la situación. Me temo que vas a tener que soportar todas estas molestias hasta que volvamos a casa. ¿Puedes ser valiente y aguantar? —El niño asintió—. Bien. Entonces, ve con tu tía y ella se encargará de arreglarlo todo. —Cuando la señora Symonds se incorporó, Stella apretó los dientes y murmuró un agradecimiento—. No tiene que darme las gracias.

—Ha conseguido que dejara de llorar —contestó ella.

La otra mujer le dedicó una leve sonrisa.

—No es cuestión de conseguir que un niño deje de llorar. A menudo, se trata de escuchar qué es lo que quiere. Si tiene hambre, dígale que se le dará de comer. Si tiene calor, hágale saber que pronto estará en algún lugar más fresco. Bobby es un niño listo. Entiende estas cosas, pero solo tiene cinco años.

—Me encargaré de que no moleste durante el banquete de bodas —dijo ella.

La señora Symonds hizo un gesto con la mano.

—Allí, se aburrirá más de lo que se ha aburrido aquí. Mándelo a jugar con Robin; podrán entretenerse el uno al otro.

Stella dudó, pero asintió. Tenía un banquete de bodas que terminar y de nada serviría discutir tal gesto de amabilidad precisamente aquel día.

Diana

Cuando Diana había conocido a Cynthia Symonds, había estado convencida de que su futura cuñada era perfecta. Aunque no era demasiado guapa, la hermana de Murray, menuda y delicada, tenía la melena rubia y una piel tersa y blanca que nunca mostraba imperfecciones. Cynthia hablaba con cualquiera, desde un duque hasta un diplomático, en cuatro idiomas y con elocuencia. Era notablemente culta y podía cabalgar en una cacería sin que se le desprendiera del rostro la pátina de tranquilidad. Iba a la iglesia, pero no demasiado a menudo. Coqueteaba, pero solo un poco. Era tal como una dama debería ser.

Tal vez por eso le había resultado tan satisfactorio el momento en el que la fachada de Cynthia había empezado a resquebrajarse. Había comenzado cuando su madre había huido a África con el hombre que ahora era su esposo sin apenas despedirse de sus dos hijos. Aquello había hecho que la madre de Murray perdiera sus derechos sobre Highbury House. Diana había presenciado el momento en el que Cynthia se había enterado de que la propiedad familiar pasaría a su hermano y había visto el destello de envidia en los ojos de su cuñada.

Entonces, un día, en una fiesta, se había dado cuenta de que Cynthia había sido presentada en sociedad varias temporadas atrás y el número de veces que encontraba pareja para bailar había disminuido. El compromiso con el hijo de un barón en 1936 nunca había llegado a nada. Después, en la primavera de 1939, se había aprobado la Ley de Servicio Nacional y los jóvenes que una vez habían coqueteado con la única hija de los Symonds habían partido para ocupar sus puestos de oficiales.

Después de aquello, Cynthia había cambiado. De la noche a la mañana, cuando la nación se había sumido en la guerra, su propósito en la vida parecía haber cambiado del matrimonio al esfuerzo bélico. Se había vuelto casi dictatorial en su pasión y más obstinada en su determinación de ganar la guerra desde Highbury House. Aquello, así como la propia terquedad de Diana a la hora de transformar su hogar, había sido el origen de gran parte de su discordia.

Sin embargo, en aquel momento, Diana estaba observando a su cuñada, que mostraba una sonrisa perezosa en el rostro gracias a la copa de champán que tenía en la mano y el banquete de bodas del que acababan de disfrutar.

—¿Sabes? Me había olvidado del sabor que tenía —dijo Cynthia mientras alzaba la copa.

—Ya me lo habías dicho —replicó ella.

—Sabe a felicidad.

Diana se dio cuenta de que era bastante posible que su cuñada estuviera borracha antes de las cuatro de la tarde.

—Así es el Bollinger.

Aquel día había vuelto a abrir la bodega, lo que había provocado que la señora Dibble pareciera verdaderamente indispuesta. Sin embargo, ¿qué era una boda sin algo con lo que brindar? La señorita Adderton se había esforzado con la comida, pero no se podía cambiar el hecho de que el racionamiento seguía vigente. Sentaba bien airear la bien surtida bodega para una celebración.

—La novia está muy guapa —dijo Cynthia mientras miraba a la nueva señora Hastings con los ojos entrecerrados.

—Las novias siempre están guapas el día de su boda. Es la norma.

—Tú estabas encantadora.

Solo el control que Diana había entrenado durante tanto tiempo logró que no retrocediera ante aquel cumplido.

—Gracias.

—Recuerdo pensar que estabas preciosa y que mi hermano era apuesto. Qué cosa tan curiosa que os casarais.

–¿«Curiosa»?

–Ah, sí, ¿no te lo parece? Cuando te conocí, dudé de que fueras a casarte.

–Cuando nos conocimos, ya estaba prometida con Murray.

Antes de que Cynthia pudiera responder, Robin atravesó corriendo la veranda en dirección a Diana.

–¡Mami! ¡Mami! ¿Quieres ver lo rápido que puedo correr? –exclamó mientras tomaba aliento, emocionado. El sobrino de la señorita Adderton le pisaba los talones.

–Robin, ahora no es un buen momento –contestó mientras miraba a su cuñada de reojo.

–Pero, ¡mami!, Bobby y yo hemos estado practicando –gimoteó él.

–Id a jugar al jardín –dijo ella mientras Cynthia intentaba dar un trago a su copa, que ya estaba vacía.

Su hijo se acercó a Bobby y le susurró algo al oído. Entonces los dos se echaron a reír y salieron corriendo juntos.

–Sí, no veía cómo podría funcionar un matrimonio entre tú y Murray –continuó Cynthia de manera espontánea.

–¿Por qué?

Diana se esforzó por mantener un tono de voz calmado. No tendría que haber preguntado. No saldría nada bueno de desenterrar viejos sentimientos, pero no había podido evitarlo.

Cynthia se rio.

–¿Acaso no es obvio?

–Mi familia es tan buena como la tuya.

Su cuñada soltó un bufido muy poco propio de ella.

–Si le preguntas a tu madre, te diría que incluso mejor.

Diana agachó la cabeza, pues no podía negar el esnobismo de su madre. Lo cierto era que la familia Eddings había conseguido todo su dinero durante las guerras napoleónicas, mientras que los Symonds tan solo se habían enriquecido cuando la madre de Murray y Cynthia se había unido a la familia, aportando la fortuna de Jabones Melcourt y Highbury House.

–Entonces, ¿de qué se trata?

Cynthia la miró fijamente.

—Pensé que mi hermano se te iba a tragar viva. Eras una cosita tan callada y seria… Y mi hermano era un abusón.

—Murray no era un abusón —contestó ella de manera automática.

—Ay Diana, sí que lo era. Incluso tú debes de darte cuenta. No era cruel, pero tenía que salirse con la suya y, para conseguirlo, usaba la amabilidad.

—No voy a quedarme aquí sentada escuchando esto —dijo Diana mientras se levantaba de su asiento—. No me puedo creer que hables así de tu difunto hermano.

—Y yo no me puedo creer que no te des cuenta de que a ti también te lo hacía. —Estupefacta, Diana se dejó caer de nuevo sobre la silla y su cuñada se acercó un poco más—. ¿Cuándo fue la última vez que fuiste a un concierto?

Ella tragó saliva a pesar del nudo de emociones que tenía en la garganta.

—Nos mudamos aquí, a Highbury. Esto no es como Londres.

—Podrías haber encontrado algo en Leamington Spa o en Birmingham. O podrías haber tomado un tren con Murray. Él siempre estaba en Londres. Sin ti.

—¿Estás insinuando…?

—No; nada de eso. A pesar de todos sus fallos, tenía su guía moral, pero eso no significa que no te dejara aquí, pudriéndote.

—Me convertí en madre; tuve que dejar la música a un lado.

Cynthia resopló de manera burlona.

—No, no tenías por qué. Además, tienes una niñera.

—Había tantas cosas por hacer…

—Además, dejaste de hacer cosas de las que disfrutabas mucho antes de convertirte en madre, ¿no es así? —preguntó Cynthia.

—Los conciertos pueden ser tan tediosos… —Se interrumpió de forma abrupta.

—Mi hermano odiaba cualquier cosa en la que tuviera que quedarse sentado y en silencio mientras otra cosa u otra persona era el centro de atención. Conciertos, la ópera, el teatro… Nada de todo eso era para él, así que te convenció de que tú tampoco querías ir. Me apuesto cincuenta guineas a que fue él el que insistió en que os mudarais a Highbury, un lugar en el que no conocías a nadie, para poder interpretar el papel de caballero con casa de campo. Estoy segura de que te dijo que los dos seríais más felices sin la distracción de las fiestas o los amigos.

—Las fiestas tampoco me gustaban tanto —susurró ella.

Y era cierto, pero se había esforzado mucho porque, cuando acababan de casarse, a Murray le había importado que la gente los apreciara; que fueran populares. Había comenzado a reunir a un pequeño grupo de mujeres a su alrededor y había comenzado a desear verlas sin importar si Murray estaba a su lado o no. Había comenzado a tener una vida y, entonces, él había heredado Highbury House y los había desarraigado. No había habido ni preguntas ni discusiones. Highbury era un hogar. Había dejado que la convenciera de ello. Le había parecido obvio que aquello era lo que debía desear, pero, ¿lo había deseado?

Se sentía como si todos aquellos años hubiese estado observando sus recuerdos a través de un cristal y Cynthia acabara de destrozarlo con un martillo.

—Para ser justos con Murray, lo más probable es que pensara que lo que tú querías y lo que quería él eran cosas convenientemente alineadas. Él tenía Highbury House, una consulta importante en Londres, una casa grande y una esposa que la volviera hermosa. Tú construiste una vida a su medida —dijo Cynthia.

Pero eso no era cierto. Highbury House era una creación suya porque Murray se había aburrido. Había sido ella la que había lidiado con los constructores, los decoradores y los jardineros, respondiendo a sus preguntas sobre qué pomos de latón comprar o a qué altura colgar los cuadros. Había sido ella la que había discutido con el comerciante que les había entregado la bañera equivocada para el dormitorio principal. En dos ocasiones. Había sido ella la que había acabado exhausta al final de cada día, siempre cubierta de una fina capa del polvo de la obra.

—¿Y qué ha sido de tu harpa? —insistió su cuñada.

El estómago le dio un vuelco. En el fondo de su corazón, había renunciado a tocar por Murray y estaba resentida con él por ello. ¿Por qué si no le brindaba al mismo tiempo tanta felicidad y tanta culpabilidad la hora que pasaba cada día en la sala de música? ¿Por qué si no se sentiría tan furiosa cuando pensaba en aquella ocasión que, al regresar de Londres el día libre de la niñera, él la había encontrado llorando porque Robin tenía crup y no había tenido tiempo ni de bañarse ni, mucho menos, de ensayar? Él le había sugerido que dejara el harpa, así que ella había guardado su mayor alegría porque eso era lo que hacía una esposa cuando su esposo tan solo estaba pensando en lo que era mejor para ella. Amaba a su marido, pero, cuando pensaba en aquel día, también lo odiaba.

—¿Por qué no me dijiste nada? —preguntó Diana.

Cynthia se encogió de hombros.

—¿Me habrías escuchado?

—Tal vez sí.

Eso le valió una dura carcajada.

—¿La niñita asustada que mi hermano hizo desfilar frente a todos nosotros, no en busca de aprobación, sino para presumir de que había conseguido a una Eddings? Me parece que no. Estabas prendada de cada cosa que decía.

—Lo amaba —replicó ella.

Cynthia se puso seria.

—Me alegro de eso. A pesar de todos los fallos de mi hermano, me alegro de que fuera amado.

Diana se miró las manos, que tenía apretadas sobre el regazo. No sabía si su cuñada estaba jugando con ella o siendo sincera, pero había una cosa que sí sabía con una certeza que parecía recorrerle cada uno de los huesos.

Poco a poco, separó los dedos y los estiró sobre la falda.

—Ya no soy una niñita asustada. No importa lo que pienses de mí: no permitiré que dicten cómo dirijo mi casa o cómo educo a mi hijo.

—Lo sé.

Diana alzó la barbilla.

—¿Ah, sí? Llegaste a mi casa como un torbellino y te hiciste con el control.

—Porque tú no servías para nada. El día que llegó la orden de requisición, la señora Dibble me llamó por teléfono porque decía que tú apenas mirabas la orden.

–Estaba afligida.

–Vine aquí porque, si no hubiera intervenido, ¿quién sabe qué le hubiera pasado a la casa? Mira lo que pasó con el hogar de sir Parker en Suffolk: quedó prácticamente calcinado hasta los cimientos porque las tropas lo usaron como campo de entrenamiento –dijo Cynthia.

–Pero la forma en la que hablas de la casa...

–¿Cómo hablo de ella?

–¡Como si creyeras que debería ser tuya! –exclamó ella.

El gesto de su cuñada se ensombreció.

–Soy una Symonds de nacimiento y este fue mi hogar mucho antes de que fuera el tuyo. Odio pensar que, tras la guerra, el hospital desaparecerá, yo me marcharé y tú seguirás teniendo Highbury House.

Diana abrió la boca para decir... ¿qué? ¿Que Cynthia podía ir de visita en cualquier momento? Ninguna de las dos se sentiría cómoda con esa solución.

–Te agradezco que tomaras las riendas de Highbury cuando yo era incapaz de hacerlo –contestó ella, poniendo cuidado en controlar su voz mientras alzaba la copa como si fuera un escudo.

–¿Quién más podría haber sido la comandante? ¿Tú?

Cynthia soltó una carcajada de amargura.

–¡Señora Symonds! –Oyó un grito procedente de la pradera de césped. Alzó la cabeza de golpe y vio a un joven soldado que cojeaba frenéticamente con ayuda de unas muletas–. ¡Señora Symonds!

–¿Qué ocurre? –preguntó mientras la gente que estaba detrás de ella comenzaba a murmurar.

–¡Venga rápido! Se trata de su hijo.

La copa se le cayó al suelo y se hizo añicos, pero, para entonces, ella ya se estaba abriendo paso entre la multitud.

–¿Qué ocurre? –preguntó mientras se acercaba a toda prisa al soldado–. ¿Dónde está?

–En el jardín del centro; el que tiene la verja –dijo él, haciendo una mueca.

El jardín de invierno. El terror la asaltó. Algo le había ocurrido a Robin y tenía que llegar hasta él.

—¡Diana! —gritó Cynthia a sus espaldas. Sin embargo, ella ya había bajado las escaleras corriendo y estaba atravesando el césped.

«Va a estar bien. Va a estar bien. Tiene que estar bien».

Pasó junto al soldado y atravesó el paseo de los tilos en dirección al camino que conducía al jardín de invierno. Los llantos de un niño atravesaron el sonido de su propia sangre palpitándole en los oídos.

«Está bien. Si está llorando, es que está bien».

Cuando vio que la verja estaba abierta, se detuvo de golpe sobre la gravilla. Había una enfermera arrodillada sobre la tierra junto a una figura que estaba tumbada boca abajo. Robin.

—¡No! —gritó mientras se lanzaba hacia delante y se dejaba caer de rodillas al lado de su hijo. Tenía vómito en las comisuras de los labios y los ojos cerrados. Le tomó de los hombros diminutos y frágiles, y lo sacudió—. ¡Robin!

Como si el sonido le llegara a través de la niebla, oyó a Bobby intentando hablar entre hipidos y sollozos.

—Estábamos jugando y… ha dicho que las plantas eran mágicas.

—Lo siento mucho, señora Symonds. —La voz de la enfermera se quebró—. No puedo despertarlo. Creo que se ha comido eso.

La joven señaló varios tallos de unas preciosas flores moradas. Acónito. Tan hermoso y tan mortífero.

—¡Ve a buscar a un médico! —le gritó a la enfermera—. ¡Ya!

La mujer se puso en pie como una bala y salió corriendo del jardín de invierno. Diana tomó a su hijo entre los brazos, acunándolo tal como había hecho cuando no había sido más que un bebé.

Algo le rozó el brazo. Bobby se había acercado a ella.

—Todo va a ir bien, Bobby. Robin se pondrá bien —dijo ella.

—Dijo que eran mágicas —gimió el pequeño mientras la rodeaba con los brazos.

—Todo va a ir bien —repitió ella—. Todo va a ir bien.

Permanecieron así sentados, con Diana acunando a su hijo y Bobby aferrándose a ella, mientras lo que quedaba de su mundo se desmoronaba.

Otoño

Venetia

Highbury House
Jueves, 12 de septiembre de 1907
Nublado, se respira la lluvia en el aire. Se acerca el otoño

Esta mañana he permanecido en la cama, con los brazos de Matthew rodeándome de tal modo que pudiera apoyar las manos sobre la leve redondez de mi vientre. Soy afortunada. Incluso aunque estoy en el cuarto mes de embarazo, apenas se nota.

—Podríamos casarnos en Wilmcote, en la iglesia del pueblo —me ha dicho Matthew mientras me dibujaba círculos perezosamente en el costado—. El pastor de Saint Andrew es un hombre comprensivo y apenas le dará demasiadas vueltas a una pequeña ceremonia con tan solo dos testigos.

—Teniendo en cuenta mi estado, la iglesia se vendrá abajo a nuestro alrededor —he contestado yo.

Él me ha dado un beso en el lateral del cuello.

—Entonces, iremos a Londres o a algún sitio donde nadie nos conozca.

Me he dado la vuelta para mirarlo a la cara.

—¿Estás seguro de haber hecho las paces con la idea de que los Melcourt podrían volverse contra los dos por esto?

—Helen lleva años intentando que me case, ¿no te acuerdas? —ha replicado él con una sonrisa.

—No conmigo.

La señora Melcourt habría deseado una novia virginal para su hermano, una que viniera acompañada de dinero y posición social. Para las mujeres como ella, el matrimonio era un juego de estrategia y yo ni siquiera estoy cerca de poder competir.

—Cuanto antes nos casemos, antes llegarán a quererte Helen y Arthur —ha dicho él—. No tienes de qué preocuparte.

—Ambos deberíamos estar preocupados.

Él me ha dado un codazo.

—No van a descubrirnos.

—Eso no es lo único que deberíamos temer, Matthew.

Ha vuelto a dejarse caer sobre su lado de la cama.

—Entonces, ¿qué?

—Nuestras vidas van a cambiar.

—Para mejor.

—¿Y qué pasará si no puedo seguir trabajando? —le he preguntado.

Él ha recolocado la cabeza sobre el almohadón para mirarme.

—Eso no va a ocurrir. No lo permitiré.

—Puede que no tengas otra opción. Puede que yo no tenga otra opción.

En ese momento, no ha dicho nada.

Ahora que compartimos el mismo bote salvavidas, no puedo imaginarme cómo habría llevado a cabo mi plan original. Sin embargo, casarme al abrigo de mentiras y engaños… Llevaba mucho tiempo sin pensar en el matrimonio, pero, desde luego, así no es como habría querido que comenzara.

Además, hay otro asunto. Me avergüenza escribirlo, pero lo cierto es que no sé qué siente Matthew por mí. Sé que es cariñoso. Sé que es amable. Sé que es optimista y que cree que podemos construir una vida juntos, pero nos hemos visto arrastrados a este acuerdo por nuestro hijo. No puedo evitar preguntarme si una parte de él no se sentirá tan atrapada como me siento yo.

No sé si me ama y no soy capaz de preguntárselo porque no quiero saber la respuesta.

Diana

Gente. Ahora, siempre estaba rodeada de gente. La miraban o, lo que era peor, se sentaban con ella. Todos querían tomarle la mano, pero, aunque no tenía energía para apartarlos, no quería que lo hicieran. En su lugar, se quedaba sentada con uno de los jerséis de Robin extendido sobre el regazo y miraba fijamente una mancha de la pared.

Se trataba de tinta; estaba casi segura. A lo largo de las tres últimas semanas, había llegado a conocer muy bien su forma. En otro momento y otro lugar, tal vez le hubiera pedido al señor Gilligan que arrancara y cambiara ese trozo de papel pintado, pero, ahora, había descubierto que aquella mancha hacía que las cosas le resultaran más fáciles. Cuando se centraba en ella, no tenía que pensar.

Necesitaba alejarse de todo aquello, pero la rodeaba una niebla pesada que la apretaba con tanta fuerza que, a veces, le costaba respirar. Hacía que el mundo girase con demasiada lentitud.

En algún lugar de las profundidades de aquella niebla, Diana percibió que se abría y cerraba la puerta del cuarto infantil. La cerámica tintineó sobre una bandeja y le llegó el aroma de las tostadas y los huevos. Había dos mujeres cuchicheando entre ellas.

–Diana, la señorita Adderton te ha traído tu bandeja.

Apartó la vista de su mancha y se encontró a su cuñada, que estaba de pie junto a ella con las manos entrelazadas y la cara fruncida.

–Le he traído unos huevos, señora Symonds –dijo la cocinera con una alegría forzada–. Huevos auténticos.

–¿No son una delicia? –preguntó Cynthia.

Diana dejó que sus ojos volvieran a posarse sobre la mancha y enterró los dedos de nuevo entre la lana del jersey.

–No soy una niña.

Su cuñada se enderezó, sorprendida.

–No; no eres una niña. –Cuando no respondió, Cynthia continuó–. Sin embargo, te estás comportando como tal. –Diana apretó los puños con más fuerza–. Has sufrido una gran pérdida y todo el mundo lo entiende. Sin embargo, hay otras muchas personas que también sufren. Algunas en este mismo hospital. Tienes un deber…

–Tenía un deber para con mi hijo. Se suponía que tenía que mantenerlo sano y salvo –dijo.

–Lo que le ocurrió a Robin fue una tragedia –insistió Cynthia.

–Murió por culpa de mi jardín; porque fui demasiado laxa a la hora de esconder las llaves. Murió porque no arranqué el acónito a pesar de que sabía lo mortífero que podía ser. Murió por mi culpa.

La habitación se sumió en el silencio.

–No eres tú misma, Diana –dijo su cuñada.

No, y tal vez no volviera a serlo nunca más. Robin había sido lo único bueno en su vida: un recordatorio de los tiempos anteriores a la guerra y un heraldo del futuro. Había derramado sobre él todo su amor. Se había dicho a sí misma que lo había mantenido cerca porque Murray había odiado el tiempo que había pasado en el internado, pero sus motivos eran más profundos que eso. Había creído que, si estaba cerca de ella, estaría a salvo.

Al final, no había podido hacer nada.

Robin no había recuperado la conciencia. Los médicos no habían sido capaces de hacer nada para salvarlo, y una mansión repleta de personal de enfermería, tampoco. Su precioso niño había muerto mientras ella mantenía la cabeza inclinada sobre él y lo velaba en silencio durante toda la noche.

–Me gustaría estar a solas, por favor –le susurró a la pared del cuarto infantil.

Oyó cómo la señorita Adderton dejaba la bandeja, pero solo las pisadas de un par de pies abandonaron la estancia.

–Esto no va a ser otra vez como cuando murió Murray, ¿verdad? –le preguntó Cynthia.

Diana giró la cabeza lentamente.

–¿Qué quieres decir?

Su cuñada soltó un bufido.

–La forma en la que afrontas tu dolor… Es demasiado, Diana. Todo eso de rondar el cuarto infantil como si fueras la señorita Havisham de Dickens… La señorita Adderton me ha dicho que hace semanas que no comes en condiciones y, si podemos guiarnos por el estado de tu pelo, es evidente que has dejado de preocuparte por tu aspecto.

–¿No eras tú la que intentaba empujarnos a todos a que nos las arreglásemos con lo que hubiera en nombre del esfuerzo bélico?

–Esto es indecoroso –dijo Cynthia.

–Estoy de luto por mi hijo –replicó ella.

La otra mujer levantó las manos, desesperada.

–¡Y sigues siendo tan egoísta al respecto como siempre!

Diana se puso en pie de golpe. El jersey de Robin estuvo a punto de caerse al suelo antes de que lo atrapara y lo enarbolara frente a ella.

–¡Se ha ido!

–Y mi hermano también. Y la hermana del soldado Welthrope. Y el hijo de la señora George. Y los seres queridos de muchas otras personas –argumentó Cynthia–. La forma en que te encierras en ti misma durante semanas cuando ocurre algo malo no es normal.

–No tienes derecho a decirme cómo debería llorar a mi hijo –le espetó.

–No pretendía…

–Murray debería estar aquí. –La voz de Diana se quebró–. No tenía derecho a enlistarse sin haberlo discutido antes conmigo. No pensó en Robin o en mí ni en un solo momento y, para cuando me dijo lo que había hecho, ya no había manera de cambiarlo. Mi esposo tenía tan poco en cuenta mi opinión que se fue a la guerra y consiguió que lo mataran. Ahora, mi hijo está muerto. ¿Y tú crees que estoy siendo egoísta porque me estoy tomando un tiempo para llorar su muerte? ¿Cómo te atreves?

–No era consciente de que Murray no había hablado contigo antes de enlistarse –dijo Cynthia en voz baja.

Ella alzó la barbilla.

–Si te hubieras molestado en preguntar una sola vez, te lo habría contado.

–Lo siento mucho por Murray y por Robin. –En los labios de su cuñada, aquellas palabras sonaron arrastradas y dolorosas, pero al menos las había dicho–. Te dejo.

Diana se giró hacia la ventana.

La niebla del dolor volvió a abrazarla con demasiada fuerza. Unos instantes después, oyó cómo volvía a abrirse y cerrarse la puerta una vez más.

–Buenas tardes, señora Symonds –dijo la señorita Adderton mientras el reloj del pasillo marcaba las siete y media. Tan habitual era la costumbre de la cocinera de subirle una bandeja que, de normal, Diana apenas se percataba. Pero, en aquella ocasión, las palabras de Cynthia no dejaban de darle vueltas en la cabeza.

«Egoísta».

–Gracias.

Miró a la señorita Adderton a tiempo de ver cómo se le tensaban los hombros bajo el vestido azul. Diana se dio cuenta de que lo más probable era que aquella fuese la primera vez en semanas que le hablaba a la joven directamente.

La cocinera cruzó las manos tras la espalda y, después, se giró con una sonrisa bastante agradable en el rostro, pero que mostraba cierto dolor.

–La cena consiste en un medallón de cerdo acompañado de remolacha y patatas –dijo.

A Diana le daba igual la cena. Se aclaró la garganta.

–¿Cómo se encuentra su sobrino?

La joven bajó la vista al suelo de inmediato.

–Bobby está todo lo bien que se podría esperar.

–Teniendo en cuenta lo que ha vivido, supongo que eso significa que no está bien en absoluto –dijo ella.

–No duerme demasiado bien. Tiene pesadillas a menudo –admitió la señorita Adderton.

–Ya veo.

La cocinera titubeó, pero, entonces, añadió:

–Ahora también está más callado. Como cuando acababa de llegar; antes de que empezara a jugar con…

Diana sintió una punzada en el corazón mientras la voz de la joven se iba apagando. «Antes de que empezara a jugar con Robin».

La otra mujer la estaba mirando, esperando que dijera algo. Sabía que debería hacerlo. Aquel era el momento en el que una dama debía ofrecer algún comentario manido, pero no se veía capaz de seguir mostrándose tan digna.

–Gracias, señorita Adderton –dijo en su lugar–. Puede marcharse.

La cocinera asintió y, cuando la puerta se cerró a sus espaldas con suavidad, Diana comenzó a llorar.

Venetia

Highbury House
Probablemente octubre

No sé qué fecha o qué día de la semana es porque ha dejado de importarme. Llevo días sin escribir porque ¿cómo registra una el peor día de su vida?

Sabía que mi tiempo en Highbury House estaba llegando a su fin. Lo sentí profundamente cuando me planté con el señor Hillock sobre la tierra ablandada por el rocío para discutir los planes para la próxima primavera. Los días se han vuelto más cortos.

—Si recibimos el envío, podremos plantar los narcisos la semana que viene —dijo el hombre.

—Le escribí a mi hermano hace cuatro semanas para pedirle los bulbos. Volveré a escribirle esta noche para preguntarle por qué ha habido un retraso —le prometí.

—Esta mañana, O'Malley me ha dicho que la tierra para el jardín de invierno está lista.

Recuerdo que, en ese momento, solté un suspiro.

—Tendré los bocetos listos en breve.

El señor Hillock me miró con los ojos entrecerrados.

—Señorita Smith, si no le importa que se lo diga, parece como si no quisiera trabajar en el jardín de invierno.

—Tonterías —contesté, a pesar de que sabía que tenía razón.

Era el último de los jardines que quedaba por plantar y me había aficionado a retocarlo y cambiarlo casi a diario. Sería mi despedida para Highbury House, pero todavía no estaba lista para decir adiós.

Nos separamos y me dirigí al jardín infantil, donde había empezado a pasar buena parte de mi tiempo. De rodillas, escardé y limpié la zona lo mejor que pude. Estaba resultándome cada vez más difícil encontrar la energía para trabajar en el jardín de aquel modo. En cuanto me puse en pie, mis rodillas y mi espalda protestaron. Aun así, tras un instante, saqué las tijeras de podar y empecé a despejar una buddleia.

Agarré una de las ramas finas de aquella planta de un color verde grisáceo e hice el primer corte cerca de la base. Noté una punzada en la espalda y tomé aire de manera entrecortada. No me detuve. En su lugar, corté la rama de la buddleia en tres trozos iguales y metí cada uno de ellos en una bolsa de lona grande que, más tarde, uno de los jardineros volcaría en la pila del abono.

Seguí trabajando así unos pocos minutos, podando metódicamente la planta hasta que tuvo la mitad de su altura. Cuando estiré el brazo para agarrar una rama más gruesa, tuve un espasmo más violento en la espalda. Solté las tijeras y me llevé las manos a la zona para clavar los dedos en la tela rígida del corsé. Me asaltó otra oleada de dolor que, en esa ocasión, me estrujó las entrañas.

Sabía que algo iba mal. Necesitaba sentarme. Recobrar el aliento. Pensar. Me levanté las faldas para pasar con cuidado por encima de una gaura y un áster y, entonces, lo vi: un hilo de sangre fresca serpenteando por el lateral de mi zapato.

Perdí a mi bebé. El doctor Irving me informó de que era una niña a pesar de que yo ni había preguntado ni había querido saberlo.

Pasaron horas desde aquellos primeros dolores en el jardín infantil hasta que John el Joven me encontró agazapada en el suelo con los brazos en torno al vientre y la falda empapada en sangre. Intenté detenerlo, pero fue corriendo a buscar a la señora Creasley que, con el señor Hillock sujetándome por el otro lado, me ayudó a llegar hasta la casita.

El ama de llaves mandó llamar al doctor Irving y, después, fue directamente a ver a los Melcourt y les contó todo.

Por suerte, desde el momento en el que me tumbé en la cama, no vi a nadie más que al doctor Irving. A media noche, ya estaba hecho.

El médico pasó una eternidad limpiando su instrumental y lavándose las manos. Cuando al fin terminó, se aclaró la garganta.

–Señorita Smith, lo lamento mucho… –No contesté. No quería ni su compasión ni su lástima–. Es posible que tenga otros hijos en el futuro.

Cerré los ojos con fuerza. Había perdido a mi hija y mi propio dolor me sorprendió. Hasta ese momento, me había convencido a mí misma de que podría actuar de manera desapasionada. Entonces, fui capaz de ver que todas las horas que había pasado planeando y preocupándome habían sido por ella tanto como por mí misma. Había querido darle la mejor vida posible.

Sin embargo, también era la hija de Matthew y solo era cuestión de tiempo que todo el mundo lo supiera. Así que no solo lloré por ella, sino por mi vida tal como había sido, por mi reputación profesional y social, que estaba arruinada, por la pérdida de mis ingresos y mi independencia… Y por Matthew. Ahora, ya no había motivo para que nos casáramos. A mí me obligarían a marcharme y la vida de él proseguiría como antes.

–Gracias por su ayuda, doctor –dije, esforzándome por evitar que me temblara la voz.

El médico titubeó, pero, entonces, asintió. Antes de abrir la puerta, me hizo una pequeña reverencia.

–Intente descansar; es lo mejor.

En cuanto estuve sola, aparté el rostro, consciente de que aquella noche no iba a dormir nada. En su lugar, pensé en Adam y en la casita que era de mi propiedad y que tanto amaba. Pensé en mi precioso jardín, al que tanto amor dedicaba siempre que no estaba viviendo lejos. Qué simple me había parecido todo cuando había pocas cosas que me preocuparan más allá de mi próximo proyecto y si podíamos contar con que las semillas de este o aquel catálogo germinaran. Desde que vine a Highbury House, han cambiado muchas cosas. Yo he cambiado.

Desde algún lugar del exterior de la casita, me llegaron gritos distantes. Me incorporé sobre los codos e hice una mueca ante el profundo dolor que sentía en el cuerpo.

–¡Sé razonable! –oí que gritaba la señora Melcourt.

Se oyeron unos fuertes golpes en la puerta, que se abrió de manera súbita.

–¡Venetia! ¡Venetia!

–Matthew… –murmuré mientras me encogía y tiraba de la colcha para subírmela hasta el pecho.

Un instante después, Matthew irrumpió por la puerta de mi habitación y se dejó caer de rodillas al suelo.

–Querida mía, ¿qué ha ocurrido? ¿Cuál es el problema? –preguntó mientras me tomaba las manos.

Su hermana y su cuñado entraron corriendo detrás de él, ambos jadeando. Lo habían perseguido por toda la finca, desesperados por mantenerlo alejado de mí.

–Matthew Goddard, ¿qué crees que estás haciendo al irrumpir de este modo en la casa de la señorita Smith? Es muy inapropiado.

–Venetia, ¿qué ocurre? –me preguntó él, ignorando a su hermana.

Los fulminé con la mirada tanto a ella como a su esposo.

–¿No se lo han contado?

–¿Contarme el qué? –preguntó Matthew.

–No es nada de tu incumbencia, Matthew –contestó la señora Melcourt con delicadeza.

–Venetia, ¿qué ha ocurrido? La señora Creasley me ha enviado un mensaje diciendo que estabas enferma y que habían mandado llamar al médico.

Se me hizo en la garganta un nudo de odio y gratitud hacia el ama de llaves y su intromisión. Matthew tenía derecho a saberlo; había sido el padre.

Él me estrechó las manos con más fuerza.

–¿Está bien el bebé?

Oí cómo la señora Melcourt ahogaba un grito y su esposo murmuraba «Yo digo que…», pero ellos no importaban.

–No.

Me soltó las manos. Tenía el rostro pálido y un gesto inexpresivo. Lo había perdido.

—Matthew, esto es muy inapropiado. Debo insistir en que te marches —dijo la señora Melcourt en voz alta.

Lo sabía. Me di cuenta por cómo me miraba. Sin embargo, estaba intentado valientemente no saberlo.

—No es asunto tuyo, Helen.

—Bueno, Matthew…

—Tampoco es asunto tuyo, Arthur —espetó Matthew.

—Si la señorita Smith ha tomado parte en indiscreciones bajo nuestro techo, no veo cómo será posible que mantenga su empleo. Tengo que pedirle que se marche de inmediato, señorita Smith.

Matthew se puso en pie de golpe.

—Acaba de perder un bebé, Arthur. ¿Es que no tienes compasión?

—Matthew, por favor… —comenzó a decir su hermana.

—Estamos en plena noche —argumentó Matthew.

—Entonces, por la mañana —dijo el señor Melcourt como si aquello fuese una gran concesión.

La señora Melcourt le puso una mano en el brazo.

—Arthur, creo que podemos mostrarle a la señorita Smith algo más de cortesía. Señorita Smith, puede quedarse todo lo que dure su recuperación. No verá a nadie y no saldrá de esta casita. Aunque, dado su estado, dudo que eso fuera a ser posible. ¿Me ha entendido? —Asentí con cansancio, pues ¿qué otra cosa podía hacer?—. Bien, ahora, deberíamos dejar que la señorita Smith descanse. Tú también, Matthew —añadió la señora Melcourt.

Él me lanzó una mirada apenada.

—Venetia, si quieres que me quede…

Me encogí todavía más.

—Quiero estar sola.

No podía buscar consuelo en aquel hombre cuando sabía que, pronto, desaparecería de mi vida. Una vez más, volvería a estar sola en el mundo, sin saber si quiera si mi hermano querría saber algo de mí cuando se enterara de por qué me habían despachado de Highbury House.

–Volveré mañana –me prometió Matthew.

–Por favor, no lo hagas.

–Matthew… –dijo su hermana en tono cortante desde el lugar en el que estaba sujetando la puerta de mi habitación para que salieran los dos hombres.

Mi amante me lanzó una última mirada por encima del hombro y, después, se marchó.

Esperaba que la señora Melcourt lo siguiera, pero, en su lugar, cerró la puerta con suavidad tras ellos. Acercó una silla con la tapicería bordada y se sentó en el borde.

–Me encuentro en una situación extraordinaria, señorita Smith –dijo, aunque su tono de voz perdió toda la dulzura persuasiva que había utilizado con su esposo–. A pesar de que el Señor nos ha bendecido con tres hijos sanos, deberíamos tener más. Tal vez Arthur no le dé muchas vueltas, pero yo nunca olvidaré a los bebés que hemos perdido.

–Lo siento –murmuré.

–No busco su compasión –espetó ella–. Tan solo quiero que comprenda por qué he impedido que mi esposo la echara de esta casa al amanecer. Ha perdido a un bebé. También ha traicionado mi confianza al seducir a mi hermano.

–Yo no he seducido a su hermano.

Ella prosiguió como si no me hubiera escuchado.

–Matthew es un buen hombre, pero puede ser un poco ingenuo. Pasa por alto algunas de las realidades más difíciles de la vida porque no quiere hacerles frente.

–¿Por qué me está diciendo esto? –le pregunté.

–No va a casarse con usted.

Tragué saliva.

–No espero que lo haga.

Ella asintió.

–Me alegro de que nos entendamos. Puede recuperarse aquí, en la casita del jardinero, hasta que el doctor Irving considere que está en condiciones para viajar de vuelta a Londres. Le pido que no se ponga en contacto con mi hermano en todo lo que dure su estancia.

–Si decide venir aquí, la decisión será solo suya –dije.

–Matthew se atendrá a mis deseos. Siempre lo ha hecho, ya que vive a expensas del señor Melcourt.

–Él no quiere el dinero de su esposo.

La mujer se inclinó hacia delante.

–Entonces, ¿por qué no deja de aceptarlo? –No tenía respuesta para eso–. Tal vez tenga razón. Ya es hora de que Matthew encuentre una esposa que aporte unas buenas condiciones al matrimonio. Me encargaré de que ocurra antes de fin de año. También me encargaré de que mi esposo entre en razón con respecto a este escándalo. No podemos despedirla, ya que hay demasiada gente que sabe que está trabajando aquí. En su lugar, terminará cualquier diseño que quede pendiente e instruirá al señor Hillock en todos los detalles que vaya a necesitar para poder completarlos él mismo.

Aquella horrible mujer había tramado el mismo plan que yo para abandonar Highbury House. De algún modo, aquello me sumió en una desesperación aún más sombría.

–Gracias, señora Melcourt –dije en voz baja.

Ella arqueó una ceja.

–Tan solo estoy haciendo lo necesario para cuidar de mi familia; estoy protegiendo a mi hermano de ser engañado para casarse con una mujer inadecuada.

Un leve ánimo se apoderó de mí.

–¿«Inadecuada»? Soy hija de un caballero, igual que usted.

–Ambas sabemos que no somos iguales, señorita Smith. Yo poseo una posición social y una fortuna que usted ni siquiera podría llegar a imaginar. Usted cava en la tierra y juguetea con plantas a cambio de dinero –dijo ella.

–Tengo talento y habilidades artísticas.

–Y yo tengo un marido. Tengo todas las cartas en mi mano, señorita Smith. Bien, ahora le sugiero que descanse. Cuanto antes se recupere, antes podremos librarnos la una de la otra.

Aferré las sábanas con los puños cerrados para evitar arremeter contra ella con un golpe. En su lugar, la miré fijamente y dije:

—Señora Melcourt, puedo asegurarle que nada me dará más placer que saber que no tendré que volver a verla nunca más.

Me marcharé de este·lugar y nunca jamás regresaré a Highbury House. Aquí he puesto en riesgo mi sustento y mi propia vida, y habré de pagar las consecuencias en los años venideros.

Emma

Emma se limpió las manos con la tela de su falda de tubo negra. Aquella mañana, en Highbury, cuando había cambiado la ropa que solía usar en el jardín por la falda, un jersey de cachemir de manga tres cuartos que había preparado la noche anterior y unos tacones de charol negro lo bastante altos como para lucirse un poco pero no tanto como para ir dando tumbos, había hecho fresco. Ahora, se alegraba de haber dejado la chaqueta granate en el automóvil. Si la llevara puesta, se estaría muriendo de calor.

Mientras esperaba sentada en la zona de recepción del edificio de la Real Sociedad del Patrimonio Botánico, jugueteaba con la correa de su bolso. Le había dado muchísimas vueltas a aquella entrevista. Si conseguía el puesto, eso significaría vender Turning Back Thyme y tener un trabajo de oficina por primera vez en su vida; significaría estabilidad y seguridad. Tendría un sueldo fijo, una prima y un seguro privado. No tendría que volver a lidiar con más clientes y sus exigencias. Podría hacer planes para las vacaciones. De hecho, podría tomarse unas vacaciones. ¿Cuándo había sido la última vez que lo había hecho?

Pero, sobre todo, significaría estar menos estresada. Había soportado el peso de un negocio durante seis años ella sola. Estaba agotada.

«Pero ¿quién dijo que tuvieras que hacerlo sola?».

En su teléfono apareció la notificación de un mensaje de Charlie.

Nos han faltado cuarenta sacos en la entrega de mantillo.
No te preocupes, ya he llamado para solucionarlo.
¡Disfruta de tu día libre!

Se quedó mirando fijamente el teléfono hasta que una mujer mayor que ella con un conjunto a juego y unos pantalones de vestir color beige se acercó desde la zona de los ascensores.

—¿Señorita Lovell?

—¿Sí?

—Soy Amy, la ayudante del señor Rotheby. Acompáñeme, por favor.

Emma puso el teléfono móvil en silencio, lo metió en el bolso y siguió a Amy hasta su entrevista.

Emma aparcó el automóvil en una pequeña zona de aparcamiento que había junto a la carretera de un pueblo llamado Cropredy y apagó el motor. Abrió la puerta trasera y se apoyó en el asiento para cambiarse los tacones por las botas de agua cubiertas de barro. Después, escondió el bolso bajo el asiento del conductor, cerró y cruzó el puente en dirección al canal.

Anduvo unos diez minutos por el camino polvoriento hasta que apareció frente a ella la conocida popa amarilla y azul de un barco con las palabras «*Darling Mae*» pintadas en blanco.

—¡Ah del barco, capitán! —exclamó mientras se protegía los ojos del sol, que ya estaba bajo.

Charlie, que estaba sentado en una tumbona con una copa de vino en la mano, bajó la vista.

—Mírate, toda arreglada. ¿Una cita?

—¿Desde cuándo soy capaz de ocultarte que tengo una cita?

Él soltó una carcajada y la luz dorada del atardecer se reflejó sobre su piel morena mientras echaba la cabeza hacia atrás.

—Una pregunta mejor: ¿cuándo fue la última vez que tuviste una cita?

—Vaya, gracias. ¿Puedo subir a bordo?

—¿Puedes subir a bordo con esa falda? —preguntó él. Emma probó a hacerlo y lo consiguió en el segundo intento, tras haberse subido la falda hasta la mitad del muslo–. Vas a conseguir que todo el canal esté cotilleando sobre mí antes de que se ponga el sol –añadió mientras ella se acomodaba en la otra tumbona–. ¿Vino?

–Sí, pero solo una copa. He venido conduciendo.

–¿Desde dónde?

Ella arqueó una ceja.

–No me preguntaste cuando te dije que me tomaba el día libre.

–Te estaba dando espacio. Un momento. –Se agachó para entrar en la cabina y volvió a salir con una copa de vino–. Ahí tienes.

–Gracias. –Emma dio un trago largo–. He estado en Londres.

Su amigo dejó que el silencio se prolongara hasta que, al final, dijo:

–¿Vas a hacer que te pregunte?

Ella respiró hondo.

–He tenido una entrevista de trabajo.

–Hoy no vas vestida de jardinera –señaló él.

El puesto de jefe de conservación… No le parecía un trabajo para un jardinero. Tendría personal, no un equipo. Establecería las políticas de la Real Sociedad del Patrimonio Botánico. Haría de consultora en proyectos especiales de notoriedad y tendría ciertas responsabilidades relacionadas con la prensa. Tendría que hablar con los donantes.

Sentada en el despacho de William Rotheby, lo había escuchado hablar con entusiasmo de la orientación que su experiencia en el mundo real podría aportar a la organización y del programa de formación en conservación que querían poner en marcha para pequeñas empresas de diseño de jardines como Turning Back Thyme. Podría ser mentora de los miembros del personal e incluso impartir algunos de los cursos profesionales si así lo deseaba. Tendría un salario generoso, ventajas y beneficios.

Sin embargo, no seguiría siendo jardinera.

–He estado en la Real Sociedad del Patrimonio Botánico.

–Loraine Jeffers me dijo que estaban haciendo entrevistas de nuevo. La llamaron después de que descongelaran las contrataciones –dijo Charlie, mencionando a una de sus competidoras–. Si Loraine estaba dispuesta, sabía que tú debías de estar implicada también.

–Me contactaron ellos por si me interesaba el puesto justo después de Año Nuevo.

–¿Por qué no me dijiste nada?

–No quería preocuparos ni a ti ni al equipo si no salía adelante. Teníamos el gran proyecto de Highbury y Turning Back Thyme era mi prioridad. No quería que os preocuparais sobre qué iba a pasar con la siguiente nómina.

–Emma, trabajo para Turning Back Thyme porque me gusta trabajar aquí. Podría conseguir otro trabajo si quisiera. Me lo han ofrecido.

–¿De verdad?

–Pues claro que sí, tonta. Puedo dirigir un equipo, eso tiene cierto valor.

–Lo siento. Claro que puedes. Supongo que me daba miedo que, si te decía algo, eso arruinase nuestra amistad.

–Sería un amigo terrible si me preocupara más mi trabajo que tu felicidad. Si aceptar el trabajo de jefa de conservación es el paso adecuado para ti, tienes que darlo. Quiero que seas feliz.

–¿Lo dices en serio?

–Sí, pero me va a costar un par de semanas superar el hecho de que no pensaras que fuese así.

–Es justo. –Se quedó callada un instante antes de añadir–: Debería aceptar el trabajo. Me ofrecen muchas cosas y sería mucho menos estresante que llevar el negocio. Sería idiota si no lo aceptara.

–¿Pero…? –intervino Charlie.

Emma miró más allá del agua, en dirección al campo salpicado de vacas que había en la otra orilla.

–Esa gente de la oficina me ha dicho muchas cosas increíbles, me han hablado del personal que tendría y de todo lo que podría hacer. Y, sin embargo, ¿sabes en qué era lo único en lo que podía pensar? En las ganas que tenía de volver al jardín de invierno para levantar el parterre principal.

Charlie sonrió.

—Puedes apartar a la chica del jardín…

—Pero no puedes quitarle la tierra de debajo de las uñas. Les he dicho que no quería seguir adelante con el proceso de contratación.

—Entonces, ¿sigues adelante con el negocio?

—De hecho, creo que ya es hora de que los dos nos encarguemos del negocio. Juntos.

Charlie alzó la barbilla de golpe.

—¿Qué quieres decir?

—Tendría que haberte pedido que fueras mi socio hace años. Eres tan importante para Turning Back Thyme como yo.

—¿Me estás pidiendo que me case contigo a nivel empresarial?

Emma sonrió.

—Creo que sí. Si es que me aceptas.

—Tan solo quieres que me ocupe de los clientes que no te caen bien —dijo él.

—Y de las nóminas. Y de algo así como el setenta y cinco por ciento de los asuntos logísticos y de planificación —replicó ella.

—Tú no lo disfrutas, pero yo sí.

—También he estado pensando que, si ampliáramos el negocio con un segundo equipo, podríamos encargarnos de dos proyectos a la vez. Eso implicaría tener el doble de ingresos y cierta protección para cuando lleguen tiempos de vacas flacas. Si quieres hacerlo, claro está. Puedes tomarte un tiempo para pensarlo.

—Como si necesitara pensarlo, tonta.

Emma hizo ademán de apoyarse una mano en la cadera.

—De verdad, si quieres que sigamos siendo amigos, tienes que dejar de llamarme «tonta», escocés desquiciado.

—Sureña engreída.

—Soy de Croydon.

—Sigue siendo el sur. Como socio y mejor amigo, ¿puedo darte un consejo, aunque no me lo hayas pedido? —preguntó Charlie.

—¿El hecho de que me preguntes si puedes dármelo no hace que acabe siendo un consejo que sí te he pedido?

—Cállate, Emma —dijo él con una carcajada.

—Dime.

–Este año, ha habido algo diferente en ti.

Ella asintió.

–Ahora tengo macetas.

–Tienes macetas. Te he visto ir a la casa para tomar una taza de té con Sydney o hablando sobre la remodelación con Andrew. Te caen bien, te gusta el pueblo y te gusta esa casita. Sientes que Highbury es tu hogar.

«Hogar». La palabra pareció expandirse para llenarle el corazón. No sabía por qué, pero encajaba en Highbury. Le encantaba la casita con su estufa de leña y sus vigas enormes con las que se golpeaba la cabeza por accidente si no tenía cuidado. De algún modo, las noches de trivial de Lucy en el *pub* se habían convertido en un hábito semanal y los propietarios de la tiendecita de comestibles de Bridge Street la conocían por el nombre. Además, últimamente, cuando se sentaba en el jardín, se pasaba la mayor parte del tiempo rediseñándolo mentalmente de una docena de formas diferentes.

–Creo que quiero quedarme en Highbury –dijo ella–. La idea me hace sentir bien.

–Así es como me siento yo con respecto al *Darling Mae*.

–Pero tú puedes moverte.

–Puede que la zona del canal cambie, pero el barco sigue siendo el mismo.

Emma dejó la copa.

–Voy a volver ya a casa. Estoy agotada. Gracias por el vino.

–Gracias por el acuerdo empresarial –contestó Charlie. Después, esperó hasta que tuvo una pierna por encima de la barandilla del barco para decirle–: ¿Sabes? Si de verdad quieres echar raíces en Highbury, deberías empezar por pedirle una cita a ese granjero.

Consiguió no resbalarse por los pelos.

–Charlie, te juro por Dios que, si me caigo al canal, te mato.

–Henry se ha pasado hoy por los jardines y te estaba buscando.

–¡Charlie!

Se las arregló para saltar de la popa a la seguridad de tierra firme con un sonrojo feroz. Las carcajadas de su amigo la siguieron mientras regresaba por el camino del canal.

Diana

Octubre de 1944

Diana estaba tumbada sobre la cama de Robin cuando el padre Devlin fue a verla.

—Señora Symonds, he pensado que podría sentarme un rato con usted —dijo el hombre, como si saludar a una mujer tumbada sobre la cama de un niño con un jersey bajo la cabeza a modo de almohada fuese lo más normal del mundo.

Alzó la vista para mirarlo.

—Padre, ya he aprendido que hay poco que pueda decir para detenerlo cuando desea decir algo.

Él se rio.

—Eso es cierto. La insistencia y la intromisión son cualidades por las que, sin duda, seré juzgado a las puertas del cielo.

Con un suspiro, Diana se levantó y se sentó en su sillón habitual tras moverlo un poco para que no estuviera enfocado hacia la pared. Él se sentó en el asiento de la niñera, que ahora siempre estaba vacío. Alguien debía de haber despedido a la mujer.

—Supongo que desea hablar conmigo —dijo, remarcando cada palabra—. O comprobar cómo me encuentro. Últimamente, todo el mundo parece querer hacer eso.

El hombre cruzó las manos sobre la Biblia que tenía apoyada en la pierna.

—¿Debería comprobar cómo se encuentra?

—Creía que era prerrogativa de los pastores consolar a las madres que están pasando un duelo.

—Podría decirle varias cosas. «Dejad que los niños se acerquen a mí; no se lo impidáis, pues de los que son como ellos es el reino de Dios». O, tal vez, Mateo 18:14 nos venga mejor: «De la misma manera, vuestro Padre que está en el cielo no quiere que se pierda ninguno de estos pequeños».

–Si lo hiciera, le pediría que se marchara de mi casa.

Él sonrió.

–Eso pensaba. En una ocasión, me dijo que todavía hablaba con el padre Bilson porque no le había ofrecido semejantes comentarios manidos cuando quedó viuda.

–La muerte de un hijo es diferente.

El capellán inclinó la cabeza.

–Dado que no soy padre, solo puedo imaginar el dolor que debe de sentir. Y la ira.

Ira. Sí. Oculto bajo la tristeza, la autocompasión y el dolor, había un hierro candente que era la ira. Podía verlo y sentirlo, como si oír aquella palabra hubiera apartado la niebla de todo lo demás.

–Esta guerra… –espetó–. Esta maldita y estúpida guerra luchada por hombres a los que no les importa nada el coste. Mi hijo. Mi esposo. No me queda nadie. –El padre Devlin se limitó a seguir sentado, así que ella prosiguió–. Se me prometió una buena vida si me portaba bien. Lo he dado todo para ser hija, debutante, prometida, esposa y madre. Se suponía que tenían que cuidar de mí. Ahora, ya no me queda nada.

–Y, ahora, no sabe qué hacer con su vida –dijo el religioso. Diana se inclinó hacia delante. Tenía razón: no tenía un propósito. No era nada, tan solo una mujer con el apellido de su esposo y una casa envuelta en tristeza–. Robin le daba un motivo para seguir adelante como antes. Mantuvo esta casa para él lo mejor que pudo. Lo envió a la escuela e intentó darle una vida normal.

–Y, ahora, nada de eso importa –susurró ella.

Él la miró fijamente.

–¿De verdad? Sigue aquí. Usted que, en el pasado, tuvo una vida propia.

–Mi vida anterior tan solo consistía en esperar a estar casada.

–Puede que sea así, pero ahora es una mujer independiente.

Puede elegir el tipo de vida que quiere vivir. Podría tocar el harpa todas las horas del día o podría dirigir este hospital.

–Cynthia es la comandante.

–La señorita Symonds no es la señora de Highbury House –señaló el padre Devlin.

Frunció los labios. Un nuevo comienzo. Era tentador, más que cualquier otra cosa que hubiera sentido desde la muerte de Robin. Pero también era abrumador. Avanzar hacia un futuro incierto significaba caminar hacia la posibilidad de encontrar más dolor.

–No sabría por dónde empezar –dijo al fin.

Él se puso en pie.

–¿Me concedería un momento y me acompañaría?

Diana miró la mano que le tendía como si aquella fuese la cosa más extraña que hubiese oído jamás. Sin embargo, tras un instante, dejó que tirara de ella con suavidad para ponerse en pie. El padre Devlin se soltó del respaldo de la silla en el que se había apoyado para mantener el equilibrio y recuperó las muletas. Comenzaron a salir de la habitación con cuidado.

Al bajar las escaleras, mantuvo la cabeza bien alta mientras las enfermeras y los pacientes alzaban la vista y se quedaban mirándola. Debía de parecerles un fantasma, un recuerdo indeseado de una tragedia sin sentido.

Aun así, Diana continuó caminando, siguiendo al pastor a través de las puertas francesas y por los escalones que conducían al jardín del té.

Entrecerró los ojos ante el sol de mediodía. Aquella era la primera vez que salía al exterior desde la muerte de Robin y el jardín se encontraba en plena transformación otoñal. Los rosales se estaban llenando de escaramujos y entre las gramíneas estaban empezando a brotar unos capullos esbeltos. El aire era fresco y estaba impregnado del olor húmedo de las hojas podridas. En cuestión de semanas, los árboles empezarían a cambiar y todo Highbury comenzaría a sumirse en un sueño excepto por el jardín de invierno.

El jardín de invierno.

–¿Dónde vamos? –preguntó.

–Creo que ya lo sabe –contestó el padre Devlin.

De manera instintiva, extendió una mano para detenerlo.

–No. No puedo; es demasiado pronto.

El pastor cambió de posición las muletas para darle una palmadita en la mano.

–No haría nada que no creyera que es lo suficientemente fuerte como para soportar. Confíe en mí.

Confiaba en él, así que se forzó a regular la respiración. Cuando rodearon el muro de ladrillo del jardín de invierno, se detuvo. Sentado en el camino que estaba justo al otro lado de la verja, en el interior, estaba Bobby. Tenía en la mano uno de los camiones de latón de Robin y lo estaba conduciendo en silencio sobre el camino.

–Se supone que debería estar cerrado.

–Supongo que alguna persona bienintencionada volvió a dejar las llaves allí donde suele guardarlas. Viene todas las tardes tras la escuela y se sienta siempre en el mismo sitio. Cuando empieza a oscurecer, cierra la verja y vuelve dentro, con su tía.

Diana no dijo nada mientras observaba al niñito. La señorita Adderton había estado en lo cierto: toda la chispa y la vida que solían iluminarle el rostro cuando Robin y él jugaban a ser piratas merodeadores o soldados había desaparecido. Estaba demasiado callado y su mirada era demasiado solemne.

–Le pregunté por qué venía aquí y me contó que es porque Robin le dijo que este era su lugar especial. –El capellán hizo una pausa–. ¿Sabe lo que veo cuando lo miro? Veo a un niñito que ha perdido a su mejor amigo. Es demasiado joven para comprender que no es culpa suya. Ya ha presenciado más tragedias de las que le corresponden. No tiene ni padre ni madre y, ahora, tampoco tiene un mejor amigo. Su tía parece sobrepasada por la responsabilidad de cuidarlo. Si nadie hace nada, este niño podría crecer creyendo que no tiene un lugar en el mundo; que no tiene un propósito.

Diana observó a Bobby en silencio durante un instante mientras se frotaba el antebrazo izquierdo. Pensó en qué habría deseado que ocurriera con Robin si hubiese sido él el niñito jugando solo en un camino. Pensó en lo que le había dicho al padre Devlin sobre su propia vida y su falta de propósito. Lentamente, cruzó el camino y se acercó a Bobby. La hierba debió de amortiguar sus pasos, porque el niño no levantó la cabeza hasta que no estuvo justo en frente de él. Seguía sujetando el camión rojo entre las manos.

–Hola, Bobby.

–Hola –masculló él. Después, siguió haciendo rodar el camión por su camino invisible.

Ella frunció el ceño y se agachó.

–¿Qué estás haciendo?

–Jugar a los camiones –contestó él en voz baja.

Recordaba aquella vocecita de cuando lo había visto aquella primera vez en la cocina. Había parecido tan pequeño y manso… No se había parecido en nada al que se había convertido en el mejor amigo de Robin.

–¿Cómo has entrado al jardín?

Temeroso, Bobby alzó la mirada hacia ella.

–No he robado la llave. Siempre la devuelvo.

Con suavidad, Diana le apoyó una mano en el hombro.

–No pasa nada, Bobby, no estoy enfadada. Tan solo quiero saber por qué.

–Cuando Robin y yo éramos piratas, entrabamos en la guarida de Barbanegra, tomábamos la llave y, después, veníamos aquí para buscar el tesoro enterrado. Solo que nunca lo encontramos. Teníamos que devolver la llave para no meternos en problemas.

Ella sonrió.

–Es muy inteligente que os aseguraseis de dejar la llave exactamente donde la encontrasteis. ¿Alguna vez disteis con algún tesoro enterrado? –El niño sacudió la cabeza–. ¿Y por qué no estás buscando el tesoro ahora?

Bobby alzó la vista hacia ella con los enormes ojos color avellana llenos de lágrimas.

–Robin era el que tenía el mapa.

El niño comenzó a llorar con unos sollozos agitados. La presión en el pecho de Diana también aumentó, estrujándole el corazón hasta que sus propias lágrimas empezaron a brotar con libertad. Su primer instinto fue salir corriendo, pero, entonces, miró al niño que yacía prostrado en el suelo. No podía abandonarlo.

Empezó a ver un camino con tanta claridad que le pareció increíble que no hubiera pensado en ello antes. Sin embargo, en aquel preciso momento, lo único que importaba era consolar al mejor amigo de su hijo.

–Bobby –dijo con voz ahogada–. Me gustaría recibir un abrazo. ¿Te gustaría recibir uno a ti también?

El niñito medio se arrastró hasta su regazo y le enterró el rostro en el pecho.

Venetia

Highbury House
Viernes, 18 de octubre de 1907

Esta mañana, de manera espontánea, la señora Creasley me ha dicho que hoy es día dieciocho, lo que significa que soy prisionera desde hace dos semanas.

Cada mañana, viene con una bandeja. Después, me ayuda a vestirme y me sienta en una butaca girada hacia la ventana. Me quedo mirando el jardín durante horas. Los pájaros y los insectos pasan volando ante mí mientras se encargan de sus tareas otoñales. No dibujo. No leo. Estoy demasiado enterrada en las profundidades del dolor causado por la pérdida.

No he tenido otras visitas. Tan solo la señora Creasley y el médico. El señor y la señora Melcourt no han venido, lo cual es un alivio.

Matthew tampoco ha aparecido.

Highbury House
Lunes, 21 de octubre de 1907

Me he despertado esta mañana y me he sentido diferente. Mi dolor sigue ahí, pero, de algún modo, parece distinto. Ya no me oprime con tanta fuerza que no me deja moverme.

Cuando la señora Creasley ha venido esta mañana, le he dicho:

—Hoy me gustaría darme un baño, por favor.

Casi se le ha caído la bandeja ante la sorpresa de oírme hablar, pero se ha enderezado y ha preparado la mesa tal como hace siempre. Me he puesto la bata y me he sentado a comer en condiciones por primera vez en estas dos semanas. Media hora después, han venido dos doncellas con una bañera de asiento.

Durante el baño, me he restregado días, horas y minutos de dolor y, gracias a ello, he salido sintiéndome más ligera. He dejado que se me secara el pelo antes de recogérmelo y vestirme. Después, he vuelto a unirme al mundo.

La señora Melcourt me prohibió salir al jardín, pero me ha dado igual. Necesitaba estar al aire libre.

Mis pasos han sido lentos y pausados. El cuerpo me estaba castigando por cómo lo había descuidado, pero, mientras recorría la zona boscosa, con el aroma de las hojas otoñales que crujían bajo mis pies y el frescor de la lluvia brumosa que me rozaba la frente, he sentido que volvía a ser yo misma.

No podía soportar la idea de ver el jardín infantil, el jardín de los enamorados o el jardín nupcial. No quería ver las rosas de Matthew que hay en el jardín de la poesía o en el jardín del té. En su lugar, he ido directa al jardín de invierno y he abierto la verja que ha instalado el señor Hillock. Ya había una llave en la cerradura y de la anilla colgaba otra de repuesto. En el interior, la tierra estaba vacía pero recién removida, esperando mis instrucciones. Me he sentado en el camino de piedras y he empezado a llorar.

Así me ha encontrado el señor Hillock, con las faldas aplastadas bajo mi peso y los ojos enrojecidos. No se ha acercado corriendo hasta mí ni ha intentado calmarme. En su lugar, ha cerrado la verja del jardín a sus espaldas y se ha sentado a mi lado. Después, me ha tendido un pañuelo.

—Perder un bebé es algo terrible. La señora Hillock y yo lo sabemos mejor que algunos, aunque no tanto como otros —me ha dicho con su voz suave pero firme.

—Lo siento —le he dicho mientras me enjugaba los ojos.

—Yo también.

Me ha dejado quedarme sentada y en silencio mientras recobraba la compostura. Cuando al fin le he devuelto su pañuelo, me ha dicho:

–¿Ha ido a verla el señor Goddard?

El corazón se me ha encogido ante la mención de Matthew.

–No.

El hombre ha sacudido la cabeza.

–No importa lo mayor que se haga un hombre, siempre será tan tonto como un niño.

–¿Qué quiere decir?

–Su señor Goddard. Ha venido a verme –ha dicho el señor Hillock.

El corazón me ha dado un vuelco.

–¿Por qué?

El jardinero se ha quitado la boina y se ha pasado una mano por la cabeza, en la que empieza a perder pelo, antes de volver a ponérsela.

–Esa es una historia que tendrá que contarle él mismo.

Me he quedado observando el jardín. Matthew ha ido a ver al señor Hillock, pero no ha venido a verme a mí. Su hermana tenía razón. Estaba dominado por ella, por el dinero de su marido… Por todo.

–Es una lástima lo de este lugar –ha dicho el jardinero–. Es el corazón del jardín.

–Y le preocupa que lo deje sin terminar –he comentado yo.

Tras una larga pausa, el hombre ha contestado:

–No me preocupa el jardín, señorita Smith, pero si no termina su labor en Highbury House, habrá cosas que nunca estarán completas.

–No me gusta ninguno de los bocetos que he hecho para el jardín de invierno, y los Melcourt no van a otorgarme el lujo del tiempo.

–Tiene las medidas y una idea de cómo es el lugar. Y he oído que, hoy en día, el servicio postal funciona muy bien. Llega incluso a las casas de los jardineros en pueblecitos pequeños sin demasiada importancia.

Cuando he alzado la vista, he visto que mostraba el más leve atisbo de una sonrisa. Me he dado la vuelta para pasar la mirada lentamente de un lado al otro del jardín.

—Poner solo abedules plateados sería demasiado evidente, ¿no le parece? —le he preguntado.

Él ha ladeado la cabeza.

—Tal vez.

—Entonces, pondremos también cornejos. Ahí. —He señalado uno de los laterales del camino de gravilla—. Y ahí. La corteza roja le dará profundidad al jardín en los días más duros de enero. Y gramíneas. Necesitaremos gramíneas para dar algo de altura.

—Si las plantamos pronto, tendrán tiempo de asentarse —ha dicho el jardinero.

—Necesitaremos rosas de Navidad —he añadido, comenzando a ver todas las posibilidades—. Y salvia, acebo, lengua cervina y campanillas. —Mis palabras se han ido apagando al recordar de pronto que ya no trabajaba para Highbury House.

—Encontraré las plantas —ha dicho el señor Hillock con voz firme.

He relajado los hombros.

—Gracias.

—El jardín necesita un foco de atención.

—¿Qué había pensado?

—En el centro, quedaría bien un estanque.

—Tal vez uno escultural, diferente al del jardín acuático.

El hombre ha vuelto a quitarse la boina, pero, en esta ocasión, se la ha quedado entre las manos.

—Podría ser un monumento conmemorativo. En caso de que alguien sienta que necesita conmemorar algo —ha dicho él.

—Los Melcourt jamás lo permitirían.

—Los Melcourt no tienen por qué enterarse.

—Es usted un buen hombre, señor Hillock.

He extendido el brazo para tomarle la mano envejecida y callosa. Él se ha sobresaltado, pero, después, se ha relajado y, durante un rato, nos hemos quedado sentados sobre la tierra dura.

Stella

Stella estaba tumbada, contemplando el techo. Al fin, Bobby se había quedado profundamente dormido en el camastro que había a su lado, exhausto por el llanto. Durante el día, parecía estar bien –callado, pero con los ojos secos–, pero en cuanto le subía las mantas hasta la barbilla, comenzaba a sollozar.

Al principio, había intentado consolarlo. Le había apoyado una mano con suavidad sobre el pecho. Había intentado cantarle y leerle algo. Había acabado furiosa y poniéndose más severa. Nada parecía detener el torrente de lágrimas ardientes que le recorrían el rostro. Un día, se había puesto en pie sin más, había anunciado que tenía que terminar sus quehaceres abajo y se había marchado. Cuando había regresado, había encontrado a su sobrino dormido y hecho un ovillo en torno a la almohada, que estaba un poco húmeda.

Bajó la vista hacia él. El pelo le había caído sobre la frente y parecía en paz. Sabía que algún tipo de instinto debería haberla empujado a estirar el brazo y apartarle el pelo o a arroparlo un poco más con las mantas. Sin embargo, lo único que sentía era un terror absoluto. Apenas habría sido capaz de cuidar de él cuando tan solo era un niño más pero, ahora, había perdido a su madre y a su padre y había visto morir a su mejor amigo. Sin duda, era demasiado para un niño pequeño.

Se presionó los ojos con las manos, haciendo que estallaran estrellitas en la oscuridad. La verdad llevaba meses acosándola. Había intentado escapar de ella, pero no había podido.

–No puedo hacerlo –susurró.

Abrió los ojos y miró en torno a la habitación. Los pulcros recortes de revistas y de folletos de viajes parecían burlarse de ella. Playas hawaianas que nunca vería. Cumbres montañosas en los Alpes a las que nunca subiría. No sentiría sobre la piel el aire sofocante de América del Sur ni experimentaría el calor seco y bochornoso del desierto del Sáhara. Iba a quedarse atrapada en Highbury el resto de su vida.

Sintió una acidez en el estómago que también le quemó la garganta. Se levantó de la cama y se acercó a la pared más cercana.

¡Ras! Arrancó las cataratas del Niágara de la pared.

Bobby resopló y se removió en sueños, pero no se despertó.

¡Ras! Quitó las pirámides de Egipto.

¡Ras! La Gran Muralla China se derrumbó.

¡Ras! Las playas arenosas de Tahití desaparecieron con el agua.

Lo hizo de manera metódica, apilando las páginas sobre su cama. Cuando las paredes estuvieron desnudas, se giró hacia el diminuto escritorio y retiró un cuadernillo tras otro de sus cursos por correspondencia. Arrojó las guías de taquigrafía y mecanografía a la pila. Sacó los artículos de revistas que había guardado sobre las jovencitas modernas.

Cuando hubo despejado la mesa, recogió todo el montón de papeles y salió de la habitación. Bajó por las escaleras traseras, cada vez más abajo, hasta que llegó al sótano de la casa. Un reloj marcó la una de la madrugada. Bien. No habría nadie en las cocinas.

Por una vez, había silencio en la habitación en la que pasaba la mayoría de sus horas de trabajo. Dejó los papeles sobre la encimera de madera y se dirigió a la cocina de hierro. El calor emanaba de ella gracias a que había cubierto los rescoldos tras la cena. Abrió la trampilla delantera, removió los restos de las brasas y comenzó a arrojar trocitos de madera hasta que surgieron las llamas. No iba a necesitar demasiado fuego.

Los cuadernos de los cursos por correspondencia estaban encima de todo, pero, cuando fue a alcanzarlos, dudó. ¿Cuántas horas se había pasado encorvada sobre el escritorio, escribiendo en los libros de ejercicios, tras haber terminado de trabajar? Lo había apostado todo a aquellas clases, ahorrando hasta el último penique para pagarlas. Había rechazado ir al cine en sus días libres y había pasado un año sin comprarse zapatos nuevos. Había estado tan centrada en su plan, tan segura de que aquello, al fin, la liberaría de Highbury House de una vez por todas…

Dejó los materiales de estudio a un lado y agarró la playa tahitiana. Cuando la lanzó al fogón de leña, el papel se prendió fuego y se arrugó entre llamas verdes y azules. En unos segundos, la imagen había ardido. Frunció los labios y soltó un largo suspiro. Entonces, tomó una fotografía de Suiza.

—Señorita Adderton, ¿qué hace despierta tan tarde?

Al oír la voz de la señora Symonds, Stella se dio la vuelta de golpe y, en el proceso, se golpeó la rodilla contra la trampilla abierta de la cocina. Soltó un grito mientras se sujetaba la pierna derecha. Un par de manos firmes la agarraron por los hombros y acabó dando saltitos a la pata coja hacia una silla.

—¿Necesita una compresa fría? —le preguntó la señora Symonds. Ella dobló la rodilla un par de veces para probarla.

—No —consiguió decir.

—Lo siento; la he asustado —dijo la otra mujer. Stella le lanzó una mirada de soslayo. «Lo siento». Era muy extraño oír a su patrona pronunciar aquellas palabras—. Es casi la una y cuarto.

—Tenía que encargarme de un par de cosas.

Observó cómo la señora Symonds dirigía la mirada hacia la pila de papeles que había sobre la encimera.

—¿Los está quemando?

—Sí —contestó ella, apretando los dientes.

—Niza, San Sebastián, Ciudad del Cabo, Bombay… ¿Son todos lugares a los que soñaba con ir?

El cuerpo de Stella se vio asaltado por la vergüenza.

—Estaban colgados de las paredes de mi habitación. Era una tontería.

La señora Symonds ojeó los papeles.

—He estado en algunos de estos lugares: París, Roma… Pero es usted bastante más aventurera que yo. No sabía que quisiera viajar. —Stella se quedó sentada y con los labios cerrados con firmeza mientras observaba cómo su patrona posaba la mano sobre los cuadernillos de los cursos por correspondencia–. ¿Está haciendo cursos de taquigrafía?

–Otra tontería.

Otro plan truncado.

–No me había dado cuenta de que quisiera hacer otra cosa que no fuera cocinar –dijo la señora Symonds.

El corazón le dio un vuelco y estuvo a punto de ahogar un grito.

–Odio cocinar.

Las palabras que llevaban años formándose en su interior se le escaparon de los labios. La otra mujer parecía anonadada y dejó con cuidado los cuadernos de ejercicios.

–Lamento que se sienta así.

«Mira lo que has logrado, Stella».

–Lo siento. Doy gracias por el trabajo que tengo aquí.

La señora Symonds se arrebujó más con su bata de seda acolchada y se sentó en la silla de madera que estaba frente a ella.

–Hay cosas que desearía haber podido hacer –dijo al fin–. Cosas de las que me arrepiento… ¿Puedo preguntarle qué haría con su vida si no fuera cocinera?

Sabía que no debería contestar con sinceridad, pero estaba demasiado cansada como para mentir.

–Nací en Highbury –dijo.

–Sí, lo sé. Murray me dijo que su madre trabajó como doncella hasta que la artritis le resultó demasiado agotadora –replicó la señora Symonds.

–Así es. Las lecciones de cocina que me había dado ella sirvieron para que llamara la atención de la señora Kilford cuando tenía catorce años. Me convirtió en su ayudante y me enseñó lo que mi madre no había podido enseñarme.

–¿Y qué era lo que quería hacer usted en lugar de eso?

–Quería marcharme –contestó en un arrebato–. Joan fue la afortunada. Mamá pensó que era demasiado atrevida para formar parte del servicio, así que la enviaron a trabajar a uno de los grandes almacenes de Leamington Spa. Conoció a Jerry cuando tenía dieciséis años y se casaron tres meses después. Cuando se mudó a Brístol, yo tenía tantos celos que apenas era capaz de mirarla. He pasado toda mi vida a tres kilómetros de la casita en la que nací. Quería irme a Londres para trabajar y, tal vez, hacer algo más. ¿Querría usted pasar todos sus días en el sótano de una casa que no es suya, cocinando para una familia que no es la suya?

La señora Symonds inclinó la cabeza.

—Así que de eso se trata todo este asunto de los cursos por correspondencia.

—Sí.

—Entiendo que había pensado en marcharse a Londres para ser secretaria.

—Sí.

—Y, algún día, quiere viajar.

Stella miró con tristeza la pila de papeles sin quemar que había sobre la encimera.

—Pensé que, si trabajaba lo suficientemente duro, tal vez podría ahorrar. Fue una tontería.

—Es la tercera vez que hace eso —dijo la señora Symonds en tono cortante.

—¿El qué?

—Utilizar la palabra «tontería». —Stella enderezó la espalda—. ¿Cómo ha encontrado tiempo para hacer ambas cosas?

—Todas las noches, cuando terminaba en la cocina, iba a mi habitación y me ponía a estudiar. A veces, también me levantaba más temprano por las mañanas.

—¿Y no puede seguir haciéndolo?

Stella sacudió la cabeza.

—Con Bobby, es demasiado difícil. Además, ya no tiene sentido.

—¿Por qué?

—He gastado en él la mayor parte del dinero que había ahorrado.

La señora Symonds pareció sorprendida.

—¿Su hermana no lo mantenía?

—Cuando le venía bien, Joan podía olvidarse del dinero así… —replicó mientras chasqueaba los dedos.

—Podría haberme preguntado si teníamos ropa que a Robin se le hubiese quedado grande. Era un poco más alto que Bobby, pero, si hubiéramos recogido los dobladillos, podría haberle servido —dijo su patrona. En aquella ocasión, Stella mantuvo la orgullosa boca cerrada—. No, ya lo veo. No habría podido ser.

—No es solo cuestión del dinero. ¿Qué se supone que voy a hacer con él? Si me mudo a Londres, tendré que buscar algún lugar en el que quedarme que admita niños. Tendré que buscar un trabajo con un patrono al que no le importe que tenga un niño a pesar de que no sea mi propio hijo. No importa que la historia sobre la muerte de Joan sea cierta. Sé lo que parece. Además, ¿qué ocurriría cuando estuviera enfermo y necesitara que lo cuidaran?

—Usted y Bobby siempre tendrán un hogar aquí —dijo la otra mujer.

«No». Stella sintió aquella palabra en cada fibra de su ser. Lo que la señora Symonds le estaba proponiendo era una muestra de generosidad que muy pocos empleados domésticos podían esperar, pero no le parecía bien. No podía quedarse allí.

Aun así, no podía pensar solo en sí misma, y ya era hora de que lo aceptara.

—Gracias —dijo mientras encorvaba los hombros bajo el peso de su futuro.

La otra mujer jugueteó con la cubierta de uno de sus cuadernillos de ejercicios.

—Si todavía quiere mudarse a Londres, tal vez haya otro modo de conseguirlo.

—¿Cómo?

—Deje que Bobby se quede aquí.

—¿Qué?

—Ya está asentado en Highbury. Puede volver a ocupar el dormitorio infantil y yo puedo volver a llamar a la niñera o contratar a otra persona. Yo podría cuidarlo y usted podría mudarse a Londres.

—No tengo dinero —dijo Stella.

Su patrona arqueó una ceja.

–También podría encargarme de eso.

–¿No le resultaría demasiado doloroso después de lo que ocurrió con Robin?

La señora Symonds dejó el cuadernillo y cruzó una mano sobre la otra antes de alzar la vista con una mirada solemne pero decidida.

–Sería todo un placer para mí.

Y ahí estaba su plan, servido para ella en una bandeja de plata y financiado por aquella mujer para la que trabajaba desde hacía tantísimo tiempo. Podría ir a Londres. Podría buscar un trabajo que, algún día, tal vez le permitiera visitar todos aquellos lugares que llevaba tanto tiempo planeando visitar. Sin embargo, eso significaría darle la espalda a la única responsabilidad que debería aceptar con cariño.

–No sé si puedo hacer eso –dijo Stella.

–Voy a ir a Londres al final de la semana. Puede pensárselo hasta que regrese –dijo la señora Symonds–. Ahora, creo que me tomaré la leche caliente por la que he bajado.

Stella se puso en pie de inmediato.

–Me llevará solo un momento.

–No, señorita Adderton; recoja sus cosas y vuelva a la cama. –Cuando le lanzó una mirada vacilante, la señora de Highbury se echó a reír–. Puedo calentar un cazo con leche en polvo. No soy una completa inútil.

Stella jamás había visto a aquella gran dama hacer nada similar, pero ¿quién era ella para discutir con la señora de la casa? En su lugar, recogió sus cosas y comenzó a subir las largas escaleras, consciente de que no iba a pegar ojo.

Venetia

Highbury House
Sábado, 26 de octubre de 1907
Frío, se avecinan las primeras heladas

La conversación con el señor Hillock me devolvió a la vida. Me puse en pie, me sacudí las faldas y regresé al escritorio que había tenido abandonado desde el aborto. Tras abrir un cuaderno de dibujo, comencé a elaborar un plano para el jardín de invierno.

Durante cuatro días, apenas dejé la mesa y me quedaba dormida con el lapicero en la mano. Sin embargo, cada mañana me despertaba, me quitaba el papel de la cara, me bañaba y volvía al trabajo.

En esos cuatro días, el señor Hillock vino dos veces a la casa con pan o tartas que había cocinado su esposa. Yo comía como si fuera una mujer a punto de morir de hambre mientras él echaba un vistazo a mis dibujos, me hacía preguntas y se familiarizaba con el diseño que tendría que ejecutar.

Todavía no le he contado a Adam lo que ha pasado en Highbury House. Si se ha preguntado algo a causa del lapso en mi correspondencia, no lo ha mencionado en las cartas que me entregan con la bandeja del desayuno. Le contaré lo que ha ocurrido cuando lo considere oportuno. O no lo haré. No es asunto de nadie; solo mío.

Y de Matthew.

Matthew, que todavía tiene que volver a aparecer. No puedo negar que había tenido la esperanza de que lo hiciera, aunque solo hubiera sido para compartir conmigo una pequeña parte de la carga que supone el dolor. Si me permito recordar aquella noche horrible en la que todo salió mal, puedo vislumbrar el gesto de ira, desesperación y dolor que había en su rostro. Pero, entonces, todas las dudas que he tenido alguna vez sobre sus sentimientos –sobre la proposición de matrimonio, sobre el bebé, sobre todo– vuelven a arrastrarse a mi interior.

De vuelta a trabajar en mi jardín.

Stella

¡Zas! El cuchillo de carnicero atravesó el hueso y golpeó la tabla de cortar de madera con un ruido sólido y satisfactorio. Beth, que estaba sentada bien lejos del alcance de la sangre de pollo, observó a Stella con los ojos muy abiertos.

–Nunca entenderé cómo es posible que no te cortes tu propia mano –dijo la joven.

Tras ella, la señora George y sus secuaces estaban haciendo ruido con las ollas y las sartenes.

–Gracias a que tengo más años de práctica de los que me gustaría –contestó Stella mientras dejaba junto a la tabla el muslo cortado a la perfección.

Los cortes tenían que ser precisos porque iba a usar hasta el último trozo de aquel pollo. Machacaría las pechugas hasta dejarlas finas, las cubriría con mantequilla y hierbas, las rebozaría con las últimas migas de pan de la hogaza de la mañana y, después, las freiría en una preparación similar al pollo Kiev para la cena de aquella noche de la señora Symonds. Asaría los muslos de forma individual y separaría la carne del hueso para usarla en un pastel de carne. Y metería la carcasa en una olla para hacer caldo tras haber retirado cualquier carne restante, que desmenuzaría para una sopa con las verduras que Beth acababa de entregarle.

–Supongo que, en algún momento, tendré que aprender a cocinar en condiciones –dijo su amiga.

Stella alzó la vista.

–¿No sabes cocinar?

Beth se encogió de hombros.

–Las cosas básicas, pero no tengo demasiada práctica. Mi tía nunca me dejaba entrar en la cocina con ella. Decía que era una distracción. Si sigo en Highbury, podrías enseñarme tú.

«Más bien, si yo sigo en Highbury», pensó ella.

–¿Has sabido algo de tu Graeme?

–Recibo una carta casi todos los días.

–¿Y habéis vuelto a hablar sobre dónde viviréis?

Beth suspiró.

–No. Cada vez que menciono el tema, me dice que se encargará de ello, pero que tengo que esperar. ¿Y si su plan es mudarse a Norfolk, a Escocia o a algún otro sitio aún más lejos?

–¿Cuándo regresará de permiso?

–Dentro de dos semanas –contestó su amiga–. En esta ocasión, vendrá cuarenta y ocho horas. Y tan solo ha conseguido que se lo den porque lo han enviado de apoyo para algún trabajo en Londres. No puede decirme más.

–Entonces, podrás hablar con él sobre dónde quieres establecer tu hogar –dijo ella.

–Ah, sí; estoy decidida.

Stella le dedicó una media sonrisa, pero se dio cuenta de que le costaba concentrarse. Tan solo podía pensar en la oferta de la señora Symonds. ¿Podría dejar atrás al hijo de Joan y comenzar una nueva vida? El viaje de su patrona a Londres sería en dos días. Tenía que decidirse.

El ruido de unos zapatitos en el pasillo que conducía a la cocina hizo que se le encogiera el estómago. Efectivamente, Bobby irrumpió por la puerta, agarrando un cuaderno de ejercicios con una mano sucia.

–¡Tía Stella! ¡Mira mi letra! –exclamó mientras empujaba el cuadernillo hacia ella.

–Bobby, ¿qué es lo que hemos hablado? –preguntó la señora Symonds, que entró en la cocina tras él.

El niño dio un paso atrás.

–Hola, tía Stella. ¿Qué tal tu día?

Stella miró fijamente a su patrona.

–Muy bien, muchas gracias.

—Las «s» son difíciles, pero el profesor me ha dicho que lo he hecho muy bien —dijo Bobby mientras volvía a tenderle el cuadernillo.

—Eso está muy bien —contestó ella mientras le acariciaba la cabeza con incomodidad.

—Bobby, ¿por qué no subes a mi salita privada y me traes el chal, por favor? —dijo la señora Symonds. Sin preguntar por qué, el sobrino de Stella salió corriendo—. Lo ha hecho bien de verdad —añadió la señora de la casa—. Hoy he hablado con el director, que cree que esta semana ha sido mejor.

—Gracias —contestó Stella. Sabía que debería pedirle más detalles, pero no sabía qué decir.

—Veo que no habrá sorpresas en el menú de esta noche —comentó su patrona mientras señalaba el pollo con un gesto de la cabeza.

—La cena será tal como habíamos hablado —contestó ella.

La otra mujer asintió.

—Entonces, la dejo con ello.

En cuanto la señora Symonds se hubo marchado, Beth dijo:

—Es buena con Bobby.

—Todavía no entiendo por qué quiere pasar tiempo con él cuando acaba de perder a su hijo. Debe de ser doloroso estar con niños.

La señora George, que estaba en los fogones, se dio la vuelta.

—¿No ha pensado nunca que podría estar cuidando de ese niño por su propio bien tanto como por el de usted o el del pequeño?

—¿Qué?

La otra mujer se llevó las manos a las caderas.

—La señora Symonds necesita alguien a quien cuidar. Creo que echa de menos la sensación de que la necesiten.

Stella bajó la vista hacia la tabla de cortar y volvió a tomar el cuchillo de carnicero.

—Basta de cháchara. Tengo trabajo que hacer.

Beth

1 de noviembre de 1944
Temple Fosse Farm

Milord:

Por favor, perdóneme por ser tan atrevida, pero creo que es usted amigo de mi esposo, el capitán Graeme Hastings. Me pidió que le hiciera saber cómo se encuentra, ya que echa de menos sus conversaciones. Le pido disculpas por no haberle escrito antes y espero que no le parezca demasiado descarado por mi parte expresar mi esperanza de que nuestros caminos se crucen algún día.

Atentamente,

Señora de Graeme Hastings

2 de noviembre de 1944
Braembreidge Manor

Querida señora Hastings:

Esta guerra tiene pocas cosas buenas, pero una de ellas es que ya no estamos tan atados por la cortesía como pudimos estarlo en el pasado. Sería un placer conocerla en cualquier momento que a usted le venga bien.

No se moleste en pasarse por la casa. Me paso una buena parte del día en el invernadero, con mis orquídeas.

Sinceramente,

A.W.

7 de noviembre de 1944
Braembreidge Manor

Querida señora Hastings:

Ha sido un gran placer conocerla y he disfrutado de su informe sobre el estado del capitán Hastings. He de confesar que ha hecho que este anciano desee poder ser de alguna utilidad.

Espero que piense en mi oferta. Independientemente de cuál sea su decisión, por favor, venga a casa de nuevo. Le pediré a mi cocinera que reserve algunas hojas de té para que podamos tenerlas nuevas para su visita.

Sinceramente,   A.W.

Levantó la vista ante el crujido y el chirrido del metal contra el metal y echó los hombros hacia atrás bajo la chaqueta de su mejor traje color verde oscuro.

La gente comenzó a bajar las escaleras que comunicaban con el andén. A su lado pasaron dos oficiales de la Real Fuerza Aérea vestidos con sus uniformes azul marino, seguidos por un grupo de cuatro WAAF con las cabezas tan juntas que sus gorras casi se tocaban. Una mujer con un abrigo de tweed gastado iba tirando de la mano de un niñito al que se le habían quedado cortos los pantalones, que dejaban a la vista sus tobillos nudosos.

Beth se puso de puntillas, ansiosa por ver a su esposo por primera vez desde la boda. Habían pasado la luna de miel en la cama, aferrándose a cada momento que habían podido pasar juntos. Habían tenido que despedirse demasiado pronto en el patio de Temple Fosse Farm. Había observado cómo se alejaba el camión que lo llevaría hasta la estación y, en cuanto se había perdido de vista, había salido corriendo hasta la puerta de la cocina de Stella. Su amiga le había echado un vistazo a su rostro manchado por las lágrimas y había puesto la tetera.

No pensaba desperdiciar un solo momento de las primeras cuarenta y ocho horas de permiso de Graeme, pero también había muchas cosas de las que tenía que hablar con él. Estaba decidida a tener aquella conversación antes de hacer todas aquellas cosas que él le había escrito a riesgo de escandalizar a los censores del ejército.

Estaba empezando a preocuparse de que no hubiera llegado a aquel tren cuando apareció. Una sonrisa se dibujó en el rostro de Graeme en cuanto la vio. Bajó las escaleras corriendo mientras ella se lanzaba hacia delante, dejando todas sus preocupaciones a un lado. Él la atrapó entre sus brazos y la besó.

Beth estuvo segura de que una de las WAAF que había pasado junto a ellos había soltado un suspiro cuando él se había apartado lo suficiente como para decirle:

–Me alegro de verte.

Después, la besó de nuevo.

Dejó que su cuerpo se relajara contra el de su esposo mientras él le acariciaba la nuca. Quería quedarse así, en aquel momento, besándolo en el vestíbulo de la estación de tren, durante todo el tiempo posible. Sin embargo, eso implicaría esquivar todas las cosas que había estado practicando para decirle.

Se apartó de él sin aliento.

–Te he echado de menos.

–Yo también te he echado de menos. Ocho semanas es mucho tiempo.

Graeme le tomó la mano para que se la apoyara en el brazo y se encaminó hacia la estación del autobús que los dejaría a un kilómetro de Temple Fosse Farm. Desde la boda, los Penworthy le habían dado a Beth su propia habitación.

–Querrás tener tu propio espacio cuando el capitán Hastings esté de permiso –le había dicho la señora Penworthy, que se había echado a reír cuando ella había estado a punto de escupir el té.

Ruth se había mudado a un viejo almacén que la dueña de la granja le había ayudado a arreglar. A Beth le había sorprendido que no se quejara, aunque la privacidad suponía que todos salían ganando.

Era muy tentador dejar que Graeme fuese a casa con ella para encerrarse juntos en su habitación hasta que él tuviera que regresar con su pelotón.

«Muy tentador y muy cobarde».

El autobús frenó y las puertas de metal se abrieron con un chirrido.

—Vamos —dijo ella sin soltarle la mano.

Subieron a bordo y pagaron el billete. El conductor asintió con la cabeza cuando vio el uniforme de Graeme. Se acomodaron en un par de asientos en la parte trasera con las manos entrelazadas sobre el regazo de él.

—Quiero saber todo lo que has estado haciendo —dijo su marido conforme el autobús giraba hacia Old Warwick Road.

Ella se echó a reír.

—Te escribo todos los días. Eres mejor que escribir un diario.

Aun así, le contó todo. Historias de la granja, lo que estaban plantando los Penworthy o lo bien que le iba a Bobby en la escuela. Sin embargo, hubo una cosa que no dijo. Iba a guardarse aquello para sí misma un poquito más.

Él se inclinó y le dio un beso en la sien.

—Cuando no hay gente delante...

Beth lo apartó con delicadeza y se estiró frente a él para tirar del cordel y solicitar la parada al conductor.

—Hemos llegado.

—Es demasiado pronto para haber llegado a Temple Fosse, ¿no? Quedan dos paradas más.

—Así es, pero no vamos a la granja.

Graeme bajó del autobús detrás de ella, mirando a su alrededor.

—Esto es Braembreidge Manor.

—Sí —contestó ella mientras lo arrastraba hacia el camino de acceso a la gran casa de campo.

—No has mencionado que hubieras hablado con lord Walford.

—Hemos tomado el té juntos en un par de ocasiones. Quiere verte de inmediato.

—Lord Walford puede esperar; quiero pasar tiempo a solas con mi esposa —dijo él mientras le rodeaba la cintura con los brazos.

Ella se puso de puntillas y le dio un beso.

—No podemos hacer esperar al conde.

Con un gruñido afable, Graeme le tendió el brazo.

Atravesaron la verja que tan imponente le había parecido en su primera visita. Si Highbury House era grandiosa, Braembreidge Manor resultaba palaciega. Aun así, tras haber estado allí un par de veces, había llegado a disfrutar de las vistas de la vieja mansión. Los terrenos habían sido diseñados con el paisaje original en mente en lugar de tener jardines plantados como ocurría en Highbury House. Además, había algo encantador en ver a los niños de la escuela Coventry saliendo por las puertas cada vez que acababan las clases.

Cuando habían recorrido la mitad del camino, apareció por un recodo un hombre con un traje de tweed raído y unas botas de goma. A su lado, iban trotando tres *spaniels*, que se acercaron corriendo en cuanto vieron a Beth.

–Buenas tardes, milord –dijo ella mientras usaba la mano libre para acariciar a los perros de uno en uno.

–¡Buenas tardes! Capitán Hastings, me alegro de ver que está sano y salvo –dijo el hombre mayor con una voz ronca pero refinada.

–El placer es mío, lord Walford. Me complace saber que ha conocido a mi esposa –contestó él mientras le apoyaba una mano en la parte baja de la espalda.

–Hastings, estoy enfadado con usted por haberme ocultado a una mujer tan encantadora.

Beth sonrió al hombre.

–El conde me ha estado instruyendo en las sutilezas del cultivo de las orquídeas.

–Y la señora Hastings ha estado fingiendo que lo disfruta porque es una buena persona –contestó lord Walford. Después, rebuscó en su chaqueta de algodón encerado y sacó una llave de latón–. Informaré a mi ama de llaves de que tomaremos el té en media hora. Si me necesitan, estaré en los establos.

–Gracias –dijo ella mientras tomaba la llave.

Conforme el caballero se alejaba con los perros danzando entre sus pies, Graeme le preguntó:

–¿Qué es eso?

Beth se limitó a sonreír.

–Por aquí.

A pocos metros, el sendero por el que iban se desviaba del camino principal. Condujo por él a su esposo hasta que, a través de los árboles, apareció una casita de campo de buen tamaño.

–Ya hemos llegado.

–¿A dónde? –preguntó él–. Estoy perdido…

–A nuestro hogar. Si quieres.

Graeme arqueó las cejas de golpe.

–¿Nuestro hogar?

–Cuando visité a lord Walford, me preguntó dónde pensábamos vivir. Cuando le dije que no lo sabía pero que quería quedarme en Highbury, me ofreció esta casita. Todavía no he aceptado –añadió con rapidez–. Había pensado que podíamos decidirlo juntos.

Beth observó cómo su marido miraba fijamente la hermosa casa de piedra amarillenta con su tejado de paja. Había una chimenea a cada lado y casi podía oler el humo que emanaría de ellas si la casa fuese suya. Sobre el porche trepaba un rosal y se preguntó de qué color serían las flores en junio.

–¿Estás enfadado? –le preguntó a Graeme.

–No.

–Sé que sugeriste que viviéramos con tus padres, pero…

Él se llevó una de sus manos a los labios y le besó el dorso.

–No estoy enfadado. En absoluto. Estoy sorprendido.

–¿Quieres entrar dentro? –preguntó ella.

Graeme asintió.

Beth abrió la puerta y se hizo a un lado para que él pudiera pasar al recibidor cubierto de baldosas multicolor. Dos puertas con bandas de hierro, una en cada lado, les dieron la bienvenida y, frente a ellos, había un tramo de escaleras que conducía a un grupo de dormitorios.

–El conde me dijo que algunas de las casitas fueron restauradas hace unos diez años porque el administrador de la finca se negaba a vivir en Braembreidge Manor a menos que tuviera agua caliente, calefacción central y baños que funcionaran.

Graeme le dio un beso en el pelo.

–¿Habías visto ya la casa?

–No. Lord Walford quería que la limpiaran primero y yo pensé que sería mejor que la viéramos juntos.

Beth atravesó una de las puertas y entró en un salón de tamaño considerable. Cuando se giró para contemplarlas, vio que la luz entraba a raudales por unas ventanas de vidrio de plomo. Aunque no había ni rastro de mobiliario, podía imaginarse la distribución de la estancia en torno a la chimenea de hierro, coronada por una amplia repisa.

—Por ahí, hay una salita para acomodarnos en invierno y lord Walford me dijo que el comedor y la cocina están en la parte trasera de la casa. En el piso de arriba hay tres dormitorios y una habitación más pequeña para usar como estudio.

Cuando Beth se dio la vuelta, vio que Graeme estaba apoyado en el marco de la puerta, observándola.

—O para un cuarto infantil —dijo él.

Ella sonrió.

—O para un cuarto infantil.

—Quiero ver el resto de la casa, pero, antes, debería decirte algo. —Se pasó una mano por la nuca—. Le escribí a mi madre para preguntarle si podrías quedarte con ellos si te quedabas embarazada antes de que acabara la guerra o si me mandaban al extranjero cuando se hubiera terminado. Ella me señaló sin ningún tipo de rodeo que eres una recién casada y tal vez no quieras vivir con tu suegra en una casa desconocida que nunca antes has visitado. También me preguntó si alguna vez había pensado en lo sola que te sentirías en Colchester, donde no conoces a nadie. Me dijo que estaba siendo egoísta.

—Tu madre parece una mujer de fuertes opiniones —contestó Beth con el tono de voz más neutro que pudo.

—Tiene una noción muy clara de lo que está bien y lo que está mal. En este caso, yo estaba equivocado.

—Yo también podría haberte dicho todo eso. De hecho, lo hice.

—Siento no haberte hecho caso. Estoy seguro de que voy a tener que disculparme por ello durante años —dijo él, avergonzado.

—Años, no. Días, tal vez.

—Te prometo que mejoraré.

—Lo único que quiero es que tomemos las decisiones juntos. —Atravesó la habitación y le dio un beso en la mejilla—. ¿Me prometes que no estás enfadado porque haya hablado con lord Walford?

–¿Cómo podría estar enfadado con una esposa tan capaz?

Recorrieron una habitación tras otra y, cada vez que encontraban algún pequeño detalle encantador, Beth soltaba un gritito. Aunque era una casa modesta, alguien había dedicado una cantidad considerable de tiempo a planear su construcción. Para cuando hubieron terminado de recorrer hasta el último milímetro, incluida la fría y seca despensa, ella estaba cautivada.

–¿Puedes imaginarnos viviendo aquí? Sé que no está en pleno Highbury, pero podríamos ir en bicicleta.

–Cuando se acabe el racionamiento de gasolina, podríamos ahorrar para comprar un automóvil –replicó él.

–Pareces muy seguro de que la guerra va a acabar pronto...

–Las cosas han ido cambiando desde el Día D. –Graeme titubeó–. Iba a esperar hasta esta noche para contarte eso, pero he solicitado que mi puesto en el Cuerpo de Zapadores sea permanente.

Ella tomó aire con fuerza.

–¿Ya no estás intentando regresar con tu regimiento?

Él negó con la cabeza.

–He solicitado un traslado a algún puesto en Londres y mi oficial al mando parece pensar que me lo aprobarán. Seguiré teniendo que vivir en las instalaciones militares, pero podría venir siempre que tuviera permiso. Es posible que mantenga el puesto después de la guerra.

–¿Estás seguro? –preguntó ella–. Estabas muy decidido a regresar con tus hombres.

Él sonrió.

–Si aprueban el traslado, eso significará que podremos comenzar nuestra vida juntos mucho antes.

Beth le pasó las manos por los brazos para entrelazar los dedos con los suyos.

–Quiero esta casa y quiero esta vida contigo.

–Bien. ¿Se lo decimos a lord Walford?

–Sí, pero, antes...

Inclinó la cabeza hacia atrás y besó a su esposo en su futuro hogar.

Venetia

Highbury House
Domingo, 3 de noviembre de 1907
Aire fresco, soleado

Me he despertado esta mañana con el sol pálido de otoño colándose a través de la ventana de mi habitación. Anoche me olvidé de cerrar las cortinas y he podido distinguir la esquina de uno de los invernaderos y las hojas amarillentas de la zona boscosa. De repente, he echado de menos el olor a fresco y el aire frío y pesado de la mañana.

Tras vestirme rápido, he recogido mi cuaderno de dibujo y mi lapicero. Sabía que los Melcourt estarían en la iglesia, acompañados por sus sirvientes, así que he decidido usar el tiempo para contrastar los dibujos finales para el jardín de invierno con el espacio físico real. Después, haría las maletas.

Fuera, cuando he echado la cabeza hacia atrás para disfrutarla, la débil luz del sol me ha resultado cálida. Un jilguero ha trinado mientras las hojas susurraban al flotar hacia el suelo. Sabía que, bajo tierra, los cientos de bulbos que los hombres del señor Hillock y yo hemos pasado horas plantando estarían comenzando su ciclo vital y que saldrían de su letargo antes de que el primer tallo verde brotara de entre la tierra, desafiando al invierno.

Me he tomado mi tiempo, disfrutando de la soledad mientras me abría paso por el jardín de la poesía con sus topiarios, que están creciendo con lentitud. He doblado la esquina para rodear el seto que separa el jardín acuático y el jardín de la poesía y me he dirigido directamente a la verja del jardín de invierno. La llave estaba en la cerradura, así que he entrado dentro.

He respirado hondo.

Comenzando desde el extremo derecho de aquel jardín circular, he empezado a recorrer poco a poco el lugar, permitiéndome soñar. Aunque está diseñado para que luzca en todo su esplendor en el momento más amargo del año, quiero que sea bonito también en primavera, verano y otoño. El señor Hillock y yo estuvimos de acuerdo en plantar un rosal trepador que se esparcirá por todo el muro como tributo a Matthew. Las espigas de hojas plateadas de los cardos se alzarán para mostrar sus pálidas flores moradas en verano y, en invierno, se marchitarán hasta que sus cabezas de semillas se hayan convertido en pompones perfectos que se mecerán con el viento, esparciendo sus riquezas. He tomado nota con el lapicero para pedirle al señor Hillock que se asegure de dejar las semillas para los pájaros todo el tiempo posible.

No sé cuánto tiempo me he quedado. Estaba perdida, absorta en la tarea y forzándome a terminar, a acabar con Highbury House para poder intentar pasar página.

He perdido la concentración cuando he oído el chirrido de la verja. Desde el lugar en el que me había agachado para tomar una nota, he alzado la vista. Matthew.

Él se ha detenido con la mano derecha apoyada en la verja de hierro y la mirada fija en mí.

—Venetia.

He oído mi nombre arrastrado por la brisa otoñal.

Me he puesto en pie, dubitativa.

—¿Qué haces aquí?

—Esperaba encontrarte a solas. —Ha dado un paso al frente—. Necesitaba verte.

He levantado las manos de golpe.

—¡Detente! Por favor, no te acerques más.

Matthew se ha parado a medio camino de dar otro paso. La expresión de su rostro era de agonía, pero también lo era la del mío. Puedo dejar atrás este sitio. Tal vez el dolor y la pérdida nunca me abandonen por completo, pero se desdibujarán. Sin embargo, no podré hacerlo si Matthew no deja de abrir la herida.

—Pero, Venetia…

—Sea lo que sea que has venido a decirme, no necesito oírlo. No quiero oírlo. —La voz se me ha quebrado y me he mirado las manos temblorosas—. ¿Por qué has tenido que venir justo ahora, cuando al fin estoy preparada para marcharme?

—Querría haber venido antes —ha contestado él.

—Entonces, ¿por qué no lo has hecho? —Le he arrojado las palabras directas a la herida.

—Helen me dijo que no querías verme.

—¿Tu hermana te dijo eso? ¿Y tú la creíste?

Se le han hundido los hombros.

—¿Por qué no debería haberla creído? No has respondido a ninguna de mis cartas.

—¿Me has escrito? La única correspondencia que he recibido ha sido la de Adam.

Matthew se ha pasado una mano por el pelo, tirándose de las raíces.

—Nos han mantenido separados.

—Y nosotros les hemos creído —he murmurado.

—¿Y por qué no? Si ya no vamos a tener un bebé, quedas libre de tus obligaciones para conmigo.

¿Mis obligaciones para con él? Es a mí a quien están echando.

—Matthew, te agradezco que intentaras hacer lo honorable al pedir mi mano.

Se ha quedado mirándome fijamente durante tanto tiempo que he empezado a cambiar el peso de un pie al otro bajo su escrutinio.

—¿Crees que estaba siendo honorable? —me ha preguntado al fin.

—Sin bebé, no hay escándalo. Si te preocupa que vaya a obligarte a cumplir con tu oferta de matrimonio, no temas. Te absuelvo de todas tus responsabilidades.

—Entonces, ¿no quieres casarte conmigo?

Le he dado la espalda.

—He aceptado que lo que quiero y lo que puedo tener son dos cosas diferentes. Me marcho hoy de Highbury House. No puedo quedarme más tiempo, sabiendo que nuestra hija murió aquí.

Él se ha inclinado por la cintura, jadeando.

—¿Una hija? ¿Tuvimos una hija?

—¿No lo sabías? —le he preguntado.

Las lágrimas le brillaban en los ojos.

—Mi hermana me dijo que era imposible que el médico pudiera saberlo.

He cerrado la mano libre en un puño apretado.

—Tu hermana te mintió. Tuvimos una niña. Había pensado en llamarla «Celeste».

Matthew se ha secado las lágrimas de los ojos.

—Es un nombre precioso.

—Así llamaba mi padre a mi madre algunas veces.

—Entonces, ya sé que nombre ponerles…

Se ha llevado la mano al bolsillo de la chaqueta, ha sacado un pequeño sobre de papel marrón y me lo ha ofrecido. Dubitativa, lo he tomado y lo he abierto. Media docena de semillas me han caído en la palma de la mano.

—¿Qué son? —le he preguntado.

—Nuestra rosa; la que hibridamos en primavera. La hibridación ha dado sus frutos y, ahora, tenemos esto: una nueva variedad, con un poco de suerte.

—Pero ¿no estás seguro?

—No lo estaré hasta que no pueda plantarlas y ver qué es lo que crece, pero estoy bastante convencido. —Se ha aclarado la garganta—. Las había estado reservando como regalo de bodas. Había pensado en llamarlas «*bella Venetia*», pero ahora me pregunto qué te parecería que las llamáramos «*bella Celeste*».

Los ojos se me han llenado de lágrimas y he cerrado la mano en torno a las semillas.

—Creo que es una gran idea. Podemos pedirle al señor Hillock que plante las *bella Celeste* aquí.

Me he abrazado el vientre y he comenzado a derramar las lágrimas. He cerrado los ojos con fuerza, pero, de pronto, ya no estaba sola. Matthew me ha rodeado con sus brazos y con las manos grandes me ha apretado la cabeza contra su pecho. Mientras me aferraba a él y lloraba, el cuaderno de dibujo y el lapicero han caído sobre la tierra blanda.

—Lo siento mucho —me ha susurrado con la cabeza enterrada en mi pelo.

—La perdí a ella y, ahora, te he perdido a ti. No sé si puedo soportarlo más.

Él se ha apartado un poco mientras me enjugaba las lágrimas con la yema de uno de sus pulgares.

—A mí nunca me has perdido.

He sacudido la cabeza.

—Me quedé embarazada; ninguno de los dos deseaba…

—Te deseaba a ti, Venetia. Eso era lo único que deseaba al principio, pero cuando descubrí que íbamos a tener un bebé… Aquel día junto al lago fue el más feliz de mi vida. Pensé que, por fin, tendría todo lo que deseaba.

—¿No pensaste que te había atrapado?

Él ha soltado una carcajada cortante y con un toque de amargura.

—Ni mucho menos. Temía que tú te sintieras atrapada por mi culpa. Y, lo que es peor, me alegré: te tenía y no quería dejarte marchar jamás.

—¿Qué podrías querer de mí?

Se ha apoyado las manos con fuerza en las caderas y ha sacudido la cabeza.

—Eres la más testaruda e irritante de las mujeres. Te quiero.

—Apenas me conoces.

Matthew ha suspirado.

—Sé que tienes una mente despierta y decidida, y que discutir contigo es como intentar atravesar el hormigón con un palillo. Sé que, cuando sonríes mucho, te sale un hoyuelo bajo el ojo derecho que se arruga solo un poquito. Sé que estás más cómoda con la ropa de jardinería que con un vestido de gala y que, cuando te quedas dormida, te recuestas sobre el lado derecho. Pero, ante todo, sé que quiero descubrir algo nuevo sobre ti cada día. Comprendo que tal vez sea pedir demasiado. No tengo mucho que ofrecer, pero puedo prometerte que sí te quiero, verdadera y profundamente, y que te querré más cada día que pase.

—No sé si seré capaz de tener otro bebé —le he dicho.

—Entonces, seremos felices el uno con el otro, nada más.

—Tu familia no me aceptará.

Me ha abrazado con más fuerza y nos ha envuelto a ambos con los extremos de su abrigo.

—Tú eres mi familia. ¿Encontraré resistencia por parte de tu hermano?

He negado con la cabeza.

—Lo más probable es que Adam te dé las gracias por ser lo bastante valiente como para casarte conmigo. Aunque tal vez prefieras evitar mencionar lo de nuestra aventura, en caso de que haya desarrollado un gusto pasado de moda por los duelos.

Él ha sonreído.

—Soy un novato con las pistolas para duelo, así que haré caso de tu consejo.

He hecho una pausa.

—Entre los Melcourt, el médico y los sirvientes, demasiadas personas saben lo que ha pasado aquí.

—Nos mudaremos.

—¿Estás seguro de que puedes renunciar a Wisteria Farm? —le he preguntado.

He visto la tensión en la comisura de sus labios. Odio pensar que vaya a arrepentirse de renunciar a la propiedad, pero no veo cómo podemos quedarnos cuando la vida que hemos llevado hasta ahora estaba tan atada a la buena voluntad de los Melcourt.

—Ahora mismo, no es que sea especialmente fácil transportar las rosas, pero se nos ocurrirá algo. ¿Dónde quieres vivir?

Lo he pensado un momento y, después, le he preguntado:

—¿Qué te parece Estados Unidos?

—Siempre y cuando esté contigo, no me importa dónde sea. Ahora, ¿por qué no nos ocupamos de tus cosas? Por mucho que no quiera perderte de vista, no puedes quedarte en Wisteria Farm hasta que no estemos casados. Hay una pensión para mujeres muy respetable en Royal Leamington Spa.

–Iré allí hasta que puedan leerse las amonestaciones –he dicho mientras asentía ante lo práctico de aquella sugerencia.

–Bien. Solo una cosa más. –Cuando he alzado la vista para mirarlo, me ha tomado el rostro entre las manos y me ha besado–. Dime una vez más que te casarás conmigo –ha dicho mientras me rozaba los labios con los suyos.

–Me casaré contigo –he murmurado.

Ha vuelto a besarme con rapidez y, después, ha recogido mi lapicero y mi cuaderno.

–Tus dibujos.

Y, con las manos entrelazadas, hemos salido del jardín de Celeste.

Diana

Diana se quitó los guantes y se apartó el sombrerito gris del pelo con cuidado de que la redecilla no se le enganchara en la onda que llevaba en la sien. Aquel había sido un largo viaje de regreso desde Londres, donde se había asegurado de no dejar ningún cabo suelto. Ahora, estaba hecho, y en el bolso de cocodrilo que sujetaba con fuerza con el brazo, tenía su futuro.

—Gracias, señora Dibble —dijo mientras le tendía al ama de llaves todas sus cosas, excepto el bolso—. ¿Sabe dónde está la señorita Adderton?

—Estaba en el huerto con la señora Hastings, que creo que iba a echarle un vistazo a las matas de patata para ver si están listas para cosechar —contestó la mujer.

—¿Podría pedirles a ambas que se unan a mí en mi salita privada?

La señora Dibble se dirigió al armario para colgar el abrigo de Diana. Ella se atusó el pelo frente al enorme espejo con marco dorado que había en el vestíbulo para colocárselo bien de nuevo.

—Estás muy elegante.

Alzó la vista y vio que Cynthia y la enfermera jefe McPherson se acercaban a ella.

—Acabo de regresar de Londres.

—Pensaba que solo ibas a estar allí un día —le dijo su cuñada.

—Los asuntos que tenía que atender me retrasaron más de lo que esperaba. Era necesario que me quedara a pasar una noche.

—¿Dónde te has quedado? —preguntó Cynthia.

Diana bajó la mano y se dio la vuelta con una sonrisa dibujada en el rostro.

–En el Harlan Club. He conservado la membresía.

–Justo ahora mismo, la enfermera jefe estaba comentando tu ausencia. Te has perdido tu ronda habitual para escribir cartas.

El hecho de que la otra mujer arqueara las cejas le indicó a Diana que la conversación no había tenido el tono crítico que Cynthia estaba insinuando.

–Tan solo he dicho que varios de los hombres han recibido cartas con el correo de esta tarde –dijo la enfermera jefe.

–Me aseguraré de pasarme por las salas hospitalarias en cuanto haya terminado con un asunto urgente –replicó ella en tono tranquilizador.

Su cuñada suspiró. Con una calma mesurada, Diana abrió el cierre de su bolso y sacó el más fino de los dos sobres que había portado desde Londres.

–Puede que te interese saber que he estado visitando a algunos viejos amigos en Londres, incluida una tal señora Delmonte, que también fue estudiante de mi antigua profesora de harpa. Comenzó a trabajar como voluntaria para la Cruz Roja Británica antes de la guerra y ha llegado a ocupar un cargo bastante alto en el Destacamento de Ayuda Voluntaria. Se mostró especialmente interesada en la labor que has llevado a cabo aquí, en el hospital de Highbury House, Cynthia. De hecho, estaba tan interesada que pensó que le sería muy útil usar tu experiencia como comandante en un hospital de convalecencia que van a abrir en Gales.

–Se me necesita aquí –replicó ella.

Diana ensanchó la sonrisa mientras le tendía a su cuñada el sobre.

–Creo que encontrarás todos los detalles en la carta de la señora Delmonte.

Cynthia se la arrancó de las manos y la abrió. Una calma extraña se apoderó de ella mientras observaba cómo la otra mujer leía la carta y, después, alzaba la vista para lanzarle una mirada asesina.

–¿Vas a convertirte en la comandante del hospital de Highbury House? –espetó.

—Así es.

—Eso es ridículo.

—Cuando el hospital acababa de establecerse, te habría dado la razón. Te doy las gracias por el gran trabajo que has hecho —replicó.

—Este es el hogar de mi familia —dijo Cynthia.

—Puede que hayas pasado tu infancia aquí, pero, ahora, este es mi hogar. Y seguirá siéndolo cuando se acabe la guerra. Harías bien en recordarlo.

Su cuñada palideció, pero siguió insistiendo.

—No tienes ni la menor idea de cómo dirigir un hospital de convalecencia.

La enfermera jefe McPherson dio un paso al frente.

—No tengo ninguna duda de que, dada la experiencia de la señora Symonds con una casa tan grande como esta y su personal, se adaptará al puesto sin ningún problema.

Diana le lanzó a la mujer una mirada agradecida y ella le devolvió una sonrisita.

—Creo que descubrirás que se te espera en Gales dentro de una semana, así que lo mejor será que empieces a preparar el equipaje. Voy a necesitar hacer uso de tu oficina de inmediato. —Mientras Cynthia balbuceaba, ella inclinó la cabeza hacia la enfermera jefe—. Agradecería que esta tarde buscara un momento para compartir conmigo una taza de té y algún consejo. Estoy segura de que tendré muchas preguntas.

—Será un placer —contestó la mujer.

—Ahora tengo una cita que cumplir y, después, cartas de soldados que escribir. Si me disculpan…

En cuanto abandonó el vestíbulo, sintió una subida de adrenalina. Por primera vez en mucho tiempo, se sentía eufórica. Se había librado de su cuñada y había recuperado su casa de un solo plumazo.

Cuando llegó a su salita privada, vio que la puerta ya estaba abierta. Aquella conversación iba a ser más arriesgada y también era menos probable que resultase exitosa. Aun así, tenía que intentarlo.

Empujó la puerta y sonrió a la señorita Adderton y a la señora Hastings.

–Siento haberlas hecho esperar.

–Buenas tardes, señora. La señora Dibble nos ha dicho que quería vernos a ambas –dijo la cocinera.

Con cuidado, Diana dejó el bolso sobre su escritorio y sacó el sobre grueso y pesado que le había preparado su abogado.

–Me gustaría que respondiera a mi pregunta, señorita Adderton.

–¿Qué pregunta? –preguntó la señora Hastings.

–A la señora Symonds le gustaría hacerse cargo del cuidado de Bobby para que yo pueda marcharme a Londres –contestó la joven.

Diana alzó la mano.

–De hecho, me gustaría hacer algo más que eso. Quiero adoptar a su sobrino.

La señora Hastings se llevó la mano a la garganta, estupefacta.

–Nunca dijo nada sobre adoptarlo –dijo la señorita Adderton.

–Porque no sabía si era posible. Antes, tenía que hablar con mi abogado. –Hizo una pausa–. Sería algo más que la tutora legal de Bobby; sería su madre y él sería mi hijo. Piénselo, señorita Adderton. Puedo hacer por él cosas que usted nunca podría. Jamás podría permitirse enviarlo a los colegios adecuados o comprarle la ropa adecuada. Cuando sea más mayor, podré empujarlo hacia el mejor camino para su vida. Puedo enseñarle lo que necesita saber para tener éxito. Algún día, Highbury House será suya. Puedo hacer que su vida sea extraordinaria.

–No puede cambiar un hijo por otro –dijo la señora Hastings.

Diana entrecerró los ojos.

–Nadie puede reemplazar a mi hijo y nada puede traerlo de vuelta. Deseo con cada fibra de mi ser haber guardado mejor las llaves del jardín de invierno o haber arrancado hasta la última planta peligrosa de esa zona. Jamás dejaré de lamentar que las últimas palabras que le dije fueran para despacharlo. Era mi hijo. –La voz se le quebró–. Era lo mejor de mí y solo hay otra persona aquí que pueda acercarse a comprender cómo me siento al haberlo perdido.

—Bobby es un niño de cinco años —dijo la esposa del capitán.

—Y yo soy la madre de su mejor amigo. Bobby y yo siempre estaremos unidos por nuestra pérdida.

—Podría entender que quisiera adoptar a Bobby si no tuviera familia, pero sí la tiene. Está aquí mismo —insistió la señora Hastings mientras señalaba a la señorita Adderton, que estaba pálida como un fantasma.

Diana cerró los ojos. ¿Cómo podía convencer a aquellas mujeres? Por primera vez en mucho tiempo, podía visualizar su vida más allá de los muros de aquella casa. No quería derrumbarse por el dolor. Quería abrir los brazos y darle a aquel niño todo el amor que tenía.

—¿Puede siquiera hacer algo así? —le preguntó la señora Hastings.

—Señorita Adderton, si se toma un momento para mirar los documentos que ha preparado mi abogado…

—Lo haré —la interrumpió la cocinera mientras tomaba los papeles del escritorio—. Si firmo esto, ¿Bobby es suyo?

—Sí —susurró Diana—. Mi abogado se encargará de lo demás.

La señorita Adderton miró los folios cubiertos de letras negras.

—Stella… —comenzó a decir la otra joven.

La cocinera se giró hacia ella.

—No puedo ser la madre de Bobby, Beth.

—Nadie te está pidiendo que lo seas.

—Sí lo estás haciendo. Incluso aunque no uses esas palabras. Puedo llevarlo a la escuela, recordar que tengo que darle de comer y asegurarme de que se bañe, pero todo eso son cosas que tachar en una lista. No puedo quererlo tal como debería. Llevo intentando obligarme a hacerlo desde la muerte de Joan, pero no puedo.

—Pero eres su familia —insistió la señora Hastings.

—Uno pensaría que tú más que nadie sabrías lo terrible que es vivir con alguien que está obligado a cuidar de ti.

La otra joven abrió los ojos de par en par.

–Lo que ocurrió con mi tía fue totalmente diferente.

–¿De verdad? ¿No habrías deseado tener la oportunidad de que te criara alguien que te quisiera?

–Yo puedo querer a Bobby –intervino Diana–. Ya le quiero por ser la persona que era para mi hijo. Con el tiempo, puedo quererlo como si fuera mío.

La señorita Adderton asintió con la vista fija todavía en los papeles que tenía entre las manos.

–Entonces, ¿firmo esto y usted me da el dinero para mudarme a Londres?

–Sí –contestó ella en un susurro–. Le daré el dinero necesario para una habitación en una casa de huéspedes o, si lo prefiere, para un piso. La ayudaré con su vestuario y pagaré sus cursos. No cursos por correspondencia, sino en una auténtica escuela de secretariado. Puedo pedirles a mis amistades de Londres que me ayuden a encontrarle una plaza. Podrá viajar. Déjeme ayudarla a vivir la vida que siempre ha deseado.

–No parece un trato demasiado justo –contestó la cocinera con una carcajada vacía.

La señora Hastings pasó la mirada entre ambas.

–No me puedo creer que de verdad te lo estés planteando.

La señorita Adderton se giró hacia su amiga.

–Odio este sitio. Odio formar parte del servicio. Odio que mi hermana se marchara de Warwickshire y yo me tuviera que quedar atrás. Tú tienes la vida que quieres, Beth. Déjame que intente tener la mía.

La otra joven, que parecía a punto de replicar, cerró la boca de golpe.

–Podrá ver a Bobby siempre que quiera. Sería un placer llevarlo a Londres si así le resulta más fácil –dijo Diana.

La señorita Adderton cruzó los brazos frente al estómago y se abrazó a sí misma con fuerza.

–Señora Symonds, quiero que entienda que, si firmo estos documentos, jamás volveré a ver a mi sobrino de nuevo, pero sí quiero saber cómo esta. ¿Me escribirá?

–Por supuesto.

La cocinera estiró la mano para tomar una pluma.

–¿Dónde tengo que firmar?

–Hay tres copias: una para usted, una para mí y otra para que mi abogado registre la adopción –contestó ella mientras le quitaba los documentos para poder mostrarle los huecos en los que tenía que firmar. Después, se inclinó para firmar ella misma todas las páginas. Tras erguirse, le tendió la pluma a la señora Hastings–. Necesitamos un testigo.

La mujer se quedó mirando la pluma y, durante un instante, Diana pensó que se iba a negar a hacerlo.

–Beth, por favor –susurró la señorita Adderton.

La esposa del capitán le quitó la pluma de la mano.

–Está bien.

–Por favor, Beth, échale un ojo. Vas a estar tan cerca… –añadió la cocinera.

Cuando Diana arqueó las cejas, la joven granjera contestó:

–Mi esposo y yo tenemos un acuerdo para alquilar una casita dentro de los terrenos de Braembreidge Manor. Nos mudaremos allí cuando se acabe la guerra.

–Parece como si todas estuviéramos empezando de cero –dijo ella.

La señora Hastings frunció los labios y asintió. Diana secó las firmas y retrocedió. Estaba hecho.

–¿Y ahora qué? –preguntó la esposa del capitán.

–Hablaré con Bobby y le diré que va a vivir aquí. A menos que quiera hacerlo usted, señorita Adderton –dijo ella.

–No. Haré todos los preparativos para marcharme al final de la semana que viene –respondió la cocinera mientras tomaba su copia de la documentación.

–Escribiré a mi banquero y él se encargará de que tenga todo lo que necesite.

La señorita Adderton se dio la vuelta para marcharse, pero, entonces, volvió la vista atrás por encima del hombro.

–No puede seguir llamándolo «Bobby». Es un nombre demasiado común para el heredero de esta casa. «Robert» sería mejor.

Diana cerró los ojos con fuerza.

—Ese también era el nombre de pila de Robin.

—Es un nombre bonito —comentó la señora Hastings.

Diana le dedicó una sonrisa débil, agradecida por aquella ofrenda de paz. Puede que la otra mujer nunca llegara a comprenderlo —la mayoría de las personas no lo harían—, pero ella sabía que había hecho lo correcto para las tres personas a tener en cuenta en aquel asunto.

—Veremos qué opina Bobby —dijo ella—. Pero más adelante. Por ahora, un cambio detrás de otro.

Emma

Octubre de 2021

Emma estampó la bota contra la pala y sacó más tierra del agujero en el que llevaba trabajando cinco minutos. En los dibujos de Beth había visto dos preciosos grupos de hortensias apoyados contra el muro del jardín de invierno. A pesar de que solían ser plantas muy resistentes las que había descubierto tras podar el follaje, habían estado demasiado enfermas como para poder preservarlas. Tras unas cuantas llamadas y un par de favores, había conseguido con un gran descuento dos plantas enormes cultivadas en maceta para poder reemplazarlas.

De normal, tan solo habría cavado unos treinta centímetros y, después, habría plantado los arbustos. Sin embargo, las raíces circundantes eran tan densas que estaba cavando más profundo para darle a las hortensias una oportunidad de sobrevivir. Ya había tenido que sacar la sierra de mano en dos ocasiones para atravesar un denso nudo de ramas y también había tenido que quitarse el jersey.

–¡Hola!

Emma alzó la vista ante el resplandor de aquel día nublado. En lo alto de la escalera de mano que daba acceso al jardín estaba Henry. Llevaba el pelo revuelto, como siempre, y mostraba su habitual sonrisa torcida, aquella que hacía que el corazón le diera un vuelco.

–Hola. ¿Estás buscando a Sydney o a Andrew?

«Se ha pasado hoy por los jardines y te estaba buscando».

Las palabras burlonas de Charlie no dejaban de darle vueltas en la cabeza.

—En realidad, te estaba buscando a ti.

Pasó una larga pierna por encima del muro y ella observó cómo descendía. Se sintió un poco decepcionada ante el hecho de que llevara la camiseta cubierta por un jersey negro de punto trenzado. En cuanto hubo bajado de la escalera, Henry miró a su alrededor.

—Este lugar va a ser precioso.

—Gracias. Pasará todo un año entero antes de que se pueda apreciar de verdad que todo está cohesionado, pero el momento llegará.

—He oído que Sydney te tiene recreando el huerto y haciendo algunos arreglos en el vergel.

Ella se echó a reír.

—Charlie se ha unido a mí como socio y lo primero que hizo fue anular mi decisión de pasar del huerto. Fue un golpe de Estado.

—No pensaba que Charlie fuese un déspota, pero tal vez solo necesitase saborear un poco de poder. ¿Cómo te sientes tú con respecto al proyecto?

—No va a tener mucho rigor histórico. Por ejemplo, vamos a plantar hortalizas más resistentes a las enfermedades. Pero será divertido. Zack y Vishal están ahora mismo tomando las medidas para los bancales elevados.

—Lo he visto. Sydney me ha hecho una visita guiada. —Henry señaló su pala—. ¿Tienes otra?

Emma asintió y tomó la que había estado usando Charlie. Cuando se la tendió, sus dedos se rozaron. Otro vuelco al corazón.

—¿Qué profundidad quieres? —preguntó Henry que, al parecer, era ajeno a lo que la mera idea de verlo le provocaba. O, tal vez, siempre había sido así y ella se había esforzado por ignorarlo.

—Como unos treinta centímetros más. —Él gruñó y clavó la pala en la tierra. Tras un instante de duda, ella hizo lo mismo en su lado del agujero—. ¿Para qué querías verme? —le preguntó mientras ladeaba la cabeza para que la coleta no le cayera frente a la cara y poder mirarlo.

–Tan solo quería verte. Ha pasado un tiempo desde la última vez y me preguntaba dónde te habías metido. He pensado que, quizá, hubieses empezando a plantearte qué harías después de Highbury.

Una sonrisa torció los labios de Emma.

–Ya tengo agendado otro trabajo, pero he pensado en quedarme Bow Cottage un poco más.

Él alzó la vista de golpe.

–¿De verdad?

–De verdad. Estaré trabajando en Berwick-upon-Tweed, pero vendré aquí los fines de semana.

–¿Y qué hay de tu estilo de vida nómada? –le preguntó él de manera despreocupada.

–Me he dado cuenta de que tal vez haya ciertas ventajas en quedarme en un mismo sitio durante un tiempo –dijo mientras pensaba en las citas que ya tenía acordadas con un agente inmobiliario de la zona para visitar algunas propiedades en Highbury.

–¿Sabes? Nunca llegamos a tomarnos aquella copa de bienvenida al vecindario.

Emma se echó a reír.

–Hemos ido juntos a las noches de trivial del *pub*.

–Las copas de bienvenida tienen que ser individuales; es una norma.

Ella volvió a enterrar la pala en la tierra, pero, en aquella ocasión, no se movió.

–¿Estás bien? –le preguntó él.

–Debo de haber dado con una raíz primaria o una piedra –contestó ella. Sin embargo, cuando movió la pala, oyó el chirrido del metal contra el metal. Señaló con la mano–. Pásame esa pala pequeña, por favor. –Él así lo hizo y Emma se agachó para sacar varias paladas de tierra–. ¿Puedes seguir cavando por el otro lado?

Acortando los movimientos para no golpearla, Henry siguió expandiendo el agujero mientras ella cavaba en torno a lo que había golpeado. Les costó cierto esfuerzo, pero, tras varios minutos, dejaron a la vista la parte superior de una caja de metal con clavos.

—¿Qué es eso? —preguntó él.

—No lo sé. En este lado está bastante suelta. Creo que podemos sacarla.

—Entendido.

Ambos tiraron y el resto de la caja se libertó de la tierra. De una anilla oxidada colgaba un candado.

—Pásame esa pala de jardinería —dijo Henry.

Ella se la tendió y él la usó para separar la anilla de la caja con un par de golpes.

—Conozco a un puñado de historiadores que se quedarían lívidos con lo que acabas de hacer.

—Qué suerte que no estén aquí, ¿no? —le preguntó él en tono alegre—. ¿Quieres hacer los honores?

Emma asintió y abrió la tapa lentamente. Dentro, había un trozo de hule. Lo apartó y encontró decenas de fotografías antiguas de un niño pequeño. En algunas estaba solo, pero, en otras, aparecía con una mujer muy elegante, posando de manera formal para la cámara.

—¿Quiénes son estos? —preguntó Harry.

—Ni idea —contestó ella mientras tomaba una de las fotografías.

—Deberíamos mostrárselo a Sydney —dijo él mientras sacaba el teléfono, marcaba y lo ponía en altavoz—. Hola, ¿Syd?

—¿Te encuentras bien? —le preguntó la propietaria de la casa.

—Vas a querer venir al jardín de invierno. Emma y yo hemos encontrado algo.

—¿De qué se trata?

—Ven a verlo.

—De acuerdo, pero pasádmelo por encima del muro; hoy no tengo ganas de trepar escaleras —replicó Sydney.

—Está bien.

Mientras él colgaba el teléfono, Emma volvió a dejar las fotografías en su lugar y volvió a colocar la tapa. Cerraron bien la caja y Henry subió por la escalera y pasó a la que conectaba con el exterior. Emma le lanzó una cuerda que había atado entorno a la caja. Él tiró de la cuerda mientras ella trepaba, utilizando una mano para estabilizar la caja con cada peldaño que subía. Cuando llegó a la parte superior, Henry descendió por la otra escalera y ella le tendió la caja.

Emma acababa de bajar la escalera exterior cuando Sydney se acercó hasta ellos con grandes zancadas.

—¿Qué habéis encontrado?

Emma volvió a abrir la caja y sacó una de las fotografías.

—¿Sabes quiénes son estos dos?

La otra mujer frunció el ceño.

—Esa es mi bisabuela, Diana, así que ese debe de ser el abuelo Robert. —Sydney comenzó a pasar las imágenes mientras les daba la vuelta—. Aquí, mirad; alguien escribió «Robin, tres años» en la parte trasera.

—Hay muchas fotografías de un bebé. ¿Quién las enterraría? —preguntó ella.

—Aún hay más cosas ahí dentro —comentó Henry.

La propietaria de la casa juntó todas las fotografías y las apartó a un lado, dejando a la vista lo que parecía el contenido de una caja de juguetes infantiles: un puñado de soldaditos de plomo, un camión de juguete, varios libros, un par de zapatitos de bebé con un petirrojo bordado en cada talón, un jersey…

—¿Qué son todas estas cosas? —preguntó Sydney.

—Mirad, hay un sobre —apuntó Emma.

La otra mujer lo abrió y sacó un puñado de papeles. Sobre todos ellos había un documento oficial con un número de solicitud en la parte superior y las palabras «Copia certificada de la solicitud» escritas en rojo en el centro.

Fecha y país de nacimiento: 12 de marzo de 1939, Brístol
Nombre y apellido del niño: Robert REYNOLDS
Nombre y apellido: Diana SYMONDS
Dirección: Highbury House, Highbury, Warwickshire
Ocupación de los padres del niño adoptado: Ama de casa
Fecha de la orden de adopción: 16 de noviembre de 1944

–Esto no puede estar bien –dijo Sydney–. Mi abuelo no era adoptado. Su nombre aparece escrito en tinta en la Biblia familiar justo encima del registro de la muerte de su padre. Además, a principios de año, cuando estaba revisando sus papeles, encontré su certificado de nacimiento.

Sin embargo, cuando pasó a la siguiente página, resultó más claro que el agua que los papeles eran de adopción.

–¿Quién los firmó? –preguntó Emma, señalando la parte inferior.

–Diana Symonds, Stella Adderton…

–¿Y Beth Hastings? –dijo Henry–. ¿Por qué habría sido mi abuela la testigo?

–Dijiste que había sido una de las chicas del campo cerca de aquí. Debía de conocer a Diana Symonds o a la tal Stella. Debían de dejarle entrar a los terrenos para hacer los dibujos que me mostraste –replicó Emma.

Sydney se quedó con la mirada perdida.

–No lo entiendo…

Emma vio cómo su amiga giraba sobre sí misma y comenzaba a encaminarse de vuelta hacia la casa con la caja entre las manos. Ella y Henry intercambiaron una mirada y la siguieron de inmediato.

Sydney atravesó la casa a toda prisa, recorrió el pasillo y entró a la biblioteca. Iban pisándole los talones cuando fue directa hacia un libro enorme que había sobre un expositor de madera tallada.

–Esta es la Biblia familiar. Se remonta siete generaciones por el lado de Helen Melcourt. –La mujer abrió la cubierta delantera y pasó el dedo por una página con nombres escritos a mano en diferentes tonalidades de tinta negra–. Aquí: Robert Symonds. Ese es mi abuelo.

Henry echó un vistazo por encima del hombro de Sydney.

–Nacido el 14 de mayo de 1939.

–Las fechas no cuadran, Sydney –dijo Emma en voz baja.

–Pero, si adoptaron a Robert Reynolds, entonces, ¿quién es este niño? –preguntó la mujer mientras golpeaba con un dedo el «Robert» que aparecía en la Biblia familiar.

–Henry, ¿recuerdas el dibujo de tu abuela en el que aparecían dos niños debajo de un árbol? –preguntó ella.

–Crees que aquí hubo dos niños durante la guerra. Uno era Robin y el otro era el abuelo de Sydney, Robert –dijo Henry, leyéndole la mente.

–Sí. Tengo el dibujo en Bow Cottage. Puedo ir a buscarlo –añadió ella con amabilidad.

–Eso estaría bien –contestó Sydney con voz queda.

–¿Estás bien? –le preguntó Emma.

La otra mujer se cruzó las manos sobre el vientre.

–¿Por qué habría tenido Diana un hijo para después adoptar a otro y nunca más mencionar al primero? Lo único que se me ocurre es que Robin debió de morir.

Los tres bajaron la vista hacia la fotografía del Robin de tres años.

–Sospecho que, durante aquellos años, la guerra no fue lo único en llevar la tragedia a las familias –comentó Emma en un susurro.

–Si la fecha de nacimiento y de adopción son correctas, Robert tan solo tenía cinco años cuando lo adoptaron. Es posible que no recordara gran cosa de su vida antes de la adopción –dijo Henry.

–Y todas las familias tienen sus secretos. Tal vez no hablaban de ello, sencillamente –añadió ella–. Tal vez Diana pensó que sería más fácil para él crecer sin preocupaciones. No sé quién sería antes ese niño, pero lo más probable es que la vida fuese mucho más fácil como hijo de una familia rica.

–¿Sydney? –Henry se pasó una mano por el pelo–. Creo que conozco a Stella Adderton. Mi abuela solía ir a Londres de vez en cuando para reunirse con los tratantes de arte para que expusieran sus cuadros en diferentes exhibiciones. Solía quedarse con una amiga que se llamaba Stella. No recuerdo su apellido, pero era lo que ahora llamaríamos «asistente ejecutiva». Solía viajar mucho por su trabajo, así que le dejaba la llave de su piso a mi abuela, que me llevó con ella en una ocasión, cuando tenía unos diez años. Fuimos al zoo de Londres.

–¿Crees que Beth le contaría a Stella cómo se encontraba Robert? –preguntó Sydney.

–Quiero pensar que sí.

Emma tan solo estaba escuchando a medias y tenía la mirada fija en algo que había en la Biblia familiar. No. No podía ser… No podía creer que la respuesta a una pregunta con más de cien años de antigüedad hubiese estado a plena vista todo aquel tiempo. Si tan solo alguien hubiera sabido dónde buscarla…

–¿Te importa que le saque una foto a esto? –preguntó.

–¿Eh? –murmuró Sydney mientras volvía a revisar las cosas de la caja.

–El árbol familiar. ¿Te importa?

–Adelante –contestó la otra mujer, que volvió a centrar su atención de nuevo en los artículos enterrados de la vida de un niño.

–Oíd, aquí hay algo más –dijo Henry.

Después de que la cámara de su móvil emitiera un chasquido, Emma se giró para mirarlo y vio que sostenía una llave enorme de hierro.

Sydney entrecerró los ojos.

–¿Es eso…?

–La llave de la verja del jardín de invierno. Vamos a buscar a Andrew y a Charlie –dijo Emma.

Treinta minutos después, estaban frente a la verja del jardín de invierno. Con la llave apretada en la mano, Sydney estaba prácticamente temblando de la emoción. Sin embargo, Emma se estaba conteniendo. No dejaba de mirar su teléfono, dudando de si debía creer la fotografía que había tomado.

–¿Emma? –la incitó la propietaria de la casa.

Alzó la vista de golpe y volvió a meterse el móvil en el bolsillo.

–¿En qué puedo ayudar?

Su amiga le tendió la llave.

–Creo que deberías abrirla tú.

–No; es tu jardín –replicó ella.

Sydney sacudió la cabeza.

−Tú eres la que lo está devolviendo a la vida.

Emma miró a Andrew, que asintió. Tragó saliva, pero, de todos modos, tomó la llave, la metió en la cerradura y la giró. Se resistió, aunque con un poco de esfuerzo consiguió que los pestillos se abrieran con un chirrido.

−¿Me podéis echar una mano? −preguntó mientras agarraba los barrotes.

Tanto Henry como Andrew empujaron con fuerza contra el óxido y los años y abrieron la verja por primera vez en décadas. Entonces, de uno en uno, atravesaron el umbral y entraron al jardín de invierno.

Sydney giró a su alrededor, observando lentamente lo que Emma había estado haciendo.

−Va a ser precioso.

−¿Estás segura de que quieres seguir restaurándolo, incluso después de haber encontrado la caja? −preguntó ella con la esperanza de que su amiga dijera que sí.

Sydney asintió.

−Ya ha sido un jardín para aquellos que se perdieron. Ahora, quiero que sea un lugar en el que crear nuevos recuerdos felices.

Andrew rodeó la cintura de su esposa con un brazo y le dio un beso en la cabeza.

−Creo que deberíamos comenzar ahora.

Sydney alzó la vista y sonrió a su esposo.

−En unos siete meses y medio, vamos a ser tres correteando por esta enorme casa antigua.

−Espero que no corra de inmediato −replicó Andrew, palideciendo un poco.

−¡Oh, Sydney! −exclamó Emma con un grito ahogado mientras atraía a su amiga para darle un abrazo.

Eso era lo que había estado buscando: ser parte de comienzos alegres; tener un hogar.

−Y tú estarás aquí para verlo −le susurró la otra mujer al oído.

Ella se apartó hacia atrás.

−¿Cómo lo has sabido?

−Recuerda que, en un pueblo pequeño, no hay secretos. El

otro día, me encontré con tu agente inmobiliario en la tienda de comestibles.

—Excepto a Charlie, no le he contado a nadie que quiero comprar, pero puede que haya mencionado que voy a quedarme un poco más —dijo ella mientras le lanzaba una mirada a Henry, que estaba por allí cerca con Andrew y Charlie, estrechando la mano del futuro padre y dándole palmaditas en la espalda.

—Te diría que te tomaras todo el tiempo que necesitaras, pero estoy segura que solo le falta una visita más al White Lion para acabar enterándose. —Sydney dio un paso atrás y se dirigió a todos—: Creo que necesito sentarme. Nunca me había tomado en serio a la gente cuando decía que el embarazo es agotador, pero ahora sí me lo creo. ¿Por qué no vamos todos a tomar una taza de té?

—No tienes que preguntarlo dos veces —contestó Charlie.

—Dejadme que coloque esta hortensia en la tierra —pidió Emma.

—Yo te ayudo —dijo Henry.

Sydney y Charlie intercambiaron una mirada, pero se marcharon sin mediar palabra, seguidos por Andrew.

—Bueno… —dijo ella.

—De vuelta al trabajo —contestó él. Emma se dirigió hacia la pala, pero, antes, volvió a echar un vistazo a su teléfono—. ¿Qué es eso que no dejas de mirar? —Ella le dio la vuelta al móvil para mostrarle la fotografía de la página de la Biblia. Henry se acercó un poco y se inclinó hacia delante, apoyándole la mano en la parte baja de la espalda—. ¿Qué es lo que estoy mirando?

—«Helen Marie Goddard se casa con Arthur Melcourt en 1893» —le leyó Emma.

—Sigo sin entenderlo.

—El árbol familiar muestra que el hermano de Helen es Matthew Spencer Goddard. Durante el otoño de 1907, hay un vacío en la correspondencia entre Venetia Smith y su hermano, Adam, que se encargaba de todas las operaciones económicas del negocio. Después, en 1908, Venetia reaparece aparentemente de la nada en Estados Unidos y casada con un hombre llamado «Spencer Smith». Es el segundo nombre de Matthew Spencer Goddard, el hermano de Helen Melcourt.

—¿Crees que Spencer Smith es en realidad Matthew Goddard? —preguntó él.

—Piénsalo. Venetia era una mujer soltera que estaba trabajando para la familia de la hermana de él. Se marcha del país sin ninguna explicación y nunca regresa. Creo que estaba huyendo porque Matthew y ella se enamoraron.

—Pero ¿por qué no casarse sin más?

—Debió de ser un asunto más complicado que eso. Creo que Matthew y Venetia tuvieron una aventura y la reputación de ella estaba en entredicho.

—Así que Matthew se casa con ella y adopta un nombre diferente para que nadie pueda relacionar aquella aventura con su trabajo en Highbury House.

—Y mira esto —dijo Emma mientras, emocionada, pasaba las fotografías de su teléfono hasta la imagen de la carta del profesor Wayland que le había enviado a Charlie—. Un profesor que me ayuda a veces encontró esta carta de Spencer Smith a Venetia en 1912. «A veces, cuando estás lejos, recuerdo la conexión celestial que me ata a ti para siempre. La alegría que se nos escapó de entre los dedos nos condujo a donde estamos ahora. Espero que no me odies por no lamentarlo, ya que ahora te tengo a ti». En los planos finales del jardín, alguien escribió «Jardín de Celeste» como nombre de este espacio. ¿Y si esa conexión celestial era este jardín?

Una pequeña sonrisa asomó a los labios de Henry.

—Me encanta lo emocionada que estás con este asunto.

Ella sonrió.

—Me gusta la idea de pensar que, tal vez, conozca un secreto sobre Venetia Smith que nadie más en todo el mundo conoce. Excepto tú.

Henry cogió su pala y empezó a lanzar tierra para nivelar el fondo del agujero del que habían sacado la caja.

—¿Sabes? —dijo mientras seguía trabajando—. Todavía no has contestado a mi pregunta.

Ella se cruzó de brazos mientras lo observaba.

–¿Qué pregunta?

–¿Cuándo vamos a tomarnos una copa?

–¿Me lo estás pidiendo para ser un buen vecino o porque quieres que tengamos una cita?

Él soltó una carcajada.

–Si tienes que preguntarlo, es que no se me está dando demasiado bien lo de enviarte señales.

Emma atravesó el estrecho tramo de tierra que los separaba y lo besó. Pudo sentir su sorpresa mientras separaba los labios pero, entonces, él le apoyó la mano en la nuca y la besó con más fuerza. Ella le pasó las manos por los brazos hasta que llegó a la cabeza y le agarró del pelo para acercarlo más a sí misma. Por fin se permitió hacer lo que había deseado hacer desde aquel momento en el que le había quitado las bolsas de la compra en el *pub* y la había arrastrado a su mundo.

Cuando se separaron, Henry la mantuvo anclada a él con las manos apoyadas en sus caderas.

–Nos saltamos las copas y vamos directamente a la cena –susurró.

Emma se echó a reír mientras le rodeaba la cintura con los brazos.

–Pensaba que nunca ibas a pedírmelo.

Diana

Diana observó cómo Bobby tomaba el camión rojo de juguete con su pintura desconchada y lo colocaba en la caja de metal. Habían pasado tres semanas desde que la tía del niño se había marchado de Highbury House, cargando con una maleta destrozada y su bolso. Si bien era callado, Bobby era un pequeño muy dulce. Con el tiempo, volvería a ser de nuevo aquel niño vivaracho que había jugado con su hijo.

A veces, a Diana le preocupaba haber usado su dinero y su posición para obligar a la señorita Adderton a ceder, del mismo modo que había obligado a Cynthia a marcharse. Pero, en tal caso, ¿por qué la cocinera le había estrechado la mano antes de alejarse por el camino de acceso a la mansión? Y ¿por qué la única carta que había llegado desde Londres había ido dirigida a ella y no a Bobby? La señorita Adderton le había escrito que se había apuntado a una escuela de secretariado repleta de otras mujeres que, por el motivo que fuera, tampoco habían sido consideradas aptas para el servicio. Estaba haciendo horas con una unidad voluntaria de ambulancia en Willesden, donde había encontrado un piso, y ya estaba haciendo amistades.

En toda la carta, no había ni un solo mensaje para Bobby.

No. Tal vez hubiera cometido muchos errores a lo largo de su vida, pero adoptar a Bobby no había sido uno de ellos.

—¿Estás seguro de que no quieres quedártelo, Robert? —le preguntó, señalando con un gesto de la cabeza el juguete.

Él se encogió de hombros de un modo que Diana estaba empezando a descubrir que significaba que estaba avergonzado.

–Era el favorito de Robin.

Sintió unas lágrimas en el puente de la nariz.

–En tal caso, tienes razón: debemos meterlo en la caja.

En silencio, metió todos los objetos que tenía sobre la mesa dentro de la caja. Un jersey rojo que había tejido ella misma para Robin dos Navidades atrás. Unas cuantas fotografías suyas de las que tenía copias. Un puñado de soldaditos de plomo que habían luchado valientes batallas sobre la hierba del jardín infantil. Y la segunda llave del jardín de invierno.

Titubeó con la mano sobre un sobre cerrado que tenía a la derecha. Tal vez fuese poco prudente por su parte esconder los papeles de la adopción, pero no quería que estuvieran en la casa, donde Bobby podría encontrarlos. Ahora, era su hijo.

Con cuidado, dejó el sobre dentro de la caja, colocó la tapa y la cerró con fuerza.

–Ahora, ven conmigo. Es hora de enterrar nuestro tesoro –dijo mientras le tendía la mano al niño.

Juntos, salieron de su nuevo despacho. En el pasillo, una enfermera y un soldado que habían estado coqueteando se separaron al verla, lo que hizo que sonriera. Cuando había asumido el título de comandante, había dejado de ser aquel objeto de curiosidad que había organizado una fiesta y una boda, y se había convertido en una figura de autoridad en torno a la cual había que ir con pies de plomo y tratar con respeto. Con ayuda de la enfermera jefe, iba a demostrarles que podían confiar en ella.

Mientras caminaban, los soldados que iban y venían por el pasillo se detenían para saludar a Bobby. Él se aferraba al costado de Diana, pero respondía con un «Hola» muy educado a todos y cada uno de ellos. Cuando el padre Devlin, que estaba sentado con un paciente en la Sala B, la llamó, se pararon.

–¿De camino a derrotar a los nazis? –preguntó el capellán.

–Eso fue ayer –contestó Bobby.

Tras la comida, Diana lo había llevado a la zona boscosa para jugar al escondite. No le había importado que acabara con los codos de la camisa manchados. Bobby se había reído. Ella también. Había sido catártico.

—Entonces, ¿de qué se trata hoy? —dijo el religioso

—Vamos a esconder un tesoro —replicó el niño.

—¿Ah, sí? ¿Qué tipo de tesoro escondería un pirata en Warwickshire?

—Un camión, unos naipes, una peonza y fotografías —recitó Bobby de un tirón.

El padre Devlin alzó la vista hacia Diana.

—Ah, sí que son tesoros, sí.

Ella se agachó con la caja todavía entre las manos.

—Robert, sé un buen chico y ve a pedirle a la señora Dibble que nos busque la pala pequeña, por favor. Y mis guantes de jardinería. —El pequeño se alejó dando saltitos y Diana se enderezó—. He pensado que podría ayudarle enterrar algunas de las cosas de Robin.

—¿A él o a usted? —preguntó el capellán.

—A ambos. —El hombre asintió—. No creo que comprenda lo que está pasando. Sabe que su tía se ha marchado, pero no sé si lo ha asimilado.

—Sea amable con él.

Asintió, recordando las historias que le contaba la niñera sobre cómo Bobby no dejaba de dar vueltas por las noches.

—¿Dónde van a enterrar la caja?

—En el jardín de invierno. Nunca comprendí por qué era el lugar favorito de Robin —contestó mientras sacudía la cabeza.

—Nada le resulta más tentador a los niños pequeños que una verja cerrada.

Diana dibujó una sonrisita.

—Supongo que tiene razón.

—Recuerde que, aunque resulte difícil de imaginar, yo también fui un niño en algún momento. —El religioso señaló a su espalda con un gesto de la cabeza—. Su pirata ha regresado.

Bobby portaba dos palas pequeñas y un par de guantes de jardín. Se lo tendió todo a ella.

—Muchas gracias, Robert —le dijo con un tono más alegre. Colocó los artículos de jardinería sobre la caja e hizo caso omiso de la tierra suelta de los guantes que le cayó sobre el jersey de cachemir–. ¿Vamos?

La lluvia, que había estado amenazando con caer todo el día, aguantó mientras se abrían paso por los jardines temáticos. Cuando llegaron al jardín de invierno, sacó la llave que se había metido en el bolsillo y abrió la verja.

–Bueno, ¿dónde enterraría un pirata el tesoro? –le preguntó al niño.

–¡Aquí! –gritó Bobby mientras salía corriendo hacia los cornejos.

Diana le tendió una de las palas y, juntos, cavaron un agujero para la caja. La mayoría de la tierra que apartó el pequeño acabó cayendo dentro de nuevo, pero, aun así, trabajó de manera diligente con la lengua asomando por la comisura de los labios.

Cuando el hueco tenía casi treinta centímetros de profundidad, Bobby la miró y preguntó:

–¿Cuándo va a volver la tía Stella?

La pregunta fue un golpe directo al corazón.

–Lo siento, Robert. Tu tía Stella no podía seguir viviendo en Highbury y tampoco podía llevarte donde iba.

Aquello se asemejaba lo bastante a la realidad como para que un niño lo entendiera.

–¿Está muerta? –preguntó él.

Otro golpe.

–¿Por qué preguntas eso?

El pequeño arrastró la pala por la tierra blanda.

–Cuando papá murió, no podía ir a verlo. Y a mamá, tampoco.

–No; no ha muerto, Robert. Está sana y feliz, solo que está muy ocupada trabajando y, ahora, tú vives aquí conmigo, en Highbury. Deberíamos enterrar este tesoro antes de que empiece a llover.

Colocó la caja dentro del hueco y entre ambos lanzaron tierra sobre ella hasta que tan solo quedó un pequeño montículo de tierra removida.

En silencio, salieron del jardín de invierno y tan solo se detuvieron para cerrar la verja tras ellos por última vez. Después, Diana tomó a Bobby de la mano y lo condujo hasta el borde del lago.

Había un pequeño saliente de rocas que se adentraba en el agua. La llave le resultaba pesada en la mano mientras no dejaba de darle vueltas una y otra vez.

—¿Estás listo para despedirte? —preguntó ella.

El niño asintió. Tras respirar hondo, lanzó la llave todo lo lejos que pudo. Cuando golpeó el agua, creó unas pequeñas olas tras ella.

—¿Señora Symonds? —preguntó Bobby.

Diana agachó la cabeza para mirarlo.

—¿Sí?

Él titubeó antes de alzar la mirada.

—¿Puedo llamarla «mamá»?

—¿Por qué querrías hacer eso? —le preguntó ella.

—Porque hace todas las cosas que hacen las mamás.

Se le escapó un sollozo antes de poder evitarlo y se llevó la mano libre a la boca.

—Sí —susurró—. Claro que puedes.

—Mamá —dijo el pequeño como si estuviera probando la palabra—, ¿podríamos tomar un chocolate caliente?

Diana soltó una carcajada acuosa y lo atrapó en un abrazo.

—Vamos a ver qué hay en la despensa.

Epílogo

Marzo de 1908

Se baja del barco, feliz de estar en tierra firme. El viaje a través del Atlántico no ha sido tan arduo como le habían contado, pero cinco días en el agua son más que suficientes.

Una mano cuidadosa apoyada en su codo hace que alce la vista. Él la está mirando con una sonrisa.

—¿Estás lista?

—Creo que sí.

El corazón todavía le duele al pensar en todo lo que ha dejado atrás en Inglaterra —su hermano, su hogar, sus recuerdos—, pero ha descubierto que el dolor se atenúa un poco cada día.

Volvieron allí un helado domingo de enero, cuando sabían que los Melcourt no iban a estar en casa. Atravesaron los campos de Highbury House Farm y entraron por la verja que estaba junto a su antigua casita.

Recorrieron el camino de las lavandas hasta el sendero de tejos que conducía directamente hasta el jardín de Celeste. Él se quedó un poco rezagado, pero ella fue hasta la verja. El jardinero jefe —un hombre muy querido— le había escrito para contarle dónde podría encontrar la llave. La descubrió bajo una piedra, tal como él le había descrito. Mientras entraba dentro, se la metió en el bolsillo.

La mayor parte del jardín todavía estaba recién plantada, pero fue capaz de imaginar cómo crecería y llenaría todo el espacio. Contra el muro de ladrillo, las gramíneas ya mostraban un aspecto alto y noble. Los eléboros ya habían florecido con un blanco imposible y los verdes tallos de las campanillas y los azafranes se habían erguido fuertes con unos capullos que se abrirían en los siguientes días o semanas.

Una parte de su corazón siempre estaría en el jardín de Celeste.

Sin embargo, ahora, vuelve la vista hacia su nuevo hogar. «Voy a hacer grandes cosas aquí», piensa mientras toca la carta de presentación que le ha enviado un tal señor Schoot con una nota adjunta: La Real Sociedad del Patrimonio Botánico votó a favor de comenzar a aceptar mujeres entre sus filas a partir de mayo. Así pues, escribirá para el señor Schoot y su revista mientras se asienta y comienza su nueva vida con el hombre al que ama. Matthew.

Solo que ya no debe seguir llamándolo así. Tumbados en su camarote durante la primera noche en el mar, él le dijo que creía que era mejor usar su segundo nombre: Spencer. No pueden dar pie a especulaciones sobre lo que ocurrió entre la jardinera y el hermano de su patrona.

—He pensado en cambiarme también el apellido. No le tengo demasiado aprecio —le dijo mientras le tomaba el rostro entre las manos.

—¿Y en quién te convertirás? —le preguntó ella mientras el barco se mecía de un lado a otro bajo ellos.

—He pensado que tal vez podría ser un Smith. Hay muchos Smith, ¿qué más dará que haya uno más? —Hizo una pausa—. Además, es tu apellido. ¿Qué más podría desear?

Ella le besó, agradecida por tener un marido tan poco convencional.

A lo largo de los dolorosos meses de otoño, ha aprendido a coleccionar momentos perfectos de esperanza y alegría a los que aferrarse. Aquella noche en el camarote fue uno de aquellos momentos y pensará en él cuando la pena y el dolor le resulten abrumadores.

Cuando al fin el barco atraca en el puerto y los marineros lo amarran con cuerdas gruesas, la pasarela desciende. La multitud de pasajeros ansiosos por volver a pisar tierra firme se lanza hacia delante. Ella entrelaza el brazo con el de su esposo y se prepara para adentrarse con él en su próxima aventura.

Nota de la autora

El jardín suspendido en el tiempo nació de un jardín. Durante años, cargué con la idea de que quería escribir un libro sobre varias generaciones de mujeres conectadas entre sí por un único jardín. No sabía dónde se encontraba, qué aspecto tenía o por qué las protagonistas se sentían atraídas hacia él. Sin embargo, sabía que, en algún momento, maduraría hasta convertirse en algo especial.

Encontré la clave de esa historia cuando comencé a aprender cosas sobre las casas requisadas. Tal como había ocurrido durante la Primera Guerra Mundial, durante la Segunda Guerra Mundial el Gobierno británico necesitaba espacio para crear campos de entrenamiento, hospitales, barracones y sedes administrativas. Algunas de las grandes haciendas que se encontraban en la campiña, y que hubieran sido perfectas como escenarios de *Downton Abbey*, sirvieron como escuelas, orfanatos y áreas de maternidad para las mujeres embarazadas que habían sido evacuadas de los centros urbanos del país por miedo a los ataques aéreos. Sin embargo, no solo se requisaron las casas más grandes; las casas para las viudas, las casas de pueblo o las posadas también se expropiaban a toda velocidad para su uso. Incluso la de mis padres sirvió como barracones para las WAAF durante un tiempo.

Esto fue posible gracias al Reglamento de Defensa (General) de 1939 en virtud de la Ley de Poderes de Emergencia (Defensa) de 1939. Cuando llegaban las órdenes, algunos propietarios hacían todo lo posible para evitar a los invasores desconocidos, tal como se detalla en el excelente libro de historia de Julie Summers, *Our Uninvited Guests: Ordinary Lives in Extraordinary Times in the Country Houses of Wartime Britain*. Algunos tenían buenos motivos para temer a los militares que acudían a sus hogares. Melford Hall, la casa de sir William y *lady* Hyde Parker en Suffolk, ardió hasta los cimientos en 1942 después de que los soldados que estaban allí destinados permitieran que sus juergas nocturnas se descontrolaran peligrosamente. Sin embargo, otros, como *lady* Mabel Grey de Howick Hall en Northumberland, aceptaron con los brazos abiertos sus contribuciones al esfuerzo bélico.

Lady Grey, que ha sido la inspiración para las mejores partes de Cynthia Symonds, sirvió como comandante de un hospital militar en su hogar durante dos guerras mundiales. Al comienzo del conflicto, la Oficina de Guerra calculó que iba a necesitar veinte mil camas. Las encontró en hospitales de convalecencia como Howick Hall en los que mujeres como *lady* Grey, que estaban acostumbradas a dirigir grandes casas solariegas con un personal compuesto por docenas de personas, resultaban ser las comandantes ideales. Habría contado con una intendente que lidiara con las operaciones económicas mientras ambas trabajaban codo con codo con los médicos, la enfermera jefe y el resto de altos cargos del hospital para asegurarse de que todo funcionara a la perfección. Aquella era una parte vital de las labores de guerra, ya que las instalaciones de las casas requisadas permitían que el resto de hospitales pudiera tratar a los hombres y mujeres heridos en el servicio y, después, trasladarlos para que pasaran la convalecencia en el campo.

Mientras me documentaba para este libro, visité Upton House y sus jardines en Warwickshire. Lord Bearsted alojó el banco comercial de la familia, así como a su personal en los preciosos terrenos de su residencia de campo, que ahora es propiedad del National Trust. Sin embargo, no solo fue la historia bélica de Upton House lo que me atrajo, sino también sus jardines, que combinan unos preciosos arriates clásicos ingleses con un jardín pantanoso de aspecto salvaje. Todavía mejor es el hecho de que fue diseñado por una joven llamada Kitty Lloyd-Jones que, según su biógrafa, fue contratada durante los años 20 y 30 por clientes que querían dar un toque de buen gusto a los enormes jardines que habían adquirido junto con las casas nuevas que habían comprado con sus fortunas recientes. Venetia se convirtió en una mezcla de las talentosas jardineras del pasado como Lloyd-Jones y la más famosa Gertrude Jekyll, cuya influencia en la jardinería fue tan grande que muchos de sus principios se siguen utilizando a día de hoy.

No muy lejos de Upton House, en Chipping Campden, se encuentra Hidcote Manor, que es resultado del Lawrence Johnston de la vida real, a quien Venetia y Matthew van a visitar en los primeros tiempos de su cortejo. Fue tras una visita a Hidcote durante un caluroso día de agosto cuando decidí centrar la visión de Venetia para Highbury House en torno a una serie de jardines temáticos. El diseño de Hidcote es prácticamente el mismo, con setos que dividen cada una de las zonas en las que Johnston se limitó a un único color o tema. Cuando estuve de visita, los arriates rojos estaban en plena floración y sirvieron de inspiración para el jardín de los enamorados de este libro. De hecho, fue cuando vi esos arriates cuando empecé a ver las posibilidades de aquello en lo que podrían convertirse los jardines ficticios de Highbury House.

Aprendí a amar los jardines cuando era una niña pequeña y cavaba en la tierra junto a mi padre. Haber vivido la mayor parte de mi vida adulta en Nueva York y en el centro de Londres implicó que, cuando estaba escribiendo este libro, todavía no había tenido el placer de crear mi propio jardín (excepto por el pequeño grupo de plantas de maceta que florecen frente a mi casa). Si hay algún error en las plantaciones, son todos míos. Sin embargo, mi muy limitada experiencia con mis propias plantas me ha enseñado que, cuando se trata de la jardinería, no hay auténticos errores. A veces, plantas perfectamente adecuadas y que son cuidadas y mimadas mueren sin motivo aparente. En otras ocasiones, he descubierto que una planta descuidada crece como una mala hierba, desafiando todas las expectativas incluso cuando no está en la tierra o la posición recomendadas o no recibe la cantidad necesaria de sol.

Creo que, al igual que los libros, los jardines son algo orgánico e impredecible que revela su belleza cómo y cuándo quieren. Depende de nosotros acordarnos de hacer una pausa y disfrutar de ellos todos los días.

Agradecimientos

Siempre que escribo los agradecimientos de un libro, me maravillo al recordar la generosidad de mis amigos y mi familia.

Gracias a Alexis Anne, Lindsay Emory, Mary Chris Escobar, Alexandra Haughton y Laura von Holt, amigas y compañeras de retiro de escritura, que me animaron a seguir con este libro cuando más lo necesitaba.

Gracias a Sonia, Eric, Zara, Jenn Jackie, Ben, Mila, Sloane, Jemima, Mary, Beatrice, Christy, Kather, Sean, Amanda, Liam y Andy que, desde más cerca o más lejos, me mantenéis con los pies en la tierra.

Gracias a mi maravillosa agente, Emily Sylvan Kim. Todavía me río cuando pienso en aquella sesión de presentación de ideas que no eran del todo correctas y que estaba a punto de terminar cuando dije: «Tengo la idea de escribir un libro ambientado en torno a un jardín y que transcurre en varios periodos de la historia». ¡Me alegro de que al final lo lográramos!

A Kate Dresser, Molly Gregory, Jen Bergstrom, Aimée Bell, Jen Long, Abby Zidle, Michelle Podberezniak, Caroline Pallotta, Christine Masters, Jaime Putorti, Anabel Jimenez, Lisa Litwack y todo el equipo de Gallery Books: me siento muy agradecida de haber podido trabajar con vosotros en esta novela.

Mi familia ha sido mi mayor grupo de animadoras desde mucho antes de que ningún lector tuviera entre manos uno de mis libros. Gracias mamá, Justine y Mark por escuchar mis frustraciones, ayudarme a resolver puntos de la trama, leer los primeros borradores y, en general, ser las personas más maravillosas que uno podría desear.

No podría haber escrito este libro sin toda una vida de inspiración procedente de mi padre, que me dejaba jugar con la tierra y podar las rosas junto a él cuando era una niña pequeña. Gracias por prestarme tus conocimientos, por hacer de ayudante de investigación y por dejarme saquear tus libros de jardinería en busca de inspiración. Estoy deseando seguir aprendiendo de ti en tu hermoso jardín.

Índice